Daniel Höra **BERLIN-GANGSTER**

DANIEL HÖRA, geboren 1973, arbeitete unter anderem als Altenpfleger, Taxifahrer, Kellner, Möbelträger, Gärtner und Fahrradbote. Nachdem er das Abitur auf dem zweiten Bildungsweg abgelegt hatte, studierte er Geschichte und war viele Jahre als Nachrichtenredakteur bei einem großen TV-Sender tätig. Der mehrfach ausgezeichnete Jugendbuchautor, dessen zeitgenössische Romane auch Schulstoff sind, legt mit *Berlin-Gangster* seinen ersten Kriminalroman für Erwachsene vor.

Daniel Höra

BERLIN-GANGSTER

KRIMINALROMAN

Rotbuch Verlag

ISBN 978-3-86789-213-1

1. Auflage

Umschlaggestaltung: fuxbux, Berlin
Umschlagabbildung: picture alliance / akg-images / akg-images
Druck und Bindung: Graspo CZ

Ein Verlagsverzeichnis schicken wir Ihnen gern:
BEBUG mbH / Rotbuch Verlag
Axel-Springer-Straße 52
10969 Berlin
Tel. 030 / 206 109 – 0

www.rotbuch.de

Der vorliegende Roman orientiert sich an dem historischen Kriminalfall der Gladow-Bande, die in den 1940er-Jahren in Berlin aktiv war. Jedoch fand die hier erzählte Geschichte in dieser Form nicht statt. Zwar folgt das Buch chronologisch den Taten der Bande, jedoch wurden die Ereignisse dramaturgisch angepasst und um fiktionale Elemente ergänzt. Die handelnden Figuren um die historischen Personen Werner Gladow und Gustav Völpel wurden vom Autor erfunden. Nichtsdestoweniger erzählt der Roman ein wahres Stück Berliner Kriminalgeschichte.

ICH MUSS EINE WEILE WEG.
DER TEUFEL WIRD SICH SOLANGE
UM EUCH KÜMMERN. GOTT

(Inschrift an einem Berliner Mietshaus, 1945)

Fear and terror, watch out boy
The sun is getting low
After sundown we'll be ready
And who could ask for more

(Radio Birdman: *Hand of law*)

FRÜHJAHR 1948

PROLOG

Die beiden Polizisten froren in ihren dünnen Mänteln. Der eine schlug ein paar Boxhiebe in die Luft, um warm zu werden. Der andere rief: »Verdammte Kälte!«
Es war kurz nach Mitternacht. Der Zugang zum Ostsektor, Bernauer-/Ecke Brunnenstraße, den die beiden bewachten, war wie ausgestorben. Den letzten Wagen hatten sie vor über einer Stunde abgefertigt.

»Kommt doch eh keiner mehr«, sagte der eine, gerade als sie von der anderen Straßenseite her eilige Schritte vernahmen, die auf sie zukamen.

»Doch, da kommt noch wer.«

»Klingt nach mehreren Personen.«

Sie spähten angestrengt in die Finsternis vor ihnen. Eine Wolke schirmte das Mondlicht ab. Die Straße lag im Dunkel. Die Laternen fielen, wegen des Gasmangels, schon seit Tagen aus.

»Hallo?«, rief der eine Polizist. Keine Antwort. »Hallo? Melden Sie sich gefälligst!« Irgendwas stimmte da nicht. Seine Hand griff zum Pistolenholster. In diesem Moment flammte ein grelles Licht auf und blendete sie.

»Machen Sie die Lampe aus!«, rief einer der beiden wütend. Er hielt den Arm schützend vor die Augen. »Was fällt Ihnen ein?« Statt einer Antwort schlug ihm jemand gegen die Stirn. Er ging benommen auf die Knie. Die Pistole, die er gerade herausgezogen hatte, fiel mit einem metallischen Scheppern auf die Straße.

»Was zum Teufel …«, fluchte der andere. Dann knallte etwas Hartes gegen seinen Kopf, und er stürzte bewusstlos zu Boden.

Die Angreifer stahlen den bewusstlosen Polizisten die Waffen und rannten lachend davon. Auf die andere Straßenseite. In den französischen Sektor. In Sicherheit.

WERNER I

Werner und Lexi hockten in den ausgeweideten Überresten einer zerbombten Mietskaserne. Der helle, fast volle Mond ließ das Weiß ihrer Augen wie ausgebleichte Knochen schimmern.

Werner grinste; er hob das Eisenrohr, das sie den Polizisten über die Köpfe gezogen hatten und zielte damit auf Lexi. Der riss in gespieltem Erstaunen die Arme hoch.

»Diese dummen Ostbullen. Die haben wir schön hochgenommen«, sagte Werner. Zur Bekräftigung klopfte er gegen die Pistole, die er einem der Polizisten abgenommen hatte und die nun in seinem Hosenbund steckte.

Die beiden jungen Männer waren ein ungleiches Paar: Werner Gladow war bullig wie ein junger Ochse, Lexi dagegen dünn wie ein Rasiermesser. Gladow hatte ein rundes Gesicht, das sich aus dem Babyspeck modellierte und ihn wie einen gutmütigen Clown aussehen ließ, wohingegen Lexi kantige, raubvogelartige Züge besaß. Gladows braune Haare waren zu einer Künstlertolle aufgetürmt, Lexi trug seine kurz und an den Seiten rasiert.

»Lass uns abhauen, Lexi!«, sagte Werner.

Sie bahnten sich ihren Weg durch das mit Trümmern übersäte Grundstück, duckten sich unter einem verbogenen Stahlträger weg, stiegen über verkohltes Mobiliar und marschierten durch den Flur des Hinterhauses auf den angrenzenden Hof, wo sie ein riesiger Bombentrichter angähnte. Auf den Straßen wären sie schneller vorangekommen, doch die mieden sie, um keiner französischen Streife in die Hände zu fallen. Sie bevorzugten stattdessen geheime Pfade. Der Krieg hatte ein zweites Berlin geschaffen – eine Stadt, deren Eigenarten nur den Eingeweihten bekannt waren, den Schiebern, Mördern, Schwarzhändlern, Schmugglern, Dieben, Betrügern, Erpressern und anderen Nachtgestalten. Die nutzten, statt der von Trümmern gesäuberten Straßen, die von den alliierten Bomben geschaffenen Schneisen. So auch Werner und Lexi, die aus dem dunklen Foyer des zerstörtes Lazarus-Krankenhauses auf die Gartenstraße traten.

»Wir nehmen den Bahndamm«, befahl Werner. Und so kletterten sie auf der anderen Straßenseite die Böschung hinauf und setzten ihren Weg auf den Gleisanlagen des Stettiner Bahnhofs fort, Richtung Norden, tiefer in den Wedding hinein. Immer wieder zog Werner die Pistole hervor und befingerte sie zärtlich.

»Eine Tokarew TT 33«, sagte er begeistert. »Gutes russisches Eisen. Was hast du für eine?«

»Eine Radom.«

»Auch gut, aber nicht so gut wie die hier«, gab Werner zurück und zielte auf eine halb entgleiste Diesellok, die mit der Schnauze im Dreck steckte.

»Peng!«, rief Lexi lachend. Werner lachte ebenfalls und drückte ab. Der Schuss krachte in die spätabendliche Stille und verursachte ein schrilles Pling, als die Kugel von einer Strebe des Führerhauses abprallte. Der scharfe Geruch von Schwarzpulver lag in der Luft. Lexi war aschfahl geworden, das konnte Werner sogar im Mondschein erkennen.

»Bist du verrückt? Wenn das die Franzosen gehört haben«, sagte er gepresst. »Die fahren doch hier dauernd Streife.«

»Mach dir bloß nicht ins Hemd, Lexi«, sagte Werner rau.

Am liebsten hätte er noch mal geschossen. Das war so ein gutes Gefühl. Außerdem war es nicht ungewöhnlich, dass abends und auch nachts hin und wieder Schüsse fielen. Die Leute jagten Kaninchen, Füchse, Ratten, Eichhörnchen, streunende Hunde und Katzen.

»Scheiß auf die Franzmänner, Lexi. Ich kann die sowieso nicht richtig ernst nehmen mit ihrer blumigen Sprache. Selbst wenn sie dich beschimpfen, klingt das immer, als ob sie dir Komplimente machen. Bei den Russen ist das genau andersrum. Weißt du, was ich meine?«

Lexi nickte.

»Trotzdem sind mir die Russen lieber«, redete Werner weiter. »Die sind handfester.«

»Na ja«, brummte Lexi. »Das letzte Mal haben die uns ganz schön übers Ohr gehauen.«

»Letztes Mal«, sagte Werner genervt. »Aber heute nicht. Wir haben jetzt Kanonen.«

»Du glaubst doch nicht, dass die Russen sich von einer Tokarew und einer Radom einschüchtern lassen, Werner.«

Werner klopfte auf die Pistole in seinem Hosenbund, was ein dumpfes Geräusch erzeugte: »Schon klar, Lexi. Die sollen nur kapieren, dass wir keine grünen Jungens sind, die sich vorführen lassen.«

»Mensch, Werner, das sind Soldaten, und wir sind drei bis vier Männeken mit zwei geklauten Pistolen.«

»Lexi, überleg doch mal!«, sagte Werner in einem Ton, als würde er mit einem begriffsstutzigen Kind reden. »Die Russen sind Geschäftsleute – wie wir. Die wollen Geld verdienen.«

»Geschäftsleute!«, höhnte Lexi. »Die wissen doch gar nicht, wie man Geschäfte macht. Das sind Kommunisten.«

»Mach mal halblang, Lexi. Genau deswegen sind das gute Geschäftsleute. Bei denen gibt's nichts. Und deswegen können die sich auch gar nicht leisten, ihre Partner zu bescheißen. Das spricht sich rum, und dann will keiner mehr mit denen handeln.«

»Ich hab kein gutes Gefühl, Werner.«

»Lexi!«, sagte Werner mit Nachdruck und blieb stehen. »Beim letzten Mal waren das dumme Bauern aus Sibirien. Die sind da noch ärmer als die gewöhnlichen Russen. Diesmal machen wir das Geschäft mit einem Offizier.«

»Die lassen sich erst recht nicht von zwei geklauten Pistolen einschüchtern.«

»Es geht um den Auftritt, Lexi, um Illusion. Mach dich größer als du bist, und lass sie glauben, du hättest ihnen was voraus. Dann bist du unantastbar. Das ist das ganze Geheimnis.« Werner hob die Hände und ließ seine Finger vor Lexis Gesicht flattern, als würde er zaubern.

»Werner, lass uns lieber bei dem bleiben, was wir können: Schwarzmarkthändler ausnehmen, kleinen Bruch, so was eben.«

Werner grinste und sah Lexi von oben bis unten an.

»Was denn?«, fragte der.

»Du wirst langsam weich.«

»Blödsinn«, murmelte Lexi gereizt.

»Nee wirklich«, machte Werner weiter. »In letzter Zeit hast du immer was zu meckern.«

»Hab ich nicht.«

»Doch. Weißt du noch, wie du da in meine Zelle in der Plötze marschiert kamst? Wie so ein richtiger Gangster, dem keiner was kann. Das hat mir imponiert. Ich wusste sofort, dass du nur Lexi heißen kannst. Wie Legs Diamond eben.«

»Du immer mit deinen amerikanischen Ganoven. Und jetzt komm mir nicht wieder mit Al Capone. Wir sind hier nicht in Chicago, Werner.«

»Und dass du dich gleich mit mir kloppen wolltest«, fuhr Werner fort, »nur um zu klären, wer in der Zelle das Sagen hat. Alle Achtung!«

Auch wenn Lexi den Kampf nicht lange durchgehalten hatte, dachte Werner mit Genugtuung an seinen Sieg zurück – zumal Lexi ein trainierter Boxer ist und ein guter Kämpfer obendrein. Doch er hat es zu sehr mit den Regeln. Das ist sein Problem. Es gibt nichts Schlimmeres als ehrliche Ganoven.

Im Gegensatz zu Lexi wusste Werner, wie man schmutzig kämpft. Das hatte ihm sein Vater schmerzvoll eingeprügelt.

»Na komm, Tante Lexi«, sagte Werner und schlug ihm auf die Schulter. Lexi schwieg beleidigt.

*

Hinter der Liesenbrücke stiegen sie hinunter zum Dorotheenstädtischen Friedhof, stapften über den lehmigen Boden der eingesunkenen Armengräber, streiften das Sammelgrab der Berliner Bombentoten und kletterten auf der anderen Seite über eine Mauer, um kurz darauf die Panke zu erreichen, deren Uferweg sie jetzt folgten. Der Pegel des schmalen Flusses war niedrig – so niedrig, dass Werner und Lexi die gerippte Struktur des schlammigen Untergrunds erkennen konnten. An einigen Stellen hatten die Anwohner aus Ästen, Knüppeln, Steinen und Lumpen kleine Stauseen geschaffen, aus denen sie ihr Wasser schöpften. »Das nenne ich doch mal ’ne gute Idee, was Lexi? Der Berliner überlebt immer. Selbst den tausendjährigen Scheiß.«

»Wenn das der Führer wüsste«, sagte Lexi, worauf beide dreckig lachten. »Wer will aber auch den ganzen Tag am Brunnen stehen und Wasser pumpen? Neulich hab ich einen gesehen, der hat da seinen Nachttopf gefüllt.«

»Na hoffentlich war der vorher leer«, lachte Werner.

Fast hatten sie ihr Ziel erreicht, die Brücke an der Gerichtstraße, als sie das Motorengeräusch eines Militärjeeps erkannten, der sich rasch näherte. Sie sahen sich kurz an, da stoppte der Wagen auch schon mit quietschenden Reifen, direkt am Eingang zum Uferweg. Ein französischer Soldat sprang aus dem Fahrzeug und lief auf sie zu, während der andere sitzen blieb. Vermutlich hatte ein Anwohner die Streife alarmiert und gemeldet, dass sich dort zwei Gestalten herumtrieben, mutmaßte Werner. Er zerrte Lexi blitzschnell vom Weg, die steile Uferböschung hinab, wo sie sich leise in die Panke gleiten ließen. Dort hockten sie und lauschten. Von oben war nichts zu hören. Anscheinend hatte der Soldat sie in der Dunkelheit nicht gesehen, sonst wäre längst der Lauf eines MAS-36-Gewehres auf sie gerichtet gewesen. Werner zog seine Pistole und bedeutete Lexi mit einer Kopfbewegung, es ihm gleichzutun.

Das flache Wasser umfloss ihre Schuhe, etwas davon drang durch die zerlöcherten Sohlen ihrer Stiefel und tränkte die Socken. Lexi fluchte leise.

»Lass uns abhauen«, flüsterte er Werner ins Ohr. »Wir bleiben in der Panke und schleichen unter der Brücke durch.«

»Nee, Lexi«, flüsterte Werner zurück. »Wir sind hier verabredet. Wenn Hannes uns nicht findet, haut er ab, und wir gucken in die Röhre. Ich will nicht, dass er das Geschäft mit wem anders macht. Das ist nicht gut für unseren Ruf. Wir warten hier. Die Franzen werden uns schon nicht entdecken.«

In diesem Moment raschelte es in ihrer Nähe. Werner spähte angestrengt nach oben, konnte durch die dichten Büsche, die den Uferweg säumten, jedoch nichts erkennen. Was trieben die da oben?, schoss es ihm durch den Kopf. Er hasste Situationen, die er nicht kontrollieren konnte. Geradezu körperlich fühlte er die Unruhe wie giftigen Schlamm in sich aufsteigen. Er musste jetzt handeln. Werner schob sich langsam hinauf, robbte unter einen Hagebuttenstrauch, und als ihm das dichte Buschwerk etwas mehr Platz ließ, richtete er sich langsam auf, blieb jedoch in gebückter Haltung stehen.

Der Soldat stand mit dem Rücken zu ihm, keine drei Meter entfernt. Der Franzose hielt den Kopf gesenkt und nestelte an seinem Koppel. Dann hörte Werner ein leises Plätschern und hätte fast laut aufgelacht. Der musste pissen, dachte er erleichtert. Die sind nicht wegen uns hier.

Werner richtete die Pistole auf den Soldaten und schmiegte den Finger sanft an den Abzug. Ich muss nur abdrücken, und du bist Geschichte, dachte er seltsam berauscht und verspürte den Drang, den Mann zu töten. Nur um zu sehen, wie sich das anfühlte.

Der Soldat schüttelte seinen Schwanz aus und verstaute ihn, schon halb im Gehen, wieder in seiner Hose. Werner konnte im Mondlicht das Profil des Mannes erkennen. Er war jung, um die zwanzig, nicht viel älter als Werner selbst. Auf dem Weg zum Jeep rief der Soldat seinem Kameraden etwas zu, der daraufhin lachte. Werner folgte dem Soldaten mit dem Lauf seiner Pistole. Wenn du dich umdrehst, leg ich dich um, dachte er und wünschte sich fast, der Mann würde es tun. Doch das tat er nicht. Stattdessen sah Werner den Soldaten hinter das Steuer des Jeeps klettern, den Motor starten und davonrasen. Enttäuscht ließ Werner die Pistole sinken. Hinter ihm kletterte Lexi ächzend ans Ufer.

»Ich hab nasse Füße«, murrte er und vollführte eine Art Tanz, um das Wasser aus den Schuhen zu schütteln.

»Lexi, hör auf damit!«, sagte Werner scharf. »Du bist doch kein Scheiß-Indianer, der ums Feuer tanzt. Was ist, wenn Hannes dich so sieht?«

Lexi blieb stehen, warf Werner einen vorwurfsvollen Blick zu und sagte: »Ich will keine Lungenentzündung kriegen, verdammt. Der Bruder von Marlies ist im Hungerwinter daran krepiert.«

»Jetzt übertreib mal nicht, Lexi. Der ist verhungert.«

Lexi schnaubte. »Warum sind die Franzmänner eigentlich wieder abgehauen?«, fragte er schließlich.

Als Werner es ihm erklärte, wurde Lexi fuchsteufelswild. »Und wegen diesem Pisser springen wir in die Panke? Nächstes Mal knall ich den ab.«

Werner grinste nur. Lexi würde niemanden erschießen. Er war ein Kläffer, der nur seine Zähne bleckte.

»Jetzt muss ich das Geschäft mit nassen Füßen machen.«

»Hör endlich auf! Oder willst du schnell nach Hause fahren und dir ein paar warme Socken anziehen?«, ätzte Werner.

»Vielleicht macht dir deine Mutter noch 'ne Stulle aus Sägespänenbrot mit Rübenmargarine oder was für einen Scheiß es gerade auf Lebensmittelkarten gibt.« Pure scharfzackige Wut stieg in Werner auf. Erst der beschissene Franzose und jetzt auch noch Lexi mit seinem Gejammer. Er tat einen Schritt auf Lexi zu, der überrascht zurückwich. »Pass bloß auf«, sagte Werner leise drohend, und für einen Augenblick war alles möglich. Doch dann winkte Lexi ab, drehte den Kopf weg und sagte: »Ist ja gut.«

Werners rechte Hand löste sich von dem Totschläger in seiner Tasche.

»Wieso müssen wir Hannes eigentlich hier treffen? Warum nicht im Prenzlauer Berg, wo er wohnt?«

»Weil er vorher noch jemanden abholt«, gab Werner zurück. »Das schmeckt dir wohl nicht, dass wir ihn hier im Wedding treffen, in deinem Kiez?« Er tippte Lexi mit dem Zeigefinger gegen die Brust. »Nicht, dass dich noch jemand erkennt und deinen Eltern erzählt, was du für ein Gauner bist.«

»Ha! Ha!«, machte Lexi. »Du bist ja so ein Witzbold, Werner.«

MÜCKE I

Mücke saß auf einer halb verkohlten Kleidertruhe Perleberger- / Ecke Birkenstraße und fluchte. Seine Verabredung ließ auf sich warten. Er beförderte eine Packung Benson & Hedges aus den Tiefen seines schwarz gefärbten Wehrmachtsmantels und zündete sich eine an. Den Rauch ausstoßend betrachtete er die zerklüftete Silhouette des Robert-Koch-Krankenhauses, die ihm gegenüber lag, halb verborgen von der Dunkelheit.

Mücke rutschte auf der hölzernen Truhe hin und her. Etwas irritierte ihn. Er wickelte sich enger in seinen Mantel, der ihm viel zu groß war und überlegte, an wen Krücken-Kalle ihn heute Abend vermittelt haben könnte. Der erging sich immer nur in Andeutungen. Aber Mücke konnte ja froh sein, dass Krücken-Kalle seine Jungs überhaupt an andere Ganoven auslieh. Das bedeutete Extra-Geld.

Wie so oft schon in letzter Zeit dachte Mücke darüber nach, ob er es nicht mal mit ehrlicher Arbeit versuchen sollte. Aber was kam für einen ungelernten Zwanzigjährigen schon in Frage? Kisten ausladen auf dem Güterbahnhof? Handlanger in irgendeinem Betrieb? Page, Briefträger, Kellner, Wäscher, Totengräber? Nee danke!

Und er kannte ja auch kaum einen in Berlin, außer seiner Schwester und ihren Mann. Vielleicht, ging es Mücke durch den Kopf, sollte er es doch mal bei einer Berliner Zeitung versuchen. Journalist, das wäre was für ihn. Schließlich hatte er schon für eine Zeitung geschrieben, als er noch in Hannover lebte, zwar nur kleine Meldungen, aber immerhin. Doch Mücke traute sich nicht, als wäre damit ein Leben verbunden, dass ihm nicht zustand. Sein Vater war Schlosser, seine Mutter Hausfrau. Niemand in der Familie war Reporter oder hatte studiert oder war sonstwie besser gestellt. Immerhin ahnte Mücke, dass er zu mehr bestimmt war als zu einem Handwerkerdasein – und mit irgendeiner Hoffnung musste er seine Zukunftsträume ja düngen.

Für Krücken-Kalle konnte er jedenfalls nicht mehr lange arbeiten – dieser miese Gauner, der sich auf dem Schwarzmarkt eine goldene Nase mit gepanschter Seife verdiente, falsche französische Seife, die er mit falschem französischem Akzent anpries. »Reinstes Lavendelöl mit eine Hauch von Lüküss«, äffte Mücke ihn nach und lachte bitter.

Niemand wusste, was »Lüküss« sein sollte. Das hatte Krücken-Kalle sich ausgedacht. Aber es klang exotisch, und die Leute kauften das Zeug wie verrückt.

Etwas stach noch immer in seinen Hintern, und so stand er auf, um nachzusehen. Fast hätte er gelacht. Er hatte die ganze Zeit auf einem hölzernen Hakenkreuz gesessen, das in den Deckel eingelassen war.

Mücke zog sein altes HJ-Messer aus der Hülle, die er mit fünffachem Bindfaden an seiner Wade befestigt hatte, und machte sich daran, das Kreuz vorsichtig aus seiner Fassung zu lösen. Das würde er bei den Russen für ein paar Pfund Zucker eintauschen. Die waren ganz verrückt nach dem Nazikram, den sie kiloweise nach Hause schleppten, um dort vor ihren Familien damit anzugeben, wie sie Hitler besiegt hatten.

Als Mücke das Kreuz in der Manteltasche verstaut hatte, kam von westlicher Seite ein schwarzer Wagen die Birkenstraße entlang gefahren und stoppte direkt vor ihm. Mücke hob schützend den Arm vor die Augen, da ihn die Scheinwerfer blendeten. Den Fahrer konnte er lediglich als Schatten ausmachen. Der Unbekannte beugte sich über den Beifahrersitz und öffnete für Mücke die Tür. »Los rein!«, befahl er mit dünner, hoher Stimme.

Mücke zögerte kurz, die Kastenform des Autos erinnerte ihn an einen Leichenwagen.

Kaum saß er in dem weich gepolsterten Sitz, fragte der Fahrer: »Schon mal in einem Moskwitsch 400 gesessen?«

»Nee«, gab Mücke zurück. Die Stimme kam ihm bekannt vor.

»Den hat mir General Alexander Georgijewitsch Kotikow persönlich gebracht«, sagte der Mann. Er stank wie eine ganze Destille. Prompt griff er nach der Schnapsflasche, die zwischen seinen Beinen klemmte, und nahm einen großen Schluck.

»Wer?«, fragte Mücke.

»Na der russische Stadtkommandant.«

Plötzlich wusste Mücke, wer da neben ihm saß: Henker-Hannes! Der Mann, der in der sowjetischen Zone verurteilten Verbrechern die Köpfe abschlug. Aber Hannes hatte noch andere Talente: Tippgeber und Hehler für die Berliner Unterwelt. Dazu Zuhälter, Dieb, Einbrecher. Und gegen ein angemessenes Honorar brachte er auch mal Verräter oder abtrünnige Ganoven um die Ecke, hieß es.

Mücke spürte, wie sich Eiseskälte in ihm ausbreitete, während sein Gehirn mit Hochdruck nach einem Ausweg suchte. Wollte Krücken-Kalle ihn umbringen lassen? Mücke ging, wie ein Schachspieler, alle Möglichkeiten durch. Er könnte sich aus dem Auto fallen lassen, Hannes gegen den Kehlkopf schlagen, ins Steuer greifen, ihm mit den Fingern in die Augen stechen, ihm das Messer …

»Ich reise ja nun mal viel herum, und dazu bräuchte ich ein eigenes Auto«, unterbrach Hannes Mückes Überlegungen. »Das hat Kotikow zu mir gesagt, zu mir persönlich.«

Da sie gerade eine Laterne passierten, konnte Mücke Hannes riesige Hakennase im Profil erkennen. Er beugte sich leicht vor und umklammerte den Griff seines Messers, für alle Fälle.

»War nagelneu«, fuhr Henker-Hannes fort. »Direkt aus dem Werk in Moskau. 23 PS.« Sichtlich zufrieden beschleunigte Hannes den Wagen, der auch gleich einen Satz tat, als wollte er zeigen, was unter seiner Haube steckte.

»Wo fahren wir denn hin?«, wollte Mücke wissen.

»Wirste schon sehen«, nuschelte Hannes, nahm noch einen Schluck aus der Flasche und trat aufs Gas.

*

Kurz vor dem Nordhafen wechselten sie vom britischen Sektor in den französischen. In der Gerichtstraße stoppte Hannes den Wagen direkt auf der Brücke. Gerade als Mücke überlegte, ob er abhauen sollte, wurden die hinteren Türen aufgerissen und zwei junge Männer stiegen ein.

»Hallo Doktorchen«, sagte Henker-Hannes in den Rückspiegel.

Statt den Gruß zu erwidern, sagte einer der beiden mit rauer Stimme: »Quatsch nicht rum. Fahr los, Hannes!«

Mücke drehte sich zur Rückbank um. Seine Hand umklammerte noch immer den Messergriff.

Einer der Neuankömmlinge schnippte sein Feuerzeug an und fragte an Mücke gerichtet: »Wen haben wir denn da?«

Im Schein der Flamme konnte Mücke die beiden gut erkennen. Der mit dem Feuerzeug hatte breite Schultern und war etwas gedrungen. Er hatte ein rundes, etwas teigiges Gesicht und wirkte auf Mücke wie ein harmloser Gymnasiast. Die Augen waren kleine dunkle Flecken, in denen eine Kälte brannte, die Mücke erschreckte. Er war selbst einiges gewohnt, doch dieser Kerl war gewissenlos wie ein Wolf.

Sein Begleiter hatte zusammengekniffene Lippen und ein verbissenes Gesicht, als wäre er ständig beleidigt und rechnete stets mit dem Schlimmsten.

Der mit dem kalten Blick beugte sich vor und sagte zu Mücke: »Ich bin Werner Gladow. Und der hier« – mit dem gereckten Daumen der geballten Faust wies er auf seinen Begleiter – »heißt Lexi.«

Von Werner Gladow hatte Mücke schon gehört. Der war trotz seiner jungen Jahre auf Berlins Schwarzmärkten bekannt. Er war ein Kipper, einer, der Händler übers Ohr haute, ihnen mit Sägemehl versetzte Zigaretten verkaufte oder Falschgeld andrehte. Gladow hatte einen Ruf als harter Bursche. Trotzdem entspannte sich Mücke. Sie würden ihn nicht umbringen.

»Ich kenne dich«, begann Werner Gladow. »Du arbeitest für diesen Krüppel. Du heißt … Warte …, du hast so einen Insektennamen. – Hummel? Nee, Fliege!«

»Mücke«, sagte Mücke.

»Kannst du stechen, oder was?«, mischte Lexi sich ein.

»Ist, weil ich so mager bin. Bin fast draufgegangen im Hungerwinter.«

»Wär kein Verlust gewesen«, lachte Lexi.

»Hast du ein Problem mit mir?«, fragte Mücke.

»Wie war das?« Lexi schnellte nach vorn und packte Mücke im Genick, worauf dieser sich zur Seite drehte, um ihn abzuschütteln. »Ich polier dir die Fresse!«, polterte Lexi.

»Aufhören!«, brüllte Werner. »Sofort! Alle beide.«

Lexi lehnte sich schnaufend zurück.

»Ich will hier keinen Streit. Klar?« Werner fixierte die beiden mit stechendem Blick.

»Ist gut«, sagte Lexi kleinlaut. »Gibt schon noch eine Gelegenheit mit dieser halben Portion abzurechnen.«

»Jederzeit«, gab Mücke zurück.

»Mach dir nichts draus«, sagte Werner zu ihm. »Aber Vorsicht bei Lexi. Der hat 'ne kurze Lunte.«

»Was redest du denn da?«, beschwerte sich Lexi, doch es war offensichtlich, dass ihm Werners Worte gefielen.

»Und er ist mein Partner, also doppelt Vorsicht.«

»Ich werd's mir merken«, sagte Mücke.

»Gut. Hannes ist übrigens auch mein Partner. Sei bei dem genauso vorsichtig – obwohl: Der hat ja sein Hackebeil.«

»Zappzarapp, Rübe ab!«, rief Lexi, worauf die drei lachten.

Werner legte Mücke eine Hand auf die Schulter: »Keine Bange. Ist nur Spaß. Ich gehe mal davon aus, dass du nicht nur ein Maulheld bist, sondern auch was auf dem Kasten hast.«

»Krücken-Kalle hat mir versichert, dass er ein ganz schneller Junge ist«, verkündete Henker-Hannes beflissen. Es war offensichtlich, dass er Respekt vor Werner hatte.

»Wobei denn? Beim Fressen?«, lachte Lexi böse.

Mücke hätte diesem Arschloch am liebsten das Maul gestopft, doch Werner kam ihm zuvor: »Halt die Luft an, Lexi!«, woraufhin dieser beleidigt schwieg.

»Schnelle Jungs kann ich immer gut gebrauchen«, sagte Werner. »Aber die müssen auch Grips haben. Also enttäusch mich nicht.«

Mücke nickte, dann stockte das Gespräch. Nicht weit entfernt konnte Mücke den Flakturm im Volkspark Humboldthain erkennen, der dort wie ein riesiger Giftpilz in den nächtlichen Himmel ragte.

»Die Franzosen haben versucht, das Ding wegzusprengen«, sagte Werner, der Mückes Blick gefolgt war. »Der ist aber zu zäh.« Er lachte leise. »Zäh wie Leder.«

»Alles abgeholzt«, murmelte Lexi, der ebenfalls zum Humboldthain hinübersah. »Da hab ich früher Indianer gespielt. Die verdammten Leute haben die ganzen Bäume im Hungerwinter verheizt. Und jetzt bauen die da Gemüse an. Solln doch Dreck fressen die Arschlöcher oder krepieren.«

»Wirste jetzt melancholisch auf deine alten Tage?«, zog Werner Lexi auf. Der schnaubte.

»Sag mal, hast du die Luckys?«, fragte Werner an Henker-Hannes gewandt.

»Selbstverständlich. Aus Schwenkes Wohnung.«

»Die richtigen Kisten? Die links standen?«

»Klar Werner, ich bin doch nicht auf den Kopf gefallen.«

»Was haben wir eigentlich vor?«, wollte Mücke wissen. Bislang hatte er sich nicht getraut zu fragen, doch jetzt hatte seine Neugier die Überhand gewonnen.

»Treptow, Russen, Wodka«, begann Werner im Telegrammstil. »Der Versorgungsoffizier von denen hat fünfundvierzig Kisten Wodka abgezweigt. Wir bezahlen den mit vierzig Stangen Luckys. Kapiert?«

»Klar.« Mücke nickte, als wären ihm solche Deals vollkommen geläufig.

»Den Wodka verhökern wir auf dem Schwarzmarkt. Drei Prozent vom Einkaufspreis für dich.«

Mücke überschlug im Kopf, wie viel ihm das einbringen würde. Eine Flasche Wodka kostete auf dem Schwarzmarkt etwa dreihundert Reichsmark, im Einkauf etwa die Hälfte. Bei acht Flaschen pro Kiste wären das insgesamt vierundfünfzigtausend Mark. Davon drei Prozent würde eintausendsechshundertzwanzig für ihn bedeuten.

Ein Pfund Butter kostete auf dem Schwarzmarkt momentan etwa zweihundertfünfzig Mark, ein Stück Speck zweihundert. Ziemlich wenig für so ein großes Risiko. Wenn die russische Militärpolizei sie erwischte, würde das ein paar Jahre Knast bedeuten, falls die sie nicht gleich in irgendeinem Wald erschossen und dort verscharrten.

»Ich will zehn Prozent«, sagte Mücke mit fester Stimme.

»Ich schmeiß dich aus dem Auto, du Drecksack!«, polterte Lexi.

Werner lachte: »Bleib ruhig, Lexi. Der Junge ist geschäftstüchtig. Das gefällt mir.« Und an Mücke gewandt: »Bei mir kannste was werden.«

»Mal sehen«, sagte Mücke. »Hab eigentlich genug zu tun.«

»Du kriegst fünf Prozent.«

»Acht«, sagte Mücke.

»Sechs«, sagte Gladow drohend, doch seiner Stimme war anzuhören, wie sehr ihm das Gefeilsche im Blut lag.

»Einverstanden«, sagte Mücke, drehte sich um und hielt Gladow die Hand hin, der sie lächelnd schüttelte.

Lexi zog derweilen ein düsteres Gesicht.

*

»Darf ich dich mal was fragen, Werner?«, begann Mücke, als sie gerade von der Schulzendorfer Straße auf die Chausseestraße bogen.

»Was denn?«

»Wieso nennt man dich Doktorchen?«

»Ich habe ein paar Semester Medizin studiert.«

»Du?«, gab Mücke ungläubig zurück. »Du bist doch viel zu jung!«

»Wie redest du denn mit Werner, du mageres Arschloch. Du zeigst Respekt, verstanden? Sonst puste ich dich um!«, drohte Lexi. »Ich hab 'ne Knarre.«

Mücke ging nicht darauf ein.

»Ich bin eben ein Wunderkind«, sagte Werner lachend.

Der französische Schlagbaum Friedrichstraße kam in Sicht.

»Hast du wirklich eine Knarre, Lexi?«, fragte Hannes.

Werner holte seine Tokarew aus dem Hosenbund, drückte sie Hannes in den Nacken und sagte düster: »Ein falsches Wort und ich mach dich kalt, du Ratte.«

»Doktorchen, bist du verrückt geworden?«, rief Hannes zusammenzuckend.

»*Public Enemy*«, sagte Werner, während er die Pistole wieder wegsteckte.

»Was?«, fragte Hannes verwirrt.

»Du solltest öfter ins Kino gehen. *Public Enemy* mit James Cagney.«

»Mensch, Werner«, stöhnte Henker-Hannes unterwürfig. »Wenn das jemand gesehen hat? Was glaubst du, was los ist, wenn sie die Knarre bei mir entdecken.«

»Mach dir nicht ins Hemd.«

»Hast du auch eine Waffe?« Die Frage richtete sich an Mücke.

»Ich hab nur ein Messer.«

»Schiebt eure Waffen wenigstens unter die Sitze«, schlug Hannes vor. »Falls sie uns filzen.«

»Wir behalten die Knarren bei uns, keine Diskussion!«, bestimmte Werner.

»Ich hab die Spritze ruckzuck in der Hand, und dann fließt Blut, wenn uns die Froschfresser was wollen«, sagte Lexi. Mücke hatte den Eindruck, Lexis Drohung war vor allem an ihn adressiert.

»So und von jetzt an halten alle die Fresse«, sagte Werner bestimmt. »Nur Hannes redet.«

»Richtig. Und falls wer fragt, ihr seid meine Handlanger.« Er kicherte dämlich. Mücke gewann zunehmend den Eindruck, dass Hannes nicht der Hellste war.

Ein französischer Soldat winkte sie heran, worauf Hannes den Wagen sanft abbremste. Der Soldat trat an die Beifahrerseite und wedelte angewidert die Schnapswolke beiseite, die ihm durch das heruntergekurbelte Fenster entgegenwallte. Erst dann forderte er die Papiere. Während Hannes im Handschuhfach kramte, beugte sich der Soldat hinab und musterte aufmerksam die Insassen des Wagens. Mücke warf ihm einen kurzen Blick zu, genau wie Lexi, während Werner den Fahrer anlächelte. »Kalt heute, was Kamerad?«

Der Soldat antwortete nicht. Sein Karabiner hing ihm quer über den Rücken mit dem Lauf nach unten, und Mücke musste an einen französischen Partisanen denken, den er einmal in einem Magazin gesehen hatte.

Henker-Hannes reichte seine Dokumente aus dem Wagen. Der Soldat studierte sie und lächelte, als er erkannte, dass er einen Angehörigen der sowjetischen Exekutionsadministration vor sich hatte. Er hob anerkennend den Daumen und ließ sie anstandslos weiterfahren.

Am russischen Checkpoint, einige Meter weiter, erkannte man Hannes' Wagen und winkte ihn durch.

Anschließend rasten sie in südlicher Richtung die leere Friedrichstraße runter, überquerten die Spree, den Prachtboulevard Unter den Linden, um dann links in die Französische Straße zu biegen. Das sturmreif zerschossene Stadtschloss, das düster vor ihnen aufragte, beachteten sie nicht.

Sie verließen die Spreeinsel nach Südosten, kamen am Schlesischen Bahnhof vorbei, an der Rummelsburger Bucht, deren Wasser schwarz und ölig gegen die Kaimauern schwappte, um schließlich die Köpenicker Chaussee entlang zu fahren. Kurz darauf bog Hannes auf eine Wiese, schaltete Licht und Motor aus und starrte durch die Frontscheibe. In der Ferne bellte ein Hund.

»Wir sind noch nicht da, Hannes«, sagte Werner verwundert.

»Weiter fahre ich nicht«, erwiderte dieser in den Rückspiegel blickend.

»Was? – Wieso? Was soll das?«

Hannes drehte sich in seinem Sitz zu Werner um und sagte: »Wenn mich einer der Russen da erkennt? Wenn rauskommt, dass ich krumme Geschäfte mache, dann war's das mit dem Köppen. Dann bin ich selber dran.«

»Das hättest du dir vorher überlegen sollen!«, sagte Werner scharf. »Und außerdem: Wie stellst du dir das vor? Dass wir die Kisten mit dem Wodka hierher schleppen?«

»Ich hab das Geschäft nur für euch eingefädelt.«

»Ich schleppe doch keine fünfundvierzig Kisten bis zu deinem Scheiß-Auto«, schimpfte Lexi wütend. »Du fährst uns da jetzt hin, sonst …«

»Ich würde ja«, beschwichtigte Hannes, »aber ich muss an meinen Ruf denken.«

»An deinen Ruf?«, zischte Werner fassungslos. »Der ist doch längst im Arsch! Außerdem kannst du dir für deinen Anteil auch mal die Hände schmutzig machen.«

»Doktorchen«, begann Hannes versöhnlich, »wenn was schief geht, dann bin ich geliefert, und dann nutze ich euch gar nichts mehr.«

»Was für 'ne Scheiße!«, fluchte Lexi und drosch mit der Faust auf die Fahrerlehne.

Werner räusperte sich und formulierte jetzt deutlich, gefährlich, langsam und leise: »Du kommst sofort mit, Hannes, sonst mach ich den Henker persönlich einen Kopf kürzer.«

»Doktorchen, bitte!«, flehte Hannes.

»Einer von uns könnte fahren«, schlug Mücke spontan vor, als er das Geschäft schon platzen sah.

Drei Augenpaare richteten sich erstaunt auf ihn.

»Wir lassen Hannes hier, machen das Geschäft und holen ihn dann ab.«

»Ja, warum nicht?«, sagte Werner. »Hast Glück, Hannes, dass Mücke Grips hat.«

»Deswegen habe ich ihn ja ausgesucht«, seufzte Hannes erleichtert.

»So eine schwachsinnige Idee«, murrte Lexi. »Keiner von uns kann Auto fahren.«

»Los Hannes, rutsch mal rüber, ich versuche es«, befahl Werner.

Hannes rutschte in die Mitte, dicht an Mücke heran, der sich vor dem Scharfrichter ekelte.

Werner drehte den Anlasser, schaltete in den ersten Gang und würgte den Motor beim Anfahren sofort ab. Ebenso beim zweiten und dritten Mal. Beim vierten Mal gelang es ihm, den Wagen wenige Meter zu bewegen. Doch dann sprang der Gang raus, der Moskwitsch machte einen Satz und blieb röchelnd stehen.

»Mensch, ich kotze gleich!«, rief Lexi von der Rückbank.

Werner versuchte erfolglos, den Gang wieder einzulegen, erzeugte aber nur ein ohrenbetäubendes Schleifen.

»Doktorchen, du musst ...« rief Henker-Hannes den Lärm übertönend.

Der brüllte: »Halt die Schnauze!«, während er weiterhin versuchte, den Gang einzulegen. Schließlich gab er fluchend auf. »Lexi, versuch du es.«

»Einen Scheiß werde ich.«

»Lass mich mal«, sagte Mücke, und schon beim ersten Mal fuhr er den Wagen sanft an. Mücke schaltete einen Gang höher und beschleunigte.

»Etwas holprig, aber es geht«, sagte Werner zufrieden. »Bist du vorher schon mal gefahren?«

Mücke verneinte. Er war selbst überrascht, dass es ihm auf Anhieb gelungen war.

»Der fährt uns noch gegen einen Baum«, prophezeite Lexi düster.

Henker-Hannes beschwor sie noch, ihn ja abzuholen, bevor sie losfuhren.

*

Als sie in die Nalepastraße einbogen und ein Stück gefahren waren, dirigierte Werner Mücke einen schmalen dunklen Weg entlang, der rechts und links von fensterlosen Lagerhallen gesäumt wurde. Als sie dessen Ende fast erreicht hatten, blendeten Scheinwerfer vor ihnen auf, die zu einem russischen Laster, einem GAZ-AA gehörten, der ihnen den Weg versperrte. Mücke bremste abrupt.

»Verdammt«, rief Lexi von hinten, »pass doch auf!«

Mücke ignorierte ihn einfach. Sie warteten einen Augenblick, doch niemand stieg aus dem Lkw. Der GAZ stand einfach nur da wie ein lauerndes Ungetüm, bereit zum Losschlagen.

»Werner? Was machen wir?«, flüsterte Lexi.

»Ruhig bleiben«, gab dieser zurück. »Wir warten.«

Die Russen bräuchten nur mit einem weiteren Laster hinter dem Moskwitsch erscheinen, und sie säßen in der Falle, ging es Mücke durch den Kopf. Er wischte den Gedanken beiseite und konzentrierte sich auf die Situation vor ihm.

»Was soll das? Verdammte Scheiße!«, schimpfte Lexi. »Wieso steigen die nicht aus?«

»Keine Ahnung«, sagte Werner und zog seine Waffe.

In diesem Augenblick schwang die Beifahrertür des GAZ auf und ein russischer Offizier stieg aus dem Fahrerhaus. Er stellte sich auf das Trittbrett und breitete die Arme aus, als wollte er sie willkommen heißen. Zugleich tauchten aus dem Dunkel zu beiden Seiten des Lastwagens mehrere russische Soldaten auf, ihre Maschinenpistolen lässig über die Unterarme gelegt.

»Lexi, steck deine Kanone vorne in den Hosenbund, dass sie gut zu sehen ist«, befahl Werner und öffnete die Tür. Ein Bein schon draußen, wandte er sich an Mücke: »Du bleibst im Wagen und hältst die Augen offen. Wenn dir was Komisches auffällt, dann drückst du auf die Hupe. Und lass den Motor laufen.«

Als Werner und Lexi den GAZ erreicht hatten, sprang der Offizier vom Trittbrett und winkte ihnen, ihm zu folgen. Mücke sah sie hinter dem Lastwagen verschwinden. Einer der Rotarmisten blieb zurück und beobachtete ihn lauernd. Mücke kurbelte das Fenster herunter und sog die frische Nachtluft ein. Er blickte nach oben, wo ein Streifen Himmel zwischen den Dächern der Lagerhallen durchschien. Nicht weit entfernt rauschte die Spree.

Nach einer gefühlten Ewigkeit tauchten Werner und Lexi wieder auf. Jeder von ihnen schleppte zwei Holzkisten übereinander gestapelt.

»Der Herr macht sich wohl nicht gern die Hände schmutzig, was?«, ächzte Lexi, als er an Mücke vorbei stolperte, um die Kisten im Kofferraum zu verstauen. Mücke stieg aus und folgte Lexi zu einer der Hallen. Unter seinen ausgetretenen Wehrmachtsstiefeln knirschte der Kies. Ein leichter Holzgeruch hing in der Luft des leeren Gebäudes. Mücke schnappte sich zwei Kisten, die an einer Wand aufgetürmt waren, und trug sie zum Auto, wo Werner mit dem Offizier stand. Der Russe roch gerade aufmerksam an einer Lucky, die er schließlich anzündete und nach ein paar tiefen Zügen wegschnippte. Mücke musste sich zurückhalten, um sich nicht instinktiv auf den glimmenden Rest zu stürzen – so, wie sie es alle getan hatten, kurz nach dem Krieg.

Er ging mit Lexi los, um weitere Kisten zu holen. Die Soldaten feixten auf Russisch und lachten, wann immer die beiden beladen vorbeikamen. Mücke hatte den Eindruck, dass sie sich über sie lustig machten.

Nachdem alle Kisten verstaut waren, reichte der Offizier ihnen die Hand. »Guttes Geschäfft«, sagte er. »Spasibo.«

Als sie endlich im Wagen saßen, atmete Mücke auf und startete den Motor. Gerade wollte er den Gang einlegen, als ihm auffiel, dass er nicht wusste, wie man rückwärtsfuhr.

»Wieso weißt du das nicht, du Idiot?«, rief Lexi von hinten, eingezwängt zwischen den Kisten.

»Hannes hat uns das nicht erklärt«, verteidigte sich Mücke und schaltete nervös hin und her.

»Uns, uns«, wiederholte Lexi aufgebracht. »Wer hat denn laut gerufen, dass er Auto fahren kann, du Trottel?«

Der Wagen machte einen Satz nach vorn.

»Los mach schon!«, forderte ihn Werner ungeduldig auf. Mücke versuchte es mehrmals, fuhr jedoch immer wieder vorwärts auf den GAZ zu. Die Russen lachten lauthals.

»Das kann doch nicht wahr sein!«, schimpfte Lexi. »Was bist denn du für eine Null?«

»Halt die Schnauze!«, gab Mücke genervt zurück.

In diesem Moment näherte sich der russische Offizier und gab Mücke zu verstehen, er solle die Kupplung treten. Dann beugte er sich durchs Fenster und brachte den Schalthebel in die richtige Position. Mücke roch den Schweiß des Russen.

Nachdem dieser vom Auto zurückgetreten war, löste Mücke vorsichtig die Kupplung, und der Moskwitsch rollte rückwärts. »Spassiboo!«, rief Mücke erleichtert. Der Offizier verzog keine Miene.

Sie wendeten zwischen zwei Hallen. Als sie ein Stück entfernt waren, rief Lexi: »Die hatten richtig Respekt vor uns, sag ich euch.« Er zog die Pistole aus dem Hosenbund und zielte damit auf die Zapfsäulen einer zerstörten Leuna-Tankstelle. »Du hattest recht, Werner. So eine Knarre macht schon was her.«

»Mit einem freundlichen Wort und einer Waffe erreicht man mehr als mit einem freundlichen Wort allein«, sagte Werner laut. »Hat Al Capone schon gewusst.« Er griff nach hinten, riss einen der Kartons auf und klaubte eine Flasche heraus.

»Darauf trinken wir einen.« Werner drückte den Korken rein, hob die Flasche an die Lippen und nahm einen großen Schluck. Schlagartig setzte er ab und spie die Flüssigkeit in hohem Bogen aus. Ein feiner Sprühregen traf Mückes Hand, die das Lenkrad umklammerte.

»Gib noch eine!«, befahl Werner. Lexi reichte eine weitere nach vorn, und nachdem Werner auch von dieser und noch drei weiteren Flaschen aus verschiedenen Kisten probiert hatte, sagte er: »Die haben uns reingelegt.«

»Was?«, schrie Lexi. »Wie meinst du das?«

»Was ist da drin?«, fragte Mücke.

Werner wandte sich ihm zu: »Wasser.«

»Wasser?«, echote Mücke.

»Ja, das gute Spreewasser«, gab Werner zurück.

»Dreh um, Mücke!«, brüllte Lexi los. »Wir fahren da wieder hin und schießen ihnen die Ärsche weg.«

Plötzlich begann Werner lauthals zu lachen.

»Was soll das?«, fragte Lexi verwundert.

»Diese verdammten Russen«, rief Werner lachend, »die haben uns komplett verarscht.«

»Das ganze Geld ist futsch, und du lachst?«, rief Lexi.

»Die Zigaretten, versteht ihr?« Werner holte tief Luft. »Die waren getürkt. Nur die ersten beiden Packungen in den Stangen waren echt. In den restlichen war Sägemehl.« Er warf die volle Flasche aus dem Fenster. »So, und jetzt gehen wir echten Schnaps saufen, Jungs!«

SYLVIA I

»Lassen Sie das!«, rief Sylvia wütend. Eingezwängt zwischen anderen tanzenden Pärchen, schob sie die Hand des Mannes von ihrem Hintern. Doch einen Augenblick später war sie wieder dort, tastend, grapschend.

»Was glauben Sie denn, was ich für eine bin?«, fragte sie empört, während sie sich drehte und wand, um seinen Fingern zu entkommen.

»Na was schon? Ein kleines Schätzchen bist du«, sagte der Mann genüsslich. »Sonst wärst du ja wohl kaum hier? Und dazu ohne männliche Begleitung.«

Wieso hatte sie sich nur auf diesen Kerl eingelassen, ging es ihr durch den Kopf. Drei Gläser Sekt, ein paar Tänze, und der glaubte, sie wäre dafür schon zu haben? Dabei hatte er ihr auch nur den billigen Monopol spendiert. Wenn es wenigstens richtiger Champagner gewesen wäre.

»Na was ist denn jetzt, Kleine?«, fragte der Mann, zog sie fester an sich und betatschte erneut ihren Hintern. »Hab dich doch nicht so.«

Sylvia rammte ihm den Oberschenkel zwischen die Beine und gleichzeitig, als wäre es abgesprochen, zog die Jazz-Band auf der Bühne das Tempo an, um sich in ein wildes Finale zu steigern.

Der Mann machte den Mund auf und zu, als würde er versuchen, zu der Musik zu singen, brachte aber keinen Ton raus. Dann sackte er langsam auf die Knie, die Hände zwischen die Beine gepresst. Selbst in diesem Schummerlicht war zu erkennen, dass jegliches Blut aus seinem Gesicht gewichen war. Die Paare um sie herum wichen zurück und sahen erschrocken zu.

»Mein Mann hat einen Herzanfall!«, rief Sylvia über den Lärm der Musik hinweg. »Wir brauchen einen Arzt.« Sie drängte sich durch die Menge, schnappte sich Mantel und Handtasche und eilte zum Ausgang. Draußen auf dem Nettelbeckplatz fischte sie ihr Zigarettenetui aus der Handtasche, zündete sich eine Lucky Strike an und eilte zum Bahnhof Wedding.

Was hatte sie auch in dieser Kaschemme zu suchen?, fragte sich Sylvia wütend, während ihre Absatzschuhe einen feinen Rhythmus auf das Pflaster schlugen. Nur weil irgendeine erzählt hatte, sie hätte diesen hübschen Schauspieler aus *1-2-3 Corona* dort einmal gesehen. Als ob der so einen Laden besuchte.

Als Sylvia den Bahnsteig betrat, fuhr glücklicherweise gerade ein Zug der Linie C ein. Sie fand eine leere Bank und zündete sich eine weitere Zigarette an. Verdammtes Berlin, ging es ihr durch den Kopf. Hier kommt alles zusammen. Das Schlimmste und das Beste. Himmel und Hölle. Wie in dem Kinderspiel.

Am Stettiner Bahnhof stiegen drei französische Posten zu, die aufmerksam durch die Wagen gingen. Bei Sylvia blieben sie stehen. »Papiere bitte«, sagte einer in makellosem Deutsch.

Sie reichte sie ihm und fragte lächelnd: »Habe ich etwas verbrochen, Monsieur?«

»Mais non, Madame. Ist nur für die Sischerheit.« Er grinste verschwörerisch.

»Sehe ich etwa aus wie eine Verbrecherin?«, fragte Sylvia kokett.

Der Franzose wog die Hand hin und her. »Mhm«, sagte er und sah sie prüfend an. »Man kann nicht in die Mensch gucken. Isch stecke leider nischt in Ihnen drin.« Beide lachten.

An der nächsten Station wechselten sich die Franzosen mit vier ostdeutschen Polizisten ab, die bald wieder ausstiegen.

Sylvia fuhr noch bis Stadtmitte, wo sie umstieg, um schließlich vom Alex aus mit der Linie E bis zur Frankfurter Allee zu fahren. Die paar Schritte von der Station bis zur Schreinerstraße legte sie hastig zurück. In dieser Gegend sollte man nicht trödeln. Sollte man generell nicht in Berlin, aber besonders nicht hier. Auch wenn das Werners Revier war, gab es im Samariterkiez ziemlich übles Gesindel. Hier standen noch die von den Fabriken grau geräucherten Mietskasernen der Jahrhundertwende. Armut und Elend waren hier zu Hause. Selbst der Krieg hatte, wohl aus Mitleid, einen Bogen um diese Gegend gemacht. Im Gegensatz zur benachbarten Frankfurter Allee, auf der Panzerbeschuss und Häuserkampf ihre Spuren hinterlassen hatten.

Sylvia sah zur Wohnung im ersten Stock. In der Küche brannte Licht. Sie betrat den finsteren Hausflur und tastete sich am Geländer langsam die Treppe hinauf. Auf dem ersten Absatz stieß sie gegen einen kleinen Tisch, auf dem Blumentöpfe standen. Es klirrte. »Verdammt«, fluchte Sylvia leise. Wieso musste der Magistrat auch ständig den Strom abstellen?

*

»Sylvia!«, rief die abgehärmte Frau um die vierzig, die ihr die Tür öffnete.

»Hallo, Lucie«, gab Sylvia ebenso freudig zurück. Sie mochte Werners Mutter. Die ließ sich nichts gefallen.

»Die anderen sind in der Küche. Geh ruhig durch«, sagte Lucie und rückte zur Seite, damit Sylvia in dem engen Flur an ihr vorbeikam.

In der überfüllten Küche standen und saßen junge Männer und Frauen und unterhielten sich lautstark. In einer Ecke knackte und zischte der Kohlenherd vor sich hin und strömte eine bullige Wärme aus. Auf dem Tisch standen Schnaps- und Bierflaschen. Die Luft war grau und dick vom Zigarettenrauch. Ein hüfthohes Regal diente als Raumteiler und markierte gleichzeitig die Tanzfläche, auf der ein Pärchen ausgelassen zu Bully Buhlans *Räuberballade* tanzte.

Sylvia grüßte ein paar Leute. Die meisten hier kannte sie. Im Gedränge entdeckte sie Werner, der gerade auf einen jungen Mann einredete, den Sylvia nicht kannte. Sie ging zu ihnen rüber. Zwischendurch nickte sie Lexi kühl zu, der ebenso kühl zurück nickte. Wie sie diesen Kerl verabscheute! Dieser Frauenhasser und Schläger. Wieso Werner sich mit dem abgab, würde sie nie verstehen.

Sie begrüßte Werner mit Wangenküssen, bevor sie neugierig seinen Gesprächspartner musterte. Was hatte er denn da wieder für eine arme Seele aufgelesen?, fragte sie sich und schätzte ihn auf etwa ihr Alter.

Der Bursche trug eine enger gemachte und zigmal umgefärbte Uniformhose, wie Sylvia sofort erkannte. Dazu ein Hemd, das dem dicken Stoff und dem Muster nach aussah, wie aus einem Tischtuch oder einem Vorhang genäht.

»Sylvia, Mücke – Mücke, Sylvia«, stellte Werner sie einander vor.

Mücke hielt ihr die Hand hin, die sie überrascht schüttelte. Wenigstens hat er Manieren, dachte sie. Nicht wie die anderen Kerle, die Werner für gewöhnlich um sich scharte und für die Frauen nur einen Zweck hatten.

Für Sylvias Geschmack war Mücke viel zu dürr. Seine Wangen schienen sich nach innen zu saugen, als würde sich der ganze Mensch in sich selbst zurückziehen und irgendwann einfach verschwinden. Doch seine Augen gefielen ihr, so eine meeresfarbene Mischung aus Blau und Grün. Sie warfen ihr einen klaren und neugierigen Blick zu.

»So, so, Sylvia also«, begann Mücke das Gespräch, als Werner verschwand, um einen neuen Gast zu begrüßen. Seine Stimme war gleichzeitig hart und weich, so als würde man Butter raspeln. »Die Königin des Waldes.«

Sylvia sah ihn überrascht an.

»Habe ich mal in einem Buch drüber gelesen«, erklärte er. »Königstochter Sylvia war die Mutter von Romulus und Remus.«

Sylvia lächelte: »Da hast du ja gut aufgepasst. Du warst bestimmt ein Musterschüler.«

»Ich war *der* Musterschüler«, prahlte er, worüber sie lachte. Er hatte Witz, das gefiel ihr.

»Und woher kennt so eine hochherrschaftliche Dame wie du Werner Gladow?«, fragte er.

Sylvia deutete einen Knicks an: »Ich kenne Werner vom Ausgehen.« Was nicht ganz der Wahrheit entsprach. Aber sie musste Mücke ja nicht auf die Nase binden, dass sie ihm Pervitin verkauft hatte, dieses hochwirksame Aufputschmittel, das Hitlers Soldaten geschluckt hatten, um ihre Leistung zu steigern, und das ihr damaliger GI-Freund kistenweise in einem aufgegebenen Lager der Wehrmacht entdeckt hatte.

»Man sieht sich hier, man sieht sich dort«, sagte Sylvia, »man kommt ins Gespräch, feiert zusammen.«

»Du und Werner, ihr seid also …« Den Rest ließ er in der Luft hängen.

»Um Himmels willen – nein!«, lachte sie. »Wir sind nur Bekannte.« Sie lachte erneut. Der Gedanke, dass sie und Werner … Völlig absurd. Werner war amüsant, aber das war's auch schon. Die Zeiten waren hart und turbulent genug, da fehlte ihr so ein unberechenbarer Kerl gerade noch. Sie setzte auf Verlässlichkeit.

»Und woher kennst du Werner?«, fragte Sylvia schließlich.

Mücke druckste etwas herum und sagte schließlich: »Ich habe ihm bei etwas geholfen.«

Es schien ihm unangenehm zu sein, was Sylvia sympathisch fand. Normalerweise brüsteten sich die Kerle damit, an Gladows Geschäften teilzuhaben.

»Aber ich arbeite normalerweise für einen Händler namens Krücken-Kalle, der …«

»Lüküss!«, rief Sylvia amüsiert mit falschem französischen Akzent.

»Reinä Haud fürr die Dammä!«, ergänzte Mücke. Sie lachten.

»Ich habe einmal den Fehler gemacht, seine Seife zu kaufen. Anschließend hatte ich drei Tage lang rote, juckende Haut.«

»Ich entschuldige mich dafür.« Mücke verbeugte sich.

»Angenommen«, quittierte Sylvia und deutete erneut einen Knicks an.

Wieder ernst, kündigte Mücke vertraulich an: »Außerdem werde ich mich beruflich umorientieren.«

»Aha!«, staunte sie neugierig. »In welche Richtung denn?«

»Shampoo«, sagte er und sah sie betont unschuldig an.

Für einen Augenblick stutzte Sylvia. Als sie schließlich begriff, dass Mücke sie auf den Arm nahm, brach sie in schallendes Gelächter aus. Sie mochte seine Art. Er wirkte gleichzeitig abgebrüht und unschuldig. Insofern war er völlig anders als Werners übliche Kumpane, die eher beschränkte Lumpen und Halsabschneider waren oder solch ekelhafte Ratten wie Lexi. Gerade als Sylvia überlegte, ob sie Mücke vor Werner und seinen Kumpanen warnen sollte, flog krachend die Küchentür auf. Henker-Hannes torkelte in den Raum, begleitet von einem jungen Mann mit einer verschorften Gesichtshälfte, der ein Schüreisen geschultert hatte. Hannes trug eine gelbe Maske, die an eine Schlafbrille mit herausgeschnittenen Augenlöchern erinnerte. An den unteren Rand war ein schwarzes Tuch genäht, das Mund und Kinn verbarg. »Brüder und Schwestern im Fleische«, grölte er, »werdet Zeugen, wie der Henker den armen Sünder dem Himmelreich zuführt!« Er stieg schwerfällig auf den Tisch, wobei ihn zwei Umstehende stützen mussten, um schließlich schwankend dazustehen und die Anwesenden mit bösem Blick zu fixieren.

MÜCKE II

Henker-Hannes wankte auf dem Tisch, als würde ein starker Wind durch die Küche wehen. Schließlich stellte er sich breitbeinig hin, um mehr Halt zu haben, und rief mit fester Stimme: »So stehe ich da: völlig reglos, eiskalter Blick, bis der Verurteilte seinen Kopf auf den Hackklotz legt. Dann … Wo ist mein Beil?« Der junge Kerl mit der verschorften Gesichtshälfte reichte ihm das Schüreisen hoch. Hannes nahm es fast zärtlich entgegen. »Das Handbeil ist viel persönlicher als 'n Fallbeil«, nuschelte Hannes. »Und präziser. So 'n Fallbeil klemmt auch mal. Dann is der Kopp beim ersten Mal nich ab.« Er winkte seinem Handlanger: »Leg mal deinen Kopf auf den Tisch.« Der Verschorfte kam der Aufforderung nach und lächelte dabei selig, als hätte er nur darauf gewartet, heute Abend »geköpft« zu werden.

»Wenn er bereit ist und sein letztes Gebet gesprochen hat«, fuhr Hannes fort, »dann heb ich so das Beil.« Henker-

Hannes machte einen kleinen Ausfallschritt, wiegte sich in den Knien, hob mit beiden Händen das Schüreisen über den Kopf und rief: »Man muss sich Zeit lassen, darf nichts überstürzen. Musst genau die richtige Position finden. Die Rübe soll ja auch gleich beim ersten Schlag ab sein.«

Mücke sah Sylvia von der Seite her an. Sie hatte einen leicht spöttischen Gesichtsausdruck. Im Profil betrachtet, fiel ihm ihre spitze Nase auf, die ein wenig nach oben gebogen war, wie eine winzige Sprungschanze. Darunter floh das Kinn ein wenig in Richtung ihres dünnen Halses, was Mücke, in Kombination mit dem dunkelbraunen Kleid und dem straff zurückgekämmten Haar, an eine Amsel denken ließ. Sie war nicht die Hübscheste, fand er, der Mund zu klein, die Augen zu weit auseinanderstehend, die Stirn zu hoch. Aber ein schönes Lächeln hatte sie. Dazu ganz entzückende Grübchen. Und sie machte etwas aus sich. Sie hatte Persönlichkeit und Witz – und hübsche Beine.

»Und dann fällt das Beil!«, hörte er Hannes mit Grabesstimme dröhnen. Das Schüreisen senkte sich langsam, hielt auf halber Strecke inne – dramatische Pause –, um dann langsam auf dem Hals des Opfers zu landen. Nach einer weiteren Kunstpause in gespenstischer Stille, griff Hannes dem Verschorften in die Haare, zog ihn hoch und präsentierte den Zuschauern seinen Kopf, als hielte er ihn vom Leib getrennt und entseelt wie eine Trophäe dem schaudernden Publikum entgegen.

»Das is 'ne riesige Schweinerei!«, rief er dazu. »Die bluten, bis das Herz aufhört zu schlagen. Der reinste Springbrunnen.«

»Als Schauspieler wär er gar nicht schlecht«, raunte Mücke Sylvia zu.

»Der könnte aber nur Bösewichte spielen«, flüsterte Sylvia zurück.

»Oder Henker.«

»Oder dessen Opfer.« Beide lachten leise.

»Man muss aufpassen. Das Beil darf nicht viel Blut abbekommen«, schwadronierte Henker-Hannes gerade und presste sich das Schüreisen schützend an die Brust. »Vor allem das Holz. Das geht nicht wieder ab.« Er sah finster in die Menge. »Das is wie mit den Weibern. Die kannst du zwar schmutzig machen, aber du musst sie regelmäßig putzen.«

Die Leute lachten. Hannes sah sein Publikum triumphierend an. Das ließ sich auch nicht lange bitten und applaudierte ausgiebig, während Hannes einen Schnaps runterkippte, den ihm sein verschorfter Assistent gereicht hatte.

Sylvia und Mücke sahen einander belustigt an. »Was für ein Spektakel«, stöhnte Mücke.

»Wenigstens hat er diesmal keinen Besenstiel genommen«, sagte Sylvia.

Für einen Augenblick verhakten sich ihre Blicke ineinander.

Gerade als Mücke etwas zu Sylvia sagen wollte, tauchte Werner auf, eine Wodkaflasche in der Hand: »Jedes Mal das gleiche Theater. Ich kann den Text schon mitsprechen.«

»Du solltest Eintritt verlangen«, schlug Sylvia vor.

»Ja, und ihn auf Tournee schicken«, sponn Mücke den Unsinn weiter.

»Und er könnte auf einem schwarzen Hengst hereingeritten kommen«, sagte Sylvia.

»Oder auf einem schwarzen Ziegenbock«, sagte Mücke.

Sylvia lachte. Sie hatte ein dreckiges und gar nicht damenhaftes Lachen, was Mücke sehr gefiel. Überhaupt schien sie nicht so zerbrechlich zu sein, wie ihr Äußeres vermuten ließ.

Werner ging auf ihre Scherze nicht ein. »Ich muss was mit dir besprechen«, sagte er zu Mücke, sah aber dabei Sylvia eindringlich an.

»Oho!«, machte Sylvia. »Das heißt, ich darf mich jetzt in die Damengemächer zurückziehen, damit die Herren ungestört etwas Geschäftliches besprechen können.«

Werner grinste: »Mit dir mache ich am liebsten Geschäfte.« Er deutete einen Handkuss an. »Niemand verhandelt so knallhart wie du. Aber ich muss was anderes mit Mücke besprechen.«

Sylvia knickste artig, lächelte dabei ironisch und schlenderte zu Lucie, bei der sie eine Zigarette schnorrte.

*

Mücke sah Sylvia hinterher, bis Werner verkündete: »Ich habe große Pläne. Ich will eine Bande aufziehen – so wie Al Capone in Chicago. Ganz große Nummer. Nicht mehr so windiger Kleinkram wie heute Abend.«

Al Capone, dachte Mücke. Erst einige Wochen zuvor hatte er im Kino einen Bericht über dessen Tod gesehen. Er war geistig umnachtet gestorben – nicht gerade jemand, dem man nacheifern sollte.

»Al Capone hat auch mit Schwarzmarktgeschäften angefangen, genau wie ich«, sagte Werner. »Aber damit gebe ich mich nicht mehr ab. Ich will das große Geld. Davon liegt genug herum. Man muss es nur aufheben.« Er zwinkerte Mücke zu: »Ich brauche clevere und verlässliche Leute, solche wie dich.«

»Mich?«, krächzte Mücke überrascht.

»Hast dich heute gut gemacht«, raunte Werner, »hast Grips bewiesen und dir nicht ins Hemd gemacht. Außerdem versteh ich mich auf Menschen. Ich weiß, wie einer tickt. Und bei dir hab ich das Gefühl, ich könnte dir vertrauen.«

Mücke nickte. Er fühlte sich geschmeichelt. Werner reichte ihm die Wodkaflasche. Er setzte die Flasche an, trank einen großen Schluck und verspürte augenblicklich, wie sich der Schnaps weich an seine Gedanken schmiegte, ihnen das Harte, Widerspenstige nahm.

»Wie viele Leute hast du denn?«, wollte Mücke wissen.

»Lexi. Mit dir wären wir zu dritt. Die anderen habe ich aber schon im Auge. Fünf Leute. So fangen wir an. Jeder ist ein Spezialist auf seinem Gebiet. Und irgendwann bauen wir eine richtige Organisation auf. Ich hab alles genau geplant. Dann sind wir fünf die Offiziere, die Kommandeure, der innere Zirkel.« Werner beschrieb mit dem Arm einen Halbkreis über die Gäste hinweg. »Und das werden unsere Soldaten. Sollten wir Spezialisten brauchen, dann rekrutieren wir die nach Bedarf. Genauso hat Al das gemacht.«

Mücke war beeindruckt, aber nicht überzeugt. Er war noch nie auf den Gedanken gekommen, ein richtiger Ganove zu werden, sich bewusst für diese Laufbahn zu entscheiden. An Krücken-Kalle ist er durch einen entfernten Bekannten geraten, zu der Zeit, als er gerade aus Hannover kam. Da war ihm alles egal. Die Bombardierung und der Tod seiner Eltern hatten wie hungrige Ratten an ihm genagt und ihn langsam aufgefressen. Mittlerweile hatte er sich an das Leben in den dunklen Winkeln gewöhnt und mochte den Nervenkitzel. Trotzdem war es ein gewaltiger Unterschied, ein kleiner Schwarzmarkt-Handlanger zu sein oder ein richtiger Gangster zu werden.

Werner, der Mückes Zögern bemerkte, sagte: »Das ist idiotensicher. Wir werden richtig reich, und dann schmieren wir die Polente, genau wie Al. Die Bullen können uns gar nichts. Wir nutzen die vier Sektoren aus.«

Mücke sah ihn neugierig an.

»Stell dir vor, wir drehen was in Reinickendorf und verschwinden nach Pankow. Oder in Friedrichshain und tauchen in Kreuzberg ab. Bombensicher, sag ich dir.«

Der Plan schien Mücke so simpel wie genial. Flohen sie über eine der Sektorengrenzen, waren sie vor Verfolgung sicher. Kein ostdeutscher Bulle würde sich in den Westen wagen oder umgekehrt. Aber konnte er Werner trauen? Der war ein Ganove durch und durch.

»Wir werden immer genug zu fressen haben«, redete Werner weiter, »die feinsten Klamotten, die teuersten Uhren, die schnellsten Autos, die schönsten Weiber, das beste Essen. Die Leute werden Respekt vor uns haben. Wir werden die Könige dieser verdammten Stadt sein, die Könige von Berlin.«

In diesem Augenblick fing Mücke Sylvias Blick auf. Sie nickte ihm kaum merklich zu. Mücke versuchte, sich selbst durch ihre Augen zu sehen. Er sah einen ausgemergelten Jungen, dessen einziges Kapital der Hunger war, der Hunger nach Leben, nach Anerkennung, nach Geld. Aber das war nichts, womit man sich brüsten konnte. Er war ein Habenichts. Welche Frau würde mit so einem Kerl ausgehen wollen? Und ein berühmter Zeitungsreporter würde er vermutlich nicht werden. Was hatte er also zu verlieren? Zudem drosch der Wodka auf seinen Verstand ein, sodass er nicht klar denken konnte.

»Ich bin dabei«, versprach Mücke mit fester Stimme und hielt Werner die Hand hin.

»Fein!«, rief dieser. Sie schüttelten sich die Hände und begossen ihre neue Partnerschaft, indem sie abwechselnd aus der Flasche tranken.

»Ich wusste, dass du mitmachst. Hab's dir angesehen«, sagte Werner anschließend. »Ich hab 'n Gespür für so was.«

Mücke hoffte, seine Entscheidung nicht bereuen zu müssen. Aber er konnte ja jederzeit aussteigen.

»Wir besorgen dir bald eine Kanone.«

Mücke war sich nicht sicher, ob er eine brauchte, aber das gehörte wohl dazu.

Werner zeigte ihm die Radom: »Was glaubste, wo ich die her hab?«

»Beim Kartenspielen gewonnen?«, riet Mücke drauf los.

Werner feixte, strich zärtlich über den Lauf und erzählte Mücke von dem Überfall auf die Ostberliner Polizisten.

»Alle Achtung«, staunte Mücke, als Werners Geschichte endete. »Das erinnert mich an Robin Hood.«

Werner grinste. In diesem Moment bemerkte Mücke, dass Sylvia ihn und Werner noch immer beobachtete. Er lächelte ihr zu, worauf sie zurück lächelte.

»Beiß dir nicht die Zähne an ihr aus«, warnte Werner. »Sylvia sieht zwar flott aus, tut süß wie Marzipan. Aber wenn's zur Sache geht, stößt du auf Granit.«

»Keine Bange«, gab Mücke zurück und schob sich durch die Küche, in der es mittlerweile ziemlich voll geworden war.

*

»Hallo!«, flötete Mücke, als er wieder neben Sylvia stand und ärgerte sich, dass ihm nichts Intelligenteres einfiel.

»Selber Hallo!«, erwiderte sie.

In der Menge eingekeilt, wurden sie von dieser leicht hin und her geschoben. Mücke kam es vor, als würden sie auf einem Floß stehen – allein, mitten im Ozean.

»Was machst du eigentlich so, wenn du nicht gerade feierst?«, fragte er. Ihm fiel auf, dass er gar nicht wusste, wie man sich ernsthaft mit einer Frau unterhielt. Außer seiner Schwester kannte er kaum eine. Und bis auf einige flüchtige Begegnungen hatte er noch keine richtige Freundin gehabt.

»Ich lerne Schneiderin«, antwortete Sylvia.

»Das ist ein Beruf mit Zukunft«, sagte Mücke und ärgerte sich im selben Moment über seinen blöden Kommentar. Er klang ja wie ein Lehrer. »Ich meine …«, begann er, doch Sylvia fiel ihm ins Wort: »Nein, du hast schon recht. Besonders spannend ist es nicht. Wir schneidern Uniformen um und machen daraus neue Anzüge oder Blusen aus Fallschirmseide. Aber es gibt immer was zu tun. Die Leute rennen uns den Laden ein. Und was sollen sie auch machen? Die haben ja noch die Wehrmachts-Uniformen im Schrank. Und aus Fallschirmseide lassen sich schicke Blusen schneidern.«

»Aha!«, machte Mücke und fügte hinzu, um das Gespräch ja nicht verstummen zu lassen: »Meine Schwester ist auch Schneiderin.«

»So?«

»Sie hat das nicht gelernt. Aber es gibt ja nichts. Man muss alles selber machen. Sie näht für die Nachbarn und für uns. Damit verdient sie sich ein bisschen Geld, weil ihr Mann …« Mücke brach ab. Er wollte sich wegen seines Schwagers nicht die gute Laune verderben. »Die Hose hier hat sie zum Beispiel umgenäht.«

»Das ist gut gemacht«, sagte Sylvia. Sie fuhr mit dem Finger an der Naht seiner enger genähten fadenscheinigen Hose entlang: »Keine Nahtwülste. Wer das nicht gelernt hat, kriegt's nicht hin.«

»Wird sie freuen, wenn ich ihr das erzähle«, sagte er.

»Ich will mich aber nicht mein ganzes Leben lang mit Hosennähten, Rocksäumen, Ärmelaufschlägen und so was beschäftigen«, sagte Sylvia jetzt. »Ich will selbst Kleider entwerfen. Ich werde Modeschneiderin.«

»Du siehst auch sehr elegant aus«, sagte Mücke und wurde rot. Erleichtert stimmte er zu, als Sylvia vorschlug, einen Schnaps zu trinken.

Sie zwängten sich durch bis zu der improvisierten Bar, die aus einer mit Brandlöchern übersäten Tür bestand, die auf zwei Holzböcken lag.

Nachdem sie einander zugeprostet und einen Cognac getrunken hatten, sagte Mücke: »Ich habe auch Pläne«, worauf Sylvia ihn neugierig ansah.

»Ich würde gern bei einer Zeitung als Reporter arbeiten«, sagte er.

»Und warum tust du das nicht, anstatt Seife zu verkaufen?«, wollte Sylvia wissen.

»Ich weiß nicht, ob ich das kann.« Der Alkohol lockerte Mückes Zunge. Normalerweise wäre er einer Fremden gegenüber nicht so offen gewesen. »Ich meine, ich habe das schon mal gemacht, in Hannover. Aber das waren nur kurze Berichte. Da war ich noch Schüler. Hier brauchen die mich bestimmt nicht.«

»Ich finde, du solltest es trotzdem versuchen«, schlug Sylvia vor. »Was hast du zu verlieren?«

»Ja, vielleicht«, gab Mücke zurück. Er schob das schon eine ganze Weile vor sich her.

Dann verstummte ihr Gespräch. Mücke überlegte krampfhaft, was er Sylvia noch fragen oder ihr erzählen könnte, als plötzlich jemand die Musik lauter stellte und rief: »Los tanzen!«

Wortlos griff Sylvia Mückes Hand und zog ihn hinter sich her auf die Tanzfläche, wo sich immer mehr Paare einfanden. Schnell ließen sie sich mitreißen und tanzten einen rasanten betrunkenen Walzer, der überhaupt nicht zu dem Schlager passte, der gerade lief. Dann kam *Minnie the Moocher*, und die Paare lösten sich voneinander, kreisten erst einen angewinkelten Arm mit erhobener Handfläche, dann den anderen. Sie schüttelten ihre Gliedmaßen, wippten in den Knien, imitierten einen Schleichgang, klatschten in die Hände, um dann lautstark und schief den Refrain »Hi-de-hi-de-hi-di-hi! Hi-de-hi-de-hi-di-ho!« mitzusingen, wobei sie die Arme hochrissen und die Hände zur Decke streckten.

Sylvia und Mücke suchten einander immer wieder mit den Augen, und hatten sie sich gefunden, lächelten sie sich zu. Mücke war glücklich in dieser Nacht und wünschte, sie würde nie enden.

»Ich habe schon einige Ihrer Kollegen hier wohnen gehabt«, sagte Frau Rennecke. »Das waren immer anständige Leute«, fügte sie hinzu, als sei sie sich bei ihm nicht so sicher. »Aber das waren ja auch alles Polizisten. Sie scheinen mir allerdings noch etwas zu jung dafür zu sein.«

»Ich bin neunundzwanzig«, murmelte Denske.

»Und wo ist Ihre Uniform? Die kann ich Ihnen auch waschen und bügeln, kostet nur einen kleinen Aufpreis.«

»Ich habe keine Uniform«, gab Denske zurück. Er kam sich langsam vor wie bei einem Verhör, nur mit vertauschten Rollen. »Ich bin bei der Kriminalpolizei. Da tragen wir keine Uniformen.«

»Ach, wie schade«, seufzte Frau Rennecke enttäuscht. »Ein Mann in Uniform ist doch zu schmuck. Haben Sie noch nicht mal eine Ausgehuniform?« Denske schüttelte den Kopf. »Zu schade«, sagte sie noch einmal.

»Und wie steht es mit den Frauen?«

»Was meinen Sie?«

»Na, Sie wissen schon. Weibergeschichten will ich hier nicht haben«, sagte Frau Rennecke mit schriller Stimme, als habe Denske ihr soeben ein unsittliches Angebot gemacht.

»Natürlich nicht«, sagte er. »Was denken Sie denn?«

»Sie haben auch keine Braut?«, führte sie ihr Verhör fort.

»Frau Rennecke, ich bin vor fünf Monaten aus russischer Kriegsgefangenschaft entlassen worden«, sagte Denske betont, worauf sie ihn angewidert ansah. Wahrscheinlich denkt sie, die hätten mich da zum Kommunisten umerzogen. Fast hätte er gelacht. »Frau Rennecke, ich will einfach wieder Fuß fassen. Ich war fast drei Jahre im Lager.«

»Ich habe gehört, dass es dort Kannibalismus gibt«, raunte Frau Rennecke fasziniert, »weil die Russen unseren Männern nichts zu essen geben.«

»Das sind Märchen«, sagte Denske knapp. »Sie sollten so etwas nicht glauben.« Am liebsten wäre er wieder gegangen. Aber er dachte an die Polizeikaserne, in der er momentan untergebracht war, an das Mehrbettzimmer, das er sich mit sechs Kameraden teilte, die in der Nacht im Schlaf fluchten oder schrien, furzten und sich unruhig hin und her warfen – von den Bettwanzen gar nicht erst zu reden. Das alles hielt er nicht mehr aus. Doch vorerst ging die Befragung weiter: »Und woher stammt Ihre Familie?«

»Aus Brandenburg.«

»So, so«, sagte sie. »Na, da sind Sie ja wenigstens Preuße. Ich habe nämlich nicht so gern Mieter aus Süddeutschland oder aus dem Osten.«

Denske schaltete auf Durchzug. Das hatte er im Lager gelernt. Wollte man überleben, durfte man nicht alles an sich heranlassen. Frau Rennecke war nur noch ein Hintergrundgeräusch.

»Stellen Sie sich vor: Man wollte mir eine Flüchtlingsfamilie in die Wohnung stecken, eine total verlauste Bande aus Schlesien. So was kommt mir nicht ins Haus. Glücklicherweise habe ich im Wohnungsamt einen Bekannten zu sitzen. Der konnte das verhindern.« Sie setzte eine Verschwörermiene auf. »Der hat mir auch geraten, Polizisten aufzunehmen. Seitdem ist Ruhe mit Einquartierung. Und wenn die Uniformen am Fenster auslüften, weiß das Gesinde gleich Bescheid, hier ist ...«

»Ich nehme das Zimmer«, unterbrach Denske den Redefluss von Frau Rennecke.

Sie hielt abrupt inne und blitzte ihn freudig an: »Da tun Sie genau das Richtige, glauben Sie mir. Meine Mieter haben sich bei mir immer sehr wohl gefühlt.«

Wahrscheinlich waren die taub, dachte Denske – oder hirntot.

»Wenngleich ich Sie zu jung für den Polizeidienst halte«,

fuhr sie fort. »Da braucht es gestandene Männer. Gerade jetzt in diesen unruhigen Zeiten, wo man als anständige Frau nicht mehr unbehelligt auf die Straße gehen kann.« Ein wohliges Gruseln zeigte sich auf ihrem Gesicht.

»Es kommen auch wieder bessere Zeiten, Frau Rennecke. Deutschland hat schon Schlimmeres überlebt.«

Sie musterte ihn skeptisch: »Haben Sie nur diesen einen Koffer?«, wechselte sie das Thema.

Denske sah zu seinem schäbigen, mit Lederimitat bezogenem Pappkoffer und nickte.

»Die Miete beträgt dreißig Mark in der Woche. Darin enthalten ist ein Frühstück. Falls Sie Mittag- oder Abendessen wünschen, würde das extra kosten.«

»Vielen Dank, das ist nicht nötig. Ich esse im Polizeikasino.«

Sie ließ nicht locker: »An den Wochenenden gibt es auch Fleisch. Wenn Sie mir Ihre Lebensmittelkarte geben, könnte ich auch darüber etwas einkaufen für Sie.« Als er nicht darauf einging, wischte sie sich mehrmals die Hände an ihrem Kittel ab. »Na überlegen Sie es sich. Falls Sie wünschen, dass ich Ihre Wäsche mache, dann sind das fünf Mark zusätzlich. Und für die ersten beiden Wochen hätte ich die Miete gern im Voraus. Danach zahlen Sie bitte immer am Freitag für die folgende Woche.«

Denske zückte seine Brieftasche und zählte sechzig Mark auf das verschnörkelte Büfett. Dabei fiel sein Blick in den Spiegel, der darauf stand. Ein fremder Mensch sah ihn an: ernster Blick, bitterer Zug um die Mundwinkel, die Lippen schmal, akkurater Scheitel – ein früh gealterter Mann, der schon zu viel gesehen hatte.

»Ich helfe Ihnen gern beim Auspacken des Koffers«, hörte er Frau Rennecke sagen.

Denske sah die etwa sechzigjährige füllige Frau im Spiegel an: »Das ist nicht nötig. Das schaffe ich schon.«

»Hm, wie Sie meinen«, sagte sie schnippisch. »Ich will mich ja nicht aufdrängen, aber …«, die Türklinke bereits in der Hand, »… eine Frau hat nun mal einen ganz anderen Sinn für Ordnung als ein Mann.«

Denske erklärte ihr mit Nachdruck: »Ich bin es gewohnt, meine Sachen allein zu regeln, Frau Rennecke.«

»Dann lasse ich Sie mal allein, während Sie Ihren Koffer auspacken.« Das letzte Wort mit besonderer Betonung gesprochen, rauschte sie aus dem Zimmer. Die Glasscheibe in der Tür klirrte leise beim Schließen.

*

Denske war allein. Er setzte sich aufs Bett und sah sich um. Was für ein Luxus, dachte er, ein Zimmer nur für mich. Im Lager hatte er sich die Holzpritsche mit einem Ukrainer teilen müssen, in einem Dreistockbett. Das hieß: sechs Mann paarweise übereinander auf engstem Raum. Und wenn er im Bett die Hand über den Gang ausstreckte, berührte er bereits das nächste. In ihrer Baracke standen auch keine Blumentöpfe auf dem Fensterbrett. Weder hingen dort Spitzengardinen vor den Fenstern, noch gab es eine Tür, die ihm andere Menschen fernhielt. In dieser zugigen Bretterbaracke hatte er nirgends eine Ecke für sich allein. Bei fast jeder Bewegung darin stieß man mit anderen zusammen, Gefangenen und Wächtern. Selbst auf dem Scheißhaus saß man dicht nebeneinander. Dagegen fühlte sich dieses Zimmer wie das Paradies an – auch wenn es von einem Drachen bewacht wurde.

Denske stand auf und sah aus dem Fenster. Am Anhalter Bahnhof glänzten die Gleise der Straßenbahn im Mittagslicht. Er ließ seinen Blick über den Bahnhof schweifen, der trotz seiner Kriegsschäden noch in Betrieb war. Zwar fehlte ein Teil des Daches, zwar waren die Hallenwände schwarz vom Feuer, doch das Gebäude stand noch und erfüllte seinen Zweck. Genau wie er, Denske, selbst: Er stand noch und funktionierte. Dabei war auch er nicht mehr vollständig. Der Krieg und die Gefangenschaft hatten etwas in ihm kaputtgemacht. Sie hatten einen Teil seiner Persönlichkeit zerstört. Jenen Teil, in dem Zuversicht und Hoffnung keimten.

Kopfschüttelnd packte er seine Bücher aus und sortierte sie auf das Büfett. Anschließend betrachtete er seine Bibliothek, die aus acht Büchern bestand. Irgendetwas störte ihn. Er schob die Bücher ein wenig nach rechts. Das gefiel ihm auch nicht. Dann nach links, aber auch so standen sie nicht richtig. Er sortierte sie der Größe nach, von links nach rechts aufsteigend. Das kam ihm zu pedantisch vor. Also stellte er sie durcheinander. Und trotzdem irritierte ihn etwas. Es war dieser Spiegel. Immer wenn er mit den Büchern zugange war, sah er aus den Augenwinkeln sein Abbild herumhuschen, als ob da einer wäre. Er nahm ihn wahr als Riss in der Wirklichkeit, in dem verschwommen eine Person agierte, von der er manchmal nicht wusste, wer sie war. Denske nahm den Spiegel ab und stellte ihn neben den Kleiderschrank, in dem er Socken, Unterhosen und sein zweites Hemd verstaute. Dann hockte er sich auf die niedrige Chaiselongue, wo er eine Weile saß und versuchte, an nichts zu denken. Den Rat hatte ihm ein Kamerad im Lager gegeben, Hermann, der Buddhist. »Lass deine Gedanken ziehen. Stell dir das Nichts vor«, hatte er wiederholt gesagt.

Denske war das nie gelungen. Wie konnte man denn auch an nichts denken? Das widersprach sich doch. Und das absolute sinnlose Nichts hatte er doch auch schon zur Genüge kennengelernt, in verschiedenen Ausprägungen: Nazideutschland, Krieg, Gefangenschaft. Das Nichts schien ihm nicht erstrebenswert – ganz im Gegenteil: Er wollte so sehr, dass da etwas ist, etwas Schönes, Reines, Wahres.

Denske erhob sich ruckartig. Verdammt, ständig verlor

er sich in ferne Gedanken. Manchmal kam er sich dabei vor, als habe man ihn in einem dichten, tiefen Wald ausgesetzt. Und dann kostete es ihn viel Mühe, wieder hinauszufinden.

Dabei musste er doch rechtzeitig auf dem Revier sein. Bis zur Friesenstraße würde er mindestens eine halbe Stunde zu Fuß brauchen. Ohne sich von Frau Rennecke zu verabschieden, verließ er die Wohnung.

Er hastete den Mehringdamm hinunter. Die blank gefegte Straße erstreckte sich bis zum Horizont und ihr sanfter Anstieg erinnerte Denske stets an eine Düne. Aus dem U-Bahnhof strömte eine Menschenmenge und verteilte sich in alle Richtungen. Wären da nicht die Ruinen, dachte Denske, man könnte meinen, in einer normalen Großstadt zu sein. Die Leute gehen zur Arbeit oder nach Hause, als wenn nichts gewesen wäre. Als wenn die Welt nicht aufgehört hätte, sich zu drehen nach all den schlimmen Dingen. Aber vielleicht empfand auch nur er das so.

Ein Omnibus keuchte asthmatisch vorbei. Holzvergaser, stellte Denske fest. In Russland war dieses Geräusch allgegenwärtig und versetzte ihn sofort wieder in die Zeit seiner Gefangenschaft. Unwillkürlich zog er die Schultern hoch, abwehrbereit.

Der Flughafen Tempelhof kam in Sicht. Der hieß jetzt allerdings einem Schild zufolge »Tempelhof Air Base«. Wie um das zu unterstreichen, sah Denske eine amerikanische Curtiss C-46 über die Startbahn donnern. Die Motoren heulten auf, die Maschine zitterte heftig, als hätte sie starkes Fieber, dann zog sie der Pilot nach oben. Allzu hoch kam sie jedoch nicht. Der kräftige Wind drückte sie nach unten. Mit quietschenden Reifen setzte sie wieder auf. Dann, so schien es Denske, machte die zweimotorige Transportmaschine einen Buckel, bevor sie entschlossen und mit vorgeschobener Schnauze erneut abhob. Diesmal schaffte es die Curtiss in der Luft zu bleiben. Ihre Tragflächen schwankten im Wind, und Denske hatte für einen kurzen Moment den Eindruck, sie würde ihm zuwinken, bevor sie elegant und eine leichte Kurve beschreibend in Richtung Wolkendecke verschwand. Irgendwann würde er auch einmal in einem Flugzeug fliegen, nahm er sich vor – nach Amerika.

»Jetzt mal ein bisschen Dampf, Kollege!«, empfing ihn sein Vorgesetzter. »Sie müssen noch die Akten zum Fall Scherer auf Vordermann bringen. Und am besten zu gestern schon.«

Denske seufzte innerlich. So hatte er sich die Polizeiarbeit nicht vorgestellt. Als er vor rund drei Monaten den Aufruf im RIAS gehört hatte, die Polizei suche Mitarbeiter, dachte er, es handle sich um die Schutzpolizei. Stattdessen landete er bei der Kripo, und zwar weil er ein Gymnasium besucht hatte, wie man ihm bei der Einstellung erklärte. Doch anstatt die täglich begangenen Verbrechen aufzuklären, musste er sich mit den Akten längst vergessener Fälle beschäftigen – eine Arbeit für Idioten. Aber was beklagte er sich? Das war besser als Schnürsenkel zu verkaufen, wie er es in den ersten Wochen nach seiner Ankunft in Berlin getan hatte.

Denske grüßte den Kollegen knapp, mit dem er sich ein Büro teilte, und setzte sich an den provisorischen Schreibtisch, der aus einem umgekippten Spind bestand. Er hatte nicht wirklich etwas zu tun. Er war noch zu unerfahren, als dass ihn seine Vorgesetzten mit aktuellen Fällen betrauen konnten. So ließen sie ihn alte Akten lesen und sortieren, um ihn mit der Ermittlungsarbeit vertraut zu machen. Aber diese endlosen Dokumente strotzten nur so von hölzernem Beamtendeutsch, und Denske verlor schnell die Lust. Stattdessen begann er, während der Arbeit Krimis zu lesen. Ich brauche einen Fall, überlegte Denske. Er ruckelte auf dem durchgesessenen Gartenstuhl hin und her, bis er eine annehmbare Position gefunden hatte. Es muss was her, das mich fordert, das über die ewige Wiederkehr des Gleichen hinausweist. Sonst versinke ich tatsächlich noch im Nichts.

WERNER II

Am Bahnhof Zoo stiegen sie aus der S-Bahn. Auf dem Vorplatz pustete sie der Wind fast von den Füßen. Lexi zog den Hals tief in seine wattierte grüne Russenjacke. Wie eine Schildkröte, dachte Werner, wie eine schlecht gelaunte Schildkröte. Seitdem er Lexi erzählt hatte, dass Mücke in der Bande war, maulte der rum.

Vor dem Bahnhof standen einige mittelalte Frauen zusammengeklumpt, während ein paar Männer auffällig herumschlichen, als legten sie es darauf an, von der Polizei durchsucht zu werden. Dieser Schwarzmarkt hier ist einfach erbärmlich, dachte Werner.

Hier machte er so gut wie nie Geschäfte. Es lohnte nicht. Hier tauschten Hausfrauen ihre letzte Brosche gegen zwei Pfund Butter oder sie hoben hinter dem Bahnhofsgebäude den Rock für einen Fremden, um anschließend beschämt und mit etwas Essen in der Tasche nach Hause zu Mann und Kind zu gehen.

Sie liefen in Richtung Gedächtniskirche. »Guck dir das an«, sagte Werner und wies auf die Ruine des Gotteshauses. »Da is meine Mutter konfirmiert worden. Und jetzt? Was ist davon übrig? Eine Turmruine, die wie ’n fauler Zahn aussieht. Ein fauler Zahn in einem zerschlagenen Maul.«

»Wir könnten den ollen Knautschke mal wieder besuchen, wo wir gerade hier sind«, schlug Lexi vor.

»Wir sind doch hier nicht auf Safari!«, schimpfte Werner, worauf Lexi wieder beleidigt schwieg. Dabei mochte Werner das Flusspferd. Knautschke hatte die Bomben auf den Zoologischen Garten überstanden. Den Verlust seiner Mutter, dann vor einem Jahr die Sprengung eines Flakturms im

Tiergarten, der auf seinen Stall gestürzt war – Knautschke überlebte alles. Ein waschechter Berliner eben, wie Werner immer sagte.

In der Rankestraße angekommen, schlenderten sie wie zufällig am Fotogeschäft Kutzer vorbei. Einige Wochen zuvor hatte Lexi die Scheibe dort eingeschmissen, sich eine Leica geschnappt und auf dem Markt verhökert, für dreißigtausend Reichsmark! Und eigentlich waren sie jetzt nur hier, weil Werner mal nachsehen wollte, wo Lexi diesen Fischzug gemacht hatte.

»Der Kutzer hat nix dazugelernt«, sagte Werner, als sie ausreichend weit entfernt waren. »Stellt der sich doch wieder so ein teures Ding ins Fenster. Und auch noch eine Contax. Der legt's ja regelrecht drauf an.«

»Lass uns mal weiter«, schlug Lexi vor.

Werner ging nicht darauf ein und wies Lexi an: »Stell dich mal auf die andere Straßenseite und pass auf, dass keine Polente kommt.«

»Was hast du denn vor?« Lexi sah besorgt aus.

»Nüscht weiter«, erwiderte Werner. »Aber die Kamera hat mir zugeflüstert, dass sie nicht länger beim Kutzer bleiben will.« Fast hätte er losgelacht. Lexi sah aus, als zweifelte er an Werners Verstand.

»Lass das doch«, bettelte Lexi. »Vielleicht haben die mich schon erkannt und holen gerade die Bullen.«

»Weißt du, was Al gesagt hat?«, fragte Werner, und noch ehe Lexi antworten konnte, sagte er: »Al hat gesagt, manche nennen es Diebstahl, ich nenne es Geschäft. Hast du nicht gewusst, wie?«

Natürlich weiß Lexi das nicht, dachte Werner. Wie er so einiges nicht weiß, weil er nur im Meckern gut ist.

»Und nun geh schon. Stell dich auf die andere Straßenseite.«

Lexi überquerte die Straße und tat so, als betrachtete er

die Auslage eines Möbelgeschäfts. In Wahrheit beobachtete er jedoch die Umgebung durch die spiegelnde Fensterscheibe. Er gab Werner das Zeichen: Luft ist rein.

Werner hatte unterdessen einen passenden Stein gefunden. Gerade als er ihn aufheben wollte, traten zwei Männer aus dem benachbarten Künstlerlokal *Schwannecke*. Einer der beiden drehte sein Gesicht in Werners Richtung, um sich, vom Wind abgewandt, eine Zigarette anzuzünden. Einen Moment lang trafen sich ihre Blicke. Dann wandte sich der Mann mitsamt seinem Begleiter ab und verschwand.

Das war doch der Kästner, ging es Werner durch den Kopf. Den hatte er vor nicht allzu langer Zeit in der *Welt im Film* im Kino gesehen. Kurz verspürte er den Impuls, hinterherzulaufen und ihm zu sagen, *Emil und die Detektive* sei für ihn als Kind eines seiner Lieblingsbücher gewesen. Doch dann hätte er ihm auch sagen müssen, dass er den Ganoven Grundeis am meisten mochte, mehr als den doofen Emil, der sich beklauen ließ. Aber Kästner war schon außer Sichtweite, und überhaupt war das eine blöde Idee. Er hatte schließlich Wichtigeres zu tun.

Werner nahm den Stein, zog sein Halstuch über die Nase und warf ihn, weit ausholend, in die Scheibe. Die zerplatzte mit einem lauten Knall. Werner fegte mit dem Ärmel ein paar Scherben weg, griff sich die Kamera und rannte davon in Richtung Ausgburger Straße.

Eine Sekunde später stürmte der Ladenbesitzer Hermann Kutzer durch die Tür. Die Schöße seines weißen Kittels flatterten wie kleine Flügel hinter ihm her. Wie ein rachsüchtiger Engel sah er aus.

Werner flüchtete auf ein Ruinengrundstück, versuchte einen riesigen Schuttberg hinaufzuklettern, rutschte jedoch wieder ab und seinem Verfolger vor die Füße.

»Hab ich dich, du Gauner!«, rief Kutzer wutentbrannt

und hielt plötzlich eine Pistole in der Hand, die er auf Werner richtete. »Keine Bewegung, ich schieße sonst.«

Werner, der gerade wieder hinaufklettern wollte, blieb wie erstarrt stehen. Er drehte sich zu Kutzer um, der, hochrot, die Pistole im Anschlag, vor ihm stand.

»Keine Bewegung! Sonst knall ich dich ab, Bürschchen«, stotterte er aufgebracht.

»Steck das Ding weg, Opa. Du verletzt noch jemanden.«

»Werd bloß nicht frech!«

Die auf ihn gerichtet Waffe, die keifende Stimme des Mannes, überhaupt die ganze Situation katapultierten Werner in eine andere Zeit. Er stand plötzlich nicht mehr vor dem Fotoladenbesitzer Kutzer in der Rankestraße, sondern vor dem SS-Offizier Wehrhahn in der Schultheiss-Brauerei. Da hatten sie ihn und andere zum Endkampf verpflichtet. Werner und noch einer wollten sich ergeben, die Russen waren doch jeden Moment da. Der SS-Mann wollte sie nicht gehen lassen, sondern erschießen. Er hatte die Waffe auf sie beide gerichtet und abgedrückt. Der Kamerad neben Werner war umgekippt. Aus einem Loch in der Stirn floss ein dünnes rotes Rinnsal. Und wie der da lag, mit diesem erstaunten Gesichtsausdruck. Zwanzigjährig und tot. Dann war Werner an der Reihe. Doch der schlug dem Offizier blitzschnell die Waffe aus der Hand und rannte los. Dieses Gefühl, als Todgeweihter in die Mündung einer Waffe zu blicken, hat Werner seitdem nie wieder verlassen. Und jetzt stand der Kutzer da mit seiner Knarre, genauso bereit, sofort zu schießen.

Seine eigene Pistole aus dem Hosenbund zu ziehen und abzudrücken, war für Werner eine einzige fließende Bewegung. Als die Kugel neben ihm jaulend in die Mauer fuhr, war Kutzer so geschockt, dass er zu schießen vergaß. Mit einem Schritt war Werner bei ihm, entriss ihm die Waffe und versetzte Kutzer einen Schlag ins Gesicht. Dann drehte er sich um und kletterte, die Arme ausgestreckt, in einer Hand die beiden Pistolen, in der anderen die Kamera, den Schuttberg hinauf. Diesmal schaffte er es, ohne abzurutschen. Oben angekommen, wandte er sich noch einmal an Kutzer und rief: »Sei froh, dass ich daneben geschossen habe.«

Kutzer stand sichtlich mitgenommen da und sah zu Werner hoch. »Du wirst noch von mir hören. Mein Name ist Doktorchen«, lachte Werner übermütig. Dann winkte er Kutzer mit Pistolen und Contax zu und machte sich an den Abstieg. Unten angekommen klopfte er sich Mantel und Hose ab und spazierte seelenruhig in Richtung Tauentzien.

Wie der aufgeblasene Kutzer geschrumpft ist, als ich geschossen hab. Fast hätte Werner laut gelacht. Er spulte die Szene in seinem Kopf noch einmal ab. Wie im Kino, wie in einem Gangsterfilm, bei dem man aber nur die guten Stellen sieht, dachte er. Hätte Al bestimmt auch so gemacht.

*

An der U-Bahnstation Wittenbergplatz traf er Lexi wieder. So hatten sie es abgemacht, sollten sie sich verlieren.

»Mensch, Werner!«, rief Lexi erleichtert. »Ich hab schon gedacht, jetzt haben sie dich.«

»Mensch, Lexi!«, äffte Werner ihn nach. »Ich hab schon gedacht, du bist nach Hause zu Muttern.«

»Was redest du denn da?«, fragte Lexi ärgerlich.

»Lass gut sein. Ist doch alles gut gegangen.«

»Ja, aber der Kutzer hätte dich auch erschießen können. Das war aber auch ein Wahnsinn, Werner. Einfach so die Scheibe einschmeißen. Das muss man doch planen. Ich hab den Laden tagelang beobachtet, bevor ich mir die Kamera geholt hab.«

»Manchmal musste eben improvisieren, Lexi.«

In diesem Augenblick fuhr ein Zug der Linie A ein. Sie

stiegen ein und blieben gleich an der Tür stehen, um schneller abhauen zu können, sollte es an der Sektorengrenze eine Razzia geben.

Als die Bahn sich ruckelnd in Bewegung setzte, zeigte Werner Lexi verstohlen die Pistole.

»Die haste dem Kutzer abgenommen?«, staunte Lexi.

»Ja, die kriegt Mücke.«

Lexi verzog das Gesicht.

Der Schaffner betrat den Waggon und steuerte auf sie zu: »Zwee Jroschen, die Herren, wenn ick ma so frei sein darf.«

Lexi sah ihn böse an. »Was? So viel?«, fragte er bissig. »Das war mal billiger.«

Der Schaffner lachte gutmütig: »Dit war vor deine Zeit. Als de noch 'n Keim im Weltall warst, mein Junge.«

»Häh, häh!«, blaffte Lexi. »Bist wohl 'n richtiger Spaßvogel wat? Soll ick dir mal die Luft rauslassen, Fettwanst?«

»Werd ma nich pampich, du Rotzlöffel«, sagte der Schaffner. »Noch so 'n Spruch und du kannst im Tunnel nach Hause loofen, Glück auf! Vastehste?«

Werner sah sich genötigt einzugreifen. Wegen solcher Nichtigkeiten konnte Lexi in Rage geraten. Und dann knallte es. Der Schaffner hatte zwar eine ziemliche Wampe, aber er hatte auch einen festen, wiegenden Gang, so wie Seeleute, Boxer oder Ringer. In jedem Fall hätte Lexi den Kürzeren gezogen.

»Lass gut sein«, sagte Werner beruhigend und zahlte dem Schaffner das Geld auf die offene Hand. Der presste es in die dafür vorgesehenen metallenen Röhrchen an seiner Billetmaschine, die er vor dem Bauch trug, kurbelte an der Seite einen Pappstreifen heraus, den er ordnungsgemäß lochte und Werner mit einem leichten Nicken übergab, um dann mit Lexis Münzen dieselbe Prozedur zu absolvieren.

»Das ist doch Wucher!«, stöhnte Lexi, als der Schaffner sich entfernte. »Die nehmen's von den Lebenden.«

»Wär ja auch schwierig, die Toten abzukassieren«, sagte Werner. »Na komm, dann setzen wir uns jetzt auch für unsere Penunze.« Sie ließen sich in die roten Lederpolster sinken.

Werner studierte ein Werbeschild: »Chlorodont Mundwasser«. »Weißt du, was ich mich frage?«, setzte er an. »Wie kommt jemand darauf, Mundwasser zu erfinden? Ob der selber Mundgeruch hatte?« Lexi sah verwirrt aus. »Oder seine Frau?«, fuhr Werner fort. »Der hat's vielleicht nicht mehr ertragen, die zu küssen. Niemand kommt doch auf die Welt und denkt sich: Wenn ich mal groß bin, erfinde ich ein Mundwasser.«

In diesem Moment fuhren sie in den U-Bahnhof am Potsdamer Platz ein. Ein einsamer Polizist drehte dort seine Runden und beäugte die Ein- und Aussteigenden. Nichts zu befürchten, beschloss Werner. Hier im russischen Sektor waren sie sicher, und die Ost-Bullen würden den Teufel tun, ihren West-Kollegen zu helfen. Sie stiegen aus und stiefelten an die Oberfläche. Dann standen sie neben den Überresten des ehemaligen *Haus Vaterland.*

»Hier war ich oft mit meinem Alten im Kino, vor dem Krieg, als er noch Polizist war.« Und noch nicht dieser Jammerlappen, dachte er, der besoffen auf dem durchgesessenen Sofa liegt und nachts schwitzend aufwacht, weil er geträumt hat, er wäre noch immer im Alliierten-Knast und müsste da die Latrinen putzen. Werner schüttelte den Gedanken ab.

Als sie die Leipziger Straße erreichten, holte er die Kamera aus der Tiefe seines Mantels und knipste die ausgeschlachteten Eisenbahnwaggons am Beginn der Leipziger Straße, die einst als Panzersperre gedient hatten. »Irgendwas stimmt nicht mit dem Ding«, stellte Werner fest und setzte die Kamera ab. »Ist viel zu leicht.« Er klopfte mit dem Knöchel gegen das Gehäuse. »Klingt hohl.« Werner holte sein Taschenmesser raus, setzte die Spitze an die Verfugung, hebelte die Rückplatte ab und pfiff durch die Zähne.

»Was ist denn?«, fragte Lexi ungeduldig. »Zeig doch mal.«

Werner hielt ihm die offene Kamera hin. Das Innere war komplett leer. »Der Kutzer hat uns reingelegt«, sagte Werner anerkennend. »Mensch, ist der ausgekocht.«

»Diese Drecksau!«, schimpfte Lexi.

Werner sah ihn finster an: »Das ist deine Schuld.«

Lexi stutzte: »Wieso meine? Was hab ich damit zu tun?«

»Wenn du den neulich nicht ausgenommen hättest, wäre eine komplette Kamera im Fenster gewesen, und zwar die, die du geklaut hast.«

»Ach, jetzt bin ich also schuld, dass der Kutzer so ein Betrüger ist? Das kann ja keiner ahnen.«

»Ich nehme dich nur hoch, Lexi.«

»Ha, ha!«

»Ich weiß, was wir machen«, sagte Werner einlenkend. »Na komm, Lexi! Wenn es klappt, gönnen wir uns eine Bockwurst.« Werner marschierte los.

»Wo wollen wir denn hin?«, rief Lexi hinter ihm her, aber Werner antwortete nicht.

Sie gingen die ehemalige und nun namenlose Hermann-Göring-Straße entlang, an deren Rändern sich der Schutt auftürmte. Wie mit dem Lineal gezogen: Ziegel über Ziegel, ordentlich in Blöcken aufgereiht, als habe ein Riesenkind seine Bauklötze fein säuberlich aufgestapelt.

Dazwischen standen vereinzelt Zelte oder selbstgezimmerte Hütten aus Holz und Lumpen. Eine Frau hing Wäsche auf. Zwei Kinder schossen mit selbstgeschnitzten Karabinern aufeinander. Mittendrin befand sich ein Kiosk, der Getränke, Haushaltsgegenstände, schwer verdauliche russische Kekse, Besen und Zeitungen verkaufte. Daneben saß ein Mann auf einem Hocker und las ein Buch, während der Rauch seiner Zigarette sich um seinen Kopf kringelte.

Plötzlich bog Werner nach links in den Tiergarten ab. Lexi sah irritiert hinterher, wie er zwischen den Bäumen verschwand und suchend umherspähte. »Werner, was wird das?« Werner murmelte etwas Unverständliches, während er weiterhin den Boden absuchte.

Lexi setzte sich auf den Überrest einer gefällten Rotbuche, die wie fast alle Bäume des Tiergartens Opfer der frierenden Berliner geworden war. Nun erstreckte sich ein Kartoffelfeld bis fast zum Potsdamer Platz.

Werner nahm einen Stein, wog ihn in der Hand und pfefferte ihn schließlich ins Unterholz.

»Was suchst du denn eigentlich?«, wollte Lexi wissen.

»Irgendwas mit dem richtigen Gewicht«, gab Werner zurück und spähte weiter auf den Boden. Er hob einen Klumpen Erde auf und ließ ihn wieder fallen. Dann fand er einen Granatsplitter. Werner öffnete die Rückseite und drückte und presste den zusammengeschmolzenen Stahl in den Fotoapparat. Anschließend schüttelte er ihn fest. Es klapperte laut und vernehmlich.

»Tu noch Erde rein zum Polstern«, schlug Lexi vor.

Anschließend klapperte nichts mehr und die Kamera hatte das richtige Gewicht.

»Mensch, Werner, das ist genial«, sagte Lexi anerkennend. »Du hast die besten Ideen.«

Genau, dachte Werner. Und deshalb werde ich die Bande anführen und nicht du. »Und jetzt suchen wir uns irgendeinen Idioten«, sagte Werner gutgelaunt.

Sie schlenderten auf dem Schwarzmarkt am Brandenburger Tor herum, um einen passenden Abnehmer zu finden. Mehrmals wurden sie angesprochen, ob sie Zigaretten, Eier, Schuhe, Brennscheren, Gummireifen, Hühnerfutter, Reichsmark kaufen oder tauschen wollten. Die Leute suchten im Gegenzug Petroleum, Mehl, Schuhsohlen, Nägel, Tinte. Als ein Rotarmist auf dem Platz auftauchte, herrschte schlagartig eine angespannte Stimmung. Kurze Zeit später war jedoch klar, dass der Russe selbst etwas kaufen wollte. Also nahmen die Geschäfte wieder ihren Gang.

»Los, den nehmen wir«, flüsterte Werner Lexi zu.

»Lieber nicht. Lass uns die Kamera irgendeinem Idioten andrehen.«

»Die Russen schulden uns noch ein paar Kisten Wodka, vergiss das nicht.«

»Dafür haben sie ja auch falsche Zigaretten bekommen«, wandte Lexi ein.

Doch Werner marschierte unbekümmert auf den Soldaten zu und baute sich vor ihm auf: »He, Towaritsch!«

Der Russe grinste amüsiert und fragte: »Waas chaast du?«

Werner zeigte ihm die Kamera.

»Wivill?«

»Sechzigtausend«, verlangte Werner.

Der Russe lachte: »Bist verruckt, Jungä. Zu vill. Du Dib.« Die Konsonanten krachten wie Schüsse aus seinem Mund.

»Fünfzig«, sagte Werner.

»Dreissik«, forderte der Russe.

Sie einigten sich auf fünfunddreißig, doch vorher wollte er die Ware begutachten. »Nix dumm«, sagte er auf sich selbst zeigend.

Lexi tippelte nervös hin und her, während Werner gelassen zusah, wie der Russe die Kamera in der Hand wog, durch den Sucher schaute, auf den Auslöser drückte und schließlich zufrieden nickte.

»Chast du auch Film?«, wollte der Russe wissen.

»Nix Film«, gab Werner zurück.

Als sie wenig später Richtung Alex liefen, spürte Werner die Geldscheine in seiner Hosentasche. Er stieß Lexi an: »Guck mal, was da steht.«

Lexi sah zum Berliner Dom hinüber, an dessen zernarbter, zerschossener Außenwand ein Banner angebracht war und lachte. Darauf stand: »Deutsche, die Sowjetunion ist euer Freund!«

MÜCKE III

Mücke erwachte. Es war kein einfaches Erwachen, eher ein Sich-an-die-Oberfläche-kämpfen. Seine Augen waren wie zugeklebt. Er bekam die Lider kaum auf. In seinem Kopf schien jemand auf eine Blechwand zu hämmern, wieder und wieder. Als er endlich klar sehen konnte, fand er sich in einem fremden Zimmer auf dem Boden liegend. Immerhin hatte jemand eine Decke über ihn gebreitet. Mücke drehte vorsichtig den Kopf. Um ihn herum lagen Männer und Frauen und schnarchten. Ein Pärchen schien sich zu lieben, ihren Bewegungen und Seufzern zufolge.

Mücke schlug die Decke zurück und fand sich nur mit Unterhose und Unterhemd bekleidet. Er sah sich um. Wann hatte er seine Klamotten ausgezogen, und wo waren die überhaupt? Er kam schwer auf die Beine und fast wäre er gleich wieder zu Boden gegangen wie ein angeschlagener Boxer. Mücke wartete darauf, dass der Schwindel sich legte und das Hämmern in seinem Kopf etwas nachließ. Nachdem er wenige Minuten tief durchgeatmet hatte, tastete er sich zur Tür. Dahinter erstreckte sich ein langer dunkler Flur, von dem mehrere Türen abgingen. Ihm dämmerte, dass er noch immer bei Werner war. Ob Sylvia hier auch irgendwo schlief?

»Oh, da iss ja eener von den Toten auferstanden«, hörte er eine weibliche Stimme. In der angelehnten Küchentür stand eine ältere Frau, die ihn mit strengem Blick musterte. Mücke war sich seines unvollständigen Aufzugs bewusst und errötete.

»Brauchst dir nich zu schämen, Kleener. Hast nüscht, wat ick nich schon kenne. Und ick hab schon bessere Exemplare als dich jesehn.« Mücke wurde noch röter. Das war Werners Mutter, ging ihm auf. Werner hatte sie ihm kurz vorgestellt. An ihren Namen konnte er sich nicht erinnern, nur, dass er sie unsympathisch fand. Sie ihn auch, das war offensichtlich.

Die Frau war um die fünfzig, schätzte Mücke. Sie hatte dunkles Haar, mit grauen Strähnen durchsetzt, und ein hartes und abweisendes Gesicht. Die braunen Augen lagen tief in ihren Höhlen. Niemals hätte Mücke diese mürrische Frau mit Werner in Verbindung gebracht.

»Kaffee?«, fragte sie, um dann in der Küche zu verschwinden.

Jetzt erinnerte er sich auch an ihren Namen: »Ja, sehr gern Lucie.«

»Frau Gladow«, knurrte sie. »Ick kenn dir nich. Könnt ja jeder kommen.«

»Tschuldigung«, murmelte Mücke und setzte sich.

Lucie knallte eine Tasse vor ihn auf den Tisch, als wäre es eine Zumutung ihn zu bedienen. Sofort hatte sie einen Lappen in der Hand und wischte anklagend auf der Tischplatte herum: »Dit iss echter Bohnenkaffe, keen Muckefuck. Hat Werner mitjebracht.«

Mücke nahm die Tasse und roch daran. Mmmh, Bohnenkaffee! Wie lange hatte er den nicht mehr getrunken?

»Ja, Werner is 'n juter Junge. Der sorgt für seine Mutter«, sagte Lucie an den Herd gelehnt, die Arme vor der Brust verschränkt. Sie sah Mücke prüfend an: »Sorgste auch für deine Familie?«

»Ich hab nur noch meine Schwester. Meine Eltern sind …«

»Ja, ja«, winkte sie ungeduldig ab. »Spar dir deine Rührseligkeiten für wen anders auf. So jenau wollte ick dit jar nich wissen.« Sie zündete sich eine Zigarette an. »Kennste Werner schon lange?«

»Erst seit gestern.«

Lucie pustete den Rauch mit zurückgelegtem Kopf aus und machte dabei ein Geräusch, dass Ablehnung oder Überraschung bedeuten konnte. Die Frau wurde Mücke immer mehr zuwider.

»Biste eener von Werners Freunden? Ick hab nie von dir jehört«, sagte sie misstrauisch.

Mücke räusperte sich. Seine Zunge schien über Nacht auf die doppelte Größe angeschwollen zu sein.

»Macht ihr zusammen Jeschäfte?«, fragte sie wie beiläufig. Sie horchte ihn eindeutig aus.

Mücke war auf der Hut. Da er nicht wusste, inwieweit Lucie eingeweiht war, sagte er nur: »Hin und wieder.« Er sah sich verlegen in der aufgeräumten, sauberen Küche um, trank einen Schluck, räusperte sich und fragte: »Ist Sylvia auch noch hier?«

»Nee, die is schon los.«

»Kennen Sie sie näher?«

Lucie stemmte eine Hand in die Hüfte: »Bin ick die Auskunft? Wat fragste mich hier aus?«

Mücke zuckte mit den Achseln. »Entschuldigen Sie.«

»Entschuldijen Sie«, wiederholte sie spöttisch. »Bist wohl so 'n janz Feiner, wa? Aber meim Werner kannste nich dit Wasser reichen. Der is cleverer als ihr alle zusammen.«

Da Mücke nicht wusste, was er darauf sagen sollte, hielt er lieber den Mund.

»Schlag dir die Sylvia aus'm Kopp. Dit is 'n feinet Mädel. Die braucht 'n richtjen Kerl, nich so 'n Jüngelchen wie dich. An dir is ja nix dran. Ihr seid doch alle Memmen heutzutage, keen Saft mehr in de Knochen.«

Mücke war kurz davor, ihr zu sagen, sie könne ihn am Arsch lecken, doch dann dürfte er sich wohl bei Werner nicht mehr blicken lassen. Also nahm er ihr Gesülze unwidersprochen hin.

»Wo ist denn Werner überhaupt?«, fragte er dann, um das Gespräch in eine andere Richtung zu lenken.

»Unterwegs!«, sagte sie barsch, und damit war das Gespräch beendet.

Mücke musste so schnell wie möglich aus dieser Drachenhöhle raus.

Er fand seine Klamotten in mehreren Ecken verstreut, zog sich hastig an und verließ grußlos die Wohnung. Vor dem Haus atmete er tief durch. Wieso war Werner einfach abgehauen? War wahrscheinlich ohnehin nur betrunkenes Gerede, dass er ihn in seiner Bande haben wollte.

*

Mücke versuchte, sich zu orientieren. In Friedrichshain kannte er sich gar nicht aus. Die Straßen und Häuser erschienen ihm alle gleich. Mietskaserne reihte sich an Mietskaserne, wie graue, bröckelnde Zähne im Mund eines Greises. Dazu wehte ein übelriechender Wind wie schlechter Atem durch die engen Straßen. Mehrmals verlief er sich und musste nach dem Weg fragen, bevor er schließlich den Alexanderplatz erreichte, von wo er mit der S-Bahn bis Bellevue fuhr.

Er fror, als er den Weg zur Kirchstraße einschlug. Hoffentlich hatte Edith Kohlen besorgt, ging es ihm durch den Kopf. Trotz Versorgungskarte gab es die nur selten. Die Russen lieferten kaum noch welche in die Sektoren der Westalliierten. Vielleicht hatte Edith ja wenigstens Holz auftreiben können.

Mücke dachte an Sylvia und rief sich die Szenen mit ihr ins Gedächtnis. Und was hatte er zu ihr gesagt? Schneiderin sei ein Beruf mit Zukunft? O Gott! Was musste Sylvia von ihm denken? Wo arbeitete sie überhaupt? Vielleicht konnte er sie mal zu einem Spaziergang abholen. Dann fielen ihm Lucies Worte ein: »Die brauch 'n richtjen Kerl, nich so 'n Jüngelchen wie dich.« Er fragte sich, ob Werners Mutter recht haben könnte? Wusste er doch oft selbst nicht so recht, wer er war und was er wollte.

»Ach, was soll's!«, rief Mücke, um die Zweifel zu verscheuchen. Zum Teufel mit Lucie. Er rief sich Sylvias Bild ins Gedächtnis. Allein wie elegant sie sich kleidete, wie eine Dame von Welt. Alles an ihr erschien Mücke so tadellos, geradezu perfekt. Er dagegen in seiner schäbigen Kleidung ... Er musste sich unbedingt bessere Sachen besorgen. Mit diesen Gedanken bog er in die Kirchstraße ein und erschrak. Sein Schwager Heinrich stand vor dem Haus und rauchte.

»Ach der verlorene Sohn!«, rief der auch gleich, als er Mücke entdeckte. »Deine Schwester heult sich oben die Augen aus, weil sie denkt, du wärst in irgendeinem Loch verreckt. Oder von irgendeinem anderen Gauner zusammengeschossen worden. Aber das ist dir egal. Dir ist alles egal. Du denkst sowieso nur an dich.«

»Hin und wieder denke ich auch an dich«, sagte Mücke angriffslustig.

Heinrich nahm die Zigarette aus dem Mund, deutete mit dem Mundstück auf Mücke und sagte: »Pass auf, was du sagst! So lange du deine Füße unter meinen Tisch stellst ...«

»Dein Tisch?«, fiel Mücke ihm ins Wort. »Dir gehört hier gar nichts mehr. Das hat alles Edith organisiert: die Wohnung, die Möbel – alles.« Mücke zögerte, fügte dann aber hinzu: »Und deine Zigaretten besorge ich.«

»Dafür darfst du hier wohnen, du verdammter Bengel.«

»Pff!«, machte Mücke. »Selbst die Wohnung gehört dir nicht. Du bist hier nur geduldet. Deine Zeit ist schon lange abgelaufen. Hast es nur noch nicht gemerkt, alter Mann.«

Heinrich tat einen Schritt auf Mücke zu, beinahe berührten sich ihre Nasen. »Du kleiner Scheißer. Irgendwann wirst du ...« Den Rest des Satzes ließ er offen.

Mücke wusste auch so, worauf diese Drohung hinauslief. Irgendwann würde Heinrich ihn ordentlich durchprügeln. Auch wenn der Schwager völlig abgemagert aus dem Krieg zurückgekehrt war, so wirkte er dennoch bedrohlich. Die Wut quoll Heinrich aus jeder Pore, wie Gift. Er war schon vor dem Krieg ein Drecksack. Mücke hatte ihn nie gemocht. Aber nachdem der Krieg an seinem Charakter rumgefressen und nur noch den böswilligen, unverdaulichen Rest übriggelassen hatte, hasste Mücke seinen Schwager abgrundtief.

»Wo hast du dich denn rumgetrieben?«, fragte Heinrich neugierig.

»Zigaretten für dich besorgt«, gab Mücke zurück, fischte ein Päckchen Luckys aus seiner Manteltasche und warf es dem Schwager zu, der es geschickt auffing und grinsend fragte: »Und wem hast du dafür eins übergebraten, du Strolch?«

»Pff«, machte Mücke. »Kann sie auch behalten.«

»Irgendwann landest du noch im Kittchen mit deinen krummen Geschäften.«

»Meine Geschäfte verschaffen dir was zu essen und zu rauchen.«

»Lieber verhungere ich, als kriminell zu werden«, fauchte Heinrich. »Dass man für seinen Unterhalt arbeiten muss, interessiert euch Halbstarke doch einen feuchten Kehricht, stimmt's? Hauptsache ihr kriegt, was ihr wollt, egal wie. Ihr habt doch überhaupt keine Werte mehr, keine Ideale. Ihr glaubt an nichts mehr. Ihr seid am Arsch.«

»Werte! Ideale!«, wiederholte Mücke verächtlich. »Das habt ihr uns doch alles ausgetrieben, du und deine Kameraden. Im Gleichschritt in den Untergang und dann auch noch schön den Krieg verlieren.«

»Halt die Fresse!«, brüllte Heinrich. »Du hast doch keine Ahnung.«

Mücke wurde ebenfalls laut. »Ach ja, dann versuch doch

in Zukunft mal von den Rationen zu leben, die du auf die Karten kriegst. Viel Spaß beim Verhungern.«

Heinrich sah aus, als würde er jeden Moment auf Mücke losgehen. Aber das traute er sich nicht. Edith würde ihn achtkantig rauswerfen. Sie hatte ihren kleinen Bruder schon immer wie eine Löwenmutter beschützt, erst recht seit ihre Eltern tot waren und er bei ihr lebte.

»Du hast dich schon immer für was Besseres gehalten«, schimpfte Heinrich. »Du wirst es trotzdem nie zu was bringen. Vor lauter Rosinen im Kopf kannst du nicht geradeaus denken.«

»Lieber Rosinen im Kopf als Staub, nicht wahr, Heinrich?«, sagte Mücke.

Der sah ihn entgeistert an. Gerade als er losbrüllen wollte, schlüpfte Mücke an ihm vorbei ins Treppenhaus. Er war kaum auf der ersten Stufe, da schrie Heinrich hinter ihm her: »Früher oder später landest du, wo du hingehörst – oder tot in der Spree!«

Mücke fand die Wohnungstür offen vor. Er ging zu seiner Kammer, einem winzigen fensterlosen Verschlag am Ende des Flurs, in den gerade mal ein Bett und ein Hocker passten. Die Wohnung hatten ihnen die Briten zugewiesen, da Ediths und Heinrichs Wohnung in Spandau zerbombt worden war.

Mücke verstaute die Zigarettenpackungen, die er von Werner bekommen hatte, in einer alten Munitionskiste unter seinem Bett. Er gab sich keine große Mühe sie zu verstecken. Heinrich würde sie ohnehin finden und sich bedienen. Mücke tat immer so, als würde er das nicht bemerken.

In der Küche erwartete ihn Edith. »Ich hab euch schon gehört«, sagte sie zur Begrüßung, umarmte ihren Bruder und vergrub für einen Augenblick ihr Gesicht in seiner Halsbeuge. Sie war viel kleiner als er. Edith hatte ein herbes

Gesicht und müde Augen. Und doch war sie diejenige, die den Laden zusammenhielt, nach dem Tod der Eltern. Mücke bewunderte sie.

»Ihr dürft nicht immer so streiten«, bat ihn Edith, als sie sich voneinander lösten. »Wir müssen doch zusammenhalten in diesen Zeiten.« Sie wischte ihre Hände an der grauen Schürze ab, was sie immer tat, wenn sie aufgeregt war.

»Sag das Heinrich. Der fängt doch immer an.« Mücke wusch sich Gesicht und Hände am Spülstein.

»Du musst ihn verstehen«, sagte Edith, während sie ihm ein Leinentuch zum Abtrocknen reichte. »Er hat es nicht leicht.«

»Das ist kein Grund, immer auf mir rumzuhacken. Und wer hat es schon leicht heutzutage?«, sagte Mücke schneidend.

»Und er findet keine Arbeit. Dabei …«

»Würde er so gern arbeiten«, ergänzte Mücke ironisch.

Edith lachte und gab ihm einen Klaps. »Du weißt genau, dass er nicht lange sitzen kann. Sein Rücken.« Sie sah sich um, ob Heinrich in der Nähe war. »Wer will denn einen Invaliden einstellen?«

»Wer will Heinrich überhaupt einstellen?«

»Aber er hat nicht unrecht. Du treibst dich auf dem Schwarzmarkt rum und machst kriminelle Geschäfte. Ich mache mir Sorgen um dich. Wo warst du eigentlich letzte Nacht?«

»Unterwegs«, sagte Mücke knapp.

Edith strich ihrem Bruder über die Wange. »Ich will doch nur, dass etwas Ordentliches aus dir wird.«

»Wird es«, sagte er. »Ich gehe schon nicht unter, ich bin viel zu eitel.«

Edith lächelte und fädelte eine einzelne Haarsträhne, die sich aus ihrem Dutt gelöst hatte, wieder hinein.

In diesem Augenblick hörten sie Heinrich im Flur auflachen. Wie ungewöhnlich, dachte Mücke. Heinrich lachte sonst nur auf Kosten anderer.

»Was ist so lustig, Heinrich?«, rief Edith mit ihrer hellen Mädchenstimme, die sie allein für Heinrich reservierte.

Mücke hasste es, wenn seine Schwester sich klein machte vor ihrem Mann. Dabei war sie viel begabter und klüger als er, und auch als Mücke. Aus Edith hätte viel mehr werden können als die Ehefrau eines Versagers. Schließlich hatte sie das Lehrerinnenseminar besucht.

Wieder hörten sie Heinrich lachen, bevor er polternd in die Küche kam, in der Hand die aktuelle Ausgabe der *Welt*. »Das müsst ihr lesen«, sagte er und warf die Zeitung auf den Tisch. »Da hat eine Bande im russischen Sektor zwei Polypen überfallen und die Pistolen geklaut. Und dann sind die Gauner in den Westen abgehauen, wo die nicht hinterher konnten. Geschieht denen ganz recht, diesen blöden Scheiß-Kommis.«

»Das ist aber dreist«, sagte Edith und lachte ebenfalls. Nur Mücke lachte nicht. Er dachte nach.

SYLVIA II

Sylvias Schritte knallten auf das Trottoir. Sie war wieder zu spät losgegangen. Fräulein Petrowitzki würde ihr die Hölle heiß machen. Was hatte sie auch so viel getrunken am Abend? Verdammter Leo, dachte sie wütend. Ständig hatte er ihr nachgeschenkt, mit ihr tanzen wollen, an ihr rumgefummelt. Dabei hatte sie rechtzeitig nach Hause gehen wollen – allein. Aber dann hatte Leo doch gebettelt, sie solle ihn mitnehmen, und so waren sie in Sylvias Bett gelandet. Morgens kam sie immer so schwer hoch mit dem schnarchenden Leo neben sich, der einfach liegenblieb, während sie sich für die Arbeit zurechtmachte. Momentan hatte Sylvia den Eindruck, ihr Leben würde aus Wiederholungen bestehen: arbeiten, feiern, feiern, arbeiten. Feiern. Aber was sollte sie sonst tun, und sie hatte ja so viel nachzuholen.

Mücke, fuhr es ihr durch den Kopf wie ein plötzlich aufkommender Wind. Immer wieder tauchte er unerwartet in ihren Gedanken auf. Sie hatte sich fest vorgenommen, ihn zu vergessen. Die Party, auf der sie ihn getroffen hatte, lag auch schon eine Woche zurück. Wenn er etwas von ihr wollte, hätte er sich längst gemeldet. Und verliebt war sie in Mücke schon gar nicht. Er war nett und lustig, sonst nichts. Kein Grund gleich durchzudrehen – wegen eines Kerls schon gar nicht.

Vielleicht, so dachte sie, sollte sie mal eine Weile nicht ausgehen. Dann würde sie auch nicht immer auf dumme Gedanken kommen. Sie könnte abends zu Hause bleiben und lesen. Dann aber musste sie über ihre eigene Idee lachen. Zu Hause bleiben und lesen! Sie war doch keine vierzig!

Sylvia hastete über die Kantstraße, wo noch immer die Schienen der Trümmerbahn verliefen. Unwillkürlich musste sie daran denken, wie man sie kurz nach ihrer Ankunft in Berlin verpflichtet hat, Schutt und Trümmer zu beseitigen. Nur weil man sie, wegen ihres BDM-Mantels, für eine Hitler-Anhängerin hielt. Dabei hat sie den Mantel im eisigen Winter gegen ihren verschlissenen eingetauscht, um nicht zu erfrieren.

Sylvia spürte noch immer die kalten, scharfen Kanten der Steine an ihren Händen. Wie oft hat sie sich daran die Haut aufgerissen. Und wie oft war sie verzweifelt, wegen dieses riesigen Trümmermeeres, das sich vor ihr und den anderen Frauen erstreckte. Keine intakten Häuser mehr. Löcher in den Wänden, keine Türen, keine Fenster, keine Balkone mehr. Fehlende Wände, fehlende Dächer. Nur noch Fragmente, die Kulisse eines Albtraums.

Wie menschliche Förderbänder haben sie Stein um Stein aufgeklaubt, gesäubert, abgeklopft und in Eimern oder Loren verstaut, um sie später zu riesigen Bergen aufzuschichten. Mit über der Stirn verknoteten Kopftüchern, von der Arbeit verdreckt, verstaubt und ewig hungrig. Wie zerschlagen war sie jedes Mal in ihre Unterkunft zurückgekehrt.

Sylvia beschleunigte ihre Schritte, was ihrem Magen gar nicht gut tat. Ihr wurde übel vor Anstrengung. Am Savignyplatz übergab sie sich in die Büsche, was eine vorübergehende Frau mit den Worten kommentierte: »Du Flittchen! Das ist ja widerlich. Anständige Menschen tun so etwas nicht.«

Sylvia wischte sich den Mund ab, ignorierte das Gekeife und ging weiter. Hoffentlich hat die Petrowitzki mich nicht gesehen, dachte sie. Doch das Schaufenster des Schneiderateliers in der Knesebeckstraße war leer. Nur die Schneiderbüste, die dort verstaubte, stand einsam im Fenster. Sylvia atmete auf. Zu oft schon hielt ihre Chefin morgens nach ihr Ausschau.

Sylvia verbarg sich hinter einem Baum, zog eine Zigarette aus ihrem silberfarbenen Etui und zündete sie an. Nach wenigen hastigen Zügen trat sie die Kippe aus und eilte ins Atelier.

*

Beim Klang der Türglocke schoss Fräulein Petrowitzki aus ihrem, mit einem Tuch verhangenen, Verschlag, in dem sie auch schlief. Sylvia musste immer an eine Muräne denken, die aus ihrer Höhle heraus zuschnappte.

»Sie sind schon wieder zu spät, Fräulein Sylvia, das werde ich von ihrem Lohn abziehen müssen.«

Sylvia nickte ergeben. »Ja, Fräulein Petrowitzki.«

»Ich verstehe Ihre ewigen Verspätungen einfach nicht. Es

kann doch nicht so schwer sein, morgens rechtzeitig aufzustehen«, dozierte sie in ihrem schweren ostpreußischen Dialekt, der in Sylvias Ohren immer so übertrieben und geschwollen klang, als tauge er höchstens für eine Theaterbühne.

Sylvia schwieg. Anfangs hat sie noch versucht, sich herauszureden, Erklärungen erfunden, aber Fräulein Petrowitzki hat davon nichts hören wollen.

»Ich rieche doch den Alkohol an Ihnen«, entgegnete sie stets und Sylvia gab ihre Ausreden ganz auf. Fräulein Petrowitzki ging dazu über, jede ihrer Verspätungen zu sanktionieren.

»Ab einer Minute ziehe ich Ihnen etwas vom Lohn ab.« Fräulein Petrowitzki ersann ein derart minutiös gestaffeltes Regelwerk, dass Sylvia am Ende jeder Woche etwa sechs bis acht Mark einbüßte. Sie gewann den Eindruck, Fräulein Petrowitzki liebte es, sie zu bestrafen. Weniger wegen des Geldes, das sie dadurch sparte, als vielmehr weil sie gern recht behielt und sich moralisch überlegen fühlen konnte. »Pünktlichkeit ist eine Zier«, predigte sie ständig. »Als ich meine Schneiderlehre in Keenichsberch gemacht habe, bekam ich für jede Sekunde Verspätung eine Ohrfeige. Allein deshalb verbot es sich zu trödeln. Und zudem ist es eine Respektlosigkeit gegenüber der wartenden Person«, führte sie weiter aus.

Sylvia war schon wieder übel. Der verdammte Schnaps. Wie so oft überlegte sie, der Alten die Stelle vor die Füße zu schmeißen, sich auf den Absätzen umzudrehen und wieder nach Hause zu wanken. Eigentlich hätte Sylvia es auch gar nicht nötig gehabt, bei der ollen Petrowitzki zu arbeiten. Sie hätte es überhaupt nicht nötig gehabt, für irgendwen zu arbeiten. Schließlich versorgte Leo sie mit allem, was sie benötigte. Das war eben der Vorteil, wenn man einen amerikanischen Offizier zum Freund hatte. Aber das war ja keine Perspektive für die Zukunft. Sie wollte lernen, weiterkommen. Und vor allem wollte sie unabhängig sein, sich niemals an einen Mann binden und bloß keine Kinder bekommen. Das machte verwundbar. Nur deshalb blieb Sylvia bei der Petrowitzki und hielt den Mund. Denn obwohl das Fräulein einen furchtbaren Charakter hatte, so war sie doch eine hervorragende Schneiderin mit einem Sinn für das Besondere. Bei ihr lernte Sylvia nicht nur das Handwerk, sondern auch den Blick dafür, was einem Menschen stand und was nicht.

»Sie stinken schon wieder wie eine ganze Destille«, sagte die Petrowitzki naserümpfend. »Sylvia? Sie wissen genau, dass wir es mit hochgestellten Persönlichkeiten zu tun haben. Wir sind hier schließlich nicht in einem Proletenbezirk wie dem Wedding oder Friedrichshain.« Fräulein Petrowitzki tat immer, als würde sie für den Hof schneidern, dabei waren es in der Regel Witwen, die sich bei ihr die Kleider enger machen oder die Wehrmachtsuniform des Sohnes zu einem Zivilanzug umarbeiten ließen.

»Es tut mir leid, Fräulein Petrowitzki. Ein Freund von mir hat gestern Geburtstag gefeiert.«

»Na«, sagte die Petrowitzki schnippisch, »Ihre Freunde feiern ja wohl ständig Geburtstag.«

»Ja«, sagt Sylvia nur knapp und hoffte, das Thema wäre damit erledigt.

Aber Fräulein Petrowitzki war noch nicht fertig mit ihrer Predigt: »Sie haben wohl einen großen Bekanntenkreis. Und lauter Männer. Eine Dame muss auf ihren Ruf achten, finden Sie nicht auch?«

»Na ja«, wiegelte Sylvia ab, »da sind auch Frauen dabei.«

Fräulein Petrowitzki verzog angewidert das Gesicht: »Ich kann mir vorstellen, was das für welche sind.« Ihre Stimme nahm einen heuchlerisch-mitfühlenden Klang an. »Ich meine es doch nur gut mit Ihnen, Fräulein Sylvia. Dieses liederliche Leben ist nichts für Sie. Eine Frau muss doch auf ihren Ruf achten. Wir sind doch keine Zigeunerweiber.«

»Natürlich, Sie haben ja recht.« Sylvia verachtete sich für ihre Unterwürfigkeit.

»Suchen Sie sich einen ordentlichen jungen Mann, der für Sie sorgen kann, einen, der sie in feste Bahnen lenkt. Manche Frauen blühen an der Seite eines Mannes erst richtig auf und erkennen dann ihre wahre Bestimmung. Wenn mein Jendris noch leben würde dann …« Fräulein Petrowitzki brach mit tränenerstickter Stimme ab.

»Es gibt eben so wenig gute Männer«, sagte Sylvia, ebenfalls Mitgefühl heuchelnd. »Entweder sind sie gefallen oder noch in Gefangenschaft.«

Fräulein Petrowitzki nickte und hauchte: »Die Besten«, um dann hinzuzufügen: »Genug von diesen traurigen Themen, Sylvia. Jetzt lassen Sie bitte diese acht Hosen dort aus.«

Acht Hosen! Sylvia verwünschte ihre Chefin innerlich. Das würde sie wieder den ganzen Vormittag kosten. Diese langweiligen Routinearbeiten, für die man nicht mal eine Ausbildung benötigte. Sie würde lieber an dem Mantel weiterarbeiten, den sie aus Popelin geschneidert hat. In den Stoff hat sie dezente verschlungene geometrische Muster eingestickt. Sie überlegte, ob sie noch ein paar stilisierte Sterne hinter die gefältelten Aufschläge setzen sollte. Aber das würde sie dann – wie gewöhnlich – nach Feierabend tun müssen.

Sylvia machte sich an die Arbeit, während Fräulein Petrowitzki das Treiben auf dem Savignyplatz kommentierte: »Die Frau da drüben sieht aus, als käme sie gerade frisch vom Friseur, jetzt, um diese Uhrzeit.« Sie seufzte. »Das muss man sich erlauben können, während rechtschaffene Menschen arbeiten müssen. Aber das ist der ja egal. Widerlich. Hat die keinen Mann, für den sie das Mittagessen kochen muss? Und die da drüben begrüßt gerade einen Verehrer. Scheinen ja sehr vertraut miteinander. Und das ist bestimmt nicht der Ehemann. So geht man vielleicht miteinander um, wenn man frisch verliebt ist, aber nicht nach einer langjährigen Ehe. Das schickt sich ja auch nicht. Und vor allem nicht in der Öffentlichkeit.« Sie schüttelte empört den Kopf. »So viele Frauen haben ihr inneres Gleichgewicht verloren«, fuhr sie dann fort. »Das bringt der Krieg eben so mit sich. Die Moral bleibt als erstes auf der Strecke, und die losen Frauenzimmer werden immer mehr. Da muss man gefestigt sein, um den Verlockungen widerstehen zu können.«

Sylvia wusste genau, dass sie damit gemeint war. Aber irgendwie hat die Alte ja auch recht, dachte sie. Ich treibe so dahin, wie eine Schiffbrüchige. Über diese Vorstellung musste sie lächeln, was ihr einen missmutigen Blick von Fräulein Petrowitzki einbrachte.

Sie ließ gerade die zweite Hose aus, während sie sich vorstellte, dass Mücke ihr dabei zusehen würde. Eigentlich würde sie ihn ja gern noch einmal treffen, einfach so, ohne ernste Absichten. Sie hatten sich so gut unterhalten. Das fand man nicht oft in diesen Tagen, wo man eher abwog, was einem der andere für Vorteile einbringen könnte. Aber vielleicht ist so eine einmalige Begegnung schöner, dachte sie. Beim zweiten oder dritten Mal verrutschte oftmals die Maske und die Menschen erschienen als das, was sie wirklich waren: Schwätzer, Aufschneider, Versager. Dann standen sie mitunter blank vor einem, und man konnte die Verästelungen ihrer Lebenslügen erkennen. Und …

»Sie sind schon wieder nicht bei der Sache, Fräulein Sylvia!«

»Doch, doch«, sagte sie schnell. »Ich habe nur überlegt, ob ich das Innenfutter hier an dieser Stelle lieber heraustrenne und …«

»Sie machen das, wie ich es Ihnen gezeigt habe. Überlassen Sie solche Entscheidungen mir und meiner langjährigen Erfahrung«, sagte die Petrowitzki. Gönnerhaft fügte sie hinzu: »Vielleicht kommen Sie eines Tages ja auch dahin.«

Sylvia hätte ihrer Chefin am liebsten den faltigen Hals umgedreht. Aber sie musste noch eine Weile aushalten, ihren Abschluss machen und Geselle, später Meister werden, um dann ihr Modeatelier eröffnen zu können, am besten genau gegenüber von Petrowitzkis Laden. Die konnte sie dann täglich kreuzweise.

WERNER III

Werner sah sich suchend auf dem Alexanderplatz um. Eine ganze Weile schon beobachtete er diesen Krücken-Kalle. Der humpelte auf seinen Gehhilfen umher, wobei er lautstark seine Seife anpries. Werner war abgestoßen von dessen Frettchengesicht. Er kannte diese schmierigen Typen nur zu gut, Kerle, die sich jovial geben, innerlich aber von Neid und Bösartigkeit zerfressen sind. Krücken-Kalle war genau so einer: Der rammt dir mit Freuden ein Messer in den Rücken, wenn er sich einen Vorteil davon verspricht. Werner sah sich unruhig um. Von Mücke war bislang noch immer nichts zu sehen.

»Nüscht«, sagte Lexi, der von seinem Rundgang über den Schwarzmarkt zurückkehrte und sich vor Werner aufbaute. »Keiner weiß was Genaues über diesen Mücke. Der ist ein Phantom.« Lexi räusperte sich. »Wirklich Werner, wir brauchen den doch nicht. Lass uns zu Bommes gehen, oder zu diesem anderen, den du für die Bande haben willst. Mücke kennt hier keiner. Der hat keinen Leumund, keine Empfehlungen. Ist nur ein kleiner Handlanger von diesem Krüppel da.« Er nickte in Richtung Krücken-Kalle.

Werner hatte nur mit einem Ohr zugehört. »Wir warten«, knurrte er. »Früher oder später wird Mücke schon auftauchen.«

»Dann lass uns noch mal rüber zu Krücken-Kalle und ihm richtig auf den Zahn fühlen. Der wird schon was ausspucken, wenn ich ihn in der Mache hab.«

Werner winkte ab. Er wollte unnötiges Aufsehen vermeiden. Sie haben Krücken-Kalle bereits nach Mücke gefragt, aber der hat so getan, als würde er ihn kaum kennen. »Ich hab so viele Leute, die für mich arbeiten«, hat er geprahlt. »Ich kenn die nicht alle.« Dabei hat er seine Zigarette mit der Zunge von einem Mundwinkel in den anderen geschoben. Werner war völlig klar, dass Krücken-Kalle ihn anlog.

»Lass uns später wiederkommen. Wir stehen uns hier doch nur die Beine in den Bauch«, maulte Lexi. »Außerdem brauche ich was zu trinken.«

»Dann verpassen wir ihn«, gab Werner zurück. Er wusste genau, dass Lexi ihn hier nur weglocken wollte, weil er hoffte, der Plan mit Mücke als Kumpan würde sich dann erledigt haben. Aber so schnell wollte Werner den nicht aufgeben. Er konnte warten. Al Capone hat auch jahrelang auf seine Chance gewartet, an die Spitze zu kommen. Das machte einen großen Anführer aus: eben nicht die erstbeste Gelegenheit ergreifen, sondern abwarten bis zum richtigen Zeitpunkt. Genauso stand es in dem Buch über Capones Leben.

»Da isser ja«, hörte er Lexi sagen. Werner drehte den Kopf. Ja, da war Mücke. Er steuerte geradewegs auf Krücken-Kalle zu.

»Hallo Mücke«, grüßte Werner, als sie hinter ihm standen.

Mücke wandte sich um, musterte die beiden und sagte erstaunt: »Hallo Werner«, wobei er Lexi knapp zunickte.

»Lass uns doch mal ein paar Meter gehen«, schlug Werner vor.

Mücke nickte, und gerade als sie los wollten, mischte sich Krücken-Kalle ein: »Du gehst nirgendwo hin, Mücke. Du hast für mich zu arbeiten. Sonst zieh ich's dir vom Lohn ab.«

»Ich bin doch gleich wieder da«, sagte Mücke. »Nur zwei Minuten.«

»Hat sich was mit zwei Minuten. Du bleibst gefälligst hier. Du kannst gehen, wenn ich dir das erlaube. Haste verstanden?«

»Ich glaube, du hast nichts verstanden«, zischte Lexi.

»Wenn Doktorchen mit Mücke reden will, dann tut er das auch.«

»Aber Doktorchen, oder wie auch immer das Arschloch heißt, ist nicht Mückes Chef«, sagte Krücken-Kalle mit drohendem Unterton. »Der bin ich.«

»Jetzt nicht mehr«, sagte Lexi. »Mücke gehört ab jetzt zu uns.«

Krücken-Kalle lachte: »Wie denn? Hast du das jetzt zu bestimmen, Bürschchen? Wer bist du denn? Und wenn ihr Mücke haben wollt, dann müsst ihr Ablöse zahlen. So sind die Regeln.«

»Scheiß auf die Regeln«, sagte Werner.

»Scheiß auf dich«, spuckte Krücken-Kalle aus. »Ihr jungen Leute denkt, ihr könnt euch alles rausnehmen. Einfach die Regeln ändern, wie's euch passt. Nix da! Die gelten auch für euch. Wenn ihr Mücke haben wollt, müsst ihr zahlen. Für dreitausend könnt ihr ihn haben. Wenn nicht, verschwindet.«

»Du hast sie wohl nicht alle, du Krüppel?«, fuhr Lexi auf. »Du kannst dreitausend Mal in die Fresse kriegen!«

»Soll ich dir meine Krücke in den Arsch schieben, du Bengel?«

Werner verfolgte das Spektakel amüsiert. Er wusste, dass Lexi kurz davor war durchzudrehen.

»Was gibt's da zu grinsen, Arschloch?«, schimpfte Krücken-Kalle an Werner gewandt. »Glaubst wohl, ich hab Angst vor dir. Du bist doch nur ein mieser kleiner Gauner. Ich kenn deinesgleichen: Große Fresse, aber wenn's drauf ankommt, keinen Arsch in der Hose.«

Werners Hand wanderte zu der Tokarew im Hosenbund. So langsam machte ihn dieser Krüppel wütend. Eine Kugel ins gesunde Bein würde ihn Respekt lehren. Warum konnten die Menschen einfach nicht erkennen, wann sie verloren hatten, schoss es ihm durch den Kopf.

In diesem Moment schlenderten zwei Frauen vorbei, die Krücken-Kalles Auslage musterten. Automatisch verfiel er in seinen französelnden Singsang: »Hährschlische Seife mit Lüküss, meine Dammen.«

Gerade als eine der beiden nach einem Stück griff, mischte Mücke sich ein: »Kaufen Sie das nicht, das ist Betrug.«

Drei Sekunden lang schwiegen alle Beteiligten. Dann polterte Krücken-Kalle los: »Du kleiner Wichser. Was glaubst du denn, wer du …?« In diesem Augenblick stürzte Lexi sich auf Kalle und schlug ihm zweimal ins Gesicht. Der ging sofort zu Boden. Werner hockte sich blitzschnell auf Krücken-Kalles Brustkorb, zog sein Messer, drückte ihm die Klinge an den Hals und sagte gefährlich leise: »Also dann sind wir uns einig. Mücke gehört ab sofort zu uns.« Er bohrte die Spitze leicht in die weiche Stelle unterhalb des Kieferknochens.

»Aaah!«, jammerte Krücken-Kalle und sah sich hilfesuchend um. Doch niemand half ihm. An einem Ort wie diesem kümmerte man sich um seine eigenen Angelegenheiten. Das war gesünder.

Krücken-Kalle begann zu flehen: »Hör auf! Ich habe Kinder.«

Werner lachte verächtlich: »Das wär kein Verlust, wenn die ohne einen Versager wie dich aufwachsen.«

»Ihr könnt Mücke haben!«, rief Kalle panisch. »Natürlich, das ist doch alles kein Problem. Ihr habt mich falsch verstanden.«

»Und du legst noch was drauf, nicht wahr?«, sagte Werner. »Ich dachte an dreitausend Mark.«

Krücken-Kalle schnappte nach Luft, nickte jedoch. Werner steckte sein Messer weg und stand auf.

Krücken-Kalle rollte sich auf den Bauch, stemmte sich mit den Armen hoch, stützte sich auf das Knie seines verbliebenen Beines, wobei er den Stumpf abwinkelte, und kam ächzend hoch.

Werner sah ihm fasziniert zu. Ziemlich geschickt, dachte er, als Krücken-Kalle, auf einem Bein hüpfend, um nicht umzufallen, vor ihm stand.

»Dann ist ja alles geklärt«, sagte Werner und reichte ihm die Krücke. Kalle sah aus, als wollte er Werner am liebsten anspucken, zählte aber widerwillig wortlos dreitausend Mark auf dessen ausgestreckte Hand.

»Wenn du uns das nächste Mal siehst, wirst du einen Bogen um uns machen«, fügte Werner noch hinzu. »Sonst schieß ich dir ein Loch in den Kopf.«

»Hast du verstanden, du Drecksack?«, drohte Lexi.

Krücken-Kalle nickte wortlos. Sein linkes Auge war blutunterlaufen, während sich die Haut drum herum violett zu färben begann.

Bereits im Weggehen, wandte sich Werner noch einmal zu Krücken-Kalle um. »Wir werden den ganzen Laden hier in Zukunft aufmischen. Wirst noch einiges von Doktorchen hören.«

Lachend und sich gegenseitig auf die Schultern klopfend steuerten die drei eine der U-Bahntreppen an. Zwei Stufen auf einmal nehmend verschwanden sie im Untergrund. Sie alberten auf dem Bahnsteig herum, riefen sich einzelne Szenen mit Krücken-Kalle ins Gedächtnis und äfften ihn nach. Werner fühlte sich großartig. Niemand konnte ihm was. Er war auf dem Weg an die Spitze, nach ganz oben.

»Wo wollen wir überhaupt hin?«, fragte Mücke, als sie im Waggon saßen.

»Neukölln«, antwortete Werner. »Da wohnt einer, den mir Hannes empfohlen hat. Den will ich mir angucken.«

*

Ein mit GI vollbesetzter Jeep raste an ihnen vorbei, als sie am Kottbusser Damm an die Oberfläche stiegen. Sie marschierten bis zur Lenaustraße und standen schließlich vor der Hausnummer dreiunddreißig. Keine Klingelschilder. Und auch keine Tür. Wahrscheinlich verheizt, dachte Werner und sah an dem Haus hoch. Mietskaserne. Ärmlich. Kleine Leute. Im Grunde genommen war es nicht viel anders als im Friedrichshain, wo er aufgewachsen war und noch immer lebte. Nicht mehr lange, schwor er sich. Bald könnte er sich eine große Wohnung in einer teuren Gegend leisten, mit Lucie zusammen. Den Alten würden sie in die Wüste schicken. Der war ohnehin dauernd auf Sauftour. Dessen Zeit war um.

Die drei stapften die Treppen bis zum vierten Stock hinauf, wo die Bernburgs wohnten. Werner drückte auf die Klingel. Nichts tat sich.

»Ihr müsst klopfen«, riet ihnen ein älterer Mann, der gerade aus der Nachbarwohnung kam. »Klingel geht nicht. Vormittags klemmen die Russen drüben den Strom ab.« Er lachte verächtlich. »Nennt sich ›Sparmaßnahme‹. Angeblich können die Kraftwerke im Osten noch nicht vollständig liefern. Nix da!« Er winkte ab. »Weiß doch jeder, dass die Russen mit den Amis über Kreuz liegen. Is reine Politik. Die wollen uns klein halten.« Der Mann stapfte, weiter vor sich hin schimpfend, die Treppe hinab.

»So 'n Spinner«, sagte Lexi, während Werner klopfte.

Es dauerte eine Weile, bis eine verhärmte Frau die Tür einen Spalt weit öffnete und herauslugte. Sie trug eine geblümte Kittelschürze und im Haar Lockenwickler aus leeren Patronenhülsen. Kaliber 8/57, schätzte Werner.

»Ja, bitte?«, fragte die Frau misstrauisch.

»Entschuldigen Sie«, begann Werner höflich. »Ich bin ein Freund von Rudolf Bernburg und möchte ihn gern sprechen.«

»Der ist aber nicht da«, sagte die Frau schroff und machte Anstalten, die Tür zu schließen.

»Wann erwarten Sie ihn denn zurück?«

»Was wollen Sie denn von meinem Sohn?«

»Mein Name ist Doktor Gladow«, sagte Werner, worauf ihn die Frau noch misstrauischer ansah.

»Ja, ja ich weiß, ich sehe recht jung aus, aber lassen Sie sich nicht davon täuschen«, erklärte Werner mit honigsüßer Stimme. »Ich habe einige Klassen übersprungen und recht früh zu studieren begonnen.«

Die Frau zog die Tür wieder einen Spalt auf. Ihre Neugierde war geweckt. Jetzt fiel Werner die hölzerne Perlenkette um den Hals der Frau auf. Als Anhänger diente ein Kreuz aus Jade.

»Woher sollte mein Rudolf denn einen Doktor kennen?«

»Wir kennen uns von den Treffen der christlichen Liga«, fabulierte Werner drauflos.

»Der christlichen Liga?«, wiederholte die Mutter ungläubig. »Ist das wahr?«

Werner nickte gewichtig.

»Ich wusste gar nicht, dass er dort hingeht.«

»Regelmäßig«, säuselte Werner. »Rudolf ist einer unserer aktivsten Mitstreiter. Besonders hervor tut er sich beim Sammeln der Kollekte und bei der Armenfürsorge.«

»Ich wusste doch, dass der Junge eigentlich ein gutes Herz hat!«, rief seine Mutter froh, wobei sie ihren Kreuzanhänger umklammerte. »Ich war so in Sorge. Ich weiß ja gar nichts mehr über ihn. Rudolf kommt und geht, wann er will, manchmal mitten in der Nacht. Mir erzählt er doch nichts mehr.«

»Ja, wir machen nicht viel Aufhebens um unsere Tätigkeit«, sagte Werner. »Wir bleiben lieber im Hintergrund.«

»Die christliche Liga ...«, wiederholte Bernburgs Mutter noch einmal ehrfurchtsvoll.

MÜCKE IV

Die christliche Liga, wiederholte Mücke in Gedanken. Er hätte fast losgelacht. Werner hatte die Frau richtig eingeschätzt und ihr genau die Sachen gesagt, die sie hören wollte. Mücke war beeindruckt. Wenn jemand eine Bande im großen Stil aufbauen könnte, dann Werner Gladow, war Mücke nun überzeugt. Der war mit allen Wassern gewaschen. Zwar musste er diesen Lexi in Kauf nehmen, wenn er mitmachen wollte, aber mit dem würde er schon fertigwerden. Wie Lexi dasteht, dachte Mücke angewidert. Dieser säuerliche Gesichtsausdruck. Der sieht schon aus wie so ein bußfertiger Bibelbruder. Das passt zu dem.

»Kommt doch rein«, sagte Bernburgs Mutter nun beflissen und öffnete die Tür vollends. »Ihr könnt in der Stube auf Rudolf warten.«

Werner winkte ab. »Nein, nein, das ist nicht nötig. Wir wollen Ihnen keine Umstände machen.« Er sah die Frau mit einem mitfühlenden Gesichtsausdruck an. »Wir warten unten. Der liebe Gott hat uns heute ja auch so ein herrliches Wetter geschickt, damit wir alle unsere Sorgen einmal vergessen können. Auf Wiedersehen.«

»Auf Wiedersehen«, hörten sie Bernburgs Mutter sagen, als sie die Treppe hinabgingen. »Und kommt bald wieder.«

Unten angekommen, hielten sie sich die Hände vor die Münder, um nicht laut aufzulachen.

»Mensch«, feixte Mücke, »die hast du ja schön eingeseift. Ich hab gedacht, die zieht dich gleich in die Wohnung. Die hatte ja schon ganz feuchte Augen.«

Lexi zog schon wieder so ein essigsaures Gesicht, fiel Mücke auf.

»Werner, das war riskant, was du mit der Alten abgezogen hast. Du weißt genau, dass die Polente so was gerade im Auge hat.«

»Ja doch, Lexi«, stöhnte Werner. »Als ob die Bullen in den Treppenhäusern lauern und auf uns warten.«

Mücke sah ratlos von einem zum anderen.

»Letzte Woche«, klärte Werner ihn auf, »haben die Bullen so 'n paar Frauen und Männer hochgenommen. Die ham sich als Gebetsheiler ausgegeben und den Leuten weisgemacht, sie könnten alles heilen. Gegen 'ne ordentliche Spende, versteht sich.«

Bei Mücke dämmerte es. »Ja, hab ich auch mitgekriegt. Die haben bei den Leuten geklingelt und behauptet, sie könnten eiternde Wunden heilen und Hühneraugen, auch vermisste Kinder finden, kaputte Kaffeetassen heile machen und so was.«

»Sind 'ne Menge drauf reingefallen. Da haben die Bullen 'n Auge drauf.«

»Mach dir nicht ins Hemd, Lexi«, sagte Werner verächtlich.

Sie gingen einige Meter weiter, stellten sich vor ein verwaistes Schustergeschäft und beobachteten den Eingang.

»Wie sollen wir Bernburg denn erkennen?«, fragte Lexi. »Wir wissen doch gar nicht, wie der aussieht.«

»Ich wette, das ist er«, gab Werner zurück und wies zum Hauseingang.

Rudolf Bernburg hatte ein Raubvogelgesicht. Er war eher

klein und sah aus wie sechzehn. Die angespannte Körperhaltung und der abweisende Gesichtsausdruck ließen ahnen, dass die schmächtige Gestalt von einer ungeheuren Wut angetrieben wurde. Mücke fand ihn auf Anhieb unsympathisch. Könnte Lexis kleiner Bruder sein, dachte er gehässig.

»Bernburg!«, rief Werner und ging auf ihn zu.

Der Junge straffte sich und schob das Kinn vor. Er sah aus, als würde er gleich zum Angriff übergehen. »Wer fragt?« Bernburgs Stimme war rau und passte so gar nicht zu der schmächtigen Gestalt.

»Werner Gladow.«

Bernburg sah Werner abschätzig an: »Der Kipperkönig persönlich. Was willst du von mir?«

Der hat überhaupt keine Angst, dachte Mücke beeindruckt. Selbst Lexi hielt sich zurück, schien Respekt zu haben.

»Ich hab was mit dir zu besprechen«, begann Werner, »was Geschäftliches.«

»Was soll das schon sein? Glaubste, ich gebe mich mit Kleinvieh ab?«, fragte Bernburg streitlustig. »Schwarzmarktgeschäfte, bisschen Schieberei und was du noch so treibst. Das ist mir nix.«

»Genau deswegen hat Hannes dich empfohlen. Du hast doch von den Ostberliner Bullen gehört, denen die Waffen abgenommen wurden, drüben an der Bernauer.«

»Und?«, fragte Bernburg lauernd.

»Das waren wir.«

»Ihr wart das?« Bernburg legte die Stirn in Falten. »Ehrlich?«

Werner nickte bekräftigend.

»Habt ihr's dem verdammten bolschewistischen Judenpack ordentlich gezeigt«, sagte Bernburg schließlich anerkennend.

»Wenn du bei uns mitmachst, nehmen wir denen noch mehr Waffen ab«, versprach Werner. »Ich will eine Bande aufziehen. Kein Kleinkram. Wir drehen richtig große Dinger.«

Bernburg nickte. Er schien nachzudenken.

»Wo warst du übrigens eingesetzt?«, fragte Werner wie nebenbei.

»Rudel Holzbrink, Eberswalde. Haben die Häuser von Deserteuren angezündet und russische Gefangene erschossen«, verkündete Bernburg stolz.

Ehemaliger Werwolf, erkannte Mücke. Warum war er nicht selbst darauf gekommen? Das haftete Bernburg doch an wie ein übler Geruch. Dieser geringschätzige, arrogante Blick. Das Gnadenlose. Mücke konnte sich wieder nur wundern, wie schnell Werner diesen Kerl durchschaut hatte. Und wie geschmeidig er auf ihn einging, genau die richtigen Worte fand, ihn quasi lenkte. Das war schon eine Gabe.

»Ich brauche Leute wie dich«, fuhr Werner fort. »Entschlossen, mutig, hart. Gute Jungs, die nicht lange fackeln.«

»Da bist du bei mir richtig«, sagte Bernburg mit fester Stimme.

»Gibt auch ordentlich was zu verdienen. Also bist du dabei, Bernburg?«, wollte Werner wissen.

Bernburg zögerte, aber Mücke spürte, dass Werner den Jungen schon in der Tasche hatte.

»Wir werden viel im Osten operieren«, köderte Werner ihn. Das war sozusagen der Klacks Schlagsahne auf dem Kuchen. »Die Kommunisten sollen ordentlich bluten.«

»Kannst mich Rudi nennen«, sagte Bernburg und hielt Werner die Hand hin. Dabei verzog er den schmalen Mund zu einem schiefen Grinsen und entblößte dabei unregelmäßige Zahnreihen, die krumm und schief im Fleisch hockten. Bernburgs Gebiss erinnerte Mücke an einen verwahrlosten Friedhof.

Werner stellte Mücke und Lexi vor. »Rudi«, sagte Bernburg knapp, wobei er einen leichten Diener machte. Bernburgs Blick war unangenehm taxierend, als suchte er ständig bei seinem Gegenüber Anzeichen von Schwäche oder geheimen Absichten. Hoffentlich weiß Werner, was er tut, wenn er so einen in die Bande holt, überlegte Mücke.

»So Jungs, jetzt fehlt nur noch einer«, verkündete Werner. »Dann ist die Bande komplett. Dann kann es losgehen.«

»Bommes«, sagte Lexi gewichtig, worauf Werner nickte und sagte: »Den holen wir jetzt in der *Mulackritze* ab.«

Unterwegs zur U-Bahnstation berichteten sie Bernburg, wie sie seine Mutter angelogen hatten.

Der lachte: »Meine Olle glaubt an den Heiligen Geist. Habt ihr gut gemacht. Dann verschont sie mich in Zukunft vielleicht mit ihren dämlichen Fragen, wo ich hingehe oder herkomme.«

*

Die *Mulackritze*, Treffpunkt der Berliner Unterwelt, lag im Scheunenviertel. Bommes war dort Stammgast. Es hieß, dass er dort sogar wohnen würde, in einem Kabuff direkt hinter dem Tresen, erfuhr Mücke von Werner.

»Bommes ist ein Schränker.« Sie kamen vom Alex und bogen gerade in die Alte Schönhauser ein. »Einer der Besten. Der knackt den härtesten Safe in Nullkommanix. Hat mit den Sass-Brüdern gearbeitet. Jetzt ist er gerade aus seiner Bande geflogen, weil er die Frau des Chefs flachgelegt hat.«

Lexi lachte schäbig. »Ja, Bommes is 'ne Legende. Der knackt am liebsten Weiber.« Er schüttelte angewidert den Kopf.

»Also Bommes ist der Safeknacker«, zählte Mücke auf, als Werner und er ein paar Schritte hinter Lexi und Bernburg zurückgefallen waren. »Bernburg macht die Drecksarbeit,

Lexi ist deine rechte Hand und du bist der Kopf der Bande.« Aber welche Rolle spiele ich dabei?, fügte Mücke in Gedanken hinzu.

»Du bist mein Stellvertreter«, sagte Werner, als habe er Mückes Frage gehört. Er senkte die Stimme damit Lexi und Bernburg nichts mitbekamen: »Du hast Verstand, kannst Zusammenhänge erkennen. Ich hab dich beobachtet.« Er machte eine Pause, sah kurz zu Lexi und Bernburg, bevor er fortfuhr: »Ich sag dir wie's ist, Mücke. Ich brauche jemanden, der den Überblick behält, außer mir. Guck dir Lexi und Bernburg an. Jeder von denen ist gut, aber die haben keinen Blick fürs Große und Ganze. Die sind beschränkt. Du bist kein typischer Ganove. Du denkst nicht wie einer. Das ist von Vorteil.«

Mücke nickte. Er wusste ja, dass Werner die Leute um den Finger wickelte, ihnen sagte, was sie gern hörten, und doch wollte er ihm gern glauben.

»Al Capone hatte nicht nur Gangster um sich. Da waren Anwälte, Geschäftsleute, Schauspieler, Flugkapitäne und so weiter dabei. Du solltest sein Buch lesen. Da ist das alles beschrieben. Ich leih es dir mal. Hab's bestimmt zehnmal gelesen.«

»Ja mache ich mal.«

»Wir Fünf sind das Herz der Bande. Wir teilen gerecht. Und wir halten zusammen. Untereinander gibt's keine krummen Dinger. Es ist wie bei Artus und der Tafelrunde. Wir sind alle gleich. Übrigens …« Werner hielt Mücke an. »Ich hab noch was für dich.« Verstohlen drückte er Mücke einen in öliges Tuch gewickelten Gegenstand in die Hand. Mücke erkannte sofort, dass es sich um eine Pistole handelte.

»Das ist 'ne Browning 1900. Ist nicht die neueste, aber heutzutage darfste nicht wählerisch sein. Außerdem ist sie handlich. Weiß der Teufel, woher der Kutzer die hatte.

Stammt wahrscheinlich noch aus der Schlacht von Waterloo.«

Mücke lachte pflichtschuldig.

»Siehste, den Witz hätten die anderen nicht kapiert. Wir verstehen uns, Mücke.«

Mücke spürte das Gewicht der Pistole in seiner Tasche, als er neben Werner weiterging. Er fühlte sich nicht wohl damit. Wer eine Pistole bei sich trug, der musste sie auch benutzen. Besser er ließ das Ding zu Hause, überlegte er.

In der *Mulackritze* fanden sie Bommes an einem Tisch, direkt vor dem niedrigen Tresen sitzend. Er spielte Skat. Auf einem elektrischen Grammophon lief ein Schlager von Rita Paul: *Du liebst mich nicht.* Unter der niedrigen Decke hing der Rauch in dichten grauen Schwaden.

»Bommes, wir müssen mit dir sprechen«, sagte Werner, als sie sich um seinen Tisch drängten.

Bommes sah kurz von seinen Karten auf und sagte gedehnt: »Dooktoorchen.« Dann spielte er ungerührt weiter.

»Lass uns mal vor die Tür«, bat ihn Werner.

»Ich kann jetzt nicht«, knurrte Bommes. »Siehste doch, dass ich zu tun habe.«

Bommes hatte kantige Gesichtszüge, grüne Augen und strahlte so eine Art verwitterte Eleganz aus. Er erinnerte Mücke eher an einen alternden Gigolo als an einen Schränker. Der ist doch mindestens fünfunddreißig, ging es Mücke durch den Kopf. Was will denn Werner mit diesem alten Mann? Der fadenscheinige Anzug deutete darauf hin, dass Bommes auch schon bessere Tage gesehen hatte.

»Ist aber wichtig.« Werner ließ nicht locker.

Seufzend legte Bommes die Karten verdeckt auf den Tisch: »Ich muss die beiden Herren hier noch um ihre Barschaft erleichtern«, sagte Bommes und grinste seine Mitspieler an. Und zu Werner gewandt: »Geht schon mal raus, ich komme gleich.«

Vor der Tür rauchten sie jeder drei Zigaretten, bevor Bommes erschien.

»Ist das nicht ein himmlischer Klang?«, fragte Bommes zur Begrüßung, steckte die Hand in die Hosentasche und klimperte mit den Münzen.

»Wieviel hast du gewonnen?«, fragte Werner.

»Achtundneunzig Mark.«

»Pfff«, machte Werner. »Kinkerlitzchen.« Er winkte ab. »Ich kann dir zu viel mehr verhelfen.«

»Hab schon von Hannes gehört, dass du was aufziehen willst.« Bommes wiegte seinen Kopf hin und her. »Und was ist für mich drin?«

»Alles, was wir machen, geht durch uns fünf«, antwortete Werner.

»Durch fünf?«, staunte Bommes. »Das heißt, ich krieg genau so viel wie diese Rotznasen hier?« Bommes Zeigefinger wanderte von Mücke zu Lexi und anschließend zu Bernburg, der auch gleich einen finsteren Blick aufsetzte. »Findest du das etwa gerecht? Ich hab ingesamt sechs Jahre gesessen, Doktorchen. Hab ich mir redlich verdient. Ich hab 'n Namen in der Branche. Und du willst mich hier mit Almosen abspeisen.«

»Bommes«, begann Werner, »wir machen nur die dicken Fischzüge. Versprochen. Wirst genug verdienen, keine Bange. Aber es geht nicht nur um die Penunze. Es geht auch um Ruhm und Ehre. Wenn wir erst mal ein paar große Dinger gedreht haben, kennt jeder in der Unterwelt deinen Namen. Das steigert deinen Wert. Dann kannste verlangen, was du willst. Und du bist bekannt wie 'n Filmstar. Denk mal an die Weiber, die dir hinterherlaufen werden.«

Bommes strich sich durch das pomadisierte Haar. »Wie 'n Filmstar, sagste.«

»Ja«, bekräftigte Werner. »Du wirst 'ne Legende. Jeder wird die Gladow-Bande kennen.«

»Hhm«, machte Bommes.

Gleich hat ihn Werner so weit, dachte Mücke.

»Außerdem biete ich dir Schutz.«

»Schutz?« lachte Bommes. »Vor was willste mich denn schützen? Das kann ich schon selber übernehmen. Niemand vergreift sich an Bommes.«

»Da hab ich aber was anderes gehört«, gab Werner zurück. »Ich weiß, dass der flinke Hermann nicht gut auf dich zu sprechen ist, weil du seine Frau besprungen hast.«

»Halb so wild«, winkte Bommes ab. »Wenn's nur darum ginge, müsste Hermann halb Berlin nachjagen.«

»Ich weiß auch, dass Hermann die Parole ausgegeben hat, dass derjenige, der dir die Beine bricht 'ne ordentliche Summe verdient.«

»Dieses Arschloch!«, brach es aus Bommes raus. »Der schickt seine Alte auf den Strich! Nur weil sie bei mir kein Geld genommen hat, will er mir ans Leder.«

»Wir haben Waffen«, sagte Werner und lupfte seinen Pullover, um Bommes die Tokarew zu zeigen, die in seinem Hosenbund steckte. »Wer sich mit einem von uns anlegt, der legt sich mit uns allen an.«

»Na ja«, sagte Bommes, sich abermals an der Nase kratzend. »Ich weiß ja, dass du 'n kluger Kopf bist Werner, aber ich will mehr Anteil.«

»Du hast sie wohl nicht alle!«, polterte Lexi los, doch Werner gab ihm gebieterisch ein Zeichen.

»Bommes, ich brauche solche Profis wie dich. Du weißt wie es läuft. Mehr als ein Fünftel kann ich dir aber nicht geben. Überleg's dir. Ich frage sonst den flinken Hermann, ob er mir jemanden empfiehlt.«

Bommes grinste: »Untersteh dich! Der hat doch nur Versager in seiner Truppe.« Er sah von einem zum anderen und sagte schließlich: »Na gut. Also lass es uns miteinander probieren. Aber wenn's nicht läuft, bin ich raus.«

»Klar«, gab Werner zurück. »Das ist kein Ringverein. Kannst kommen und gehen, wie du willst.«

Mücke musste sich ein Grinsen verkneifen. Werner hat so geschickt an Bommes Eitelkeit appelliert, dass der gar nichts gemerkt hat. Werner zwinkerte Mücke zu: stilles Einverständnis.

»So«, sagte Werner, als sie die Gipsstraße entlang liefen. »Jetzt sind wir komplett. Hiermit ist die Gladow-Bande offiziell gegründet.« Er drehte sich einmal um die eigene Achse. »Wir werden dieser Stadt in den Arsch treten. Doch erst mal gehen wir ins Kino. Im Quick läuft *Todeszelle Nr* 5. Ein wenig Anschauungsunterricht kann nicht schaden, bevor wir loslegen.«

»Nicht schon wieder, Werner«, klagte Lexi. »Kino ist was für Kinder und Weiber.«

»Keine Widerrede, Lexi. Kannste noch was von lernen.«

DENSKE II

»Haste ma 'ne Zigarette?« Denske drehte sich zu der dünnen Stimme um. Vor ihm standen drei etwa zehnjährige zerlumpte Jungen, die ihn lauernd ansahen.

»Biste nich noch 'n bisschen zu jung zum Rauchen?«

»Biste nich schon 'n bisschen zu alt für dumme Fragen?«, gab der Anführer zurück.

»Das gehört zu meinem Beruf, ich bin Polizist«, sagte Denske.

»Na und? Haste jetze oder haste nich?«

Lächelnd klaubte Denske eine Zigarettenpackung aus seiner Manteltasche und gab ihnen zwei. Ohne sich zu bedanken, rannten die Jungen davon.

Nachdenklich setzte Denske seinen Weg fort. Ja, dumme Fragen sollten eigentlich zu meinen Beruf gehören, dachte er. Ich aber blättere nur in alten Akten und beschäftige mich mit langweiligen Fällen. Dabei gab es in Berlin gerade ständig Morde, Überfälle, Betrügereien, aber ihn hielt man davon fern. Denske dachte an die Worte seines Vorgesetzten, der die Neulinge an ihrem ersten Arbeitstag mit den freundlichen Worten begrüßt hat: »Sie fressen so viel Akten, bis Sie die wieder ausscheißen.« Immer noch dieser verdammte Kommissjargon, dachte Denske verbittert. So was hatte er als Soldat zu oft gehört. Im Krieg hatte nicht nur die Menschlichkeit gelitten, sondern auch die Sprache. Oder bedingte das eine das andere? Wieso lernen wir nichts daraus? Wieso machen wir immer mit dem weiter, was wir kennen? In diese Gedanken verloren, betrat Denske die Wache.

Polizeikommissar Schröder, sein Vorgesetzter, kam ihm in der Halle entgegen. Im Schlepptau hatte er zwei Kollegen, die ebenso neu wie Denske waren.

»Mitkommen! Am Ku'damm gab's 'ne Schießerei«, sagte Schröder, ohne anzuhalten.

»Schießerei«, sagte Denske eher zu sich selbst und beeilte sich, mit den Kollegen Schritt zu halten. Im Hof stiegen sie in einen schwarzen Opel Olympia, der bestimmt schon zwanzig Jahre auf dem Buckel hatte.

Denske fühlte eine Anspannung, die er kaum noch kannte. Das letzte Mal hatte er sie in einem Feuergefecht im Wald bei Rschew erfahren. Er dachte manchmal, die Gefangenschaft hätte seine Empfindungen geschliffen und nur noch einen Rest übrig gelassen, mit dem er dumpf fühlen konnte.

»Dein erster Außeneinsatz?« Denske starrte den Kollegen neben sich fragend an. Er hatte nicht zugehört. »Ob das dein erster Außeneinsatz ist?«

»Äh, ja«, sagte Denske.

»Meiner auch«, gab der andere zurück.

»Na dann, herzlichen Glückwunsch«, gratulierte Schröder. Die anderen lachten leise.

»Was ist denn eigentlich passiert?«, fragte Denske in die Runde.

»Da hat wohl einer versucht, ein Auto zu klauen und hat dabei um sich geschossen. Mehr wissen wir noch nicht«, sagte Schröder. Dann herrschte wieder eine Weile Schweigen.

»Ich hoffe, der Schütze ist weg«, sagte der Kollege neben Denske. »Wir haben eine einzige Pistole.«

Fast hätte Denske laut aufgelacht. Dass die Westberliner Polizei schlecht ausgestattet war, wusste er seit seinem ersten Arbeitstag. »Die Alliierten halten uns an der kurzen Leine. Die denken wohl, wir fangen die Ganoven mit Holzknüppeln«, hatte der Dienststellenleiter bei der Einstellung gesagt, worauf alle lachten. Auch Denske. Er hielt das für einen Scherz. Doch als er wenig später zum ersten Mal sein künftiges Büro betrat, war ihm klar, dass bei der Polizei nicht gescherzt wurde.

Mittlerweile erreichten sie den Ku'damm. »Höhe 209 war der Überfall«, sagte Schröder. Wie die Kollegen studierte Denske aufmerksam die Hausnummern. Kurz hinter der Uhlandstraße stand ein uniformierter Polizist und winkte sie heran. »Tach Winkler«, begrüßte ihn Schröder, während er aus dem Auto stieg.

»Tach Schröder«, gab der Uniformierte zurück. »Vier Mann hoch. Alle Achtung«, schob er nach.

Schröder lachte: »Die Neuen müssen mal an die frische Luft. Die sind schon ganz grün im Gesicht vom Akten fressen.«

»Nee, echt mal«, sagte Winkler kopfschüttelnd. »Habt ihr nix Besseres zu tun? Außerdem ist die Sache längst durch. War ein kleiner Autoklau.« Er wies auf einen frischen Blutfleck, der auf dem Asphalt schimmerte: »Vom Fahrer.«

Denske starrte wie gebannt auf das Blut. »Ist er tot?«, fragte er.

»Nee«, gab Winkler zurück. »Nur angeschossen. Ins Bein. Ein paar Jungs wollten sein Auto klauen. Er wollte nicht, da haben sie abgedrückt. Hat Glück gehabt. Oberschenkeldurchschuss.«

»Und das Auto?«

»Haben sie mitgenommen.«

»Was denn für ein Fabrikat?«

Denske bemerkte den überraschten Blick Schröders nicht. Er hatte seinen Vorgesetzten in diesem Moment völlig vergessen.

»Hanomag.«

»Welche Farbe?«

»Grün.«

»Wie viele Täter?«

Winkler warf Schröder einen fragenden Blick zu, doch der nickte zustimmend.

»Also wie viele Täter?«

»Waren wohl vier Mann, oder fünf.« Winkler zuckte mit den Achseln. »Ging alles so schnell, hat der Fahrer gesagt.«

»Hat er eine Beschreibung der Täter abgegeben?«

»Na wie die Jungs heutzutage eben aussehen«, sagte Schröder.

»Sind doch alle gleich. Ausgebeulte Hosen, lange Jacketts. Angeberschuhe und verrückte Haare.«

»Verrückte Haare?«, fragte Denske nach.

»Na ja, eben länger«, sagte Winkler genervt.

»Gut Winkler, wir übernehmen den Bericht«, schaltete sich Schröder ein.

Auf dem Rückweg zur Wache war Denske auf einen Anschiss von Schröder gefasst. Doch stattdessen sagte der: »Das haben Sie gut gemacht, Denske. Sie haben Initiative ergriffen. Das fehlt bei der Polizei. Da spukt noch viel zu oft der alte Untertanengeist rum.«

Denske spürte die ablehnende Haltung der anderen ihm

gegenüber. Er hat sich für ihren Geschmack zu weit aus dem Fenster gelehnt. Das würden sie ihm ankreiden. Er wusste, wie das lief. Das hat er als Schüler das erste Mal erfahren dürfen, als er einen sadistischen Lehrer zur Rede stellte und der dafür die ganze Klasse durchfallen ließ. Wie haben seine Mitschüler ihn dafür gehasst, obwohl auch sie unter diesem Lehrer litten.

Er wusste auch, dass viele Kollegen bei der Polizei gelandet sind, weil der Job krisensicher ist und Aufstiegsmöglichkeiten verspricht.

»Aber der Kollege eben war nicht besonders scharf darauf, den Fall zu ermitteln«, sagte er jetzt trotzig zu Schröder.

»Sie müssen das verstehen, Denske. Die Berliner Polizei ist komplett unterbesetzt, ständig überfordert. Die Alliierten passen genau auf, was wir so treiben und gleichzeitig halten sie uns klein, verweigern uns jegliche Unterstützung, wenn wir korrekt ermitteln wollen. Wir können nur die grausamen und ungewöhnlichen Taten verfolgen. Denske, es gibt einfach zu viele Verbrechen in Berlin.«

»Fahren wir ins Krankenhaus, um den Fahrer zu vernehmen?«, wollte Denske wissen.

Schröder gab ein hustenartiges Lachen von sich. »Sie haben doch alle Informationen von Winkler bekommen. Sie schreiben jetzt einen Bericht und dann geben wir die Jungs zur Fahndung raus.« Er drehte sich kurz um und fügte hinzu: »Das gehört auch zur Polizeiarbeit, Denske.«

Wenig später saß Denske an dem umgekippten Spind, der ihm und dem Kollegen als Schreibtisch diente. Sich umständlich vorbeugend, da er seine Beine seitlich wegspreizen musste, schrieb er von Hand seinen Bericht. Er hatte versucht, eine Schreibmaschine oder, besser noch, eine Schreibkraft zu bekommen, doch es gab zu wenige und sein Fall hatte keine Priorität. Selbst das Papier war nur mit Mühe aufzutreiben. »Ist rationiert. Wir können nicht zu jedem kleinen Vorgang extra eine Akte anlegen«, hatte der Kollege an der Ausgabe gesagt. »Musste dir selber was organisieren.« Und so beschrieb Denske nun fleißig die Rückseite eines Betrugsfalles aus dem Jahre Neunzehnhundertdreiundzwanzig.

WERNER IV

»Donnerwetter, den haben wir schön eingepökelt«, rief Lexi begeistert.

»Wie der das Maul aufgerissen hat, wie 'n Fisch auf 'm Trockenen.« Demonstrativ klappte Bernburg den Mund auf und zu und ließ seine kleinen, schiefen Zähne sehen.

Bommes lachte gehässig. »Was für ein Trottel!«

»Lasst mal gut sein, Jungs«, sagte Werner gönnerhaft. »Hätte der sich nicht so blöd angestellt, wär ihm nix passiert. Aber wer sich mit der Gladow-Bande anlegt, muss eben mit den Folgen leben.« Zur Bekräftigung klopfte er auf die Pistole in seinem Hosenbund. Die Jungs auf dem Rücksitz johlten.

»Fahr mal da drüben ran«, forderte Werner Mücke auf, der am Steuer des grünen Hanomag saß. »Wir machen noch was klar.« Mücke steuerte den Wagen in der Gitschiner Straße an den Straßenrand. Als der Wagen stand, drehte Werner sich zu Bommes, Lexi und Bernburg um, die fast übereinander gestapelt auf der schmalen Rückbank hockten und ihn mit gespannten Gesichtern ansahen.

»Da vorne der Laden, das ist Juwelier Klinke. Ich hab da schon mal 'ne Kette mitgehen lassen. Aber heute …«, Werner machte eine bedeutungsvolle Pause, »… heute machen wir den Laden leer.«

»Jetzt, um diese Zeit?«, fragte Lexi überrascht.

»Ja Lexi, genau jetzt. Warum denn nicht?«, sagte Werner scharf. Lexi ging ihm schon wieder auf die Nerven.

»Ich meine ja nur.« Lexi war ziemlich kleinlaut. »Sind so viele Leute unterwegs.«

Werner ignorierte Lexis Einwand. »Mücke, du lässt den Motor laufen.« Mücke nickte.

»Los, Tücher auf!«, befahl Werner. Er schwang sich aus dem Auto und legte die Hand beschwingt auf den Pistolengriff. Werner war in Hochstimmung.

»Werner, warte mal!«, rief Lexi, der noch im Auto saß. »Lass uns erst mal einen Plan machen.«

Werner beugte sich hinein: »Ich hab einen.«

»Dann erzähl mal.«

»Bommes stellt sich an die Tür und Bernburg und du … ach, scheiß drauf«, sagte Werner.

»Das ist doch kein Plan.«

Werner verspürte den starken Impuls, Lexi zu schlagen: »Du wartest im Auto, kannst ja so lange stricken.« Mit Lexi wollte er sich jetzt nicht rumärgern. Werner winkte Bernburg und Bommes. Sich umsehend, eilten sie auf den Laden zu. Werner riss die Tür auf, wobei die Ladenglocke wild bimmelte. Noch im Hereinstürmen zog er seine Pistole. Der Besitzer, ein älterer, gemütlich wirkender Mann mit grauem Haarkranz stand erschrocken von seinem Hocker hinter dem Ladentisch auf. »Was soll das?«, rief er ängstlich.

»Fresse halten!«, rief Werner. Mit drei schnellen Schritten war er am Tresen und schlug dem Mann mit dem Pistolenknauf gegen den Kopf. Ächzend sackte der Juwelier zusammen. Eine Frau schrie. Werner drehte sich um. Am ausgestreckten Arm schwenkte er die Pistole durch den Laden. Hinter dem Tresen reihten sich die verglasten Vitrinen und Schaukästen. Davor standen ein Mann und eine Frau mittleren Alters. Sie war es auch, die geschrien hatte. Werner richtete die Waffe auf die beiden. Die Frau hielt sich mit der Hand den Mund zu. Von ihren Fingern baumelte eine Kette, an der ein Bund Sicherheitsschlüssel hing.

»Nimm die Waffe runter, du Strolch!«, sagte der Mann streng, als würde er einen Schuljungen zurechtweisen.

Werner durchquerte den Raum, wobei er die Pistole weiterhin am ausgestreckten Arm hielt. »Was hast du gesagt?«, fragte er, jedes Wort betonend.

»Du sollst die Waffe …«

Weiter kam der Mann nicht. Werner hatte ihm die Tokarew direkt in das weiche Fleisch unter dem linken Auge gebohrt. »Noch mal!«, forderte Werner den Mann auf. Doch der schwieg.

»Willst den Helden spielen, was? Willst hier vor der Schlampe den dicken Max markieren. Los, auf die Knie!«

»Bitte!«, flehte der Mann jetzt leise. Seine Gegenwehr war völlig zusammengebrochen.

Werner trat ganz nah an ihn heran, sodass ihre Nasen sich fast berührten: »Auf die Knie, hab ich gesagt.«

Langsam sank der Mann zu Boden, senkte den Kopf und kniete dort wie ein Büßer, der seine Strafe erwartete.

»Wenn ich noch einen Mucks von dir höre …«, drohte Werner. Der Mann blieb stumm. Nur ein leichtes Zittern seiner Schultern verriet, dass er verstanden hatte.

Bommes und Bernburg waren hinter der Theke verschwunden. Werner hörte es von dort splittern und klirren. Dann krachte etwas zu Boden, worauf er Bommes fluchen hörte. Er wandte sich kurz um und sah, wie Bommes gerade eine Tischuhr vom Boden aufhob und in einen Sack steckte. Bernburg raffte Armbanduhren und Armbänder zusammen. Werner ließ seine Pistole zwischen der Verkäuferin und dem knienden Mann hin und her wandern. »Vitrinen aufschließen!«, zischte Werner die Frau an. Sie presste ihre Hand noch fester auf den Mund. Ihre Brust hob und senkte sich in schnellem Rhythmus. Sie atmete leise pfeifend ein und aus. Ihre Haare klebten ihr verschwitzt am Kopf, wie nach einem plötzlichen Regenschauer. Mit großen Augen verfolgte sie Werners Bewegungen, als werde ihr Blick von ihm angesaugt. Fast hätte Werner laut gelacht. Die Szene erinnerte ihn an den Film mit Edward G. Robinson, als der … Das ist hier keine Unterhaltung Werner, rief er sich selbst zur Ordnung.

»Mach sofort die Scheiß-Dinger auf!« Die in Schockstarre verharrende Frau reagierte nicht. »Los!«, brüllte Werner. Um seinen Worten Nachdruck zu verleihen, zielte er in ihre Richtung. Zitternd vor Angst gelang es ihr jedoch nicht, den Schlüssel ins Schloss zu stecken.

»Hilf ihr!«, rief Werner Bernburg zu. Der eilte hinter den Tresen, riss ihr den Schlüsselbund aus der Hand, schubste sie weg und begann, die Schubladen aufzuschließen.

In diesem Augenblick hörte Werner die Türglocke und kurz darauf Straßengeräusche, die wie etwas Fremdes, Störendes hereinwehten, dann eine männliche Stimme, die etwas fragte. Werner wandte sich um.

Bommes hatte ihm den Rücken zugedreht und versperrte mit seinem Körper den Eingangsbereich. »Nee, heute ist geschlossen«, sagte Bommes zu jemandem, den Werner nicht sehen konnte. Vor der Tür wurde wieder gesprochen.

Bernburg hielt inne und beobachtete lauernd die Frau, bereit, ihr an die Kehle zu gehen. Doch die blieb starr und stumm und fixierte nach wie vor Werner. Der kniende Mann hatte sich indessen nicht gerührt.

Werner hörte Bommes lachen. »Ja, morgen is wieder offen. Müssen Se Ihre Gattin heute eben ’n paar Blumen mitbringen statt Klunker.« Auch von draußen ertönte Gelächter.

»Wiedersehen«, sagte Bommes und schloss leise klingelnd die Tür. Er sah noch einmal durch die Glasscheibe, um sich zu vergewissern, dass der Störenfried fortging, dann drehte er sich feixend zu Werner um.

»Weiter!«, rief dieser atemlos. Und während Bernburg

Ringe, Ketten und Ohrringe in einen grauen Stoffbeutel stopfte, nahm Werner sich die Kasse vor. Hinter dem Tresen lag noch immer der Besitzer, bewusstlos. Ein feiner Blutfaden sickerte aus seiner Stirnwunde und malte ein abstraktes Muster auf die Fliesen.

Werner riss die Kasse auf, warf das Kleingeld zu Boden und steckte sich die Scheine achtlos in Jacken- und Hosentaschen. Er gab den anderen ein Zeichen. Im Laufschritt verließen sie den Laden.

Erst im fahrenden Auto löste sich Werners Anspannung. Er lachte laut los: »Die Alte! Habt ihr die gesehen? Die hat garantiert nasse Schlüpfer gehabt.«

»Fragt sich nur, ob vor Angst oder vor Geilheit«, rief Bommes.

Bernburg prahlte: »Ich hätt den Kerl kalt gemacht, Werner. Mensch, wie der mit dir gesprochen hat. Das darfste dir nicht gefallen lassen. Ist nicht gut für unseren Ruf.«

Werner warf Bernburg einen warnenden Blick zu. Der ließ sich nicht beirren. »Echt mal, da ging's um deine Ehre. Der hat dich beleidigt.«

»Hör auf zu quatschen!«, sagte Werner scharf. Nach diesem Erfolg wollte er sich von Bernburg nicht ärgern lassen.

Lexi sah missmutig und schweigend aus dem Fenster. Es stinkt ihm, dass er nicht mit rein durfte, dachte Werner. Vielleicht ist es ihm eine Lehre, mir nicht dauernd zu widersprechen. Werner hätte ihn am liebsten geschüttelt. »Ist gut gelaufen, Lexi. Nächstes Mal biste wieder dabei«, sagte er dann aber doch versöhnlich. Der brummte unverständlich vor sich hin.

»Hätteste sehen müssen, Mücke«, plapperte Bernburg aufgedreht weiter. »Eiskalt ist Werner da rein und hat den Besitzer umgehauen. Eiskalt, sag ich dir, 'n echter Profi.« Mücke lächelte gezwungen.

»Ja, das war 'n guter Plan: rein, zack, raus! Was willste

mehr?«, lachte Bommes dazwischen. »Lasst mal sehen, was wir haben …« Bommes kramte in einem der Säcke und nahm manche Juwelen genauer unter die Lupe, um schließlich zu verkünden: »Na ja, das meiste ist Standard. Aber das wird uns eine schöne Stange Geld einbringen. Wie viel Bargeld haste?«

Werner fischte die Geldscheine aus seinen Taschen und überflog ihren Wert. »Zehntausend«, sagte er schließlich, »alles Reichsmark. Nicht das Scheiß-Besatzergeld. Das haun wir heute Abend auf den Kopf. Ich weiß auch wo. Und da werden wir auch den Schmuck los.«

»Das war 'ne feine Sache, Werner«, lobte Bernburg. »Das hat richtig Spaß gemacht. Wann drehen wir das nächste Ding?«

Werner lachte. Er hatte bei seinen Jungs ein Feuer entfacht. Jetzt musste er es nur schüren, damit die Flamme hell brannte. Zudem wussten sie jetzt, dass Werner stets bereit ist, bis zum Äußersten zu gehen. Ein Anführer musste entschlossen wirken – und skrupellos.

Mücke steuerte den grünen Hanomag über die Oberbaumbrücke. Hier im Osten fühlte sich Werner sicherer, nicht nur weil Friedrichshain sein Kiez war, auch weil ihm die Russen näher waren als die Engländer, Franzosen und Amerikaner. Obwohl deren Zigaretten wesentlich besser waren als die verdammten Papirossy.

An der Stralauer Straße erstreckten sich die riesigen Speicher und Hallen des Osthafens, die in der einsetzenden Dämmerung wie verendete Ungeheuer auf Werner wirkten. Zerlöchert und ausgeweidet verwesten sie entlang der träge schwappenden Spree. Die Sowjets hatten sämtliche Innereien demontiert und nach Russland geschafft. Hinter den Mauern, durch die notdürftig geflickten Fensterscheiben, flackerten offene Feuer. Geflüchtete, Vertriebene und Gestrandete hatten hier vorläufig Zuflucht gefunden. Zwischen den Hallen sah Werner einige gebeugte Gestalten herumstolpern. Vermutlich waren sie auf der Suche nach Metall, das sich zu Geld machen ließ oder nach Holz zum Verfeuern.

Diese Elenden sind alle von gestern, dachte Werner angewidert, alle tot. Nur in sich selbst fühlte er das Versprechen von Zukunft. Dieses Vermächtnis pulsierte ihn ihm wie eine starke Dosis Pervitin. Er lachte.

»Was ist?«, fragte Mücke belustigt, ohne den Blick von der Straße zu nehmen.

»Uns gehört die Welt«, antwortete Werner so leise, dass nur Mücke es verstehen konnte, »Kerlen wie uns.«

Als sie schließlich in die Persiusstraße einbogen, parkte Mücke den Wagen direkt vor der *Tanne.*

»Dann mal los Jungs!«, rief Werner und wedelte mit den Geldscheinen. »Besauft euch! Ich will, dass ihr morgen Früh auf allen Vieren hier rauskriecht. Und jeder sucht sich eine Braut, auch du Lexi, keine Widerrede.«

Lexi fuhrwerkte mit seiner Zunge im Mund herum, als würde er nach einer passenden Antwort suchen, fand aber nichts und kletterte schweigend aus dem Auto.

»Doktorchen!«, rief der Türsteher, ein Berg von einem Mann. »Schön, dass du dich mal wieder blicken lässt. Hast uns ja lange nicht beehrt.«

Werner lachte: »Bin zu beschäftigt, Knuffe. Bin auf dem Weg nach ganz oben.«

»Wusste schon immer, dass aus dir was Großes wird«, lachte Knuffe.

»Für Knuffe hab ich früher meine ersten Botengänge gemacht«, sagte Werner zu Mücke, während sie hineingingen. »Ist ein feiner Kerl. Ehemaliges Schwergewicht«, er grinste schief, »hat aber 'n Glaskinn. Taugt nicht für die großen Kämpfe.« Ich dagegen umso mehr, freute sich Werner insgeheim.

MÜCKE V

»Dieser Idiot wollte erst nicht aussteigen. Hat gedacht, wir machen nur Spaß. Ich hab ihm dann aber voll auf die Zwölf gegeben. Hättest mal seh'n sollen, wie dem die rote Soße runterlief. Wie bei 'nem Wasserfall«, lachte Bernburg. Sein Gegenüber, ein dürrer Junge mit Halsabschneidergesicht, lachte pflichtschuldigst mit.

»Das beste aber war Doktorchen. Auf einmal hat der die Knarre in der Hand und ballert los, dem Kerl direkt ins Bein.« Bernburg nahm einen Schluck aus der Schnapsflache. »Einfach so.« Er kicherte betrunken. »Was legt der sich auch mit uns an? Konnt'er sich doch denken, dass wir keinen Spaß machen. Anstatt das Auto einfach herzugeben ...« Der Junge mit dem Halsabschneidergesicht schien beeindruckt.

Mücke, der da daneben saß, langweilte sich. Er hatte den Überfall jetzt schon zum dritten Mal mit angehört und jedes Mal dichtete Bernburg mehr dazu, um seine Rolle darin gewaltig aufzublasen.

Mücke nahm einen Schluck von seinem Bier. Er dachte über Werners Kaltblütigkeit nach. Der hatte ohne Vorwarnung geschossen, nur wegen dieses dämlichen Wagens, der mit seinem grünen Lack viel zu auffällig war. Und statt die Karre loszuwerden, parkte sie vor der Tür, als Einladung an die Polente. Er musste mit Werner darüber reden. Mücke schob sich durch die Menge, um ihn zu suchen.

Mücke war klar, dass er nicht in die *Tanne* passte, diesen zweitklassigen Zuhälterladen, in dem sich die Luden mit ihren in die Jahre gekommenen Mädchen trafen. Zwar ließ man Mücke in Ruhe, er war schließlich mit Werner Gladow gekommen, aber ihm fehlte eindeutig der Stallgeruch. Wo war Werner, verdammt?

Mücke drängte sich zu Lexi durch, der am Tresen saß und auf Bommes einredete. »Wo ist Werner?«, rief er ihm zu.

Lexi wies, ohne von Bommes abzulassen, auf einen Flur, der neben dem Tresen abging. Mücke folgte dem engen Gang, der von einer schwachen Glühbirne erhellt wurde und landete schließlich vor einer geschlossenen Tür. »Werner!«, rief Mücke halblaut. Und dann noch einmal, bis er hinter der Tür ein schwaches Grunzen hörte.

Mücke trat ein und stand in einem halbleeren Zimmer, in dessen Mitte ein eisernes Bettgestell stand, daneben ein angestoßener Nachtschrank. Werner lag auf der fleckigen Matratze, betrunken und nackt, ebenso wie die Frau neben ihm, die so besoffen war, dass ihr Kopf wie ein ausgeschwungener Glockenklöppel sanft hin und her pendelte. Ihre Hand wanderte gewissenhaft auf Werners Oberkörper auf und ab, als hätte sie dort eine wichtige Arbeit zu verrichten.

»Mücke!«, krähte Werner fröhlich.

»Mücke«, lallte die Frau kichernd, »zeig mal deinen Stachel!« Sie lachte über ihren eigenen Witz, stieß dabei auf und presste sich die Hand vor den Mund.

»Wehe, du kotzt mich an!«, drohte Werner. »Ich schlag dich windelweich.«

Die Frau lachte, als hätte Werner einen Witz gemacht.

»Das ist Heidi«, stellte Werner sie vor. Mücke fand sie abstoßend. In ihrem verwitterten Gesicht waren zwar noch Spuren einstiger Schönheit zu erahnen, aber jetzt war sie bestimmt schon vierzig und verlebt.

Sie musterte Mücke mit gleichgültigem Blick. Er wusste, wie er mitunter auf andere wirkte: müde, resigniert, wütend, nicht jung, nicht alt. Er selbst fühlte sich wie ein uraltes Reptil, das nach langer Zeit unter einem Stein hervorlugte. Er glaubte schon alles gesehen zu haben und war darüber verbittert. Mücke fehlte die Leichtigkeit, ganz so, als würde der schwere Stein auf ihm ihn langsam aber unaufhaltsam tiefer in den Morast drücken.

»Ich muss mit dir reden, Werner.«

»Na komm«, forderte er Mücke auf, rückte in die Mitte des Bettes und klopfte auf die freie Stelle.

»Allein.«

»Heidi kann ruhig mithören. Die hat eh gleich wieder alles vergessen. Stimmts?« Werner gab ihr einen Klaps auf den Hintern, worauf Heidi sinnlos kicherte.

»Na komm schon, Mücke.« Der legte sich widerwillig aufs Bett.

»Schluck Sekt?«, fragte Werner, griff über Heidi hinweg nach einer Flasche auf dem Nachttisch, die er Mücke hinhielt.

»Jetzt nicht, Werner.«

»Mann, Mann, Mann du willst doch nicht etwa Lexi nacheifern, ausgerechnet heute!« Mücke verzog das Gesicht. »Na komm schon. Wir sind nur einmal jung«, rief Werner und drängte Mücke die Flasche auf. Der nahm nur einen winzigen Schluck und gab sie zurück. Werner schlug ihm auf den Oberschenkel: »Also, was gibt's?«

»Wir müssen den Wagen loswerden.« Werner sah ihn verständnislos an. Mücke appellierte an seinen Verstand: »Mensch, Werner, der steht direkt vor dieser Spelunke. Wenn das wer sieht, schicken die hier jeden Moment 'ne Mannschaft Bullen rein.«

»Reg dich ab. Wir sind im Osten. Hier haben die Bullen von drüben nix zu sagen. Die hassen sich gegenseitig.«

»Trotzdem Werner, ich hab kein gutes Gefühl. Wenn wir das richtig aufziehen wollen, dann müssen wir auch wie Profis vorgehen.«

Werner drehte sich zu Heidi um: »Haste gehört? Der Dünne weiß genau, wie die Profis vorgehen.« Er nahm einen Schluck aus der Flasche, musste dabei lachen, verschluckte sich und hustete einen Schwall Sekt aus.

»Du hast doch selber gesagt, du willst das richtig aufziehen. Keine kleinen Dinger. Keine Dummheiten. Willst du, dass wir wegen einer Lappalie auffliegen?«

Werner lachte aus vollem Hals. Und an Heidi gewandt: »Hör dir den an! Ich wusste schon, warum ich den wollte. Der denkt mit. Wie bei Al. Der hat immer die Klügsten um sich gesammelt.«

»Äll?«, lallte Heidi mit matter Stimme.

»Al Capone.«

»Ist das der Dicke vom Alex? Der sich immer die Haare über die Glatze kämmt?«, wollte Heidi wissen.

Werner sah sie verständnislos an. Mücke grinste.

»Lass gut sein«, sagte Werner zu ihr und drehte sich wieder zu Mücke um. »Das hier ist nur 'ne Station, Mücke. Bald trinken wir unseren Schnaps in den besten Läden, nicht mehr in so 'nem Rummelpuff wie dem hier.«

»Jedenfalls muss der Wagen weg, Werner«, entschied Mücke resolut.

Gladow schien plötzlich nüchtern. Er richtete sich auf und sagte: »Na gut, dann versenk die Karre in der Spree oder irgendeinem Loch.« Mücke nickte und erhob sich.

»Übrigens«, hielt Werner ihn zurück, »ich hab mir was Feines ausgedacht.« Er warf Heidi einen kurzen Blick über die Schulter zu, doch die war damit beschäftigt, die letzten Tropfen Sekt aus der Flasche zu saugen. Trotzdem dämpfte Werner seine Stimme: »Bei unserem nächsten Coup sprechen wir russisch.« Er machte eine Pause und wartete auf Mückes Reaktion.

»Was?«, entfuhr es Mücke nach einigen Sekunden.

»Ja, russisch. Wir tun so, als wären wir Russen, Rotarmisten, die sich ein paar Reichsmark dazu verdienen wollen.«

»Ich kann kein Russisch.«

»Ich auch nicht«, sagte Werner. »Nur ein paar Brocken. Aber ist auch egal. Die meisten Leute können kein Russisch, außer die Russen. Wir tun einfach so, als wären wir auch welche. Merkt keiner, garantier ich dir.«

Mücke überlegte einen Augenblick, ob Werner doch betrunkener war, als er gedacht hatte, aber an dessen Augen konnte er erkennen, dass es ihm ernst war. »Ein paar russische Wörter bring ich euch bei. Dawai und Dingje. Das heißt schnell und Geld. Viel mehr braucht man nicht.«

Mücke kratzte sich ratlos am Kopf.

»Vielleicht noch Pistole«, sinnierte Werner, »und Überfall, und tot.«

»Ich fahre jetzt das Auto weg«, sagte Mücke und ging zur Tür.

»Und noch Hände hoch!«, hörte er Werner beim Rausgehen sagen.

Mücke grinste in sich hinein. Eines musste man Werner lassen: Phantasie hatte er für zwei.

*

Als Mücke vor der *Tanne* stand, warf er einen Blick auf das Gebäude. In solch einen Laden würde Sylvia niemals ihren Fuß setzen, dachte er. Wenn ich sie einlade, dann nicht in so eine Absteige. Er wandte sich ab, stieg in den Hanomag und ließ den Diesel vorglühen. Dann startete er den Motor, der mit einem aufgeregten Tackern seine Arbeit aufnahm. Mücke steuerte Richtung Osten, dem Lauf der Spree folgend. Zwar kannte er sich hier unten nicht aus, aber er würde schon eine Stelle finden, an der er den Wagen spurlos verschwinden lassen könnte.

Doch statt Ausschau zu halten, fuhr Mücke immer weiter. Irgendetwas trieb ihn an. Die Spree mündete in den Müggelsee. Er überlegte, ob er den Wagen dort lassen sollte, verwarf den Gedanken aber und fuhr weiter. Bald hatte er Berlin hinter sich gelassen. Nach einer Weile endete die dichte Bebauung. Einzelne Häuser säumten jetzt die Straße.

Meist waren es zerstörte aufgegebene Gehöfte. Mücke überlegte, ob er den Wagen in einem davon in Brand setzen sollte. Er verwarf den Gedanken.

Wenn ich weiterfahre, lande ich irgendwann in der Taiga, ging es ihm durch den Kopf. Wäre ohnehin das Beste, wenn ich einfach weiterfahre und nicht wiederkomme, weg von dem ganzen Schlamassel, in den er im Begriff war einzutauchen.

Ein Ortsschild kam in Sicht: »Erkner«. Das kenne ich doch irgendwoher, ging es Mücke durch den Kopf. Aber er kam nicht drauf. Langsam fuhr er durch den Ort, in der Hoffnung, irgendwo eine Ecke zu finden, wo er den Wagen stehenlassen konnte, ohne dass er gleich auffiel. Nichts. Links von ihm schimmerte im Mondlicht, zwischen hohen Kiefern hindurch, die glatte Oberfläche eines Sees. Mücke lenkte den Hanomag dorthin, fuhr in das davor liegende Waldstück, überrollte eine junge Kiefer, ein paar Holunderbüsche und schaffte es gerade noch ans Ufer, als der Motor hustend erstickte und erlosch. Mücke sah sich um. Die nächsten Häuser waren weit genug entfernt, das Ufer lag etwa zwei Meter über dem Wasserspiegel – ein idealer Platz, um ein Auto auf Nimmerwiedersehen verschwinden zu lassen. Er hoffte nur, dass der See tief genug war. Mücke stieg aus, schob den Wagen dicht an den Rand und blickte über die makellos glatte Wasseroberfläche, in der sich der Mond und die wenigen Wolken seines Hofstaats spiegelten.

Er kniff die Augen zusammen. Auf der gegenüberliegenden Seite war wohl eine Ausflugsgaststätte. Ich könnte mit Sylvia mal einen Spaziergang hierher machen, überlegte er. Dann schob er den Hanomag über den Hang. Das Auto hing mit der Schnauze eine kurze Weile reglos in der Luft, bevor es mit einem platschenden Geräusch im flachen Wasser landete. Nun steckte es mit dem Motorblock im feuchten Sand, während das Heck hoch in die Luft ragte.

»Mist!«, entfuhr es Mücke. Er hätte nachprüfen sollen, ob das Wasser tief genug war. Jetzt hing der Wagen wie ein gigantischer gestrandeter Fisch, für jeden sichtbar, zwischen Himmel und Wasser. Mücke schob und drückte noch eine Weile erfolglos an dem Hanomag herum, bevor er aufgab. Sollten sie ihn doch finden. Sie hatten alle Handschuhe getragen, also gab es keine Fingerabdrücke.

Mücke sah sich um. Auf dem Weg hierher war er an Bahngleisen entlanggefahren. Es musste also einen Zug oder eine S-Bahn nach Berlin geben. Er schlug sich durch die plattgewalzten Büsche, die der Hanomag hinterlassen hatte, kratzte sich die Wange an einem tiefhängenden Ast auf, schrie »Scheiße!« und musste plötzlich lachen.

»Ich bin ein feiner Gauner«, rief er in den dunklen Wald, »völlig unfähig, aber willens. Sehen Sie der Gladow-Bande bei ihrem nächsten Bruch zu. Es geht garantiert alles schief. Wer will noch mal, wer hat noch nicht. Amüsement vom feinsten. Kommen Sie näher, Damen und Herren!«, rief er nach Art eines Rummelplatz-Ausrufers. Mücke blieb stehen und lachte so heftig, dass ihm die Seite wehtat.

Nächstes Mal bin ich klüger, nahm er sich vor, während er seinen Weg fortsetzte. Als er auf die Bahngleise traf, ging er daran entlang Richtung Westen und stieß bald auf eine Haltestelle neben einem kleinen Bahnwärterhäuschen. Na klar, fiel es Mücke ein: Erkner! Gerhart Hauptmann! Hier spielte sein *Bahnwärter Thiel* – die arme Sau, die vom Leben hin und her gestoßen wurde und sich nicht zu wehren wusste. Nicht mit mir, dachte er, nicht mit Mücke.

SYLVIA III

Da stand er, mitten auf der Kantstraße, und grinste sie frech an: »Hallo, da bin ich!«

Sylvia musterte ihn streng: »Waren wir verabredet?«

Mückes Grinsen wurde noch breiter: »Waren wir. Du hast es zwar nicht gewusst, aber es reicht ja, wenn ich es weiß.«

»Du bist ganz schön eingebildet«, sagte sie spitz, lächelte jedoch dabei. Sie freute sich tatsächlich, Mücke nach so langer Zeit wiederzusehen, hatte sie ihn doch fast schon als flüchtige Bekanntschaft verbucht.

»Du hast dich gar nicht verändert«, sagte er scherzhaft.

Du schon, dachte sie. Du wirkst irgendwie … Sie kam nicht drauf, aber sie spürte sehr wohl, dass sein plötzliches Erscheinen ihr Herz schneller schlagen ließ.

»Wollen wir etwas trinken gehen?«, schlug er vor. Er sah sich um. »Ich kenne mich hier nicht aus. Kennst du einen guten Laden?«

»Einen guten Laden?«, wiederholte sie. »Gehobene Preisklasse?«

»Durchaus.«

»Sitzt das Geld locker?«

»Für eine Dame lass ich gern was springen.« Er deutete eine Verbeugung an.

»Lass uns erst spazieren gehen«, schlug sie vor. »Ich habe den ganzen Tag bei der Arbeit gesessen.« Sie zog ihn fort, weg vom Laden, in der Hoffnung, dass Fräulein Petrowitzki nicht gesehen hat, dass ein junger Mann sie abholt. Dann müsste sie sich garantiert wieder einen Vortrag über wechselnde Männerbekanntschaften und ihren unsittlichen Lebenswandel anhören.

Sylvia hakte sich bei Mücke unter. Die Luft in der Kantstraße war mild und kündigte den Frühling an. Man konnte den Geruch der aufbrechenden Knospen bereits erahnen. Bald waren sie am Lietzensee und schlenderten durch den Park. Sylvia hatte sich noch immer bei Mücke untergehakt. Es fühlte sich so vertraut an mit ihm. Dabei hatten sie sich noch nicht einmal geküsst.

»Wollen wir?« Mücke wies auf das Café am Ufer, wo die Gäste bereits draußen saßen und den lauen Nachmittag genossen.

Sie suchten sich einen freien Platz am Wasser, und nachdem sich der Kellner mit ihrer Bestellung entfernte, beobachteten sie schweigsam die Schwäne. Sylvia fühlte sich befangen. Warum sagt er denn nichts?, dachte sie. Aber wenn sie ihn so betrachtete, wusste sie, dass es Mücke genauso ging. Seine anfängliche Forschheit war einer seltsamen Scheu gewichen. Und jetzt wusste sie auch, was sie bei ihrer Begrüßung irritiert hatte: Er wirkte selbstsicherer und entschiedener als bei ihrer ersten Begegnung in Werners Wohnung. Es passte nicht zu dem ersten Eindruck, den sie von ihm gewonnen hatte.

Sylvia war froh, dass der Kellner kam und ihnen einschenkte. Als er verschwand, prosteten sie einander zu.

»Igitt!«, sagten beide gleichzeitig, nachdem sie getrunken hatten. »Der ist aber sauer!«, rief Sylvia. Sie hatten Wein bestellt, kannten sich aber nicht aus. Sie lachten.

»Lieber einen Schnaps?«, fragte er und zwinkerte ihr zu.

»Heute nicht.« Sylvia wollte sich nicht mit Mücke betrinken und über den Rest des Abends die Kontrolle verlieren.

»Ich bin jetzt bei Werners Truppe dabei«, begann er. Sylvia merkte ihm den Stolz an. »In letzter Zeit haben wir ein paar Dinger gedreht.« Er schürzte die Lippen und nickte dabei, als würde er sich selbst Anerkennung zollen.

»Ich hab da manches gehört«, sagte sie. »Auf dem Ku'damm – das wart ihr doch, oder?« Ohne seine Antwort abzuwarten, sprach sie weiter: »Der Autobesitzer hat Glück gehabt, dass er nicht verblutet ist. Hat Werner geschossen?« Sie winkte ab. »Klar hat er geschossen.« Sie musste sich unbedingt zügeln. Wenn sie Mücke nur Vorwürfe machte, würde er aufstehen und gehen. Und es ging sie ja auch nichts an, wie Mücke lebte.

»Mich stört's auch, dass Werner immer gleich die Knarre zieht«, sagte Mücke. »Der hat so eine Gangster-Macke. Aber sonst läuft alles korrekt ab.«

Sie schwiegen eine Weile und sahen wieder den Schwänen zu.

»Sag mal«, druckste er herum, »hast du eigentlich einen Freund?«

Sie lachte: »Das wolltest du doch schon die ganze Zeit fragen, nicht wahr?«

Er rutschte auf dem Stuhl herum und lächelte sie mit seiner ganz speziellen Miene an, etwas stolz aber auch verschämt. Dabei wurde er rot, und Sylvia erkannte, dass noch viel von dem ursprünglichen Mücke in ihm steckte, trotz Werners Einfluss.

»Na ja«, sagte er. »Ich kann doch keine vergebene Frau treffen, ich muss an meinen Ruf denken.«

*

Als sie vor Sylvias Haus standen, sah er sie fragend an. Hoffentlich erwartet er nicht, dass ich ihn mit nach oben nehme.

»Sehen wir uns bald wieder?«, wollte er wissen. Sylvia war doch ein klein wenig enttäuscht.

»Ja …«, sagte sie und wollte noch etwas hinzufügen, da ihr das für diese folgenreiche Frage zu wenig erschien.

Doch da offenbarte ihr Mücke schon: »Ich weiß von dem Amerikaner.« Sylvia sah ihn erstaunt an. Mücke lachte über ihre Verwunderung: »Ist ja kein großes Geheimnis. Werner hat's mir gesteckt.«

Sylvia war verwirrt: »Und warum hast du mich vorhin gefragt, ob ich einen Freund habe, wenn du es eh schon weißt?«

»Na ja, ich wollte es von dir hören. Manchmal erzählt Werner Quatsch.«

Oder du wolltest wissen, ob ich dich anlüge, ging es Sylvia durch den Kopf, ob ich ein männerverschlingendes Flittchen bin.

Einige Monate bereits war sie mit Leo zusammen, einem amerikanischen Offizier. Es war ein reines Zweckbündnis. In dieser rauen Nachkriegswelt brauchte eine alleinstehende Frau dringend Schutz und regelmäßig etwas Gutes zu essen, das es auf Lebensmittelkarte nicht gab. Und Leo brauchte ein deutsches »Frollein«, das seine Sehnsucht nach Amerika linderte, und um vor seinen Kameraden angeben zu können.

»Und du willst mich trotzdem treffen?«

»Ja, ich will dich unbedingt wiedersehen«, sagte er heiser.

»Er heißt Leo, aber es ist nichts Ernstes.« Sie gab ihm einen schnellen Kuss auf die Wange und huschte ins Haus, die Treppe hinauf. Als sie auf dem ersten Absatz angekommen war, riss sie ein Fenster auf und rief zu dem angewurzelten Mücke hinunter: »Ich will dich auch wiedersehen.« Dann knallte sie es zu und rannte nach oben, wobei sie zwei Stufen auf einmal nahm. In der Wohnung angekommen, legte sie sich aufs Bett, starrte an die Decke und rief sich Mücke ins Gedächtnis. Hätte sie ihn doch mit hochnehmen sollen? Sie rollte sich auf den Bauch und strampelte vor Vergnügen mit den Beinen. Nein, nein, nein – viel zu früh.

Sie hatte alles richtig gemacht. Wir gehen es langsam an. Mit ihm war es etwas Besonderes. Sie stand wieder auf, überlegte, etwas zu essen, verspürte aber keinen Appetit hatte und legte sich wieder hin. Nur um kurz darauf wieder aufzustehen und das Radio anzuschalten, sich ein wenig zur Musik zu wiegen, bevor sie es wieder ausschaltete. Sie nahm sich die Zeitung vor, konnte sich aber nicht konzentrieren und las einen Absatz drei Mal, bevor sie dessen Sinn erfasste.

Noch den ganzen Abend lang ertappte sich Sylvia dabei,

wie blöd zu grinsen, wenn sie an Mücke dachte. Gut, dass Leo heute nicht kam. Er müsste ja denken, sie sei schwachsinnig geworden.

WERNER V

Die Bande hatte sich am Bahnhof Friedrichstraße verabredet. Werner war als erster da. Er lief, die Zigarette im Mundwinkel, hin und her. Sie trafen sich oft hier, da der Bahnhof verkehrstechnisch günstig lag. Mücke kam aus Moabit, Lexi aus dem Wedding, Bernburg aus Kreuzberg und Bommes von irgendeiner Frau aus irgendeinem Winkel der Stadt.

Leichter Wind kam auf und wehte Ascheflocken auf Werners linke Hand. Er nahm einen tiefen Zug von seiner Zigarette, pustete sie weg und von einer Rauchwolke umhüllt tanzten sie eine Weile in der Luft, bevor sie ermattet zur Erde schwebten.

Ein Schwall Menschen strömte aus der Eingangshalle des Bahnhofs. Mücke war auch dabei.

»Tag Werner!« Sie begrüßten sich mit Handschlag.

»Und was liegt an?«, wollte Mücke wissen, nachdem er sich eine Zigarette angezündet hatte.

»Ich weiß noch nicht«, antwortete Werner. Er hatte noch keinen Plan gefasst. Das Wetter war gut und er wollte mal wieder zum Schwarzmarkt am Alexanderplatz, alte Kollegen treffen. Vielleicht konnte er bei der Gelegenheit auch Munition für die Tokarew beschaffen.

Kurz darauf trafen Lexi und Bommes ein. Sie schlenderten wie Touristen Unter den Linden entlang Richtung Alexanderplatz. Beiderseits waren Arbeiter damit beschäftigt, die wuchtigen Gebäude wieder aufzubauen: Römischer Hof, Universität, Zeughaus, Staatsoper, Schloss. »Stell dir mal vor, wir müssten hier wie die Ameisen schuften«, sagte Werner. Die anderen lachten.

»Das *sind* Ameisen«, betonte Bommes. »Guck doch die Kleidung an. Tragen alle das Gleiche.«

»Unterschätz die Ameisen nicht«, warf Mücke ein. »Die sind gut organisiert.«

»Das sind Räuber«, sagte Werner, »wie wir.«

»Bei denen haben die Weiber das Sagen«, lachte Bernburg.

»Seht mal!«, unterbrach Lexi ihre Witzeleien und wies auf eine dunkle Limousine, die gerade vor dem Berliner Dom hielt. Ein sowjetischer Offizier stieg aus und strebte dem am hinteren Ende des Lustgartens gelegenen Alten Museum zu, während der Fahrer sitzen blieb. Der Motor tuckerte leise im Leerlauf.

»Schicke Karre«, sagte Bommes anerkennend. »Ein ZIS 110. Hab ich im Krieg mal gefahren. Fährste wie auf Schienen mit.«

»Na dann!«, rief Werner seine Leute auf.

»Was meinste Werner?«, fragte Lexi.

»Ich meine«, Werner betonte jedes Wort, »dass wir uns den mal ausleihen sollten.«

Lexi sah ihn entgeistert an: »Der gehört einem russischen Offizier. Was glaubst du, was hier los ist, wenn wir seinen Wagen klauen?«

»Nix ist los. Der wird uns ja wohl kaum zu Fuß verfolgen.« Die Bande lachte. Da ging Werner auch schon auf das Auto zu und postierte sich an der Fahrerseite. Die anderen reihten sich dahinter auf, um ihn von unliebsamen Zeugen abzuschirmen.

Der Fahrer sah fragend hoch. Werner lächelte, zog seine Pistole und richtete sie auf den Kopf des Chauffeurs. Der hob sofort die Hände. »Macht doch keinen Scheiß, Jungs!«, rief er panisch.

»Steig aus!«, forderte Werner ihn auf. Der Fahrer hielt trotzig den Mund geschlossen und schüttelte den Kopf.

Werner setzte ihm die Tokarew direkt aufs Herz: »Ich zähle bis drei.«

Werner wurde langsam wütend. Was dachte sich dieser angestellte Kutscher eigentlich? Er war schließlich kein grüner Junge, der sich von ein paar Worten einschüchtern ließ. Sein Finger zuckte. Einfach abknallen diese kleine Ratte, ging es ihm durch den Kopf.

»Steig aus, sonst hast du ein gewaltiges Problem«, drohte Bommes jetzt.

Der Fahrer sah von einem zum anderen, scheinbar unschlüssig, was er von dieser Truppe halten sollte. Werner schlug ihm mit dem Pistolengriff ins Gesicht. Aufjaulend hielt sich der Fahrer die linke Gesichtshälfte und öffnete die Tür.

»Verschwinde!«, rief Werner und gab ihm noch einen Tritt.

Johlend und lachend verteilte sich die Bande im Wagen. Bommes übernahm das Steuer, legte den Gang ein, drückte das Gaspedal durch und raste los. Sie bogen mit quietschenden Reifen in die Bodestraße, dann in den Kupfergraben und erst als sie wieder die Friedrichstraße erreichten, drosselte Bommes das Tempo.

»Ist echt 'ne tolle Karre!«, rief Mücke. »Lass mich auch mal fahren.«

»Später«, gab Bommes zurück.

Werner öffnete die Scheibe auf der Beifahrerseite und hielt sein Gesicht in den Fahrtwind. So ein Auto würde er später auch haben, war Werner überzeugt. Ach was! Nicht eins sondern zehn davon.

»Hinter uns kommt was«, sagte Bernburg in diesem Moment. Werner drehte den Kopf und sah wie der Polizeiwagen hinter ihnen rasch aufholte.

»Los Bommes!«, rief Werner. Er spürte, wie das Blut heftig in seinen Adern pulsierte, wie ihn eiskalte Erregung erfasste und ihn wie eine Welle hochhob. Er spürte das Leben mit jeder Faser seines Körpers.

Der Streifenwagen klebte schnell an ihrer Stoßstange. So rasten sie dahin, wie aneinander gekettete Sträflinge.

Plötzlich lenkte Bommes den Wagen abrupt in die Linienstraße. Die Polizisten, die mit diesem Manöver nicht gerechnet hatten, rasten einige Meter weiter und mussten daher wenden, um sie weiter zu verfolgen. Doch Bommes kannte das verwinkelte Scheunenviertel wie seine Westentasche, jagte durch die engen Gassen und um etliche Ecken, sodass sie die Polente abschütteln konnten.

Werner jubelte. Er sah sich immer wieder um. »Wo sind die denn?«

»Soll ich sie suchen?«, fragte Bommes.

»Unbedingt!«, gab Werner lachend zurück.

»Lass uns das Auto abstellen und verschwinden«, rief Lexi von hinten. Werner ignorierte ihn. Bommes lachte dreckig.

»Ist echt besser Werner«, sagte jetzt auch Bernburg.

»Wir sind mit denen aber noch nicht fertig, oder, Mücke?«, fragte Werner. Seine Stimme überschlug sich fast vor Aufregung. Kurz vor der Oranienburger Straße entdeckten sie den Polizeiwagen, der, langsam fahrend, Ausschau nach ihnen hielt.

Bommes hängte sich hinter den Polizeiwagen und trieb ihn vor sich her. Die beiden Polizisten darin sahen sich immer wieder gehetzt um.

Werner hielt seine Pistole aus dem Fenster. Er wollte den beiden nur ein wenig Angst machen, als ein weiterer Polizeiwagen, vom Hackeschen Markt kommend, auf sie zuhielt.

Bommes riss das Steuer nach rechts und preschte in die Auguststraße. Hinter sich hörten sie den zweiten Polizeiwagen quietschend in die Straße einbiegen. Sie rasten erneut durchs Scheunenviertel, fuhren, wenn es eng war, über Bürgersteige, sodass die Leute in die Hauseingänge springen mussten, und schrammten mehr als einmal die Wände entlang. Mittlerweile wurden sie von drei Polizeiwagen verfolgt, als plötzlich, direkt vor ihnen, ein Pferdekarren aus einem Haustor auf die Straße einbog. Bommes bremste, dass die Räder blockierten. Der Wagen schleuderte und stellte sich quer. Bommes kurbelte am Lenkrad, fuhr vor, zurück und wieder vor. Werner schlug sich auf die Schenkel vor Vergnügen. Genauso hatte er sich das vorgestellt. Bommes brachte den Wagen wieder in die Spur und jagte den Polizeiwagen entgegen. In der engen Gasse mussten sie zwangsläufig ineinander krachen.

»Scheiße!«, schrien Lexi und Bernburg gleichzeitig auf der Rückbank. Mücke hielt sich krampfhaft am Sitz fest.

Irgendwie gelang es Bommes auf dem Gehweg sich an den Streifenwagen vorbei zu quetschen. Metall schleifte auf Metall, es knirschte und krachte. Dann waren sie vorbei.

»Wuuaa!«, rief Werner begeistert. Sie jagten die Rosenthaler hoch, als wieder jäh ein Streifenwagen an ihnen klebte. Der Beifahrer schoss zweimal aus dem Fenster, traf jedoch nicht.

Sie waren jetzt auf der Elsässer, dann ging es durchs Rosenthaler Tor, die Brunnenstraße hinauf. Bommes drückte aufs Gas, holte das Letzte aus dem Motor raus. Die Polizeiwagen waren weit abgeschlagen.

»Lass uns hier in den Park am Weinberg«, schlug Mücke vor. »Wir steigen da aus und gehen am Bahnhof Eberswalder zu Fuß rüber.«

»Nix da!«, konterte Werner. »Wir fahren rüber. Wir sind doch keine armen Schlucker. Ganz standesgemäß. Oder Bommes?«

Bommes nickte und beschleunigte. Sie ließen das ehemalige Warenhaus Jandorf hinter sich, dessen fünfstöckiges Gebäude, ein düsterer Mix aus Jugendstil und Neogotik, wie ein aus der Zeit gefallener Wächter dahockte.

»Verdammt, das ist 'ne sowjetische Offizierskarre! Die Franzosen ballern uns zusammen«, rief Bernburg mit schriller Stimme. Werner achtete nicht auf ihn.

»Bernburg hat recht!«, schrie auch Lexi gegen den hochdrehenden Motor an. »Die lassen uns nicht in ihren Sektor.«

Werner drehte sich um und fragte wütend: »Sollen wir vielleicht anhalten und erst mal besprechen, was wir machen?« Als darauf keine Reaktion kam, nickte Werner grunzend und drehte sich wieder nach vorn.

*

Kurz vor dem Schlagbaum bremste Bommes ab und signalisierte dem Posten, sie durchzulassen. Werner grüßte unterdessen. Der Posten grüßte verwirrt zurück.

»Die halten uns für russische Offiziere«, feixte Werner als sie den Sowjetsektor hinter sich ließen und über die Bernauer Straße in den Wedding rollten. Am französischen Wachposten lief es genauso glatt – sie konnten ohne Probleme passieren.

Bommes lenkte den Wagen zum Vinetaplatz. Neben einem angekohlten Baumstumpf hielt er an.

»Warum stellste den Wagen nicht gleich vor unserem Haus ab?«, ätzte Lexi. »Ist gleich da vorne.«

»Kann ich machen, Lexi«, sagte Bommes sarkastisch und tat, als würde er den Wagen wieder anlassen wollen.

»Was jetzt Werner?«, wollte Lexi wissen. »Willste die Karre hier stehen lassen?«

»Warum nicht?«, fragte Werner und wandte sich um. »Haste Schiss, deine Eltern seh'n dich hier aussteigen? Oder die Nachbarn?«

»Im Gegensatz zu dir, ist mir nicht alles egal!«, giftete Lexi zurück.

Werner fuhr auf: »Was willste damit sagen?«

In diesem Moment bemerkte Werner den Jeep der französischen Militärpolizei, der hinter ihnen auftauchte und etwas entfernt anhielt. Die drei Soldaten darin unternahmen jedoch nichts, beobachteten nur.

»Die warten auf Verstärkung«, sagte Mücke düster.

Bommes startete den Motor und fuhr wieder auf die Brunnenstraße in Richtung Reinickendorf. Der Jeep fuhr hinterher, hielt jedoch Abstand. Recht schnell schlossen sich ihnen weitere Militärfahrzeuge an. Bald wurden sie von etwa zehn Wagen verfolgt und auch vor ihnen tauchten zwei Jeeps auf, die, genau wie die Kameraden hinter ihnen, Abstand hielten. Die Leute auf der Straße blieben stehen und wunderten sich über den seltsamen Konvoi.

»Warum nehmen die uns nicht hops?«, fragte Bernburg. »Worauf warten die?«

»Was glaubst du denn?«, fragte Werner zurück. »Die halten uns für Russen. Die wollen keinen Ärger mit denen.«

Bommes hielt das Tempo, fuhr weiterhin langsam und gemächlich.

»Bommes, gib Gas!«, forderte Bernburg ihn auf. Er war kurz vor dem Siedepunkt. Werner beschloss, Bernburg bei der nächsten Gelegenheit beiseite zu nehmen. Der Kerl verlor zu schnell die Nerven und wurde unberechenbar.

»Lass uns in irgendeine Seitenstraßen abhauen«, schlug Bernburg vor.

»Die Franzen haben viel bessere Autos als die Ostberliner Bullen. Und die tun uns ja auch nichts, ganz im Gegenteil. Die passen auf uns auf. Und jetzt halt die Fresse.« Bernburg schwieg beleidigt.

»Fahr hier rechts«, ordnete Werner an, woraufhin Bommes in die Koloniestraße einbog.

»Und jetzt fahren wir, bis uns das Benzin ausgeht, oder was?«, fragte Lexi bissig.

»Halt die Klappe! Ich hab ’ne Idee, wie wir da wieder rauskommen«, kam es von Werner zurück. »Bommes, bleib hier auf der Straße und fahr bis zum S-Bahnhof Schönholzer Heide. Da fahren wir wieder rüber in den Osten.«

»Die erwarten uns doch da«, gab Lexi zu bedenken.

»Tun sie nicht«, sagte Werner. »Die russischen Funkgeräte funktionieren kaum, die Telefonleitungen genausowenig. Wenn wir Glück haben, wissen die Posten da gar nicht was los ist.«

»Und wenn doch?«, fragte Bernburg. »Vielleicht ist das eine Falle.«

»Dann halt deine Knarre bereit.« Werner hörte ihn rascheln und den Hahn seines Revolvers spannen.

»Also alles klar, Bommes?« Der nickte, ließ seine Finger spielen und umklammerte dann das Lenkrad noch fester. Die sind alle viel zu nervös, dachte Werner. Er selbst blieb ruhig, vereiste innerlich. Werner hatte dann tatsächlich das Gefühl, dass seine Körpertemperatur um ein paar Grad sank. Gleichzeitig wurden seine Sinnesorgane schärfer und er konnte klarer denken.

»So, jetzt fahr schön langsam«, sagte er und senkte federnd die Hand, als sie unter der S-Bahnbrücke durchfuhren. Im Rückspiegel waren die Fahrzeuge ihrer Verfolger inzwischen kleiner geworden. Sie durften die neutrale Zone zwischen den Sektorengrenzen nicht überschreiten.

Am Kontrollposten standen zwei Polizisten. Werner salutierte im Vorbeirollen. Die erkannten am Nummernschild, dass sie es mit hochrangigen sowjetischen Offizieren zu tun hatten und grüßten ehrfürchtig zurück. Dann waren sie wieder im russischen Sektor.

»Verdammt, ich habe mir fast in die Hose gemacht«, sagte Bommes grinsend als sie kurz darauf einen Feldweg in der Schönholzer Heide befuhren.

Auf einer kleinen Lichtung blieben sie stehen und stiegen aus. Der Kahlschlag ringsum zeigte an, dass die Berliner während des Hungerwinters auch hier jede Menge Bäume verheizt hatten.

»Los, Abmarsch jetzt«, sagte Mücke, als sie vor dem Wagen standen.

»Ja, gleich.« Werner sah ihn verschmitzt an. »Wir machen erst noch 'n Feuer. Hat jemand Streichhölzer?«

Bommes hatte welche und Werner verteilte die russischen Zeitungen aus dem Kofferraum im Auto.

Eine Weile sahen sie noch zu, wie sich das Feuer gierig ausbreitete, im Inneren umherwanderte auf der Suche nach Brennbarem. Wie ein gefräßiges Tier, dachte Werner fasziniert. Dunkler, fast schwarzer Rauch wallte auf.

»Werner komm endlich, bevor das jemand mitkriegt.« Lexi zerrte Werner am Arm mit sich.

Werner drehte sich um und folgte den anderen. Der Geruch von schmorendem Lack und Leder sowie schwelendem Holz hing schwer in der Luft und verfolgte sie noch eine ganze Weile.

MÜCKE VI

Die Spree floss als breiter Strom gelassen unter ihnen hindurch. Ein Ausflugsschiff schmetterte in sein Horn. Mücke und Werner winkten den Passagieren auf dem Oberdeck zu, als das Schiff unter die Brücke glitt.

Der Wind blies eine kühle Brise vom Fluss zu ihnen herauf, mit einem Aroma von Abfall und Diesel.

Sie lehnten sich auf das Geländer am nördlichen Ende der Weidendammer Brücke und blickten im dämmrigen Abendlicht auf die Silhouette der Stadt, auf das Museum am Kupfergraben, das traurig ohne Dach dastand, und auf das geschredderte Schloss Monbijou gegenüber, in dessen verbrannten Mauern ausgebombte Menschen hausten.

»Lass uns weiter, da hinten ist was los.« Mücke sah in die Richtung, die ihm Werner wies. Vor dem Admiralspalast hatte sich eine Traube Menschen gebildet.

Sie kamen gerade dazu, als eine Limousine vorfuhr und schwungvoll vor dem Eingang hielt. Sofort begannen die Zuschauer zu kreischen. Das steigerte sich noch als eine junge Frau mit blonden Haaren ausstieg.

»Hildegard Knef«, sagte Werner verblüfft.

Jetzt entdeckten sie, das überdimensionale Kinoplakat an der Fassade des Admiralspalastes: *Die Mörder sind unter uns.* Darunter eine gezeichnete Knef, die ängstlich nach einem Schatten schielte.

»Hab den Film noch nie gesehen«, sagte Mücke.

»Ich schon. Furchtbare Schmonzette. Die Knef guckt die ganze Zeit, wie ’n enttäuschtes Rehlein, und am Ende haben sich alle wieder lieb.«

»Lass uns trotzdem rein, Werner.«

Sie drängelten sich zum Einlass durch. »Tut mir leid, Jungs. Is ausverkauft. Als die Leute jehört ham, dass die Knef heute kommt, ham se sich bald umjebracht wejen die Karten.«

Werner schob dem Mann einen Schein zu.

»Westmark«, sagte er anerkennend. »Na zwei Plätzchen werden sich wohl noch finden.« Er winkte ihnen zu folgen und auf verschlungenen Pfaden landeten sie schließlich im Vorführraum.

»Sind Freunde von mir«, sagte der Einlasser, worauf der Vorführer grunzte und sie aber nicht weiter beachtete. Mücke und Werner sahen ihm dabei zu, wie er kunstvoll seine Spulen einfädelte. Als Werner sich eine Zigarette anzünden wollte, fuhr er ihn an: »Brandgefahr! Kannste nich lesen?« Er zeigte auf das Schild, worauf Werner sich amüsiert die Kippe hinters Ohr klemmte.

»Wir ham hier unsere eigene Loge«, sagte Werner leise zu

Mücke als der Film begann. Sie stierten gebannt durch die kleinen Fenster auf die Leinwand.

Nach einer Weile kam Mücke zu dem Schluss, dass Werner recht hatte. Der Film war nicht gut. Hölzerne Dialoge, vorhersehbare Handlung und alles schrecklich moralisch, aber trotzdem ganz unterhaltsam. Am Ende bedankten sie sich bei dem Vorführer, der nur kurz nickte. In dem engen Flur stehend, überlegten sie, von wo sie gekommen waren.

»Von links«, sagte Mücke.

Werner sah ihn fragend an. »Sicher?«

»Nee. Aber ist doch auch egal. Irgendwo werden wir schon rauskommen.«

Also gingen sie nach links. Bogen um eine Ecke und stiegen eine Treppe hinab, dann noch eine, dann wieder eine hinauf. »Vielleicht geht's da raus«, sagte Werner und wies auf eine zweiflüglige Tür. Dahinter war ein schmaler, leerer Raum, dessen Fenster auf die hintere Prinz-Louis-Ferdinand-Straße gingen.

»Scheiße«, sagte Mücke.

»Können wir aus dem Fenster raus?«

»Nee, ist zu hoch.«

Sie suchten weiter. Stiegen eine Treppe nach oben und landeten auf einem Balkon, der zu einem riesigen Saal gehörte. Werner pfiff durch die Zähne. »Das ist der alte Eispalast. Hier konntest früher Schlittschuh laufen.«

Mücke sah sich um. Leider war es zu dunkel, um Details zu erkennen. Die Ausmaße des riesigen Saales ließen sich nur erahnen. Von der hohen Decke hingen schwere Kronleuchter. »Los, weiter«, sagte Werner.

Irgendwann landeten sie in einem Seitengebäude mit leeren Schwimmbecken, das ehemalige Solebad.

»Da ist ja das reinste Labyrinth«, stöhnte Werner. Sie kehrten um, gingen einen Weg zurück, den sie gekommen waren und standen schließlich vor einer eisernen Tür. Mücke drückte sie auf. Dahinter lag ein kleiner Innenhof, der von einem eisernen Zaun vom Weidendamm abgetrennt war. Auf der gegenüberliegenden Seite glitzerte die Spree.

Als sie sich anschickten, über den Zaun zu klettern, hielt Werner inne. »Was haben wir denn hier?« Er wies auf die vollen Bierkästen, die dort aufgestapelt waren. Hinter ihnen klapperte es. Eine Stimme rief etwas, das sie nicht verstanden und sie gingen in Deckung. Kurz darauf zog ein süßlicher, verlockender Duft durch den Hof, der sie unweigerlich anlockte.

»Pudding!«, rief Werner verzückt. »Los, wir machen Picknick.«

Mücke stopfte sich die Jackentaschen mit Bierflaschen voll, während Werner den noch heißen Pudding abwechselnd von der linken in die rechte Hand balancierte.

Mücke kletterte zuerst über den Zaun. Werner reichte ihm den Pudding vorsichtig über die eisernen Spitzen, bevor er selbst hinüberstieg.

Sie suchten sich ein Plätzchen an der gegenüberliegenden Uferseite im Schatten verwitterter Lagerhallen. Die Beine über die Uferbrüstung baumeln lassend, verschlangen sie mit den Händen den noch warmen Pudding und tranken dazu Bier.

»Ist doch 'n gutes Leben, was Mücke? Wir können tun und lassen, was wir wollen.«

Sie stießen mit dem dritten Bier an und Werner sagte: »Ich bin froh, dass du in meiner Ecke bist, so 'n schlauer Kopf wie du, echt.« Mücke fühlte sich geschmeichelt.

»Lexi ist in Ordnung, wirklich. Kann man sich drauf verlassen. Aber er ist 'n kleiner Schlappschwanz. Also nicht wenn's drauf ankommt. Da kannste dich voll auf Lexi verlassen. Aber der ist oft so 'n Miesepeter.«

»Ich weiß, was du meinst, Werner.«

»Ist mir klar, dass ihr euch nicht grün seid. Aber ihr müsst das Kriegsbeil begraben. Ich will, dass meine besten Freunde sich verstehen. Ist auch für die Bande besser. Wir müssen an einem Strang ziehen. Geht mal ein Bier trinken, nur ihr beide.«

»Ich glaube nicht, dass Lexi das will.«

Werner lachte: »Ich auch nicht.«

»Mir ist was an dir aufgefallen, Mücke.« Was kommt denn jetzt?, dachte der. »Du fährst nur mit halber Kraft. Du könntest viel mehr, aber du traust dich nicht.«

Mücke war verblüfft. Werner hatte ihn durchschaut. Er wusste wirklich nicht immer, wohin mit sich, und das bremste ihn.

»Das Problem ist, du denkst zu viel. Das bekommt dir nicht. Das bekommt niemandem. Nimm Bommes. Der hat nur Weiber im Kopf. Und Geld. Im Grunde genommen, ist er flach wie 'ne Pfütze. Aber er hat seinen Spaß, weil er wenig nachdenkt. Oder Bernburg. Der würde am liebsten Menschenblut saufen, wenn das nicht verboten wäre. Mehr interessiert den nicht. Da ist nichts weiter. Aber er ist zufrieden. Denkende Menschen grübeln zu viel, weil sie kein Ziel haben. Bei mir ist das anders. Ich hab ein Ziel. Das brauchst du auch.« Er schlug Mücke auf die Schulter. »Halt dich an mich. Wir werden die größten Gangster von Berlin. Und jetzt Prost.« Sie stießen klirrend an.

Werner hat recht, dachte Mücke. Ein Ziel, egal welches, Hauptsache man hat seinen Spaß. Und wenn er dann noch Sylvia bekäme …

* * *

SOMMER 1948

SYLVIA IV

»Ich hatte nichts weiter zu tun und hab mich gelangweilt«, sagte Sylvia.

»Du bist also nicht meinetwegen hier?«

Sie schüttelte den Kopf.

»Du hast dich einfach nur gelangweilt und nicht gewusst, wie du deinen freien Sonntagnachmittag verbringen willst?«

»So war das«, sagte Sylvia.

»Ein bisschen bist du aber auch meinetwegen hier, oder? Ein ganz kleines bisschen?« Mücke legte den Kopf schief und klimperte mit den Augenlidern, was sie zum Lachen brachte.

»Na gut«, sagte sie, »ein ganz kleines bisschen.« Sie zeigte ihm einen Millimeter zwischen Daumen und Zeigefinger. Am liebsten hätte sie in die Welt geschrien, dass sie natürlich seinetwegen hier war, aber sie hatte solchen Spaß an ihrem Geplänkel.

»Na gut«, sagte Mücke, »ich hatte schon gedacht, ich wäre so eine Art Eintagsfliege für dich.«

Sylvia musste lachen: »Mücke, die Eintagsfliege. Das klingt ja wie ein Kinderbuch.«

»Die Abenteuer von Mücke, der Eintagsfliege«, verkündete er wie ein Wochenschausprecher. »Lest, wie Mücke in der großen Stadt beinahe ein Flügel ausgerissen wird.«

»Und im nächsten Band: Lest, wie Mücke unter die Räuber gerät«, konterte Sylvia.

Jetzt musste Mücke lachen. Sylvia mochte es, ihn zum Lachen zu bringen. Er wirkte dann so ausgelassen und jungenhaft. Sie verglich ihn im Geist mit ihrem Freund Leo. Der war Offizier, steif und korrekt. Und er verstand ihre Witze nicht. Was nicht nur daran lag, dass sein Deutsch nicht besonders gut war. Leo war phantasielos, dafür aber effizient. Das genügte ihr, momentan jedenfalls.

Sylvia zupfte am Kragen ihres himmelblauen Kleides, eigentlich ein Kittelkleid, das sie umgefärbt und abgenäht hat. Später hat sie noch ein paar Flügel über die linke Brust gestickt, sodass es aussah, wie die Dienstuniform einer amerikanischen Stewardess, die sie einmal in der Zeitschrift *Constanze* gesehen hatte.

Sie sah Mücke nach, der für sie beide noch etwas zu trinken bestellen ging.

Wind kam auf. Sylvia fröstelte etwas. Sie zog ihr helles Tuch enger über Schultern und Rücken, schlug die Ausläufer vor der Brust zusammen und verschränkte die Arme. Sie blickte auf das tiefblaue Wasser. In der Ferne wiegte sich ein weißes Segelboot mit gelben Segeln sachte auf den leichten Wellen.

Das Lachen eines der Mädchen lenkte Sylvia ab und erinnerte sie daran, dass sie mit Mücke nicht allein war. Die ganze Bande war da. Außer Werner, Lexi, Bernburg und Bommes waren da noch einige andere, die zum Umfeld gehörten. Fast alle hatten ihre Freundinnen dabei, Mücke auch, dachte sie, nicht ohne Stolz. Dabei war sie gar nicht seine Freundin. Sie war nur eine Bekannte. Immer wenn sie sich in den letzten Wochen trafen, waren sie spazieren oder saßen am Lietzensee in dem Café ihres zweiten Treffens. Das war jetzt ihr gemeinsamer Ort. Niemals wäre sie mit Leo dorthin gegangen.

Bisher hat Mücke nie versucht, sie zu küssen, was sie ihm hoch anrechnete. Sie wollte diejenige sein, die den ersten

Schritt tat. Eines Abends hat Sylvia nach Mückes Hand gegriffen, ohne nachzudenken und wie selbstverständlich. Und dann spazierten sie herum, als gehörten sie zusammen, als wären sie Mann und Frau.

Seitdem gingen sie immer Hand in Hand. Das war wie ein Ritual, ein Versprechen auf etwas Gemeinsames. Nur hier in der Öffentlichkeit, vor Werner und all den anderen, vermied sie es, Mücke zu berühren. Die Bande würde sich nur lustig machen. Ihre Freundschaft zu Mücke, die etwas Reines hatte, würde dann nicht mehr nur ihnen beiden gehören. Sie würde Allgemeingut werden. Die anderen würden es ständig kommentieren und so tun, als wüssten sie über alles Bescheid. Sylvia war klar, dass sie das nicht ewig hinauszögern konnten, aber etwas Zeit könnten sie sich noch lassen.

Sylvia ließ ihren Blick in die Runde schweifen. Lexi saß steif da, als wäre er aus Holz, daneben grinste Bernburg aasig und dachte offenbar gerade darüber nach, wen er als nächstes massakrieren könnte. Passenderweise saß ausgerechnet Henker-Hannes neben Bernburg und daneben Martha, Hannes' Frau. Das verluderte Weibsstück war genauso versoffen wie ihr Mann, und genauso hinterhältig. Sylvia wusste, dass Werner hin und wieder in Marthas Bett landete. Sie wollte sich das gar nicht ausmalen. An Marthas rechter Seite saß Bommes und redete eindringlich auf sie ein, als wollte er ihr etwas verkaufen. Der schöne Bommes! Sylvia fand ihn alt und verbraucht. Und dann waren da noch die üblichen Handlanger, Stiefellecker, Aasgeier, die sich an jedem Königshof sammelten.

Eine feine Truppe hatte Werner da zusammengetrommelt, überlegte Sylvia. Früher hatte sie das alles nicht gestört. Sie war oft mit Werner und dessen Freunden herumgezogen. Man konnte sich gut mit ihnen amüsieren. Jetzt sah sie die anderen kritischer. Sie wusste, dass es mit Mücke zusammenhing. Sie wollte ihn vor dem Rudel beschützen. Aber für Mücke war das eine neue Welt, die er auskostete. Er musste nur aufpassen, dass er sich nicht darin verlor.

*

Sie saßen, fünf Tische zusammengeschoben, auf der Terrasse eines Ausflugslokales am Heiligen See. Vorher hatten sie sich in den geklauten Autos durch Berlin treiben lassen, hatten gedankenlos die Sektoren gewechselt, bis jemand vorschlug, zum Heiligen See in Potsdam zu fahren.

Werner erzählte gerade zum wiederholten Mal die Geschichte, wie sie den Ostberliner Bullen die Waffen abgenommen hatten: »Wir sind zum Treptower Park, abends, war dunkel. Icke, Mücke, Lexi und Bernburg. Da haben wir erst mal zwei von den Ost-Bullen ausgenommen.« Werner sah sich um, griff nach einer Flasche Sekt. Doch die war leer. »Ober! Nachschub!« Inzwischen tauchte Mücke wieder auf und nahm neben Sylvia Platz.

»Dann haben wir die beiden Bullen mitgenommen, so als Deckung. Die sind ganz brav, wie die Lämmchen, vor uns her marschiert. Pistole im Rücken, damit sie nicht stiften gehen, bis zum nächsten Posten. Die zwei da haben ihre Kameraden kommen sehen und sich nichts dabei gedacht. Als wir nahe genug dran waren, hab ich die Puste gehoben und gerufen: ›Waffen her!‹«

Der Kellner brachte neue Flaschen und schenkte ein. Als er verschwand, nahm Werner lachend den Faden wieder auf: »Da haben die schön ihre Pistolen abgeliefert.« Die Bande lachte. »Dann haben wir die auch noch mitgenommen. Müsst ihr euch vorstellen: Wir haben vier von den Bullen vor uns her marschieren lassen.« Wieder Gelächter. »Am nächsten Posten das gleiche Spielchen. Wieder ohne Probleme. Und wieder haben wir die mitgenommen, jetzt also sechs Bullen vor uns hergetrieben.« Werner nahm einen großen Hieb aus der Flasche, verschluckte sich vor Lachen, dass ihm die Flüssigkeit aus der Nase lief, und schnäuzte sich mit dem Handrücken. »Sechs Mann!« Er hielt sechs Finger hoch.

Ein paar aus der Bande johlten wie im Stadion. Sylvia sah zu Mücke, der Werners Erzählung lächelnd verfolgte. Sie ließ ihren Arm über die Lehne baumeln und griff nach seiner Hand. Die Finger ineinander verschlungen, saßen sie da und taten, als hörten sie Werners Aufschneiderei zu.

»Dann sind wir weiter«, berichtete Werner. »Nächster Posten. Ich hab gleich gemerkt, dass diese Bullen anders waren. Der eine hat gleich so komisch geguckt. Die mussten ihre Knarren aber auch abgeben. Wir hatten jetzt acht Pistolen. Aber dann wurde's ernst.« Er legte eine dramatische Pause ein. »Der eine fragt, ob er rauchen darf. Ich nicke. Da greift der in seine Innentasche.« Werner spielte die Szene nach. »Lexi ist, wie immer, auf Draht und ruft: ›Achtung! Der hat 'ne Knarre!‹ Ich hab sofort geschossen, direkt in den Oberarm. Zack fällt dem die Waffe aus der Hand. Und dann winselt er rum.« Werner hob die Hände und verfiel in eine hohe angsterfüllte Stimme: »Erschieß mich nicht. Ich hab Familie. Gnade!« Die Bande lachte ausgelassen.

»Hätteste das Schwein mal abgeknallt, Werner«, rief Bernburg, »ein lästiger Bulle weniger.«

Werner grinste nur, hob sein Glas und rief: »Prosit! Auf die Polizei!«

Die anderen taten es ihm nach – auch Sylvia.

»Alle Achtung Werner!«, rief Henker-Hannes. »Bist schon ein Teufelskerl.«

Sylvia hätte die Geschichte nie und nimmer geglaubt, wenn Mücke sie ihr nicht bestätigt hätte. Außerdem stand sie in den Zeitungen. Alle Artikel dazu, die Sylvia gelesen hatte, spotteten über die Unfähigkeit der Ostberliner Polizisten. Die Story wurde zum Stadtgespräch. Selbst Sylvias

Chefin hatte gelacht und während ihrer Arbeit aus der Zeitung zitiert.

Niemand wusste, wer hinter den Überfällen steckte. Es war nur von ein paar Jugendlichen die Rede, von einem Dumme-Jungen-Streich. Manche vermuteten auch Anti-Kommunisten dahinter. Manch Hellsichtige aber nannten sie »Gentleman-Gauner«, von denen man noch einiges hören werde – ganz so, als handle es sich um Nachwuchstalente beim Film.

Sylvia wandte sich an Mücke: »Der Werner ist schon ziemlich verrückt.« Mücke nahm sehr wohl Bewunderung und Skepsis in ihrem Blick wahr und bemühte sich, sie zu beruhigen: »Aber er weiß was er tut.«

»Na hoffentlich.« Sie prosteten einander zu und sahen sich dabei tief in die Augen.

»Ich hätte Lust, Boot zu fahren«, sagte Sylvia plötzlich.

Mücke sprang auf, salutierte und rief: »Sehr wohl, Madam. Ich werde die Yacht sofort vorfahren lassen.«

Schmunzelnd stand sie auf, hakte sich bei Mücke unter und ließ sich von ihm zum Bootsverleih führen. Kurze Zeit später saßen sie in einem wurmstichigen Ruderboot. »Fahrt lieber nicht zu weit raus, wenn ihr nicht als Fischfutter enden wollt!«, lachte der Verleiher und stieß den Kahn mit dem Fuß auf den Heiligen See.

Mücke tat ein paar Ruderschläge, dann ließen sie sich treiben und schwiegen.

Sylvia sah auf die Wasseroberfläche, die sich ruhig vor ihnen ausbreitete, glitzernd und spiegelnd, wie mit einer dünnen Glasschicht überzogen. Darüber wölbte sich ein tiefblauer Himmel.

Ein paar Fischerboote dümpelten auf dem Wasser. Ein Fischer zog gemächlich sein Netz ins Boot. Eine Möwe hockte auf der Reling und sah ihm dabei zu. Sie plusterte ihr Gefieder auf, als hätte sie hier etwas zu sagen.

Sylvia warf Mücke einen Blick zu. Er lächelte. Sie wollte Mücke haben. Sie wollte ihn für sich haben. Dabei war er ein kleiner Gauner, hatte nichts zu bieten und wirkte manchmal etwas unschuldig. Aber gerade das zog sie an, wie sie sich eingestehen musste. Er war anders als die meisten, die sie kannte, sie selbst eingeschlossen.

Sie hätte ihm jetzt gern etwas Bedeutungsvolles gesagt, aber sie war befangen. Stattdessen blickte und wies Mücke zum Himmel hinauf: »Ein Bussard!«

Sylvia entdeckte den Greifvogel, der in Ufernähe Kreise zog. »Interessierst du dich für Vögel?«, fragte sie.

»Sicher«, antwortete Mücke.

»Du weißt aber schon, dass dein Bussard ein Schwarzer Milan ist, oder?«

»Erwischt!«, rief Mücke und lachte. »In Wahrheit habe ich überhaupt keine Ahnung von Vögeln. Ich habe nur geraten. Ich wollte dich beeindrucken.«

»Das hättest du auch«, schmunzelte Sylvia, »wenn du richtig geraten hättest.«

»Ich kann ja nicht ahnen, dass du eine Expertin bist«, stöhnte er.

»Ich war als Kind viel draußen. Mein Vater war Jäger.«

»Wo denn?«, wollte Mücke wissen.

Das Gespräch nahm eine Wendung, die Sylvia nicht gefiel. Sie wollte nicht über ihre Familie reden, nichts erklären müssen. Sie wollte keine finsteren Wolken an diesem lichten Nachmittag.

Statt zu antworten, nahm sie Mückes Hand und zog ihn zu sich heran. Sie küsste ihn, ganz zart, als hätte sie Angst, Mücke zu verletzen. Als sie sich voneinander lösten, leckte Sylvia sich über die Lippen, schmeckte und sagte schließlich: »Gut.« Und dann noch einmal, etwas leiser: »Gut.«

MÜCKE VII

Mücke hätte hier im Restaurant am Heiligen See noch ewig so neben Sylvia sitzen können. Doch irgendwann wurde es zu kühl, um noch länger draußen zu sitzen.

»Lasst uns tanzen gehen«, schlug Sylvia vor. Die anderen Mädchen stimmten ihr begeistert zu.

»Tanzen«, sagte Lexi verächtlich. »Ich bin doch kein Tanzbär.«

»Außerdem haben wir zu tun«, beschied Werner.

»Wir haben noch was vor?« Was hatte Werner denn jetzt wieder ausgeheckt?, fragte sich Mücke. Viel lieber hätte er jetzt mit Sylvia getanzt.

»Wir setzen die Mädchen im Tanzlokal ab und fahren dann weiter.«

»Wohin soll's denn geh'n?«, erkundigte sich Bommes, doch Werner lächelte nur geheimnisvoll.

Mücke saß am Steuer der geklauten Horch Limousine, ein ziemlich komfortables Geschoss. Selbst bei den Autodiebstählen hatten sie sich gesteigert und klauten inzwischen nur noch Modelle der Oberklasse mit ordentlich PS. Er fuhr mittlerweile auch ziemlich gut. Sylvia drückte sich an ihn. Mücke spürte ihr Bein an seinem. Das erregte ihn. Er schmeckte noch immer ihre Küsse auf seinen Lippen.

Röhrend ließ er den Horch kommen, fuhr rasant vom Parkplatz und ließ die Kieselsteine aufspritzen.

Sie ließen Potsdam in der russischen Besatzungszone hinter sich und fuhren, den Wannsee zur ihrer Linken, in den amerikanischen Sektor Berlins, passierten Zehlendorf, Lichterfelde, Steglitz, Friedenau und schließlich den Wittenbergplatz, wo die Frauen ausstiegen, um ins nahe gelegene *Lolas* zu gehen. Werner verteilte noch einige Geldscheine, die er von seinem Bündel zupfte, wie Blätter von einem Strauch.

»Und vernascht keine GIs!«, rief Werner den lachenden Frauen hinterher.

Mücke sah Sylvia nach und hoffte, sie würde sich noch einmal zu ihm umdrehen. Tat sie aber nicht.

Als die Frauen verschwanden, weihte Werner die anderen in seinen Plan ein. »Henker-Hannes hat mir was gesteckt.«

Außer Mücke und Werner waren noch Bommes und Bernburg mit von der Partie. Lexi war nach Hause gefahren, eine Familienfeier. Die anderen Jungs hatte Werner ebenfalls fortgeschickt. Die waren nur fürs Grobe da und gehörten auch nicht zum Kern der Bande.

»Pelze«, sagte Werner triumphierend. »Hannes hat mir von diesem Laden in der Wielandstraße erzählt. Der Besitzer wohnt darüber, ist aber Sonntags nicht da, weil seine Olle im Krankenhaus liegt. Da isser den ganzen Tag.«

»Na das würde mir aber einfallen«, rief Bommes. »Bei dem schönen Wetter am Krankenbett bei irgendeiner Alten zu sitzen.«

»Bei deinen vielen Weibern müsstest du eigentlich jeden Tag am Wochenbett von irgendeiner sitzen«, kommentierte Werner.

Bernburg lachte rau. Mücke beobachtete ihn. Anfangs hatte er noch versucht, Bernburg zu mögen. Aber das gelang ihm einfach nicht. Je länger er mit ihm zu tun hatte, desto abstoßender fand er ihn. Bernburg hatte was Verschlagenes und Grausames an sich. Anders als Lexi, dem Mücke ebenfalls nicht über den Weg traute, der aber auf seine eigene Art so was wie Ehre besaß. Und Lexi war ein Maulheld, wogegen Bernburg sich doch eher zurückhielt. Aber gerade das machte ihn noch unberechenbarer. Mücke konnte einfach nicht einschätzen, was in Bernburgs bösem kleinen Kopf vorging.

»Hannes hat gesagt, der Hintereingang lässt sich ganz

leicht knacken. Kein Sicherheitsschloss und keine Alarmanlage. Wir marschieren da einfach rein, nehmen die Pelze mit und marschieren wieder raus. Klar?«, fragte Werner. Alle nickten.

»Hannes hat auch Abnehmer«, sagte Werner während der Fahrt, »Offiziere, die ganz wild darauf sind, ihren Weibern Pelze zu schenken.«

Bald erreichten sie den Innsbrucker Platz. Sie fuhren an den Ceciliengärten vorbei, wo eine Fliegerbombe mitten durch die Wohnsiedlung eine Bresche geschlagen hatte. Statt der Nummern vier bis neun klaffte dort eine riesige Lücke. Die Häuser rundum, im Art-Déco-Stil erbaut, standen jedoch massiv und unversehrt da, als würde ihnen diese brachiale Schneise gar nicht auffallen, sinnierte Mücke. Aber was blieb ihnen auch schon übrig? Sollten sie etwa wehklagen?

»Da rüber!« Mücke steuerte den Wagen auf Werners Geheiß direkt vor das Geschäft. »Pelzhaus Hutter« stand in Sütterlinschrift darüber. Goldene Schrift auf schwarzem Glas.

Werner klappte die Tür auf, blieb noch einen Augenblick sitzen. »Bommes, du bleibst heute im Wagen. Setz dich ans Steuer.«

Bommes protestierte, doch Werner blieb hart: »Mücke ist heute mal dabei. Der soll was lernen.« Werner schlug Mücke gönnerhaft auf die Schulter.

*

Mücke hatte Werner schon mehrmals beschworen, ihn nicht immer nur Schmiere stehen zu lassen. Wie sah das denn in den Augen der anderen aus? Zudem fühlte er sich nicht als vollwertiges Mitglied der Bande.

Zu dritt gingen sie über den Hof zum Hintereingang des Ladens. Dabei nutzten sie einen Trampelpfad aus verwitterten Steinplatten, die auf der schlammigen Erde lagen. Es hatte viel geregnet in den letzten Tagen.

Werner hatte den breiten Kragen seiner abgewetzten Lederjacke hochgeschlagen und ging voran. Mücke musste sich immer wieder darüber wundern, wie zielstrebig Werner seine Vorhaben anpackte, wobei es ihm offenbar egal war, ob jemand dabei zusah. Es schien ihn überhaupt nicht zu stören, wenn sie von den umliegenden Fenstern aus beobachtet wurden. Werner kam mit allem durch – das war ja das Verrückte. Andererseits gab es so viele Verbrechen in Berlin, dass niemand genau hinsah, selbst bei schweren Verbrechen. Die Berliner hatten sich längst daran gewöhnt. Und so ein kleiner Pelzdiebstahl …

Bernburg fummelte mit einem Dietrich am Schloss rum, bekam es aber nicht auf. Fluchend trat er schließlich die ganze Tür ein. Vor ihnen erstreckte sich ein schummriger Flur, von dem aus eine schmale Treppe hinauf führte, wahrscheinlich in die Privaträume des Pelzhändlers. Rechts der Treppe führte eine Tür in den Laden. Sie war nur angelehnt. Quietschend schwang sie auf und die drei betraten das Geschäft. Durch die herabgelassenen Jalousien fiel wenig Tageslicht in den Raum. Schnell hatten sich ihre Augen an die Dämmerung gewöhnt.

»Mücke, kümmer dich mal um den Kleiderständer da drüben. Da hängt ein Pelz dran. Bernburg, sieh mal da hinter der Tür nach, ob da ein Lager ist«, verteilte Werner die Aufgaben. Er selbst versuchte die Ladentür zur Straße hin zu öffnen. So würden sie die Mäntel direkt ins Auto laden können, ohne den Umweg über den matschigen Hof nehmen zu müssen. Werner steckte den Dietrich ins Schloss, drehte, rüttelte an der Tür, doch sie blieb verschlossen.

»Dann eben denselben Weg zurück«, sagte er schließlich seufzend.

Mücke hatte sich fünf Mäntel über den Arm gelegt. Sie

waren schwer. Bernburg hatte drei. Werner hatte sich zwei Pelzkappen übergestülpt und ebenfalls fünf Mäntel auf den Armen. »Wir kommen wieder und holen noch mehr«, sagte er und stieß die Tür zum Flur mit dem Fuß auf. Auf dem Weg nach draußen blieb Werner an der Treppe stehen und lauschte.

»Was ist?«, fragte Bernburg, worauf Werner »Schsch!«, machte. Jetzt hörte Mücke es auch. Dort oben sprach jemand. Was gesagt wurde, war nicht zu verstehen, auch nicht, ob es sich um einen Mann oder eine Frau handelte.

Werner legte die Mäntel vorsichtig über das Treppengeländer und bedeutete Mücke und Bernburg, es ihm gleichzutun.

»Werner, lass uns abhauen«, flüsterte Mücke.

»Moment. Vielleicht ist da oben ja noch was für uns zu holen.«

Mücke bemerkte den Glanz in Werners Augen. Der war ihm schon öfter aufgefallen. Werner liebte das Risiko einfach zu sehr, wurde Mücke klar. Der rannte in jede offene Tür, egal was ihn dahinter erwartete. Und Mücke rannte dummerweise hinterher.

»Wenn wir oben sind: russisch. Wie wir es geübt haben«, schwor Werner sie ein.

Langsam schlich Mücke hinter Gladow und Bernburg die Treppe hinauf. Er spürte erst jetzt, wie sehr er schwitzte vor Anspannung. Seine Haare waren feucht und sein Hemd klebte ihm am Rücken.

Je höher sie kamen, desto lauter wurde die Stimme, eindeutig ein Mann. Scheinbar sprach der Unbekannte mit sich selbst, denn sie hörten keinen Gesprächspartner.

Eine Diele knarrte unter ihren Füßen. Erschrocken blieben sie stehen. Die Stimme verstummte. Sie schien zu lauschen, genau wie sie selbst. Mücke hätte fast losgelacht, so absurd fand er die Situation. Der Mann redete nach einer

Weile weiter: »Ich habe zu ihm gesagt, er soll das Paket einfach vor die Tür legen. Und weißt du, was er geantwortet hat?«

Werner gab ihnen Zeichen, ihre Masken aufzusetzen. Die hatte ihnen Henker-Hannes machen lassen. Sie waren aus schwarzer Seide, bedeckten Augenpartie und Nase, doch die Augenlöcher waren eckig geschnitten, was bizarr aussah. Zudem war Mückes Maske so weit, dass sie ihm von den Augen rutschte, wenn er sich heftig bewegte. Mücke kam sich jedes Mal wie eine Witzfigur vor, wenn er sie tragen musste.

Werner zog seine Pistole, genau wie Bernburg, dann stieß er die Tür auf und sie stürmten ins Zimmer. Sie standen in einem Schlafzimmer. An der hinteren Wand stand ein klobiges Bett aus massiger, dunkler Eiche, das zum Rest der Einrichtung passte. Die Möbel mussten noch aus der Kaiserzeit stammen, mutmaßte Mücke. Jedes Möbelstück ein kleines Bollwerk, das von einem nie eingelösten Versprechen auf Deutschlands Größe kündete.

In dem Bett lag eine alte Frau mit eingesunkenem Gesicht und geschlossenen Augen. Davor saß auf einem Stuhl ein alter Mann mit weißem Ziegenbart. Der Mann drehte den Kopf zu den Eindringlingen. Er schien über ihr Auftauchen nicht überrascht. Auch die maskierten Gesichter und die gezogenen Pistolen schienen ihn nicht zu beeindrucken.

»Pomogite!«, schrie Werner und richtete die Pistole auf den Alten. Bernburg war mit zwei schnellen Schritten am Bett und zerrte den Mann auf die Beine. Mücke beobachtete indessen die Frau. Nur an ihren sanften Atemzügen, konnte er erkennen, dass sie nicht tot war. Aber möglicherweise würde es nicht mehr lange dauern.

»Was wollt ihr?«, schrie der Mann, während er sich unter Bernburgs Griff wand. Bernburg versetzte ihm einen

Schlag in den Magen, sodass er sich würgend krümmte. »Blochoi Rassie sewoidnie vichera«, sagte er drohend und versetzte dem Alten mit der flachen Hand einen Hieb auf den Hinterkopf. Stöhnend ging der Mann auf die Knie.

Werner durchwühlte die Schubladen des wuchtigen Büfetts und häufte Ketten und Ringe darauf an. Was er nicht gebrauchen konnte, warf er zu Boden.

»Dengi!«, schrie Bernburg den Mann an. Und mit schlechtem russischen Akzent: »Gedje? Wo?«

»Ich habe hier kein Geld«, antwortete der Mann gepresst und hielt sich den Bauch. »Nehmt euch, was da ist und verschwindet.«

»Sabakai. Nochi«, sagte Werner drohend. Er stopfte die Wertsachen in einen leeren Kopfkissenbezug.

Mücke wäre am liebsten abgehauen. Er befürchtete, dass Werner und Bernburg den beiden Alten etwas antaten, vor allem Bernburg, der regelrecht Spaß daran hatte, den Alten zu quälen.

Und dieses verdammte Phantasierussisch. Anfangs hatte Mücke die Idee von Werner gut gefunden. Er versuchte, sich an die Worte zu erinnern, die sie sich aus einem alten Russisch-Lehrbuch eingeprägt hatten. Worte wie Pistole oder Geld oder auch mal einen ganzen Satz. Vor lauter Aufregung fiel ihm jedoch nichts ein, sodass er lieber den Mund hielt.

Bernburg durchsuchte einen Schrank, fand nichts Wertvolles und wandte sich dem Bett zu. Er beugte sich über die Frau. »Bleib da weg!«, schrie der Alte und versuchte, auf die Beine zu kommen. Bernburg trat ihm in die Seite, dass er jaulend aufheulte. »Bitte!«, flehte der Mann. Er weinte. »Meine Frau ist schwer krank. Sie kann euch nichts tun. Bitte!«

»Krrang?«, wiederholte Bernburg in seiner schlechten Russisch-Imitation.

»Ja, krank. Sie wird sterben.«

»Stärrben?« Bernburg grinste den Mann an und wandte sich wieder der Frau zu. Ihr langes, graues Haar war zu einem Zopf geflochten, der sich auf dem Kopfkissen entlang schlängelte. Bernburg hob mit einer fast zärtlich Bewegung ihren Kopf an und zog das Kissen darunter hervor. Der Alte sah mit großen Augen dabei zu. Und noch ehe Mücke eingreifen konnte, drückte Bernburg der Alten das Kissen aufs Gesicht. Er hörte ein wie aus weiter Ferne kommendes Röcheln und sah, wie der schmächtige Körper sich aufbäumte. Mücke stürzte ans Bett und riss dem verdutzten Bernburg das Kissen aus der Hand.

»Dawai!«, rief er anschließend und zerrte Werner nach draußen. Bernburg folgte ihnen. Sie polterten die Treppe hinab, schnappten sich die Mäntel und rannten über den Hof zum Auto.

Mit quietschenden Reifen jagte Bommes los. Im Auto zündete sich Mücke eine Zigarette an, wobei ihm die Hände zitterten.

»Mach das nie wieder, du Drecksack!«, drohte Bernburg. Er war weiß vor Wut. Mücke befürchtete, er würde seine Pistole ziehen und auf ihn schießen.

»Was ist denn los?«, fragte Bommes.

»Sei still und fahr gefälligst!«, bellte Werner vom Beifahrersitz. Er drehte sich zur Rückbank um, fixierte Bernburg und sagte gefährlich leise: »Noch mal so 'ne Extratour und ich mach dich fertig.«

»Aber die Alte war doch schon fast tot. Ich wollte ihr nur helfen. Wer will denn so ein unwertes Leben?«

»Halt die Schnauze! Mehr gibt's dazu nicht zu sagen.« Bernburg schluckte, hielt aber den Mund.

Werner wandte sich an Mücke: »Und das gleiche gilt für dich. Verstanden?«

Mücke nickte widerwillig, fügte in Gedanken aber hinzu: Leck mich!

WERNER VI

Werner war erleichtert, als sie ungehindert die Sektorengrenze überquerten. In Friedrichshain fühlte er sich noch immer am wohlsten. Dass die dämlichen Nazis den Stadtteil einst in Horst-Wessel-Stadt umgetauft hatten, konnte ihn noch immer auf die Palme bringen. Der Friedrichshain war von Anfang an ein Arbeiterbezirk und die Nazis hatten die Frechheit besessen, ihn nach diesem Schwein Wessel zu benennen. Jeder im Friedrichshain hatte den neuen Namen gehasst und es möglichst vermieden, ihn auszusprechen.

Sie bogen in den Samariterkiez. Hier war Werner aufgewachsen. Hier kannte er jedes Haus, jeden Strauch, jeden Baum, jeden Stein, jede verdammte Parkbank, falls sie nicht verfeuert worden war.

Er dachte an den Überfall. Der war fast aus dem Ruder gelaufen. Alleingänge durfte es einfach nicht geben. Und vor allem keinen Streit untereinander. Er musste seine Leute im Griff haben. Hatte Capone bei seinen Leuten auch nicht geduldet.

Langsam bog Bommes in die Eldenaer Straße ein.

»Bist du da nicht mal mit Lexi eingestiegen?«, fragte Bommes und zeigte zur Linken, wo sich das weitläufigen Gelände des Berliner Schlachthofes erstreckte. Die meisten Gebäude waren zerbombt. Nur in einem kleinen Teil wurde noch geschlachtet. Die ehemaligen Rinderställe hatten die Russen belegt, um dort ihre Kriegsbeute zu lagern. Auf den Freiflächen zwischen den Ställen war ein Teil des Berliner Trümmerschutts abgeladen worden.

Werners Blick folgte Bommes Arm. »Ja«, bestätigte er gelangweilt, »war aber nur Kleinkram. An die großen Dinger kommste nicht ran. Zu gut bewacht, und die besten Sachen sind eh schon in Russland.«

»Verdammte Barbaren!«, schimpfte Bernburg. »Klauen unser deutsches Kulturgut. Wissen diese Halbaffen gar nicht zu schätzen.«

»Halt die Fresse, Bernburg! Geh mir nicht auf die Nerven mit diesem Herrenmenschen-Quatsch.«

»So redest du nicht über unsere Sache, Gladow.«

In Werner explodierte die Wut. Noch ehe Bernburg reagieren konnte, hatte Werner ihm schon zweimal die Faust ins Gesicht geschlagen.

»Hör auf!«, kreischte Bernburg und versuchte sich mit den Armen zu schützen. Werners Schläge prasselten unkontrolliert auf Bernburg ein. In diesem Moment wollte er Bernburg zerstören, dieses dumme Arschloch, dass es gewagt hatte, ihm zu widersprechen und seine Überfälle zu sabotieren.

Werner kniete mittlerweile auf dem Vordersitz und schlug wilde Schwinger. Mücke beugte sich so weit wie möglich nach links, um nichts abzubekommen und auch Bommes zog den Kopf ein.

»Werner, beruhige dich!«, rief Mücke. Werner hielt inne, wies mit dem Zeigefinger drohend auf Mücke und fixierte ihn wortlos, wobei er schwer atmete. Mücke hielt Werners Blick stand. Nach fünf Sekunden drehte Werner sich um und setzte sich wieder. Noch immer tief ein und aus atmend, starrte er geradeaus.

»Noch mal so was und ihr könnt euch beide verpissen«, sagte er, ohne sich umzudrehen.

»Mensch, Werner, war doch nicht so gemeint«, entschuldigte sich Bernburg und lächelte mit seiner zerschlagenen Visage.

Werner beobachtete Bernburg im Rückspiegel. Der konnte ihn nicht täuschen. Bernburg würde ihm bei der erstbesten Gelegenheit kalt lächelnd ein Messer in den Rücken jagen. Aber noch war er nützlich.

Anders war es bei Mücke. An dem lag ihm etwas. Der könnte in der Bande mal eine wichtige Rolle spielen.

Als sie in der Schreinerstraße vor Wernes Haus hielten, sagte der zu Bommes: »Fahr Bernburg nach Hause.« Und an Mücke gewandt: »Komm mit nach oben.«

Werner stieg vor Mücke die ausgetretenen und vom Bohnerwachs glänzenden Stufen hinauf. Er öffnete die Tür und rief den Namen seiner Mutter.

»Bin hier!«, tönte es aus der Küche. Lucie las die Zeitung, ein halbvolles Wasserglas Cognac vor sich auf dem Tisch. Sie sah auf. »Wen hast'n da mitjebracht?«

»Guten Tag Frau Gladow«, grüßte Mücke artig. »Ich war schon mal hier.«

»Ja, kann mir an deine Gaunervisage erinnern.« Sie nippte an ihrem Glas und sah ihn über den Rand hinweg durchdringend an. Werner lächelte in sich hinein. Er kannte die Spielchen seiner Mutter. Sie verunsicherte die Menschen gern.

»Werner, du musst wieda Kohlen orjanisieren«, sagte sie schließlich, den Blick von Mücke abwendend. »Außerdem ist der Alte wieda stiften jejangen. Pennt bei irjendeener Nutte seinen Rausch aus.«

»Wahrscheinlich bei Marlies«, mutmaßte Werner. »Lass ihn doch da verratzen. Der bringt einem ja doch nix Gutes.«

»Red nich so über dein' Vater«, ermahnte ihn Lucie. Doch sie lächelte dabei. Diese Art Gespräch hatten sie beide schon zu oft geführt, als dass sie es noch ernst nehmen könnten. »Der versäuft unsere letzte Lebensmittelkarte.«

»Muttern, ick kann dir allet besorgen, wat de brauchst.«

»Ick weeß doch, dass du 'n juter Junge bist, Werner. Aber noch müssen wa uns mit die Verhältnisse arrangieren. Außerdem, wat soll'n die Nachbarn denken, wenn se mir nich mehr beim Koofmann sehen? Weeßte doch, dit die gleich rumtratschen.«

»Soll'n se doch«, sagte Werner. »Allzu lange hausen wa hier nich mehr.«

»Ach, Werner«, sagte Lucie und nahm einen großen Schluck Cognac.

*

»Wo ist dein Vater jetzt? Bei irgendeiner Marlies?«, fragte Mücke, als sie unterwegs waren.

Werner wies voraus zu der Eckkneipe, wo ein Schild verkündete *Bei Marlies*.

»Da versackt er meistens. Bei Marlies hat er Kredit. Hab ihr schon so oft gesagt, dass sie ihn rausschmeißen soll, aber die hat 'n goldenes Herz.« Werner kratzte sich an der Nase. Erst dabei fielen ihm die blutigen Fingerknöchel an seiner linken Hand auf. Verdammter Bernburg, dachte er.

»Was macht dein Vater eigentlich?«, fragte Mücke.

»Saufen«, antwortete Werner.

»Was?«, fragte Mücke.

»Der war bei der Schupo. Aber seit dem Krieg nicht mehr.« Werner hatte keine Lust über seinen Vater zu reden. Mit dem hatte er abgeschlossen. Der war nur noch eine Last, wie all die anderen alten Gespenster, die genauso kaputt und fertig hier rumgeisterten.

»Mensch, Mücke«, sagte Werner, »scheiß auf die Alten. Wir sind jung. Uns gehört die Zukunft. Wir machen jetzt die Regeln. Vielleicht geh ich da jetzt rein und schieße meinem Erzeuger einfach eine Kugel in den Kopf. Zeit wär's.« Er marschierte los, ließ den verdutzten Mücke einfach stehen.

»Werner«, hörte er Mücke hinter sich rufen, »mach keinen Unsinn!«

Werner drehte sich um und lachte: »Keine Bange, Mücke. Mach ich schon nicht, und hier schon gar nicht. Zu viele Zeugen.«

So musste das machen, dachte Werner triumphierend. Du musst unberechenbar sein für die anderen. Die müssen dir alles zutrauen. Wie James Cagney in *Public Enemy*, als der seiner Freundin ohne Vorwarnung beim Frühstück eine halbe Grapefruit ins Gesicht drückte. Diese Szene hatte Werner schon so oft gesehen und trotzdem konnte er immer wieder darüber lachen. Mehrmals schon hatte er sich vorgestellt, das mal mit einem Mädchen zu machen. Leider gab es in Berlin keine Grapefruit. Dann würde er eben einen Kanten Brot nehmen oder eine alte Socke.

»Werner! Das ist aber schön, dass de mal wieder vorbeikommst.«

»Hallo Marlies«, sagte er lächelnd.

Marlies war eine dickliche Blondine um die sechzig. Vielleicht war sie auch jünger, doch das ließ sich an ihrem aufgedunsenen und stark geschminkten Gesicht schwer ablesen.

»Ist der Alte hier?«, wollte Werner wissen. Marlies nickte nach hinten. »Aber lass ihn doch. Hier hat er seine Ruhe. Lucie macht ihm ja doch nur das Leben schwer.«

»Sie braucht seine Lebensmittelkarte.«

»Na dann geh. Aber lass ihm seinen Frieden.«

Sie gingen in eine Kammer hinter der Bar, wo sie Werners Vater auf einem verdreckten Sofa fanden. Er hatte alle viere von sich gestreckt, wie gekreuzigt. Das rasselnde Schnarchen kündete von einem schweren Rausch. Die Öllampe warf einen blassen Schein auf den schmächtigen Körper.

Der niedrige fensterlose Raum war mit leeren und vollen Bierkästen zugestapelt. Flaschen lagen auf dem Boden verteilt, dazwischen Lumpen, alte Zeitungen, ein verbeulter Topf mit einer stinkenden verschimmelten Masse darin.

Mit kaltem Blick betrachtete Werner den Mann, der sein Vater war. Er konnte sich nicht erinnern, jemals Gefühle für den Alten empfunden zu haben. Wie auch? Der hatte ihn und Lucie verprügelt, ihr Geld versoffen, rumgehurt und nichts als große Reden geschwungen. Wer brauchte diesen nutzlosen Menschen? Er war wie so viele andere Väter, die Werner kannte. Nicht mal einen Krieg gewinnen konnten diese Versager. Mit einem verächtlichen Seitenblick auf den Alten schnappte sich Werner die speckige Anzugjacke, die neben dem Sofa auf dem Boden lag und durchwühlte sie. Er fand vier Lebensmittelkarten, die er wie ein Skatblatt auffächerte und hochhielt. »Guck dir diesen Mist an. Was kriegste dafür? Bisschen altes Brot wenn du Glück hast, bisschen Weizen, bisschen Pflanzenfett, nur Dreck. Reste, die kein Köter fressen würde. Und meine Mutter tut so, als würden wir ohne diesen Scheiß verhungern.« Er ließ die Lebensmittelkarten in der Innentasche seiner Lederjacke verschwinden.

»Lass uns abhauen.« Länger hielt es Werner hier nicht aus. Als sie aus der Kammer traten, standen auf dem Tresen zwei Schnäpse für sie bereit. »Früher haste immer 'ne Brause gekriegt«, sagte Marlies zu Werner, zog an ihrer Zigarette und inhalierte tief, bevor sie den Rauch geräuschvoll ausblies. »Aber dafür biste wohl schon zu groß. Na Prost, Jungs.« Sie stürzten die Schnäpse runter und verabschiedeten sich.

»Und jetzt gehen wir zu Hannes.«

»Zu Hannes?«, fragte Mücke.

»Ja. Aber eigentlich zu Martha. Die freut sich immer über Besuch.«

Mücke kam ihm noch immer ein wenig grün vor. Es wurde Zeit, ihm mal die große weite Welt zu zeigen, dachte Werner amüsiert. Sie holten noch eine Flasche Kirschlikör aus Werners Wohnung und gaben Lucie die Lebensmittelkarten, ehe sie zur Gabelsberger Straße 7 aufbrachen, nur zwei Blocks entfernt.

Martha war allein. Hannes war vermutlich auf einer seiner üblichen Sauftouren. »Aah, der berühmte Werner Gladow. Welch hoher Besuch!«, spöttelte Martha an der Tür. Werner küsste sie zur Begrüßung auf den Mund. Zwar war Martha etwas zänkisch und oft übellaunig, aber das störte Werner nicht besonders, auch nicht, dass sie gelegentlich auf den Strich ging, ganz im Gegenteil. Die drei ließen sich im Wohnzimmer nieder und stießen mit dem Kirschlikör an.

»Welche alte Frau hast du dafür ermordet?«, wollte Martha wissen und schmatzte anerkennend. Werner lachte nur und schenkte ihr nach. Nachdem sie auch das zweite Glas getrunken hatte, küsste er Martha. Er schmeckte den süßen Likör auf ihren Lippen, ihrer Zunge. Dabei schob er seine Hand unter ihr Kleid und massierte sie ausgiebig. Sie stöhnte leise. »Lass uns ins Schlafzimmer gehen«, flüsterte sie.

Es dauerte nicht lange. Bei Werner dauerte es nie lange. Er hatte keine Geduld für ausgiebige Liebesspiele. Während er seine Hose wieder anzog, steckte er den Kopf aus der Tür und rief: »Mücke, komm! Du bist dran.«

SYLVIA V

»Hast du das gewusst?«, fragte Sylvia fassungslos.

Leo lachte und rief: »No, no. Ick bin nur eine kleine Corporal. Ick gehorsche nur. Ich verstehe nix von große Politik.«

Er versuchte, Sylvia zurück aufs Bett zu ziehen: »Come on!« Doch sie schüttelte ihn ab, ging in die Hocke und presste ihr Ohr ganz fest gegen das Radiogerät, als würde sie am liebsten hineinkriechen. Doch anstatt nähere Informationen mitzuteilen, spielte Chris Howland, der auf BFN seine Morgensendung *Wakey Wakey* moderierte, eine Nummer von Benny Goodman.

Das konnte nicht wahr sein, dachte Sylvia. Die konnten doch nicht einfach die Reichsmark abschaffen. Zwar hatte es Gerede gegeben, dass genau das passieren würde, doch sie hatte es immer abgetan. Dabei hätte sie es wissen können. In den letzten Tagen leerten sich die Regale in den Läden auffällig. Lebensmittel und andere Artikel des täglichen Bedarfs wurden offenbar zurückgehalten, um sie nach der Geldumstellung teurer verkaufen zu können.

Und nun machten die Alliierten tatsächlich ernst: Ab dem 20. Juni gab es in den Westzonen neues Geld, die Deutsche Mark. Die alte Reichsmark war fortan ungültig. Zwar gab es die Möglichkeit, die Reichsmark in die neue Währung umzutauschen, aber das ging nur über das Finanzamt. Das würde schnell darauf kommen, dass Sylvia ihr Geld nicht auf ehrlichem Wege verdient hatte, sondern mit dem Verkauf von Pervitin. Außerdem bekam man bei einem Umtausch wesentlich weniger. Somit war Sylvias erspartes Geld kaum noch etwas wert.

Sie war den Tränen nahe und fühlte sich von einer dunklen Wolke eingehüllt. Das Geld sollte doch in ihren eigenen Modesalon fließen. Hätte sie wenigstens etwas von Wert dafür gekauft: Schmuck, eine Wohnung, ein Auto, Gold – aber nein: Sie bewahrte das Geld unter einer losen Bodendiele auf. Noch immer vor dem Radiogerät hockend, schweifte ihr von Tränen verschleierter Blick aus dem Fenster in den grauen, weiten Himmel. Ob das Schicksal immer wieder auf sie einprügelte, um zu prüfen, wie viel ein Mensch aushielt? Die Linde vor dem Fenster, von leichtem Wind bewegt, strich mit einem Ast sanft über die Scheibe und Sylvia kam es vor, als wollte sie sie trösten, ihr Mut machen. Und überhaupt: Was beklagst du dich?, rief sie sich in Gedanken zur Ordnung. Immerhin bist du am Leben. Hör auf zu jammern! Und du hast Mücke. Dieser Gedanke verlieh ihr tatsächlich wieder Mut und Kraft.

Im Radio sang Helen Ward jetzt *Throwin stones at the sun*. Sylvia sagte wütend: »Verdammt, das würde ich jetzt auch gern tun«, worauf Leo fragte: »What's wrong? Are you…?« Er verfiel in die deutsche Sprache. »Wo ist dein …« Er hielt inne, suchte nach dem richtigen Wort: »Kopf?«

»Es ist nichts«, beruhigte sie ihn. »Ich habe nur laut gedacht«, worauf Leo sie verständnislos ansah. »It's about the …«, versuchte sie ihm zu erklären, aber wie sollte sie »Währungsreform« übersetzen? »It's about the money«, sagte sie schließlich mit wegwerfender Geste, um Leo zu bedeuten, das Thema wäre damit erledigt. Sie wollte nicht mit ihm darüber sprechen.

»Don't worry«, sagte er. »I'll give you extra Dollars.«

Sylvia beschloss, sich von diesem Unglück nicht beeindrucken zu lassen. Was hatte sie nicht schon alles erlebt? Und jedes Mal war sie aus einer Niederlage robuster, stärker hervorgegangen.

Sylvia schlüpfte zu Leo ins Bett und schmiegte sich an ihn. Sie protestierte auch nicht, als Leo, der ihr Verhalten falsch interpretierte, ihre Brüste streichelte, ihren Unterrock hochschob, sich auf sie legte und in sie eindrang. Warum auch nicht? Schließlich bezahlte er ihre Wohnung und noch so einiges andere. Sie ließ ihn gewähren, dachte an Mücke und stöhnte hin und wieder. Anschließend zog sie sich den Morgenmantel über, setzte sich auf die Bettkante und zündete sich eine Zigarette an.

»I'm hungry«, sagte Leo in die Stille, die sie in letzter Zeit öfter als quälend empfand. Anfangs war es mit Leo ganz lustig, doch nun begann sich Sylvia zunehmend mit ihm zu langweilen. Schließlich liebte sie ihn ja auch gar nicht. Mittlerweile sehnte sich jede Faser ihres Körpers nach Mücke. Da war für Leo eben kein Platz mehr. Sie kam sich wie eine Verräterin vor. Leo war nett zu ihr, keine Frage, und einen GI zum Freund zu haben, war das Beste, was einem Mädchen in ihrer Situation passieren konnte. Aber Leo war recht lahm und brav. Mit ihm konnte sie auch nie über ihre Arbeit sprechen, über ihre Ideen und Pläne. Er verstand es einfach nicht. Seine Mutter war eine amerikanische Hausfrau aus der New Yorker Vorstadt und seine Zukünftige sollte genauso werden – natürlich auch Mutter seiner Kinder. Aber davon war sie weit entfernt. Sie würde sich doch niemals an einen Mann hängen, den sie nicht liebte. Und Kinder konnte sie bei ihren weitreichenden Plänen schon gar nicht gebrauchen.

*

»You look confused«, fand Leo.

»Confused?«, fragte Sylvia zurück.

»Yes, ick meine, so wie ein … Ah, mir fallt nickt ein. Wie diese Tier im Wald, das man schießt … It's a deer my dear!« Er lächelte, und da fiel ihm endlich ein Name ein: »Wie Bämbi«, erklärte er mit seinem harten amerikanischem Akzent.

»Bämbi?«, fragte Sylvia verwirrt nach.

»Yes, ein Cartoon, über ein Tier, dass … Ah damned! Don't know. Vergiss.«

Sylvia betrachtete Leos dunkle Haare, seine blauen Augen und sein hübsches Profil. Er war attraktiv, wenn auch etwas dumm. Und klar kannte Sylvia Bambi. Deutsche Kinder kannten sogar das Buch. Leo kannte nur den Zeichentrickfilm. Und genau das war eines ihrer Probleme. Leo hatte, außer sich zu amüsieren, nicht viele Interessen. Mit Büchern durfte man ihm gar nicht kommen. Theater fand er langweilig. Museen? Nur über seine Leiche. Kino? Ja, das mochte er, am liebsten Gangsterfilme. Schlug sie mal einen anspruchsvolleren Film vor, verdrehte er nur gelangweilt die Augen.

Vor Leo hatte Sylvia schon einmal einen Amerikaner, einen höheren Offizier, sehr kultiviert. Aber es war nicht lange gut gegangen. Zum Trost hatte sie sich dann eben mit Leo eingelassen. Aber früher oder später würde sie sich von ihm trennen müssen. Doch noch brauchte sie ihn.

»I'm hungry«, sagte Leo mit Nachdruck und sah sie auffordernd an. Seufzend ging sie in die winzige Küche, in deren einer Ecke noch immer eine Bresche von einer Granate klaffte. Die undichte Stelle hatte Sylvia mit Stoffresten verstopft, die sie regelmäßig austauschte, weil sie nach Regen zu schimmeln begannen.

Sie band sich eine Schürze um und drehte den Gasherd an. Anschließend stellte sie die Pfanne auf die Flamme, ließ etwas Speck aus und schlug drei Eier dazu. Als der Duft des Gebratenen Leo in die Küche lockte, stellte sie ihm einen Teller auf den Tisch, daneben legte sie Messer und Gabel, nahm die Butter aus dem Küchenschrank, schnitt zwei Scheiben Brot ab, die sie kurz in der Pfanne röstete, und legte ihm alles auf den Teller.

Sie betrachtete Leo, während er das Essen hastig in sich hinein schaufelte und mit vollem Mund etwas zu ihr sagte, das sie nicht verstand und das auch nicht wichtig zu sein schien. Leo redete manchmal einfach drauflos, ohne eine Antwort zu erwarten. Wahrscheinlich mochte er einfach seine Stimme, vermutete Sylvia. Anfangs gab sie sich noch Mühe und ging auf sein Gerede ein, doch Leo ignorierte es meist und redete einfach weiter.

Sylvia betrachtete ihn, wie er so da saß in seiner grünen Uniformhose, wozu er sich lediglich ein Unterhemd übergestreift hatte, während seine Hosenträger zu beiden Seiten des Stuhles herab baumelten. Er hatte Eireste am Kinn kleben. Sylvia stellte sich vor, wie es wäre, mit ihm verheiratet und Mutter seiner Kinder zu sein, wie es wäre, ihn jeden Tag so dickfellig da sitzen zu sehen. Wahrscheinlich müsste sie irgendwann kotzen, wenn er sie berührte. Sie schob diesen Gedanken beiseite und ging ins Schlafzimmer, um sich anzukleiden. Dann stellte sie sich vor den mannshohen Spiegel, der ihr ganzer Stolz war. Sylvia hatte ihn in einer betrunkenen Aktion von der Ladefläche eines Lastwagens gestohlen.

Sie lächelte ihr Spiegelbild an und drehte sich ins Licht. Sie trug ihre pastellfarbene Bluse und den dunkelgrauen Rock, den sie selbst umgeändert hatte. Sylvia fuhr mit den Fingern die verschlungenen geometrischen Muster nach, die sie in den Stoff gestickt hatte. Ihre Fingerspitzen ertasteten die winzigen stilisierten Sterne unter den gefältelten Aufschlägen. Ewig hatte sie an diesem Rock gesessen, hatte gegrübelt, welche Farbe er haben sollte, welche Form, welche Länge und womit er bestickt werden könnte. Da waren ihr die geometrischen Symbole eingefallen. Mathematik hatte sie immer gemocht. Die Klarheit und Strenge dieses Fachs hatte sie schon immer angezogen. Und nachdem sie *... und über uns der Himmel* im Kino gesehen hatte, war sie auf die Idee mit den Sternen gekommen. Dieses Kleidungsstück war ihr ganzer Stolz. Sie hatte vor, ein ähnliches Stück zu ihrer Gesellenprüfung zu schneidern, nur noch raffinierter, nicht aus so minderwertiger Wolle wie bei diesem Rock, sondern aus Mousseline. Da fiel ihr wieder ein, dass sie jetzt kein Geld mehr haben würde, um teuren Stoff zu kaufen. Sie könnte Fräulein Petrowitzki um eine Gehaltserhöhung bitten, wusste im selben Moment aber, dass dies völlig aussichtslos sein würde.

Sylvia warf noch einen letzten Blick in den Spiegel. In diesen Kleidern fühlte sie sich wie etwas Besonderes. Und genau dieses Gefühl brauchte sie jetzt nach dem Verlust ihres Geldes. Kleidung gab ihr ein Gefühl der Unverwundbarkeit. Ja, es würde weitergehen. Das tat es immer. Und wenn sie Geld brauchte, könnte sie mit Werner Gladow irgendein Geschäft machen. Wenngleich er für Sylvias Geschmack in der letzten Zeit etwas zu großkotzig auftrat. Außerdem störte es sie, dass Mücke sich der Bande angeschlossen hatte. Mit Werner hatte er seine Unschuld verloren. Sie sorgte sich, er könnte wie die anderen Jungs werden: gierig, brutal, verschlagen und stets auf den eigenen Vorteil bedacht. Mücke handelte aus Not, er war kein professioneller Verbrecher. Auf Dauer würde ihn diese Lebensweise unglücklich machen. Aber was ging sie das eigentlich an?

»Bye Leo, I got to go!«, rief sie in die Küche.

»Where are you going?«, rief er zurück. Sylvia hörte, wie er den Stuhl zurückschob und kurz darauf in der Tür erschien. Er sah sie fragend an.

»Meeting Friends«, sagte sie. Dass sie Mücke traf, verschwieg sie Leo. Zwar erzählte Sylvia ihm nicht alles, aber doch, wenn sie andere Männer traf, was sie hin und wieder tat. Sie waren schließlich nicht verheiratet. Allerdings hatte sie Skrupel, ihm von Mücke zu erzählen, als wäre er ein kostbares Geheimnis, dass sie mit niemandem teilen wollte. Dabei hatte sie auch ein wenig Angst, sich zu sehr auf Mücke einzulassen. Männer wurden nach einer Weile immer so fordernd. Und eine Frau war allein immer am besten dran – das war ja bekannt.

DENSKE III

Denske kaute auf seinen Fingernägeln herum, eine blöde Angewohnheit, die er aus dem Lager mitgebracht hatte. Es vertrieb den Hunger, hatten sie sich zumindest eingeredet. Manchmal hatte Denske dort Angst, sich vor lauter Gier den Finger abzubeißen.

»Reiß dich zusammen!«, forderte er sich selbst auf. »Du bist jetzt Kommissarsanwärter.« Er lachte leise. Seine Beförderung konnte er noch immer nicht fassen. Er kam sich wie ein Betrüger vor. Eben noch Kriminalassistent, war er nun Anwärter auf den höheren Dienst, und das nach gerade drei Monaten bei der Polizei. Ehrlicherweise musste er sich eingestehen, dass es weniger an ihm lag – wobei sein Vorgesetzter Schröder große Stücke auf ihn hielt –, als vielmehr daran, dass in seiner Abteilung zwei Kollegen rausgeflogen waren. Der eine war früher Mitglied der Kommunistischen Partei, wie sich herausstellte, der andere war in den Verdacht geraten, für die Sowjets zu spionieren. Das hatte man bei internen Untersuchungen herausgefunden, die in den Ämtern gerade überall stattfanden. Grund dafür waren die Spannungen zwischen Ost und West. Man traute einander nicht mehr und sah genauer hin, wen man in den Staatsapparat ließ.

Nicht genug damit, hatten die Russen die Stadt ringsum so gut wie abgeriegelt. Straßen, Gleise, Flüsse, Kanäle – alle Wege, die nach Westdeutschland führten, waren dicht, da die Sowjets befürchteten, ihre Besatzungszone würde nun mit der entwerteten Reichsmark geflutet. Allerdings konnten somit auch keine Waren mehr nach Westberlin gelangen. Die Geschäfte blieben leer. Schon war die Rede davon, die Russen wollten Westberlin aushungern.

Die Suche nach Kommunisten in den eigenen Reihen hatte inzwischen ziemliche Ausmaße angenommen.

»Das ist die neue Hysterie, die jetzt viele erfasst, Denske«, erklärte ihm sein Chef. »Das muss man sich mal vorstellen: Eben haben die Alliierten noch gemeinsam Nazi-Deutschland besiegt und jetzt stellt sich raus, dass sie sich nie über den Weg getraut haben, weil sie allzu verschieden sind.«

Denske, der die Lust verloren hatte, sich mit den Alltäglichkeiten der Politik zu befassen, nickte nur.

»Ich sag Ihnen was, Denske«, fügte Schröder hinzu, »das wird noch richtig eisig werden. Ost- und Westberlin werden wohl zu Festungen ausgebaut.«

Denske wusste darüber zu wenig. Ein einziges Mal war er bisher im Ostsektor. Schon als er die russische Sprache hörte, wäre er am liebsten umgekehrt, zwang sich aber dazu, den Spaziergang in der Wilhelmstraße fortzusetzen, bis er von der Marschallbrücke aus den geschundenen Reichstag sah. Inmitten der Ruinen um ihn herum war alles so trist, dass er kurz darauf wieder umkehrte.

Denske wischte die vom Speichel feuchten Fingernägel an seiner Hose ab und sah sich wieder die Akte an, die er kürzlich angelegt hatte. Ein aus Ostberlin geflohener Polizist hatte ihm von dem grünen Hanomag erzählt. Die Ostpolizei hatte den Wagen in Erkner im See entdeckt. Normalerweise hätten die Westberliner Ermittler niemals davon erfahren. Auch zwischen der Ost- und Westberliner Polizei war die Eiszeit ausgebrochen. Keine Kontakte mehr. Hilfsgesuche wurden nicht mal mehr beantwortet.

Kollege Wanner kam herein. Er war klein, dick und trug einen buschigen Schnauzbart, wie der Bösewicht in einem Kinderfilm. Entgegen seines Übergewichtes hatte er einen tänzelnden, leicht schwebenden Gang. Er wirkte etwas dümmlich. Denske kam der Gedanke, dass sie ihn absichtlich mit Wanner in ein Büro gesperrt hatten und sich über die beiden heimlich kaputtlachten.

»Na, schon was rausgefunden?«, begrüßte ihn Wanner unnötig gut gelaunt. Dabei bewegte er sich selbst durch das Dickicht der Polizeiarbeit wie ein Schmetterlingsfänger, der sein Netz mal hierhin, mal dorthin hielt, völlig ziellos, aber stets von der Hoffnung beseelt, bald einen großen, schillernden Fang zu machen.

»Ich glaube, hier gibt es eine Art Muster. Es läuft fast immer gleich ab: Drei, vier junge Männer klauen ein Auto – und wer sie daran hindert, fängt sich ’ne Kugel ein.«, sagte Denske nachdenklich.

»Hm«, kommentierte Wanner mit wichtiger Miene.

Denske sah das Gesicht eines Zirkusdirektors vor sich und schüttelte verzweifelt grinsend den Kopf. Dennoch ärgerte er sich. Kein Wunder, dass die Kripo eine derart geringe Aufklärungsquote aufwies. Kollegen wie Wanner verwalteten ihre Fälle nur, statt sie ernsthaft aufzuklären.

Denske blätterte weiter in der Akte, die er angelegt hatte, und dachte laut nach: »Ich frage mich, warum die sich die Mühe machen, den Wagen bis nach Erkner zu fahren. Die hätten ihn doch einfach irgendwo abstellen können. Da steckt doch Überlegung hinter. Die wollten mit dem Wagen wohl nicht in Verbindung gebracht werden.«

Wanner fühlte sich offenbar um Rat gebeten: »Vielleicht haben sie in Erkner zu tun gehabt? Oder sie wollten da einen Coup landen!« Er fand wohl zunehmend Gefallen an seiner Phantasie und kombinierte weiter, dabei mit nachdenklich angestrengter Miene nach oben schauend: »Oder sie wollten eine Spritztour machen, und in Erkner ist ihnen das Benzin ausgegangen.«

»Eben nicht, Wanner!«, unterbrach jetzt Denske genervt den intellektuellen Höhenflug seines Kollegen. »Der Tank war noch halbvoll. Steht in den Akten, wüsstest du auch, hättest du sie gelesen.«

Wanner sah ihn mit seinen gutmütigen Rinderaugen an. Diese Faktenlage überfordert ihn, dachte Denske, ließ ihn aber dennoch an seinen Gedanken teilhaben: »Es gibt weitere Fälle, die ähnlich verlaufen sind. Hier …« Er blätterte ein paar Seiten weiter. »Zwei Wochen später in Kreuzberg: Der Besitzer eines Volkswagens wurde mit einem Totschläger malträtiert, bevor ihm das Auto geklaut wurde. Und hier …«, Denske schlug nochmals einige Seiten um, »… drei Tage danach: Wieder eine Schusswaffe. Wieder sofort geschossen, mit dem gleichen Kaliber wie bei dem grünen Hanomag.«

»Ja, sicher«, warf Wanner ein und strich sich die Spitzen

seines Schnurrbartes glatt. »Aber Waffen gibt es wie Sand am Meer in der Stadt.«

»Ja aber nicht diese. Das ist ein russisches Kaliber.«

»Vielleicht sind es Rotarmisten«, mutmaßte Wanner.

»Blödsinn!«, entfuhr es Denske. »Als ob die hierher nach Westberlin kommen würden ohne aufzufallen, um dann mit dem gestohlenen Hanomag stundenlang durch den Osten zu kurven und ihn dann zu versenken.«

Wie unter Prügel, zog Wanner den Kopf ein.

Denske tat es ein wenig leid, ihn so scharf zurechtgewiesen zu haben. »Allerdings kriegt man auf dem Schwarzmarkt auch russische Pistolen ohne Probleme. Oder die Täter stecken sogar hinter den Überfällen auf die Polizisten an den Ostberliner Kontrollstellen. Die benutzen nämlich auch russische Waffen.«

»Na das wäre aber dreist!«, ließ sich Wanner vernehmen.

»Dreist und clever: Im Osten klauen und dann in den Westen flüchten oder umgekehrt. Da kann denen keiner was, wenn bei der Polizei jeder Sektor sein eigenes Süppchen kocht.« Wanner sah jetzt verlegen von rechts oben nach links oben.

»Und hier …«, Denske blätterte weiter. »Vier Tage später klauen die einen Horch. Und genau dieses Auto wird von Zeugen erkannt, als die Täter einen Goldschmied überfallen und die Ehefrau halb totschlagen. Aber die waren natürlich vermummt, auch bei den anderen Autodiebstählen. Als sie den Hanomag geklaut haben, waren sie es noch nicht, und der Besitzer hat ausgesagt, dass die ›jung gewirkt‹ haben, vor allem der mit der Pistole. Die haben dazu gelernt. Verstehst du, Wanner? Die steigern sich.«

»Moment«, sagte Denner und hielt einen Zeigefinger hoch. »Der Pelzhändler hat ausgesagt, dass die Täter Russisch gesprochen haben. Also doch Rotarmisten.« Er sah Denske triumphierend an.

Der trommelte mit den Fingern auf die Tischplatte. »Über diesen Punkt stolpere ich immer wieder. Irgendwas stimmt da nicht. Ich weiß nur nicht was.«

Wanner brummte skeptisch: »Mhm, vielleicht verrennst du dich da zu sehr. Überhaupt haben wir viel zu wenige Anhaltspunkte. Und deine Vermutung, dass ein Muster hinter den Taten steht, scheint mir etwas, wie soll ich sagen, wenig Substanz zu haben. Möglicherweise sind die Täter doch Russen, die Deutsch gelernt haben, damit sie hier nicht auffallen.«

Denske blieb der Mund halboffen stehen. Er hatte das Gefühl, mit einem Idioten zu reden, zumal Wanner mit ihm noch lange nicht fertig war: »Möglicherweise denkst du viel zu umständlich, Denske. Nur wer sein Ziel kennt, findet den Weg …«

Denske wollte sich schon abwenden. Das Gespräch führte doch zu nichts.

»Lao-Tse«, sagte Wanner beiläufig. »Schau mal, wir haben doch noch andere Fälle. Da ist diese Jugendbande in Kreuzberg. Die gehen äußerst brutal vor, haben sogar einen Polizisten angegriffen. Die Kollegen haben einen von denen in der Zelle sitzen. Wir sollten den mal befragen. Was meinst du? – Möchtest du übrigens einen Tee? Brennnessel. Hab ich selber gesammelt, mit meiner Mutter im vorigen Jahr. Machen wir immer. Ach, ich bringe dir einfach einen mit.« Mit diesen Worten drehte er sich um und tänzelte aus dem Büro.

Denske sah ihm fassungslos nach. Wanner hatte übergangslos zu seiner ursprünglichen Ignoranz zurückgefunden.

MÜCKE VIII

In den vergangenen Tagen hatten sie mehrere Autos direkt von ihren Besitzern geklaut. Den einen hatte Werner angeschossen, Bernburg einem anderen den Arm gebrochen.

Sie hatten eine Gaststätte überfallen, eine Bank, zwei Hotels, ein Eisenwarengeschäft, ein illegales Wettbüro, einen Lieferwagenfahrer, der aber nur Gerümpel geladen hatte, zwei Ostberliner Polizisten, einen Zeitungsladen und einen Goldhändler, wobei Werner dessen Ehefrau die Schneidezähne ausgeschlagen hatte, als ihr Mann ihnen den Safe nicht öffnen wollte.

Begingen sie eine Tat im Westsektor, wechselten sie danach in den Osten – und umgekehrt. Sie schlängelten sich dabei wie die Aale aus den Netzen ihrer Verfolger.

Mücke störte sich an der zunehmenden Gewalt, die meist von Werner ausging. Aber auch Bernburg schoss regelmäßig über das Ziel hinaus und schlug grundlos Leute zusammen oder verletzte sie mit dem Messer. Diese unnötige Brutalität würde ihnen irgendwann das Genick brechen, befürchtete er.

»Das ist gut für unseren Ruf«, behauptete Werner, als Mücke ihn darauf ansprach.

»Ja, aber überleg doch mal«, wandte Mücke ein. »Die Leute werden gegen uns sein, wenn wir zu rücksichtslos sind. Du hast mir doch erzählt, dass Al Capone Suppenküchen für die Armen eingerichtet hat.« Mücke meinte damit zwar nicht, dass sie Suppenküchen betreiben sollten, sie waren schließlich nicht das Rote Kreuz, aber vielleicht könnte Werner dieser Gedanke ja ein wenig von der Gewalt abbringen.

Werner grinste: »Mücke, du bist echt schlau. Ich wusste, dass ich dich gebrauchen kann.«

Und dann lieferte Werner eine Erklärung, die Mücke nicht gefiel: »Jedes Reich ist auf Blut gegründet. Du musst dir zuerst einen Namen machen, erst mal alles aus dem Weg räumen. Und dann kannste großzügig sein.«

Diese Worte gingen Mücke durch den Kopf, während er am Eingang des S-Bahnhofs Bellevue auf Sylvia wartete. Er blickte über das riesige Gemüsefeld, das sich jenseits der Gleise erstreckte. Jeder unbebaute Quadratmeter wurde mittlerweile zum Anbau genutzt. Gerade jetzt, wo die Russen Berlin abgeriegelt hatten, war es wichtig, dass die Stadt sich selbst versorgte. Doch bis hier etwas geerntet werden konnte, waren sie alle längst verhungert, dachte Mücke böse. Im Westen war die Verknappung jetzt schon spürbar. Die Geschäfte blieben leer. Gut dass Werner immer etwas zu organisieren wusste. Der kümmerte sich um seine Leute.

Plötzlich stand Sylvia neben ihm, wie aus dem Boden geschossen. »Guten Tag!«, sagte sie und hielt Mücke förmlich die Hand hin. Er nahm sie und hielt sie eine Weile lang fest. Fast hatte er das Gefühl, einen Vogel gefangen zu haben, einen kleinen Vogel, den man vorsichtig behandeln muss, damit er einem nicht entschlüpft. Nicht dass Mücke Sylvia zerbrechlich fand oder scheu, ganz im Gegenteil. Aber sie war unberechenbar für ihn. In einem Moment war sie ihm nah, im nächsten zog sie sich wieder zurück.

»Schön, dass du gekommen bist«, sagte er. Sie lächelte und das haute ihn fast um, weil sie so strahlte, als hätte er etwas ganz Besonderes gesagt oder getan. »Toll siehst du aus«, schob Mücke hinterher und wurde rot. Hör auf!, rief er sich zur Ordnung. Er war doch kein verliebter Jüngling in einer kitschigen Filmromanze.

Sylvia lächelte und bedankte sich fast schüchtern. Sie trug ein schlichtes weißes Kleid, eng in der Taille, darüber eine leichte Strickjacke für die es fast zu warm war. Mücke fand sie in diesem Moment unbeschreiblich schön und begehrenswert. Am liebsten hätte er sie auf der Stelle geküsst, aber er wusste nicht, ob sie das wollte.

»Fein, dass du mich deiner Schwester vorstellen willst«, sagte Sylvia und hängte sich bei Mücke ein.

»Ich brauche wirklich dringend eine elektrische Nähmaschine.« Sie hatte beschlossen, ihr durch die Währungsreform entwertetes Geld mit zusätzlichen Näharbeiten wieder reinzuholen, wie sie Mücke berichtete.

»Du brauchst eine und Edith will eine loswerden. Also habt ihr beide was davon«, sagte er nur.

Sie lächelten einander an. Mücke spürte die Wärme ihres Armes, hin und wieder berührten sich ihre Hüften beim Spazieren.

Auf der Moabiter Brücke blieben sie stehen und sahen auf die Spree, die sich wie ein blaues Band unter ihnen erstreckte, um in der Ferne, hinter der Lutherbrücke, in einer eleganten Biegung nach links zu verschwinden. Ein Ruderboot trieb ihnen stromabwärts entgegen. Die Insassen winkten und sie winkten zurück, bevor das Boot unter der Brücke verschwand. Sie fassten sich an den Händen. Mücke zog sie auf die andere Straßenseite, wo sie, über das Geländer gelehnt, dem Boot nachsahen, das immer kleiner wurde.

In der Kirchstraße vor der Nummer zwanzig blieben sie stehen. Sylvia schien zu zögern. »Was ist?«, fragte Mücke.

»Was hast du deiner Schwester eigentlich über mich erzählt? Und über uns?«

»Ich habe ihr gesagt, dass ich dich aus unserer Clique kenne«, sagte Mücke lachend.

»Wird sie mich nicht für deine Freundin halten?«

»Wäre das so schlimm?«, wollte Mücke wissen.

Sylvia lächelte in sich hinein. »Nein«, sagte sie, um dann verschmitzt hinzuzufügen: »Aber ich bin es ja nicht.«

Noch nicht, dachte Mücke und hätte den Gedanken am liebsten laut ausgesprochen.

»Ich bin also nur eine deiner zahllosen Bekannten«, sagte Sylvia und zog ein enttäuschtes Gesicht.

»Nein, natürlich nicht«, druckste Mücke herum und wollte zu einer Erklärung ansetzen, als er erkannte, dass Sylvia ihn auf den Arm nahm.

»Mücke, die Eintagsfliege in Verlegenheit«, setzte Sylvia ihren gemeinsamen Witz von neulich am See fort.

Jetzt wurde sie wieder frecher, dachte Mücke und freute sich. Genau so wollte er sie haben.

»Mücke rettet die Waldfee Sylvia aus größter Not«, konterte er.

*

Als sie an der Tür im zweiten Stock klingelten, öffnete ihnen Edith. Sie hatte rote Flecken im Gesicht und ihr Haar war ungebändigt. Sie sah aus, als wäre sie eben erst aufgestanden.

»Oh, ihr seid schon da!«, sagte sie leicht außer Atem.

»Ja, ich bin etwas früher dran«, sagte Sylvia. »Komme ich ungelegen?«

»Nein, nein«, beschwichtigte Edith sie und lächelte. »Kommen Sie doch herein.« Sie zog die Tür ganz auf.

»Ist was passiert?«, fragte Mücke misstrauisch.

»Nein«, sagte Edith erstaunt. Dann wandte sie sich an Sylvia, nahm ihre Hand und sagte: »Schön, dass wir uns endlich kennenlernen. Mücke hat mir schon so viel von Ihnen erzählt.«

»Sagen Sie doch du«, schlug Sylvia vor.

»Gern, aber nur, wenn du mich auch duzt.«

Am Ende des Flurs tauchte jetzt Heinrich auf. Knallrot im Gesicht. Wahrscheinlich hatten sie wieder gestritten, mutmaßte Mücke und sah seinen Schwager böse an. Doch Heinrich ließ sich nicht provozieren, nickte Sylvia sogar freundlich zu.

Sie gingen alle in die Küche, wo Edith auf die Nähmaschine wies, die auf dem großen, braunen Tisch stand. Edith hatte sie poliert, und so glänzte ihr grünes Metall mit dem gelben Schriftzug »Bernina«.

»Oh, die ist schön«, sagte Sylvia und strich mit der Hand über die Oberfläche.

Mücke fixierte noch immer Heinrich. Eines Tages mach ich dich fertig, dachte er, eines Tages …

»Und das Gute ist, dass sie auch manuell bedienbar ist«, hörte er Ediths Stimme, »gerade jetzt, wo die Russen uns doch den Strom abgedreht haben.«

Sylvia seufzte. »Aber womit nähst du denn jetzt?«

»Ich habe mir eine Singer-Nähmaschine gekauft. Die kann auch Zierstiche machen. Ich zeige sie dir später, wenn du magst.«

»Sehr gern«, sagte Sylvia beeindruckt.

Die beiden Frauen wurden sich rasch einig, und so wechselte die Bernina für achtzig Mark die Besitzerin.

»Ich bringe sie dann später mit dem Auto zu Sylvia«, sagte Mücke.

»Woher willst du denn ein Auto haben, du armer Schlucker? Von deinen Ganovenfreunden?«, fragte Heinrich höhnisch, und Mücke hätte ihn am liebsten angeschrien, er solle den Mund halten, anstatt ihn hier vor Sylvia blöd anzuquatschen. Der Hass auf Heinrich wuchs mit jedem Wort, dass dieser von sich gab. Er konnte seinen Schwager nicht mehr ertragen. Schlimm genug, dass er ihn, Mücke, ständig beschimpfte und bedrohte. Noch schlimmer war es, dass er seine Schwester beschimpfte.

Edith entspannte die Situation, indem sie Sylvia zum Kaffee einlud. »Ich habe im Wohnzimmer eingedeckt. Es gibt auch Kuchen.«

Kurz darauf saßen Sylvia und Mücke an dem großen Familientisch, während sie Edith und Heinrich in der Küche klappern hörten. Mücke betrachtete Sylvia, die sich wiederum im Wohnzimmer umsah. »Deine Schwester hat einen guten Geschmack«, sagte sie schließlich. »Die Möbel sind so modern. Und es ist alles hell, nicht so schwer und düster.«

»Die hat mein Schwager mit in die Ehe gebracht«, sagte Mücke knapp. »Geschmack hat er, aber sonst …«

»Du scheinst deinen Schwager nicht besonders zu mögen«, vermutete Sylvia leise.

»Ist das so offensichtlich?«, knurrte Mücke. »Er macht sie kaputt. Hast du nicht gesehen, wie aufgelöst sie aussah, als sie uns die Tür geöffnet hat? Und dann Heinrich: So rot ist der nur, wenn er schreit und tobt.«

»Mücke«, sagte Sylvia schmunzelnd und in einem Ton, als würde sie zu einem Kind sprechen, »deine Schwester und ihr Mann haben etwas getan, dass Paare nun mal miteinander tun, wenn sie allein sind.« Sie sah ihn herausfordernd an. Mücke, der erst nicht begriff, wurde rot, als ihm dämmerte, was Sylvia meinte.

»Nein, nein«, protestierte er.

»Glaub mir, das war eindeutig«, sagte Sylvia.

»Da ist nichts mehr zwischen den beiden. Sie schreien sich nur an. Und Heinrich ist ein Arschloch. Undenkbar, dass sie …« Er verstummte. Man musste es ja nicht aussprechen. Und außerdem war es ihm unangenehm, dieses Thema mit Sylvia zu besprechen.

In diesem Moment kam Edith herein, eine volle Kaffeekanne in der Hand. Heinrich folgte direkt dahinter. Er trug ein Kuchentablett. »Bedient euch. Da sind garantiert keine Sägespäne drin. Echtes Mehl, echte Butter, echte Eier!«, scherzte Edith, während sie die Tassen füllte.

»Wie hast du die trotz der Blockade bekommen?«, fragte Sylvia erstaunt.

»Beziehungen«, sagte Edith und zwinkerte Mücke zu.

Sylvia roch an dem schwarzen, heißen Getränk. »Ist das echter Bohnenkaffee?«, fragte sie überrascht und warf Mücke einen warnenden Blick zu. Mücke nickte kaum merklich. Er wusste, dass Bohnenkaffee für Sylvia nichts Besonderes war. Sie bekam ihn von ihrem GI-Freund oder von Werner. Doch er freute sich, dass Sylvia so rücksichtsvoll mit seiner Schwester umging.

Nachdem sich die beiden Frauen eine Weile über das Nähen unterhalten hatten, sagte Edith: »Wenn du möchtest, kann ich ein paar Aufträge an dich abgeben. Ich schaffe nicht immer alle. Was meinst du? Ich könnte wirklich Hilfe gebrauchen.«

Sylvia hob ihre Kaffeetasse, prostete Edith zu und sagte: »Ich meine, das würde ich gern übernehmen.« Die beiden lachten, dann wechselten sie das Thema.

»Das ist Gabardine, oder?«, vermutete Edith und fuhr bewundernd mit ihren Fingern über den Stoff von Sylvias Kleid. »Wo hast du den her?«

»Den hat mir ein Bekannter mitgebracht«, sagte Sylvia, »aus England.« Mücke war froh, dass Sylvia seiner Schwester die Wahrheit verschwieg. Sylvias Stoffe stammten in der Regel aus Einbrüchen oder irgendwelchen krummen Geschäften. »Ich werde dir ein paar Lagen mitbringen«, versprach Sylvia.

Edith winkte ab: »Das ist doch viel zu teuer, kann ich mir gar nicht leisten.«

»Betrachte es als Gegenleistung für die Aufträge, die du an mich weiterreichst.«

Dann sprachen sie über die Situation in Berlin, und selbst Heinrich beteiligte sich am Gespräch. Sie redeten darüber, wie schwierig es war, Dinge für den Alltag aufzutreiben und dass man in Ostberlin nicht mehr überall einkaufen konnte. »Manche Geschäfte nehmen nur noch die überklebten Reichsmarkscheine der Russen«, sagte Edith.

»Das verdammte Tapetengeld!«, warf Heinrich ein.

»Ich habe letztens in der Auguststraße in einem Laden

einkaufen wollen«, fuhr Edith fort. »Als ich mit der neuen D-Mark bezahlen wollte, hat die Verkäuferin gesagt, dass sie die nicht nimmt, nur die überklebte Reichsmark. Und dann hat sie richtig vom Leder gezogen und mich fertiggemacht, dass ich mich überhaupt traue, vom Westen her zu ihnen in den Osten zu kommen und alles wegkaufen zu wollen.«

Sylvia verzog kaum merklich das Gesicht, wie Mücke auffiel. Sie hatte ihm erzählt, dass sie durch die Währungsreform fast ihr gesamtes Geld verloren hatte.

»Und dann hat sie gesagt, dass sie mir nichts verkauft«, sagte Edith fassungslos. Mücke und Sylvia lachten. Selbst Heinrich schmunzelte.

»Die hat mich einfach rausgeschmissen. Und hat mich noch gefragt, ob ich so naiv sei zu glauben, die Amerikaner meinten es gut mit uns. Die würden doch nur ihre überteuerten Waren loswerden wollen. Und dass ich käuflich wäre, und dass ich mich ja nicht wieder blicken lassen solle.« Sie lachte auf. »Und die Leute haben alle geguckt. Peinlich war das. Eine Kundin hat mich gefragt, ob ich alles glauben würde, was mir die West-Propaganda einflüstert. Ich bin raus und stand da wie bedröppelt.« Edith lachte. »Das war so verückt. Ich bin dann schnell nach Hause. Nie wieder fahre ich da rüber.«

Mücke, Sylvia und auch Heinrich lachten ebenfalls. »Wie eine Furie war die Verkäuferin«, lachte Edith.

»Wie eine Sowjetfurie«, verbesserte sie Sylvia, worauf sie noch mehr lachten, und als Mücke »rote Furie« einwarf, lachten sie Tränen. Um sich zu beruhigen, tranken sie einen Schnaps.

»Die Alliierten haben das ganz richtig gemacht mit dem Geld«, dröhnte Heinrichs Stimme über die kleine Kaffeetafel, nachdem er den Kornbrand hintergekippt hatte. »Auch wenn ich kein Freund von denen bin, aber die haben den

Schwarzmarkt ausgetrocknet und jetzt herrscht wieder Ordnung.« Das war eindeutig an Mücke gerichtet. Er wollte etwas erwidern, doch Ediths warnender Blick hielt ihn zurück.

Sie tranken noch eine zweite Tasse, noch einen Schnaps, aßen noch ein weiteres Stück Kuchen und priesen die Segnung der Luftbrücke. Die Amerikaner und die Engländer hatten damit begonnen, die abgeriegelte Stadt per Flugzeug mit Nahrungsmitteln zu beliefern. Unablässig flogen Douglas C-47 und C-54 Maschinen über Berlin bevor sie, eine elegante Kurve beschreibend, auf dem Flughafen Tempelhof aufsetzten.

»Da gucken die Russkis schön dumm aus der Wäsche«, sagte Heinrich und ahmte ein Propellergeräusch nach, während seine Gabel einen Rosinenbomber darstellte, mit dem er ein Stück Kuchen in seinen Mund beförderte. »Heinrich«, ermahnte ihn Edith lachend, »wir haben Gäste.« Selbst Mücke lachte mit.

Am frühen Abend brach Sylvia auf. »Komm uns wieder besuchen«, sagte Edith. Sie umarmte Sylvia und winkte Mücke über Sylvias Schulter hinweg zu.

»Deine Schwester ist toll«, sagte Sylvia, als sie aus dem Haus traten.

»Ja, das ist sie. Wenn sie nur nicht diesen Mann hätte.«

»Ich fand ihn ganz nett. Ein bisschen eigen aber hast du gesehen, was er deiner Schwester für verliebte Blicke zugeworfen hat?«

»Quatsch«, knurrte Mücke. »Der kann nicht lieben. Der denkt nur an sich.«

»Man muss sogar an sich denken. Selbst wenn man liebt. Sonst gibt man sich auf.«

Mücke warf ihr einen fragenden Blick zu, hielt aber den Mund.

Sie gingen langsam in Richtung S-Bahnhof. Er schleppte

sich mit der Nähmaschine ab und fluchte. Vielleicht sollte er ein Auto klauen, aber da Sylvia dabei war, genierte er sich.

*

Mückes Küsse waren eher wie Bisse. Er war ungestüm, und als er in sie eindrang, war es grob und tat ihr weh.

»Warte mal«, sagte sie, und Mücke hielt abrupt inne.

»Was ist?« Er hob den Kopf und sah sie an.

»So geht das nicht. Mach etwas langsamer.«

»Zu Befehl«, sagte er salutierend, bewegte sich etwas langsamer und kam kurz darauf in ihr.

Wenigstens war er nicht wütend, dass sie ihn zurechtgewiesen hatte, dachte Sylvia. Sie hatte schon so oft Männer erlebt, die sich nicht um die Lust ihrer Partnerin scherten, denen es um Leistung ging und die dachten, für eine Frau würde das reichen, was sie da ablieferten.

Da sie nicht befriedigt war, ermunterte sie Mücke nach einer kurzen Pause zur zweiten Runde. Diesmal nahm er sich mehr Zeit und berührte Sylvia an den richtigen Stellen, die sie ihm zu erkennen gab. Sie schaukelten sich zu einem gemeinsamen überwältigenden Orgasmus hoch.

Hinterher lagen sie zufrieden da. Sylvia strich ihm sanft über das Gesicht. In diesem Moment liebte sie ihn.

»Ich hab Hunger«, rief sie und sprang aus dem Bett. »Los komm!« Sie zog Mücke am Arm aus dem Bett. Er rutschte auf den Boden und packte ihr Bein. Sie stolperte, fiel über ihn und sie rangen lachend miteinander. Dann lagen sie still da und sahen sich in die Augen. Mücke pustete Sylvia eine Strähne aus der Stirn. »Versprich mir was«, wisperte sie. Er sah sie still an. »Werd nicht wie Werner.«

Er lachte: »Keine Angst. Ich bin ja Mücke – die Eintagsfliege.«

»Versprich mir trotzdem, dass du nicht Mücke, die Eintagsfliege auf der schiefen Bahn wirst.«

Er küsste sie. »Ich verspreche es.« Sie umarmten sich.

»Ich weiß noch nicht, wie lange ich bei der Bande bleibe. Wenn ich Reporter werden will, sollte ich bald damit anfangen. Aber das Geld, das ich mit Werner verdiene, ist nicht zu verachten. Und er hat immer gute Ideen. Werner weiß, wie es läuft.«

»Ja, aber du bist doch kein Knecht, wie Lexi oder Bernburg. Die brauchen jemanden, der sie anführt – du nicht. Du kannst selber denken. Lexi ist Werners Bluthund. Der würde für den alles tun. Lexi würde dir die Kehle durchbeißen, wenn Werner ihm das befehlen würde. Und Bernburg ist ein brutales Schwein. Pass bloß auf bei den beiden.«

»Ich weiß«, sagte Mücke. »Ich passe auf.« Er gab ihr einen Kuss auf die Nasenspitze. »Ich hab jetzt auch Hunger.« Er stand auf, um in die Küche zu gehen.

»Verlass mich nicht!«, rief Sylvia theatralisch und hielt sich den Arm affektiert vor die Stirn, wie in alten Stummfilmen.

»Niemals!«, rief Mücke genauso theatralisch.

Sie sprang auf, umklammerte Mückes Nacken und rief mit dramatischer Stimme: »Ich werde dich nie gehen lassen.«

»Ich gehöre nur dir«, rief Mücke.

Sylvia schlang die Beine um seine Hüften und so, nackt aneinander geklammert, stolperten sie in die Küche, wo sie sich über die Reste vom Vorabend hermachten.

SYLVIA VI

Sie traf sich fast jeden Tag mit Mücke. Für Leo erfand sie Ausreden. Fräulein Petrowitzki habe einen großen Auftrag und würde sie ständig einspannen, oder sie redete sich mit Unterleibsschmerzen heraus, die sich mit Kopfschmerzen abwechselten oder in eine schlimme Migräne übergingen.

Leo stellte keine Fragen. Wie es seinem Naturell entsprach, nahm er alles klaglos hin, auch dass sie abwesend wirkte, wenn sie sich doch trafen, oder dass sie später noch wegmüsste, da ja Fräulein Petrowitzki sie so dringend benötigte. Leo schien es nichts auszumachen. Er machte kein Theater, was sie an ihm schätzte. Sie brachte es nicht übers Herz, mit ihm Schluss zu machen. Er war beständig und störte nicht. Und er war großzügig, im Gegensatz zu Mücke, der nicht viel Geld hatte, auch wenn er so tat als ob. Die Bande machte hier einen Bruch, da einen Bruch, aber das Geld rann ihnen schneller durch die Finger, als es hereinkam. Sie liebten billige Vergnügungen: Schnaps, Feiern, Zocken. So stellte sich Werner das Dasein als Gangster vor, wie Mücke erzählte. »Ständig sitzen wir in irgendwelchen Spelunken und Werner erzählt uns, dass wir nur noch in die teuren Läden gehen, wenn wir ein großes Ding drehen, dass er dann eine Villa kauft und etliche dicke Schlitten.«

Sylvia, die sich gerade die Haare mit der Brennschere frisierte, sah ihn im Spiegel an. Mücke lag in Unterhose auf dem Bett und rauchte. Er wandte den Kopf zu Sylvia: »Werner hat Heinrich eine Arbeit besorgt, in einer Werkstatt. Die gehört einem seiner Gangsterfreunde. Da soll er den Papierkram erledigen, nur drei, vier Stunden am Tag. Er kann ja nicht so lange, wegen seinem Rücken. Edith ist überglücklich. Die lässt nix auf Werner kommen.«

Sylvia dachte an das Sommerfest am vorigen Wochenende zurück. Werner hatte alle in den Biergarten an der Schönhauser eingeladen, auch Edith und ihren Mann. Sie hatten an langen Bänken im Innenhof der Schultheiss-Brauerei gesessen, die sie mit ihren dicken Mauern und ihren Türmchen immer an eine Burg erinnerte.

Werner hatte den dicken Maxe gegeben und sich in der Bewunderung der anderen gesonnt. Aber das kannte sie schon von ihm. Mücke dagegen veränderte sich, wenn er mit der Bande zusammen war. Er gab sich dann abgebrühter, auch Sylvia gegenüber. Das mochte sie nicht an ihm. Wenn sie allein waren, wurde er wieder zu dem Mücke, den sie gern hatte.

In einer ruhigen Minute hatte Werner Sylvia zur Seite gewunken. »Du saugst Mücke aus«, hatte er gescherzt. »Ich kann ihn bald zu nichts mehr gebrauchen. Den ganzen Tag muss ich mir anhören: ›Sylvia hier, Sylvia da‹.«

Auch wenn Werner so tat, als wäre das ein Witz, war ihr klar, dass es ihn störte, wenn seine Jungs zu viel Zeit mit ihren Mädchen verbrachten. Die Gladow-Bande war ein reiner Jungsclub. Frauen waren nur Beiwerk.

Doch Sylvia wollte nicht nur die Freundin eines Ganoven sein, die hin und wieder auf auftauchte und ansonsten den Mund hielt. Sie hatte schließlich ihre eigenen Pläne, und die malte sie Mücke in den schönsten Farben aus. »Ich werde meinen Salon in Dahlem eröffnen, da, wo das große Geld sitzt. Die Wände werde ich in hellem Grün streichen. Es wird nur einen hölzernen Ladentisch geben und einfache Stühle, und Umkleideräume. Alles soll ganz einfach sein, dezent. Ich will nicht, dass die Kunden erschlagen werden, wenn sie reinkommen. Ich will sie mit meinen Kreationen überzeugen, nicht mit Prunk.« Sie mochte es, wenn Mücke ihr mit leuchtenden Augen zuhörte, und so malte sie ihre Geschichten immer farbenprächtiger aus.

»Vielleicht gehe ich auch eine Weile nach Paris. Da muss man hin, wenn man erfolgreich sein will.«

»Und ich?«

»Na, du kommst mit.«

»Aber was mache ich in Paris den ganzen Tag?«

»Du schreibst. Du bist ein berühmter Schriftsteller, so wie Remarque oder der Borchert.«

Insgeheim hielt Sylvia an dem Gedanken fest, dass Mücke tatsächlich das Zeug zu einem großen Schriftsteller habe. Und er musste ja auch Geld verdienen. Sie wollte ihn schließlich nicht aushalten.

»Und wenn du nicht schreibst, dann läufst du durch Paris und sammelst Ideen.«

Sie stellten sich vor, wie sie zusammen in einer hochherrschaftlichen Wohnung lebten. »Wir haben dann auch ein Hausmädchen.« – »Und eine Köchin.« – »Einen Chauffeur.« – »Und einen Gärtner.«

Mücke stutzte: »Einen Gärtner? Wir leben in der Stadt, da haben wir keinen Garten.«

»Egal. Wer etwas auf sich hält, der hat auch einen Gärtner.«

»Gut, dann nehmen wir uns einen Gärtner.«

Sylvias Augen leuchteten: »Und abends geben wir Gesellschaften.«

»Aber wir laden nur Frauen ein, die deine Kleider tragen.«

»Und nur Männer, die deine Bücher lesen.«

»Ja, das ist eine gute Idee.«

Sie malten sich oft eine gemeinsame Zukunft aus, die allerdings nichts mit ihrem aktuellen Leben zu tun hatte.

*

An einem schönen Tag fuhren sie ins Strandbad Wannsee und mieteten einen Strandkorb. Sylvia trug zum ersten Mal ihren neuen selbst entworfenen Badeanzug. Sie hatte sich schon Tage vorher auf Mückes Gesicht gefreut.

»Bisschen knapp, oder?«, sagte er, als sie vor ihm stand.

Verlegen zupfte sie an dem Stoff. »Gefällt er dir nicht?«

»Doch schon, aber ein bisschen knapp ist er doch. Hier sind so viele Leute. Die gucken schon.«

Es war ein heißer Tag und das Strandbad war gut besucht. Fast eine halbe Stunde hatten sie anstehen müssen, um eingelassen zu werden.

»Schade, ich dachte, er gefällt dir«, sagte sie schnippisch.

»Ja, der ist toll. Aber …« Er hob hilflos die Arme.

Sylvia ließ sich neben ihn in den Korb fallen. Sie hatte sich das anders vorgestellt. Er musste ja nicht gleich Freudensprünge machen aber so eine kleinbürgerliche Reaktion hatte sie nicht erwartet, als wäre sie ihm peinlich in diesem Aufzug. Sicher, der Badeanzug war durchaus knapp bemessen. Er war schwarz-weiß gestreift, betonte den Busen und den Po und war am Bauch ausgeschnitten. Na wenn schon. Das trug man als Frau von Welt heutzutage. Sylvia hatte sich von dem Foto in einer Zeitschrift inspirieren lassen. *Cut out* nannte sich dieses Modell.

»Du bist langweilig«, sagte sie enttäuscht. Mücke seufzte. »Ich dachte, du freust dich.«

»Ja, tu ich ja auch. Ich finde nur, dass hier zu viele Leute sind.«

»Soll ich den nur zu Hause für dich tragen? Das ist ein Badeanzug.« Das letzte Wort betonte sie besonders.

»Nein, das will ich doch gar nicht.«

»Was dann?«

Mücke hob wieder hilflos die Arme: »Ich will nicht, dass die Männer dich so angucken.«

»Wie, ›so‹ angucken?«

»Na du weißt schon.«

Sie drehte sich zu ihm: »Du bist eifersüchtig.«

»Nee, ich will nur nicht, dass die dich so gierig anglotzen.«

»Also doch: Du bist eifersüchtig. Los, wir gehen schwimmen!« Sie sprang auf und zog ihn hoch. Widerwillig trottete Mücke hinter ihr her. Sie drehten ein paar Bahnen und Sylvia sprang zweimal kreischend vom Sprungturm.

Neben ihrem Strandkorb lümmelten einige mittelalte Männer auf Decken und tranken dabei Flaschenbier, ständig klirrend miteinander anstoßend. »Sieh an!«, rief einer. »Da kommt die Badenixe.«

Ein anderer lupfte einen imaginären Hut: »Wollen Sie uns nicht Gesellschaft leisten, Fräulein?«

Die Männer sahen an Mücke vorbei, als wäre er gar nicht vorhanden.

»Trinken Sie ein Bier mit uns?«

»Das ist eine Dame, die trinkt kein Bier«, schaltete Mücke sich ein.

»Weiß nicht, ob das eine Dame ist. Bei dem Aufzug.« Er musterte Sylvia ungeniert von oben bis unten mit einem anzüglichen Grinsen. Sylvia beschloss, das Gerede zu ignorieren. Sie war dagegen gepanzert, im Gegensatz zu Mücke, der kurz vor der Explosion stand. Einer der Männer grinste anstößig: »Vielleicht ist sie ja auch ein Flittchen?«

»Wie war das?«, fragte Mücke aufgebracht.

»Wie war was?«

»Was hast du gesagt?«

»Plustere dich hier nicht so auf, du dürrer Hering. Sonst schmeiß ich dich wieder in den See.« Die anderen lachten roh.

»Na kommen Sie, Fräulein. Was woll'n Sie denn mit dieser halben Portion? Nehmen Sie hier Platz.« Er rutschte auf der Decke, um für Sylvia einen Zipfel freizumachen. »Oder möchten Sie lieber auf meinen Schoß? Da sitzt es sich sehr angenehm.«

Mücke trat dem Mann mit voller Wucht ins Gesicht. Ein lautes Knacken verriet, dass seine Nase brach. Augenblicklich schoss ein Blutstrom hervor.

»He!«, rief ein anderer. »Das war doch nur Spaß.«

»Ich geb dir auch gleich Spaß!«, schrie Mücke und machte Anstalten, sich auf ihn zu stürzen.

Sylvia spuckte dem Mann, der sie beleidigt hatte, ins Gesicht. Speichel und Blut vermischten sich und tropften ihm am Kinn herunter auf den haarigen Bauch. Ringsum waren die Leute stehen geblieben und sahen zu.

»So holen Sie doch die Polizei!«, rief eine Frau.

»Diese Jugend ist so verdorben!«, schimpfte eine andere.

Ein Mann drohte: »Ein paar Jahre Arbeitslager würden die schon auf andere Gedanken bringen.«

Sylvia warf sich hastig ihr Kleid über, raffte ihre und Mückes Sachen zusammen und zog ihn fort, raus aus dieser Hölle, in der die Teufel regierten.

*

»Jetzt sag doch endlich was!«, bettelte Sylvia.

Mücke brütete dumpf vor sich hin. Während ihrer S-Bahnfahrt und seit sie an der Friedrichstraße ausgestiegen waren, hatte er kein Wort mit ihr gesprochen, nur gelegentlich den Kopf geschüttelt.

»Ja, du hast recht. Ich hätte den Badeanzug nicht tragen sollen. Zufrieden?«

Sie liefen nebeneinander her in Richtung Oranienburger Tor.

»Ich ziehe ihn nicht mehr an, wenn wir schwimmen gehen.«

Mücke murrte etwas Undeutliches.

»Das waren aber auch Arschlöcher. Hast du richtig gemacht, dem die Nase zu brechen.«

Er blieb stehen und sah sie böse an: »Wenn du dieses Ding nicht getragen hättest, wäre das gar nicht passiert.«

Sylvia empörte sich: »Jetzt bin ich schuld oder wie?«

Mücke ging weiter, Sylvia hinterher. »Sag doch: Bin ich schuld?«

Er blieb wieder stehen. »Hab ich nicht gesagt.«

»Aber du tust so.«

»Ich habe nur gesagt, dass du dich nicht wundern musst, wenn du einen knappen Badeanzug trägst.«

»Aber den habe ich für dich getragen.«

»Hab dich nicht drum gebeten.«

Das traf sie. Sie war kurz davor, ihrer Wut freien Lauf zu lassen, beherrschte sich aber und sagte versöhnlich: »Ich hab doch nicht damit gerechnet, dass die Kerle ihr Maul so weit aufreißen. Vor allem nicht, wenn du dabei bist.«

Mücke ging weiter und rief über die Schulter: »Man muss mit allem rechnen. Werner weiß das. Er sagt immer: ›Versuch Situationen zu vermeiden, die du nicht kontrollieren kannst.‹«

Sylvia lachte laut auf: »Ausgerechnet Werner! Das ist genau der richtige Ratgeber. Hat er wahrscheinlich von Al Capone.«

Mücke war schon auf der anderen Straßenseite und reagierte nicht.

»Dann fahr doch nächstes Mal mit Werner an den Wannsee!«, schrie Sylvia rüber. »Viel Spaß!«

Gekränkt drehte sie sich um und kehrte zum Bahnhof Friedrichstraße zurück.

Was machte Mücke ihr denn für eine Szene? Was glaubte er denn, wer er war? Das hatte sie nicht nötig. Sie zog an, was sie wollte, also ohne Mücke um Erlaubnis zu bitten. Und überhaupt brauchte sie Mücke nicht. Sie brauchte gar keinen Mann, der ihr Vorschriften machte und dann auch noch alles besser wusste. Das hätte sich Leo nicht getraut. Da kannte sie Mücke gerade mal ein paar Wochen und schon stellte er Ansprüche. Nicht mit ihr. Mit groben Worten beschimpfte sie den einbeinigen Bettler, der sie um ein paar Groschen bat. Wenige Schritte später hielt sie inne, kehrte zurück und gab ihm drei Mark.

* * *

HERBST 1948

WERNER VII

Er saß im Kino und sah sich den *Hexer* an. Ein alter Schinken aus den Dreißigern: langweilig, schwerfällig und vorhersehbar. Wie üblich waren die Bösen dumm und hässlich – völlig unrealistisch, wie Werner fand. Eigentlich hatte er *Rächer der Unterwelt* mit Burt Lancaster im Hansa sehen wollen, doch der war ausverkauft. Werner war dann kurzentschlossen in den Prenzlauer Berg gefahren, da er später ohnehin nach Hause in den Friedrichshain wollte. In den Prater-Lichtspielen liefen manchmal alte deutsche Filme und nicht dieser russische Kolchosen-Mist, den die Kinos im Ostteil oft zeigten.

Nun hockte er hier im Dunkel und langweilte sich. Außer ihm waren nur drei Jungs im Saal, die jedes Mal lautstark johlten, wenn eine Frau auf der Leinwand erschien. »Zieh dich aus, Schätzchen!«, riefen sie und kommentierten das Aussehen der Schauspielerinnen mit »Guter Arsch!«. Werner schaltete auf Durchzug. Er ärgerte sich, dass er hergekommen war, so wie er sich überhaupt oft ärgerte in letzter Zeit. Er war unzufrieden mit sich selbst. Die Dinge liefen nicht wie gewünscht. Zwar hatte er eine Bande, aber was bot er denen? Kleinkram. Dabei hatte er ihnen große Coups versprochen. Bommes und Bernburg hatten sich schon beschwert. Bislang hatten sie nur kleine Überfälle, Autodiebstähle, ein bisschen Erpressung, Schutzgeld, ein paar Brüche auf dem Konto. Auf diese Weise würde Werner nie wie Al Capone werden.

Er wollte auch keine Tipps mehr von Henker-Hannes, der ohnehin langsam zum Risiko wurde, besoffen in den Kneipen hockte und mit Werners Taten prahlte. Allein schon seine albernen Masken. Damit war jetzt auch Schluss. Es wurde Zeit zu handeln, denn die aktuellen Umstände spielten ihnen in die Hände.

Seitdem die Russen zu ihren ehemaligen Verbündeten auf Distanz gingen, arbeiteten Ost- und Westbullen nicht mehr zusammen. Das hatte Werner von einem Ostberliner Bullen gehört, dem er manchmal Munition abkaufte. Glücklicherweise war es noch immer einfach die Sektorengrenzen zu überqueren. Weder die Russen noch die Westmächte hatten ein Interesse daran, den eigenen Sektor für die Arbeiter von der anderen Seite zu sperren.

»Guck dir die Schlampe an!«, rief einer der Jungs vor ihm. Werner, der aus seinen Überlegungen gerissen wurde, rief über das Gelächter der drei hinweg: »Schnauze jetzt, ich will den Film sehen.«

Das Lachen erstarb und die drei drehten sich gleichzeitig zu Werner um. Sie waren höchstens vierzehn.

»Hat der Kerl da sein Maul uffjerissen?«, fragte einer von ihnen an seine beiden Kumpane gewandt.

»Sieht so aus«, war die Antwort.

»Ick gloob, ick spinne!«, sagte der Dritte jetzt. »Der braucht 'n Denkzettel.«

Die gehen zu oft ins Kino, dachte Werner. Die klingen ja wie Möchtegern-Gangster aus einem drittklassigen Film.

»Jungs, haltet endlich die Klappe«, sagte Werner kalt. Einer von ihnen stand auf und starrte Werner über die Sitzreihen hinweg an. Werner ignorierte ihn. Er tat, als konzentrierte er sich wieder auf den Film.

»Zeig ihm doch mal, wer wir sind«, wurde der Stehende von seinen Freunden aufgefordert. Der stieg auch gleich über die Sitzreihen. Doch noch ehe er Werner erreichte, war dieser aufgesprungen und schlug dem Jungen die Faust ins Gesicht. Ächzend und von lautem Poltern begleitet, verschwand der Junge zwischen den Sitzreihen. Seine beiden Begleiter sprangen auf, zögerten jedoch, es ihrem Freund nachzutun. Mit Gegenwehr hatten sie nicht gerechnet.

Vorsichtshalber umschloss Werners Hand die Tokarew in seiner Jacke. Wenn diese Idioten es drauf anlegten …

Der zu Boden Geschlagene kam wieder auf die Füße. Er betrachtete Werner, rieb sich das Kinn, machte ein paar Mal den Mund prüfend auf und zu, ob etwas gebrochen sei und fragte: »Biste nich Doktorchen?«

»Und?«, fragte Werner zurück.

Der Junge sah sich nach seinen Freunden um, die angriffsbereit dastanden, und sagte: »Ey, dit is ja Doktorchen.«

Auch die anderen beiden entspannten sich.

»Ick heeße Harald, also Harry«, sagte der Junge vor ihm und reichte Werner die Hand. Der war noch immer auf der Hut, schlug aber ein.

»Dit ist ma ’ne Ehre, dich zu treffen«, fand Harry.

»Ja, man hört viel von dir«, sagte einer der anderen.

»Wirklich?«, wollte Werner wissen. Er fühlte sich geschmeichelt.

»Lasst uns mal rausgehen«, schlug er den dreien vor.

»Tut uns wirklich leid«, sagte Harry. »Wir konnten ja nich ahnen, dass du dit bist.«

Werner fühlte sich seltsam erhoben. Die drei redeten mit ihm, als wäre er eine wichtige Gestalt.

Es war ein warmer Herbsttag, und so gingen sie in den Pratergarten. Werner gab einem der drei Geld, um Bier zu holen.

»Mensch wirklich, dich hier zu treffen, ist schon was«, sagte Harry jetzt.

»Woher kennt ihr mich denn?«, fragte Werner.

»Andersrum: Wer kennt dich nicht?«, gab Harry zurück.

»In der Gaunerszene weeß jeder über Doktorchen Bescheid.«

Mittlerweile war das Bier eingetroffen und sie prosteten einander zu.

»Du bist ja schon 'ne Weile im Geschäft und man hört so einiges über dich und deine Jungs«, sagte einer, den sie Pupille nannten. Er hatte nur ein Auge. »Im Krieg weggeschossen«, sagte er achselzuckend. »Aber auf das andere passe ich besser auf.«

Werner gefielen die Jungs. Sie erinnerten ihn an ihn selbst in diesem Alter.

»Wat ihr macht, spricht sich rum«, bestätigte Harry. »Wie ihr den Bullen die Knarren abnehmt, is 'ne wirklich dolle Nummer. Dazu jehört schon wat, Doktorchen.«

Werner fühlte sich geschmeichelt. Er sah den dritten Jungen an, der ihn mit großen Augen bestaunte. Er hieß Stange, hatten die beiden anderen erklärt, weil er so groß und dünn war.

»Wir ham ooch 'ne Bande«, sagte Harry. Er schien der Anführer zu sein. »Wir nennen uns ›Die schwarze Hand‹.«

»Is aber nich so wat Großet wie bei dir«, ergänzte Pupille.

Werner nickte. Da saßen drei Jungs vor ihm und hatten ihn zu ihrem Vorbild auserkoren. Ihre Bewunderung tat ihm gut und bestätigte alles, woran Werner glaubte.

Sie prosteten sich zu. Und während das Bier sein Blut langsam aufkochte, seine Nervenbahnen durchpustete, erzählten die drei: »Wir haben erst ein paar kleine Dinger gedreht. Leider gibt's ein paar Jungs, die uns ständig in die Quere kommen.«

»Ja, die wollen uns unser Revier abnehmen«, knurrte Pupille. »Aber nich mit uns.« Er zeigte Werner verstohlen einen Revolver ohne Griffschalen.

»Passt lieber auf, dass ihr euch damit nicht ins Bein schießt. Der ist ja kaum noch zu gebrauchen.«

Pupille lachte und steckte das Ding wieder weg.

»Wo ist denn euer Revier?«, wollte Werner wissen.

»Gleich hier, Kastanienallee«, sagte Stange, der jetzt zum ersten Mal sprach. »Wir sind leider nur zu dritt und die anderen viel mehr. Wir müssen ständig aufpassen, dass die uns nicht erwischen. Die kommen von der Pappelallee rüber, gleich hier vorne.« Stange wies Richtung Osten.

»Ja die loofen in unsam Kiez rum und machen Stunk und tun so, als wären sie die Könige.«

»In Berlin kann's nur einen König geben«, lachte Werner. »Soll ich mal mit denen reden?«

»So richtig reden?«, grinste Harry und formte mit seinen Fingern eine Pistole.

»Nicht doch«, sagte Werner gönnerhaft. »Warum gleich in die Vollen gehen. Nur ein Gespräch unter Männern.«

Die drei sahen sich begeistert an.

»Mensch, wenn du dit für uns tun würdest«, sagte Harry begeistert. »Dann hättste wat jut bei uns.«

»Na dann«, sagte Werner, stand auf, nahm sein Glas und trank den letzten Schluck im Stehen.

*

Sie marschierten unter der Hochbahntrasse der Schönhauser entlang. Werner fühlte sich großartig, wie er hier von seinen Jüngern flankiert wurde. Er hatte das Gefühl, von innen her zu leuchten. Über ihnen donnerte eine U-Bahn hinweg. Das grelle Quietschen der stählernen Räder die an den Schienen schliffen, klang für Werner wie schmetternde Fanfaren als Auftakt zu etwas Großem.

Sie marschierten festen Schrittes die Pappelallee entlang bis zum St.-Josefs-Heim. Das Heim war ein rotes Klinkergebäude, das mit seiner neugotischen Fassade wie ein Fremdkörper zwischen den grauen und zerschossenen Gründerzeitbauten hockte.

Vor dem Haus standen einige Jungen und sahen sie feindselig an.

»Da drin sind se«, sagte Harry Richtung Eingang nickend.

Als Werner eintreten wollte, versperrten ihm zwei der Jungen den Weg.

»Geschlossene Gesellschaft«, sagte einer.

»Ich hab 'ne Einladung«, gab Werner zurück und sah den Burschen kalt an. »Und jetzt hol deinen Chef raus, bevor ich das tue.« Die beiden Türsteher sahen einander kurz an, bis einer schließlich den Blick senkte und im Gebäude verschwand.

Sie mussten nicht lange warten.

»Ich hab gehört, du willst mich sprechen. Ich bin Bola.« Bola war etwa in Werners Alter, hatte ein pockennarbiges Gesicht und winzige Frettchenaugen.

»Ich bin …«

»Ich weiß, wer du bist.« Bola sah mit finsterem Blick zu Harry, Stange und Pupille rüber. »Und ich frage mich, was einer wie du mit diesen drei Würstchen zu tun hat.«

»Das sind meine Freunde«, sagte Werner.

»Das sind Idioten, und du sollest dich nicht mit denen abgeben.« Bola lächelte spöttisch und Werner spürte eiskalte Wut in sich aufsteigen. Was bildete sich dieser Affe ein, ihn, Werner Gladow, mit Geringschätzung zu behandeln? Der Kerl brachte nicht genug Respekt auf. Noch ehe Werner wusste, was er da tat, hatte er Bola seine Faust in den Magen geschlagen. Der ächzte und krümmte sich zusammen, dabei würgend und hustend.

Werner setzte nach und trat Bola derart in die Seite, dass dieser taumelte und zusammenbrach. Rasch war Werner bei ihm und schlug auf ihn ein. Bolas Bande stand daneben, die Fäuste geballt, doch niemand traute sich einzugreifen.

»Hör auf!«, rief Bola und versuchte sich mit seinen Armen vor den auf ihn einprasselnden Schlägen zu schützen.

Irgendwann hatte Werner genug. So rasch, wie die Wut über ihn gekommen war, so rasch hatte sie sich auch wieder verzogen. »Steh auf!«, herrschte er Bola schwer keuchend an. Der kam mühsam auf die Füße, grinste Werner mit seinem blutig geschlagenen Gesicht an und fragte: »Und, hast du jetzt genug?«

Alle Achtung, dachte Werner. Is 'n harter Bursche. Er musste gegen seinen Willen grinsen.

»Hab ich«, sagte Werner. »Und in Zukunft läuft das hier anders, verstanden? Sonst komme ich mit meinen Jungs – und dann ist hier Feierabend.«

Bola nickte. Ein kaltes Lächeln huschte über sein narbiges Gesicht und Werner konnte förmlich spüren, wie Bola mit dem Gedanken spielte, ihm ein Messer in den Bauch zu stoßen. Vorsichtshalber trat er einen Schritt zurück.

»Ihr bleibt hier auf eurer Seite und Harry und seine Jungs auf ihrer.«

»Sicher«, stimmte Bola zu. »Wir sind Geschäftsleute. Wir wollen doch alle leben.«

Ohne ein weiteres Wort winkte Werner den drei Jungs und sie verschwanden Richtung Stargarder Straße.

Werner fühlte Bolas mörderischen Blick in seinem Rücken.

»Mensch, Doktorchen, das war große Klasse«, freute sich Harry, als sie um die Ecke bogen. »Endlich hat dieser vernarbte Affe mal 'n paar uff die Fresse gekriegt.«

»Aber pass lieber auf«, sagte Pupille. »Der Kerl ist nicht ohne.«

»Du redest mit Doktorchen. Der is 'ne ganz andere Liga als Bola und unsereiner«, wies Stange ihn zurecht. »Bola kann froh sein, dass er nur 'n paar auf die Fresse gekriegt hat.« Werner grinste vor sich hin. Es war immer gut, einen schlechten Ruf zu haben.

Ganz in der Nähe war ein Rummelplatz aufgebaut. Unzählige Familien schoben sich über die versteppte Wiese.

Die drei Jungs stürzten sich auf die Würstchen, die Werner ihnen ausgab. Sie schmatzten, kauten mit offenen Mündern, lachten und schluckten gleichzeitig.

Pupille nickte mit dem Kopf in Richtung Achterbahn. »Wir haben schon länger vor, die mal auszunehmen«, sagte er kauend. »Stell dir mal vor, wie viele Leute hier jeden Tag Achterbahn fahren. Und jeder von denen zahlt fünfzig Pfennig. Da kommt abends ganz schön was zusammen.«

Werner beobachtete die Fahrgäste, die vor dem Kassenhäuschen anstanden. Ständig kamen neue hinzu. Nach den Entbehrungen der letzten Jahre, waren die Berliner ganz versessen auf jede Art von Vergnügen. Werner zählte vier Personen pro Wagen, also zwei Mark. Zehn Wagen hatte die Bahn, waren schon mal zwanzig Mark. Während sich die Wagenkette langsam in Bewegung setzte, sah Werner auf seine Uhr. Im Hintergrund hörte er das Kreischen der Fahrgäste, wenn die Wagen zu Tal rasten.

»Drei Minuten«, verkündete Werner, als die Bahn wieder stoppte. Die Jungs sahen ihn fragend an.

»Drei Minuten geht eine Runde. Macht etwa vierhundert Mark in der Stunde. Und wenn die den ganzen Tag fahren, dann haben die abends ordentlich was in der Kasse.«

»Sag ich doch, Doktorchen.«

Werner brummte zufrieden. »Mmh, aber das Geschäft überlasst ihr den Großen, verstanden. Ich hab euer Revier verteidigt und ihr überlasst mir den Rummel.«

Die Jungs waren einverstanden. Sie tranken noch ein Bier, bevor sie sich trennten.

»Da ist noch 'ne andere Bande«, sagte Harry zum Abschied, »jenseits der Gleise. Könnteste mit denen nicht auch mal reden?«

»Nee«, sagte Werner grinsend. Aber das brachte ihn auf eine glänzende Idee.

MÜCKE IX

»Feste Preise«, sagte Werner mit Nachdruck, wobei er sein goldenes Feuerzeug ununterbrochen zwischen den Fingern drehte. Mücke wurde ganz schwindlig, bis Werner das Feuerzeug plötzlich auf den Tisch knallte.

»Wir machen eine richtige Preisliste«, sagte er. »Für jeden Dienst eine bestimmte Summe.« Werner hob den Daumen der linken Hand und tippte mit dem Zeigefinger der rechten dagegen: »Kieferbruch macht zweitausend Mark.« Werner streckte den linken Zeigefinger aus und tippte mit dem anderen dagegen: »Einschüchtern gleich viertausend Mark.« Werner tippte gegen den ausgestreckten linken Mittelfinger: »Für Schutz gegen andere Ganoven nehmen wir zwanzigtausend – und so weiter.« Werner sah begeistert in die Runde: »Versteht ihr? Wir erweitern unser Geschäft, stellen es auf eine solide Basis.«

»Werner, ich weiß nicht so recht«, unterbrach ihn Lexi. Doch der ging nicht darauf ein.

»Die Idee kam mir, als mich die Jungs aus der Kastanienallee gefragt haben, ob ich mir nicht auch noch die andere Bande vorknöpfen will. Da hab ich gedacht: Mensch, Werner, das ist 'n Geschäft. Wir übernehmen die Arbeit für andere und lassen uns dafür bezahlen.« Er lehnte sich zurück.

Mücke war entsetzt, wollte es aber nicht zeigen. Was war mit Werner los? Die ganze Zeit drehten sie kleine Dinger, nur um ihre Dienste jetzt auch noch anderen Ganoven anzubieten? Was für eine schwachsinnige Idee. Mücke sah in die irritierten Gesichter der anderen. Doch das bekam Werner nicht mit. Er war Feuer und Flamme für seinen Plan.

Bommes fuhr sich mit der Hand durch die öligen Haare und sagte vorsichtig: »Werner, ich meine, ist das nicht 'ne Nummer zu klein für uns? Dann sind wir die Handlanger von anderen und jeder kann uns mieten wie so ’n Gepäckträger. Wir sind doch die Gladow-Bande.«

Ein Sturm zog über Werners Gesicht und Mücke befürchtete einen Tobsuchtsanfall. Doch im Nu hatte sich Werner wieder in der Gewalt. »Ich habe das genau durchdacht. Stellt euch doch nur mal vor, wie viele Läden Schutzgeld zahlen. Wenn wir die vor den anderen Banden schützen …«

»Werner, wir sind doch nicht die Polente«, unterbrach ihn Lexi. »Außerdem würden wir es uns mit den Kollegen verscherzen, wenn wir denen in die Quere kommen.«

»Kriegste Schiss, Lexi?«, fauchte Werner.

»Nee, aber Bommes hat doch recht. Dann sind wir nur noch Handlanger.«

»Von wegen Handlanger. Hättest mal die Jungs heute sehen müssen. Die hatten einen Heiden-Respekt vor mir.« Werner tippte sich mit dem Daumen gegen die Brust.

»Ja, aber das hat sich was mit dem Respekt, wenn sich rumspricht, dass wir eine Preisliste haben.« Bernburg lachte schäbig. »Wir könnten die Kunden mit Lockangeboten ködern: Einmal Ohr abbeißen für vier Mark. Eine Oma überfallen kostet sechs Mark achtzig.«

»Ihr habt doch keine Ahnung, ihr dämlichen Idioten!«, rief Werner scharf. »Al Capone hatte seine Finger auch nicht nur im Schnapsschmuggel. Der hat seine Geschäfte ständig erweitert.« Er tippte sich mit dem Zeigefinger gegen die Stirn. »Grips musst de haben. Deshalb war Capone auch der Größte.«

Und wenn wir das nicht übernehmen, dann machen das andere.« Werner sah von einem zum anderen: »Ihr denkt viel zu klein.« Abrupt wandte er sich an Mücke: »Was meinst du dazu?«

Mücke räusperte sich. Alle starrten ihn an. »Ich denke, wir sollten noch warten, bevor wir unsere Dienste anbieten. Wir haben zwar schon einen gewissen Namen, aber noch kennt uns nicht jeder. Wenn wir noch ein paar Dinger drehen, wird sich das ändern. Und wenn die Leute dann den Namen ›Doktorchen‹ hören, dann kriegen die ganz schnell kalte Füße. Dann erst können wir auch höhere Preise nehmen.«

»Mhm!«, machte Werner. »Das ist nicht dumm. Noch drei, vier Dinger, dann sind wir soweit. Ich mach mir schon mal Gedanken über die Preise.« Werner wies auf Mücke: »Von dem solltet ihr euch mal 'ne Scheibe abschneiden. Mücke ist der einzige unter euch, der mitdenkt.«

»Dieser dürre Klugscheißer«, ätzte Lexi leise, aber doch so, dass Mücke es hören musste. Mücke sah ihn herausfordernd an. Irgendwann würde er das mit Lexi klären müssen.

»Ich muss pissen«, verkündete Werner und stiefelte Richtung Toiletten.

»In letzter Zeit werd' ich aus Werner nicht schlau«, sagte Bommes, als Werner in dem schmalen Gang verschwunden war.

»Er steht unter Druck«, erklärte Lexi. »Ist nicht einfach für ihn, die Bande am Laufen zu halten und sich um alles zu kümmern.«

»Verlangt ja auch keiner«, gab Bommes zurück. »Aber mit seinen neuen Ideen kommen wir nicht weiter. Wir sind Ganoven und keine Laufburschen.«

»He, wir wollen Schnaps!«, rief Bernburg in Richtung Theke. »Das regt das Denken an«, sagte er an die anderen gewandt.

»Und wenn wir nicht weiter wissen, dann fragen wir Professor Mücke. Der kennt jede Antwort«, fügte Lexi hinzu.

»Halt die Schnauze!«, blaffte Mücke ihn an, woraufhin Lexi böse lachte.

Mücke klinkte sich gedanklich aus und ließ seinen Blick durch die *Mulackritze* schweifen, über die zerschrammten

Wände mit dem bröckelnden Putz, über den durchgescheuerten Dielenboden, die vergilbten Gardinen, die wackligen Stühle, die angestoßenen Tische, die toten Fliegen in den trüben Fenstern. Alles alter Plunder. Hier war alles Vergangenheit und der Mief längst verblichener Gauner hing in dieser Kneipe fest. Mücke hatte immer das Gefühl, reinen Staub einzuatmen. In der *Ritze* saß die Berliner Unterwelt schon seit Jahrzehnten. Ringvereine, Taschendiebe, Huren, Totschläger, Spitzel, Tresorknacker und legendäre Bandenchefs wie Adolf Leib hatten hier gesoffen und ihre Fischzüge geplant. Mücke verstand überhaupt nicht, warum es Werner immer wieder hierherzog. Der Laden passte nicht mehr in die neue Zeit. Außerdem tauchten jetzt auch immer mehr Bürgerliche und Prominente hier auf, die sich wohl ein wenig gruseln wollten.

Mücke beobachtete gelangweilt die fette Frau des Wirts, wie sie fingerfertig Gläser spülte, um sie klirrend auf der Abtropfschale zu einer Pyramide aufzustapeln.

Warum suchten sie sich nicht eine eigene Kneipe, die sie dann zu ihrer machten? Mücke hatte schon mehrfach versucht mit Werner darüber zu reden, aber der hatte nur abgewinkt. Immer wieder landeten sie in diesen ollen Kaschemmen voller Gespenster.

Aufgeregt kam Werner vom Klo gestiefelt, wobei er sich beim Gehen die Hose zuknöpfte. »Mir ist eben noch 'ne Idee gekommen«, verkündete er und sah in die Runde. Als niemand darauf einging, sagte Werner: »Wir lassen uns Anzüge schneidern: ganz schnieke, feinster Stoff, amerikanischer Schnitt. Dazu – Achtung, jetzt kommt's! – weiße Krawatten!«

»Weiße Krawatten?« Lexi verschluckte sich fast an seinem Schnaps.

»Ja genau: weiße Krawatten«, sagte Werner gereizt.

»Ich weiß nicht, Werner«, sagte Lexi hustend.

»Aber ich weiß, Lexi«, äffte Werner Lexis Tonfall nach. »Deswegen bin ich ja auch der Anführer und nicht du. Hab langsam die Schnauze voll von deinem ständigen Gemecker.« Lexi schwieg beleidigt.

Aber auch Mücke war von Werners Idee nicht überzeugt. »Wir fallen zu sehr auf, Werner.«

»Darum geht es doch. Die Gladow-Bande soll auffallen. Es geht um unseren Ruf. Da wissen die Leute gleich, mit wem sie es zu tun haben.«

»Die Bullen aber auch«, gab Mücke zu bedenken.

»Ach die Bullen …«, Werner winkte ab. »Die sind doch mit ganz anderen Sachen beschäftigt. Die Ost- und Westbullen sind sich spinnefeind. Die Zeit ist auf unserer Seite. Und die Krawatten tragen wir nur bei den Überfällen.«

Bommes strahlte: »Ich finde die Idee gut. So 'n Anzug macht was her. Der hat Stil.«

»Dir gehts doch nur darum, wie du damit bei den Weibern ankommst«, ätzte Lexi.

»Eher wie er bei denen reinkommt«, sagte Bernburg und lachte dreckig.

»Ihr seid doch nur neidisch, weil sie euch nur gegen Bezahlung ranlassen«, sagte Bommes lächelnd.

*

Auf dem Weg in den Prenzlauer Berg erläuterte Werner noch einmal seinen Plan: »Wenn das Feuerwerk kommt, sind die Leute mit Glotzen beschäftigt. Dann schlagen wir zu. Mücke, Lexi und ich stürmen das Kassenhaus. Bernburg und Bommes stehen Schmiere und halten Verfolger auf. Alles klar?« Die anderen nickten.

Der Rummelplatz war, trotz der späten Uhrzeit, noch dicht bevölkert. Der Abend war mild, unzählige Paare drängten sich an den Schiffsschaukeln, teilten sich Liebesäpfel oder versuchten ihr Glück an den Losbuden. Andere drehten sich vergnügt im Kettenkarussell. Halbstarke schlugen johlend gegen Boxbirnen, um ihre Mädchen zu beeindrucken. Eine Wahrsagerin saß vor ihrem Zelt und legte sich, mangels Kundschaft, gelangweilt selbst die Karten.

Das Ponyreiten für Kinder hatte bereits geschlossen, doch Mücke konnte die mageren Tiere durch einen Spalt im Vorhang sehen. Sie standen apathisch herum, als warteten sie auf den Gnadenschuss.

Der Schlager *Skandal im Harem* wehte aus einem Bierzelt zu ihnen herüber. In einiger Entfernung zur Achterbahn blieb die Bande stehen. Sie beobachteten das Kassenhaus vor dem noch immer eine beachtliche Schlange stand. Das Kreischen der Fahrgäste drang an ihre Ohren, als die Bahn donnernd in die Tiefe stürzte.

Punkt 23 Uhr begann das Feuerwerk. Raketen stiegen auf, zerplatzten am Himmel und ließen Schwärme roter und grüner Funken herabregnen. Leichter Wind kam auf. Der Geruch von Schwefel und Holzkohle stach ihnen in die Nasen.

Die Besucher sahen den explodierenden Lichtern mit offenen Mündern zu und gaben verzückte Laute von sich. Mücke fühlte sich ihnen seltsam verbunden und ihn überkam Traurigkeit. Er und die anderen würden diesen harmlosen Moment zerstören, indem sie die Achterbahn überfielen. Am liebsten wäre Mücke weggerannt. Aber wie würde er dann vor den anderen dastehen? Er würde lieber hier stehen bleiben und weiterhin dem Feuerwerk zusehen. Aber Werner hatte Bernburg und Bommes dazu bestimmt, Schmiere zu stehen.

In diesem Moment gab Werner den Befehl loszuschlagen. Sie zogen sich ihre Halstücher bis über die Nasen und drängten in das winzige Kassenhaus. Werner hielt seine Waffe in der Hand, ebenso Lexi. Mücke griff nach seiner, ließ sie dann aber doch in der Tasche. Drinnen saß eine Frau am Tisch und sah Papiere durch.

»Dengi, Denki! Dawai!«, hörte Mücke, inmitten des Lärms explodierender Raketen, Werner schreien. Er sah ihn mit der Waffe vor dem Gesicht der Frau herumfuchteln. Sie zitterte vor Angst.

»Dawai, Dawai!«, schrie Werner erneut.

»Dengi, Dengi«, rief jetzt auch Mücke, während Werner der Frau Ohrfeigen verpasste, da sie nicht reagierte.

Lexi riss ein paar Schubladen auf und fluchte in irgendeinem Phantasierussisch.

Dann ging alles rasend schnell: Ein Mann betrat durch eine Seitentür das Kassenhaus, erfasste blitzschnell die Situation, ging auf Werner los und versuchte ihm die Pistole zu entreißen. Die Frau schrie. Werner schlug mit dem Pistolenknauf auf den Mann ein, hinter ihm Lexi, der durch den Kampf auf engstem Raum zwischen die Wand und einen kleinen Schrank gedrängt wurde, wo er sich kaum bewegen konnte.

Mücke schlug von der anderen Seite des Tisches auf den Mann ein, streifte jedoch nur den Kopf. Ein Stuhl fiel um. Der Tisch schob sich ruckartig, von den kämpfenden Männern bewegt, hin und her. Lexi hieb über Werner hinweg auf den Mann ein, traf ihn jedoch nicht. Im Gefecht wurde Werner die Maske halb heruntergerissen. Dazwischen wehrte sich die schreiende Frau und bewarf Lexi mit einer Handvoll Münzen, nach der sie blind gegriffen hatte. Dann krachte ein Schuss, Mücke hörte einen spitzen Schrei und der Kassierer sackte zusammen. Werner, die Pistole in der Hand, sagte kalt »Du dummes Schwein!«, bevor er erneut auf den Wehrlosen feuerte.

Im Rot und Grün des explodierenden Funkenregens, sah Mücke den leblosen Körper, der seltsam verdreht halb an der Wand lehnte, die Beine ausgestreckt, als würde er ausruhen, die Augen weit aufgerissen.

»Los, wir müssen hier raus!«, schrie er. Werner sah ihn an

und Mücke hatte das Gefühl, dass sich sein Freund in diesem Moment in einer anderen Welt befand.

Lexi stopfte sich indessen die Taschen mit Geld voll. Die Frau stand verängstigt in der Ecke und versuchte, sich unsichtbar zu machen. Werner schien sich innerlich zu schütteln, bevor er ebenfalls nach dem Geld griff.

»Los, raus hier!«, rief Mücke erneut und riss Werner am Kragen mit sich.

Sie rannten die Straße entlang bis zum Gleim-Tunnel, kletterten die Böschung hinauf und liefen über den Güterbahnhof bis zum französischen Sektor. Erst dort, in Sicherheit, verfielen sie in normalen Schritt.

»Verdammte Scheiße!«, fluchte Lexi keuchend. »Wo kam der auf einmal her?«

»Dieser Drecksack hat mich angegriffen«, keuchte Werner empört.

»Ist er tot?«, wollte Bernburg wissen.

»Keine Ahnung«, antwortete Werner. »Verdient hätte er es.«

»Hoffentlich nicht«, sagte Bommes. »Das würde die Bullen ziemlich aufschrecken.«

»Wenn der sich nicht eingemischt hätte, hätte ich doch nicht geschossen. Höchstens in die Beine«, sagte Werner, doch Mücke sah das Glitzern in seinen Augen und wusste, dass Werner log. Es hatte Spaß daran gehabt, auf einen Menschen zu schießen – zumal er ja kein zweites Mal hätte abdrücken müssen. Dieses Mal hatte Werner eine Grenze überschritten, und Mücke zweifelte daran, ihm auf die andere Seite folgen zu können.

SYLVIA VII

»Dieser Idiot!«, kommentierte Sylvia, als Mücke ihr von dem Desaster berichtete. Schon als sie von dem Überfall auf dem Rummelplatz in der Zeitung las, ahnte sie, dass die Gladow-Bande dahintersteckte. So dreist konnte auch nur Werner sein.

»Wenn der so weitermacht, landet er unterm Beil«, sagte sie düster, »und du mit ihm.«

»Jetzt übertreib nicht gleich.«

Zwar hatten sie ihren letzten Streit beigelegt, aber Sylvia hatte immer noch das Gefühl, nicht alles geklärt zu haben. Sie umschlichen einander, vorsichtig, als würden sie auf dünnem Eis schlittern, in das sie jederzeit einbrechen konnten.

»Wenn die euch erwischen, geht ihr richtig lange ins Gefängnis.«

»Die werden uns schon nicht erwischen.«

»Der Kassierer ist jetzt ein Krüppel«, gab Sylvia zu bedenken. »Ihr könnt von Glück reden, dass Werner den nicht umgebracht hat. Aber die Bullen werden euch trotzdem jagen.«

Mücke winkte ab: »Werner kennt einen von drüben, der ihm immer Munition beschafft. Der hat gesagt, dass sie nicht weiter ermitteln. Die haben der Kassiererin ein paar Fragen gestellt und das war's. Die hat uns ja auch nicht erkannt. War viel zu dunkel da drin.«

»Hast du mir nicht erzählt, dass sie Werner die Maske weggerissen hat?«

»Schon, aber die Bullen haben gerade ganz andere Probleme. Die Russen riegeln die Stadt ab und die Amis bringen die Lebensmittel per Flugzeug. Werner weiß genau, wie er die alle austrickst.«

»Werner weiß ja alles«, sagte sie sarkastisch. »Werner ist Gott.«

»Hör auf mit dem Quatsch.« Er wirkte genervt. Das war neu an ihm.

»Mensch, Mücke.« Sie rückte ein Stück zur Seite, um ihm ins Gesicht zu sehen. »Werner erzählt viel, wenn der Tag lang ist. Und einen Scheiß weiß der. Der tut nur so. Und er zieht dich mit in den Dreck.«

»Du hast doch selber auch keine Ahnung«, sagte Mücke hart. »Du bist eine kleine Schneiderin.« Das traf sie.

Mücke setzte sich im Bett auf: »Ich weiß schon, was ich tue. Und dass Werner nicht allwissend ist, weiß ich auch. Denkst du, ich bin blöd?«

»Keine Ahnung, ich bin ja nur eine kleine Schneiderin.«

»Ach, hör doch auf. Du weißt, wie ich das gemeint habe.«

»Nein, weiß ich nicht.«

»Lass uns nicht streiten«, schlug er vor.

Sie gab nach, obwohl sie sich furchtbar über seine Bemerkung ärgerte.

»Ich schau mir das eh nicht mehr lange an«, sagte Mücke. »Ich überlege ernsthaft, bald zu einer Zeitung zu gehen.« Er lächelte sie an: »Ich glaube, ich eigne mich eher zum Reporter als zum Verbrecher.«

Sie tat so, als fände sie diese Bemerkung lustig. Er merkt gar nicht, wie sehr er mich verletzt hat, dachte sie enttäuscht.

Sie strich über seinen mageren Brustkorb und trommelte mit den Fingern sanft auf seinen Rippen, als spielte sie Klavier. »Dann tu das.« Mücke nickte.

»Ich könnte Leo fragen. Der hat jede Menge Kontakte. Vielleicht kennt er jemanden.«

»Lass deinen Scheiß-Ami da raus!«, fuhr Mücke sie an und schwang die Beine über den Bettrand. »Das geht den gar nichts an.« Er wandte ihr den Kopf zu: »Überhaupt, was ist mit dir? Du machst doch selber krumme Geschäfte und lässt dich von diesem GI aushalten. Wem willst du denn was erzählen?«

Warum legte er es heute darauf an, sie wütend zu machen? »Weil ich ein Flittchen bin. Das wolltest du doch hören oder? Weil ich mich verkaufe.«

»Ach, hör auf! So meine ich das nicht.«

»Sei bloß nicht so feige. Steh zu deinem Wort. Und glaub nicht, dass du besser bist. Du verkaufst dich genauso, nämlich an Werner und seinen Irrsinn. Du könntest längst bei einer Zeitung sein. Aber du redest nur davon.«

»Scheiße, Sylvia. Du bist nicht meine Mutter.«

»Aber wenigstens erschieße ich niemanden.«

Mücke griff nach seinen Sachen und sagte abrupt: »Wir müssen jetzt los. Wir sind schon viel zu spät.«

Sie sah ihm zu, wie er in seine Kleider schlüpfte und dachte daran, dass sie auch ohne Mann leben könnte.

Als Mücke angezogen war, fragte er schroff: »Na was jetzt? Kommst du mit oder nicht?«

*

Sie glitten in dem geklauten Mercedes durch die Fasanenstraße, deren hohe Bäume mit ihren dichten Kronen das Sonnenlicht abschirmten und lediglich ein paar goldene Sprenkel durchließen.

»So würde ich auch gern mal wohnen«, sagte Mücke und wies auf die Villa aus rotgelben Klinkersteinen mit dem charakteristischen Wintergarten, die kurz vor dem Kurfürstendamm stand. »Das würde mir gefallen.«

Sylvia fragte sich, ob auch sie in seinen Plänen vorkam. Aber klar, das Gebäude war sehr schön, ein Idyll mitten in der Stadt. Leider war das nur Fassade. In der Villa hatte ein Bordell Unterschlupf gefunden.

»Ist doch was oder?«, fragte er versöhnlich und beugte sich vor, um ihr einen Kuss auf die Wange zu geben, den sie teilnahmslos über sich ergehen ließ. Sie war noch immer wütend auf ihn.

Mücke bog nach links auf den Ku'damm, und fuhr bis zum Haus Cumberland wo an der Ecke Schlüterstraße ihr Ziel lag: Herrenschneider Teltow.

Als sie das Geschäft des ehemaligen königlichen Hofschneiders betraten, wandelte sich Sylvias Laune. Ihr war, als würde sie eine andere Welt betreten. Während draußen das geschäftige alltägliche Berlin lärmte und rumpelte, war sie nun in einem Salon, in dem man Wert auf Eleganz, Ausstrahlung, Weltgewandtheit legte, in dem man mit Kleidern einfach jemand anderes sein konnte. Sie sog den unnachahmlichen Geruch all der Stoffe ein, die sie umgab: Seide, Musselin, Baumwolle, Leinen, Damast, Chiffon – ein ganzes Orchester von Gerüchen.

Werner, Lexi, Bommes und Bernburg hingen lustlos auf den zierlichen Stühlen im englischen Stil, die im Halbkreis mitten im Raum standen. Jeder hielt einen langstieligen Sektkelch in der Hand. Ihnen gegenüber standen fünf Schneiderpuppen, die Anzüge aus verschiedenen Stoffen trugen.

»Haben sie schon Maß genommen?«, fragte Sylvia.

»Nee«, sagte Bommes belustigt. »Wir sollen erst mal die Atmosphäre auf uns wirken lassen, 'ne Weile hier sitzen, bevor Teltow mit uns über Anzüge redet.«

»Man kauft nicht einfach einen Anzug«, sagte Bernburg. Er faltete die Hände wie zum Gebet und fügte, den Schneider parodierend, hinzu: »Sie müssen sich dem Stoff überlassen. Nicht Sie finden ihn. Er findet Sie.«

»Halt doch mal die Klappe!«, herrschte Werner ihn an und nippte an seinem Glas. »Ihr nehmt das nicht ernst. Glaubt ihr vielleicht Al wäre einfach so beim Schneider reinmarschiert und hätte den erstbesten Anzug gekauft?«

Die anderen verdrehten die Augen. »Das ist doch alles Unsinn, Werner«, sagte Lexi. »Lass uns einfach zu C&A gehen. Glaubste vielleicht, die Leute, die wir überfallen, merken den Unterschied, ob wir Maßanzüge tragen oder welche von der Stange?«

»Und selbst wenn, ist denen das egal«, sekundierte Bernburg.

»Aber wir merken den Unterschied, ihr Banausen«, sagte Werner mit Nachdruck, wobei er sich die Hand auf die Brust legte. »Wir sind die Gladow-Bande. Und die hat einen ganz besonderen Ruf.«

»Ist auch ein Unterschied, ob man billigen Stoff trägt oder einen teuren«, mischte Sylvia sich ein. »Teurer Stoff fällt ganz anders und hält auch viel länger.«

»Da habt ihr's«, sagte Werner.

Sylvia sah sich nach Mücke um, der sich aus dem Gespräch rausgehalten hatte. Sie wusste, dass er sich hier nicht wohl fühlte. Das war nicht seine Welt. Diese aufgesetzte Kultiviertheit war nur Theaterdonner. Für so etwas war Mücke nicht zu haben.

Sylvia strich mit den Fingern über einen karierten Tweed-Anzug, der dekorativ an einer Puppe drapiert war.

»Englischer Stoff«, sagte ein Mann eilfertig, der, mit einer Elle bewaffnet, hinter einem Brokatvorhang hervorschoss, wie ein Schauspieler, der auf sein Stichwort hin auftrat. Im Schlepptau hatte er einen jungen Gehilfen, dessen Gesicht mit Akne-Pusteln übersät war. »Schauen Sie nur, diese fast samtene, flexible Struktur.« Er ließ seine Hand über den Stoff wandern und hielt ihn Sylvia hin. »Als würde man eine Wolke streicheln.« Sylvia tat es ihm nach. Teltow, ein Menjou-Bärtchen über den schmalen Lippen lächelte sie an. »Nicht wahr?« Sylvia nickte zustimmend.

»Und hier …« Teltow fingerte bereits an der nächsten Puppe herum. »Chambray. Fühlen Sie nur wie luftig und moussierend er sich zwischen ihren Fingerspitzen anfühlt. Als würde er sich jeden Moment in die Lüfte erheben wollen.« Er deutete ein Flattern mit den Händen an.

Sylvia fühlte den Stoff. »Ja wirklich«, sagte sie, obwohl sie lediglich etwas Weiches fühlte. Sie fühlte sich unsicher neben Teltow, der als Meister seines Faches galt, zumindest vor dem Krieg.

»Ich habe ja bereits Kaiser und Könige eingekleidet«, sagte er auch gleich. »Tout Berlin sozusagen. Marlene Dietrich, Grete Weiser habe ich bereits einkleiden dürfen.«

»Die Dietrich ist scharf«, rief Bernburg. Das dritte Glas Champagner hatte ihm schon etwas zugesetzt. Teltow überging den Einwurf. Er konnte es sich nicht leisten, Kundschaft zu verlieren. Aber dass die Bande und auch Sylvia weit unter seinem Niveau standen, ließ er dennoch durchscheinen. Zumindest Sylvia fiel es auf, wie er die angetrunkenen Zwischenrufe mit einem feinen Lächeln parierte.

»Hans Albers war bei mir, Willy Fritsch, Lilian Harvey und auch Max Schmeling.« Jeden Namen untermalte Teltow mit seiner Elle wodurch er wie ein Taktstock schwingender Dirigent wirkte.

Auf Teltows Wink hin, schleppte der Gehilfe eine dicke Mappe mit hölzernen Deckeln heran, die Stoffproben enthielt. Teltow hatte sich inzwischen vor Werner und den anderen aufgebaut. Er rieb seine Fingerspitzen aneinander, bevor er anhob zu sprechen. »Der Herr Doktor hat mir ja schon geschildert, welchen Stil er wünscht.« Er nickte Werner zu, der ihm mit seinem Glas zuprostete. »Doppelreiher in Nadelstreifenoptik. Wir müssen uns nur noch über das Material einig werden. Ich würde Wolle vorschlagen. Das tragen Schafe, Ziegen und Kaninchen und die haben sich noch nie beklagt.« Er lachte über seinen eigenen Witz.

Der Gehilfe hielt die Mappe mit beiden Händen fest umklammert, um sie nun wie einen Bauchladen zu öffnen.

Teltow ließ die erste Stoffprobe zwischen seinen Fingern gleiten. »Das hier ist Kaschmir. Es hat einen seidigen Glanz und ist sehr leicht und angenehm zu tragen. Fühlen Sie nur.« Teltow schob seinen Gehilfen in Richtung Werner und Freunde, die gelangweilt den Stoff befingerten.

»Als nächstes haben wir die Angorawolle.« Teltow blätterte die nächste Stoffprobe auf. »Ziemlich flauschig und schmeichelnd in der Hand liegend, finden Sie nicht auch?«

Wieder prüfte die Gladow-Bande den Stoff, auch Mücke. Sylvia sah seine groben Hände mit den abgekauten Nägeln und schämte sich plötzlich für ihn.

»Und das hier …«, begann Teltow gerade, als Sylvia dazwischenfuhr: »Ich würde ja Merino nehmen.«

Teltow sah sie überrascht an: »Ach, Sie sind vom Fach?«

»Ja, ich bin Schneiderin«, gab sie zurück.

»Ach, und wo?«, wollte er wissen.

»Ich arbeite im Salon von Fräulein Petrowitzki.«

»Ach«, sagte er erneut. »Den Salon kenne ich nicht. Für wen fertigt sie denn?«

»Für verschiedene Leute am Savignyplatz.«

»Ach so, ein Änderungsschneider.« Er drückte es mit leichtem Ekel aus, so als würde er ausspucken.

Sylvia fühlte sich noch kleiner und verwünschte in Gedanken Fräulein Petrowitzki, die ja gar nichts dafür konnte. Du arrogantes Arschloch, dachte sie. Was bildete der sich ein, sie hier wie eine dumme Pute dastehen zu lassen.

»Gut, dann schlage ich Merino vor«, säuselte er, Sylvia ignorierend.

»Die Westen mit Seide verstärkt und umgürtet und an den Aufschlägen Seide. Damit machen Sie nichts falsch.«

»Aber Nadelstreifen«, bekräftigte Werner, »und weiße Hemden dazu.«

Teltow deutete eine Verbeugung an. »Selbstverständlich, Herr Doktor«, sagte er leicht ironisch.

Der Gehilfe nahm Maß, während Teltow herumschwirrte, um hier und dort einzugreifen. »Sehen Sie, Herr Doktor. In diesen Anzügen präsentieren Sie den Aufbruch Ihrer Generation: jung, modern, selbstbewusst, etwas frech. Sie haben einen ausgezeichneten Geschmack, wenn ich das mal so sagen darf.«

Werner fühlte sich sichtlich geschmeichelt. Und auch Bommes gefiel es, neu eingekleidet zu werden. Sylvia beobachtete Mücke, der die Prozedur eher widerwillig absolvierte.

»Lass deine Finger gefälligst da, wo sie hingehören, du Schwuchtel!«, fuhr Lexi plötzlich den Gehilfen an und versetzte ihm eine schallende Ohrfeige. Er drehte sich entschuldigend zu Werner um. »Er hat mir an den Sack gefasst.«

Teltow war kreidebleich geworden. »Aber meine Herren«, stammelte er, »wir müssen Sie doch überall maßnehmen.«

Bernburg und Bommes bekamen sich kaum ein vor Lachen.

Der Gehilfe hielt sich die Wange. Unter seiner Hand zeichneten sich Lexis Fingerabdrücke rötlich ab.

»Lexi, verdammt noch mal!«, schimpfte Werner, ging auf den Gehilfen zu, der vor Angst einen Schritt zurück trat und legte ihm die Hand auf die Schulter. »Ich entschuldige mich für meinen Geschäftspartner. Er hat schwache Nerven und verträgt keinen Alkohol.«

»Stimmt doch gar nicht«, protestierte Lexi.

Werner steckte dem Gehilfen Hundert Mark zu. »Nix für ungut«, sagte er und klopfte ihm noch einmal auf die Schulter.

Sylvia trank ein Glas, um Teltow besser ertragen zu können und auch Mücke schwatzte sie eins auf. Tatsächlich wurde er etwas lockerer und machte bereitwillig mit. Selbst so ein Arschloch wie Teltow war nach ein paar Gläsern erträglicher, wie Sylvia fand.

DENSKE IV

»Heute nicht, Frau Rennecke. Ich bin einfach zu müde«, wehrte Denske ab. »Aber vielen Dank!«

Das war jetzt schon das zweite Mal dass ihn seine Zimmerwirtin auf ein abendliches Glas Wein einlud.

»Aber meine Freundin würde sie wirklich gern einmal kennenlernen. Ich habe ihr schon so viel von Ihnen erzählt.«

Zwar versuchte Denske seiner Zimmerwirtin möglichst aus dem Weg zu gehen, doch das wurde immer schwieriger, denn Frau Rennecke entwickelte sich zunehmend zu einer Plage. Sie hatte es sich nicht nehmen lassen, seine Hemden zu bügeln (»gegen einen kleinen Aufpreis, Herr Denske«), sich für seine Ernährung zuständig zu fühlen (»Sie geben mir einfach Ihre Lebensmittelkarte, Herr Denske«) und ihm immer wieder ungefragt Ratschläge zu erteilen (»ein Mann wie Sie braucht doch eine Frau, Herr Denske«). Mehrmals hatte sie anschließend ihre jüngere Freundin ins Spiel gebracht.

»Nur ein kleines Gläschen, ein winziges«, bettelte Frau Rennecke jetzt. Sie zeigte mit Daumen und Zeigefinger, wie winzig das Gläschen sein sollte. Frau Rennecke war bereits etwas angetrunken. »Bitte, bitte, bitte!«, flötete sie mit Kleinmädchenstimme.

»Na gut, ein winziges«, gab Denske nach. »Ich komme gleich, Frau Rennecke, ich mache mich nur noch etwas frisch.«

»Aber nicht zu lange, mein Guter, sonst holen wir Sie.« Sie drohte ihm neckisch mit dem Finger. Als sie wieder verschwunden war, überlegte Denske, ob er nicht einen dringenden Fall vortäuschen sollte. Er könnte selbst an der Tür klingeln und so tun, als beordere man ihn ins Präsidium. Dann würde er irgendwo etwas essen gehen, ein Bier trinken und spät in die Wohnung zurückkehren.

Gerade als Denske überlegte, ob er seine Idee nicht in die Tat umsetzen sollte, klopfte es an seine Tür und Denske rief: »Herein!«

»Na, Sie sind mir aber ein scheuer Mensch. Und tun auch noch so geheimnisvoll. Sie zieren sich ja regelrecht, wie ein Backfisch. Da bin ich eben gekommen, um Sie zu holen.« Eine Frau Ende dreißig stand in der Tür. In der einen Hand hielt sie zwei Gläser, in der anderen eine Flasche Mosel-Wein.

Die Frau war nicht unattraktiv, wenngleich sie etwas herb wirkte. Auf dem Kopf trug sie einen Glockenhut, wie er in den Zwanzigerjahren modern war. Ihre Augen glänzten, ihre Haut schimmerte speckig. Sie wirkte angetrunken.

»Bitte gehen Sie«, sagte er. »Ich hatte einen langen und anstrengenden Tag.«

»Haben wir den nicht alle?«, fragte sie augenzwinkernd. »Aber zusammen erträgt es sich doch leichter.« Sie goss die Gläser voll, wobei sie leicht hin und her schwankte und die Hälfte verschüttete.

»Ich trinke keinen Alkohol«, wehrte Denske ab, als sie ihm ein Glas hinhielt.

Sie hatte etwas Herausforderndes an sich, zu viel für Denskes Geschmack.

»Sie sind nicht nur ein Backfisch, Sie sind ja eine richtige Jungfrau«, sagte sie lächelnd. »Wir müssen doch feiern. Wir haben etwas nachzuholen. Die ganzen Jahre der Entbehrungen.«

»Ich nicht«, sagte Denske entschuldigend. »Ich war zu lange in russischer Kriegsgefangenschaft, und da habe ich …«

»Aber gerade dann muss man feiern«, unterbrach sie ihn. »Und Sie müssen das jetzt mal vergessen«, fügte sie resolut hinzu. »Sie sind doch aus dem Lager raus.«

Aber das Lager nicht aus mir, dachte er. Sie warf ihm einen hungrigen Blick zu.

»Ja sicher«, sagte Denske ablenkend, »aber ich arbeite gerade an einem schwierigen Fall.«

»Sie sind selber ein schwieriger Fall«, sagte sie und trank

eines der Gläser leer. »Sie wirken etwas verloren.« Sie kam aufreizend auf ihn zu, stellte die Gläser weg und strich ihm mit der Hand ganz sanft über den Unterarm. Seine Härchen stellten sich auf. Denske fand die Berührung nicht unangenehm. Er versuchte sich zu erinnern, wann ihn zuletzt eine Frau berührt hatte. Da war mal etwas, aber es war nicht greifbar. Während der Gefangenschaft war ihm sein voriges Leben fremd geworden, so als lebte er mit den Erinnerungen eines anderen, Erinnerungen die ihm nicht zustanden. Er hatte häufig das Gefühl, unfertig zu sein, ein Fragment. Und jetzt war hier dieser warme Körper, der sich ihm entgegen drängte. Vielleicht war es genau das, was ihm fehlte. Als sie ihn küsste, drückte er grob ihre Brüste und schob sie Richtung Bett. Im Nu hatte er ihr das Kleid hochgeschoben, seine Hose geöffnet und war in ihr. Sie stöhnte, bewegte sich unter ihm und es dauerte nicht lange, bis er kam. Keuchend lagen sie nebeneinander.

»Du bist etwas aus der Übung, aber das können wir ja ändern«, sagte sie nach einer Weile, stand auf und strich ihr Kleid glatt, um dann vor dem Spiegel ihr Haar zu richten. Denske sah ihr dabei zu. Es erstaunte ihn immer wieder, wie selbstverständlich Menschen sich benahmen, wenn sie sich sicher fühlten.

Als sie fertig war, drehte sie sich zu ihm um und sagte: »Ich heiße Renate«, lächelte ihn an und ging hinaus.

Denske schloss die Tür seines Zimmers ab, um ungestört zu bleiben, doch das war eine unnötige Maßnahme. Weder Frau Rennecke noch Renate versuchten ihn in die Küche zu locken.

Merkwürdig war das, dachte Denske. Er fühlte sich Renate nicht sonderlich verbunden durch den Akt. Ihm war eher so, als hätte er als Beobachter daran teilgenommen. Der Körper hatte plötzlich die Führung übernommen, als sei er zu neuem Leben erwacht. Dabei war es in der Gefangenschaft genau andersherum. Dort musste man die Bedürfnisse des Körpers abtöten, wenn man überleben wollte. Man konnte nicht essen, nicht schlafen, nicht aufs Klo gehen, wann der Körper es verlangte, sondern wenn es einem erlaubt wurde.

*

Am nächsten Morgen warf ihm Frau Rennecke in der Küche einen wissenden Blick zu, sprach ihn jedoch nicht auf Renate an, wofür er ihr dankbar war. Nach dem Frühstück hastete er zum Revier.

»Morgen Denske, dein Phantom hat wieder zugeschlagen.« Denske sah Wanner verständnislos an. »Du weißt schon«, sagte der Kollege, »die Bande, die immer russisch spricht.«

Denske schüttelte den Kopf, um die Müdigkeit zu vertreiben. Er hatte wenig geschlafen, das Erlebnis mit Renate hatte ihn die halbe Nacht lang beschäftigt.

»Dann lass uns los«, forderte er Wanner auf. Der lachte: »Geht nicht. Ist im Osten. Prenzlauer Berg. Sind die Kollegen für zuständig. Aber die Täter haben russisch gesprochen, habe ich gehört.«

»Wir brauchen aber die Aussagen«, sagte Denske zerknirscht. Seitdem die Alliierten sich überworfen hatten, war nicht nur die Stadt sondern auch die Kriminalpolizei geteilt worden. Die Ostberliner Kollegen saßen nun am Alex in der Neuen Königstraße in einem ehemaligen Kaufhaus und verweigerten jede Zusammenarbeit.

»Können wir nix machen«, sagte Wanner mit einem Unterton, der verriet, dass er ganz glücklich darüber war, einen Fall weniger bearbeiten zu müssen.

»So fassen wir die Bande nie«, entgegnete Denske.

»Ach, früher oder später gehen die uns oder den Kollegen drüben schon ins Netz.«

Denske hätte Wanner am liebsten gefragt, ob er nicht

lieber in die Verwaltung gehen wolle, mit seiner Einstellung, verkniff sich diesen Kommentar jedoch.

»Diesmal haben sie einen so gut wie erschossen«, sagte Wanner.

»Was heißt das denn? Haben sie ihn erschossen oder nicht?« Wanner ging ihm auf die Nerven mit seinen Andeutungen.

»Die Täter haben ihn zum Krüppel geschossen. Der kann seine Beine nie mehr bewegen.«

»Wie viel Schüsse?«

»Wie viel?«, wiederholte Wanner. »Na ist das nicht egal?«

»Ist es nicht«, sagte Denske. Er versuchte freundlich zu bleiben, doch fiel ihm das zunehmend schwer.

»Wenn der Täter nur einmal geschossen hat, war es vielleicht versehentlich oder zur Verteidigung. Hat er mehrmals geschossen, steckt möglicherweise eine Tötungsabsicht dahinter.«

»Tötungsabsicht«, wiederholte Wanner und dann noch einmal genussvoll: »Tötungsabsicht.« Er kaute regelrecht auf dem Wort herum. »Das habe ich noch nie gehört, muss ich mir merken.«

»Also?« Denske wartete ungeduldig.

»Ich weiß nicht«, sagte Wanner und machte ein hilfloses Gesicht.

Denske seufzte. Was traktierte er dieses arme Schwein eigentlich? Der wusste doch ohnehin nichts.

»Der Mann war Soldat. Feldwebel. Seltsam nicht wahr? Da überlebt er den Krieg unversehrt und dann wird er im Frieden zum Krüppel gemacht. Ist schon eine komische Welt«, sinnierte Wanner.

Es gibt nicht nur äußerliche Versehrtheit, hätte Denske am liebsten gesagt, aber er befürchtete, der Kollege würde es nicht verstehen. »Gibt es denn keine Möglichkeit, mit jemandem zu sprechen da drüben?«, fragte er stattdessen.

Wanner stützte das massige Kinn auf die Hände und setzte wieder sein Nachdenkgesicht auf. »Ich kenne einen Kollegen am Alex«, sagte er schließlich. »Ein Oberkommissar. Der hat mit Mord zu tun. Der kann bestimmt was sagen. Ich kenn den noch vom Turnverein. Wir haben …«

»Ja, ja«, unterbrach ihn Denske. »Meinst du, wir könnten ihn treffen?«

»Ääh, möglich.«

»Jetzt gleich?«

Wanner erschrak: »Wie stellst du dir das vor? Wir können nicht einfach drüben anrufen. Wir müssen erst einen Antrag stellen.« Er lachte nervös.

»Wir fahren hin, das geht schneller«, sagte Denske.

Wanner lachte erneut, schluckte aber als er bemerkte, dass Denske es ernst meinte.

»Das geht nicht. Wir sind Polizisten. Wir brauchen Genehmigungen.« Er zählte mit den Fingern auf: »Von unseren Chefs, von der Administration, von den Russen, von den Sektorenassistenten von den …«

»Schluss jetzt!«, rief Denske. »Wir fahren einfach rüber.«

Wanner machte große Augen und zwirbelte seinen Schnurrbart. »Wir sind Polizisten«, sagte er noch einmal salbungsvoll, als wäre Denske das entgangen.

»Da drüben nicht, da sind wir Zivilisten. Wir lassen unsere Marken hier, falls uns jemand durchsucht.«

In Wanners Gesicht blitzte Unsicherheit auf: »Wenn die uns erwischen, dann sperren die uns ein. Da drüben gelten wir als Verräter oder Spione oder noch Schlimmeres.«

»Na komm schon Wanner, wenn wir den Fall lösen, stehen uns hier alle Türen offen.« Zwar zweifelte Denske an seinen eigenen Worten, da niemand ein wirkliches Interesse an der Lösung des Falles zu haben schien, doch auf Wanner machte es Eindruck.

Denske versteckte ihre Polizeiausweise ganz hinten in

einem Schrank, in dem er Akten verwahrte. Hier würde niemand herumschnüffeln.

Sie fuhren ein Stück mit der U-Bahn, bevor sie zu Fuß den Grenzübergang an der Friedrichstraße / Ecke Kochstraße erreichten. Zusammen mit unzähligen anderen Passanten standen sie in der Schlange vor dem Kontrollpunkt. Wanner redete ununterbrochen und sah immer wieder nervös zu den Wachposten rüber. Denske, den dieser Redeschwall zunehmend störte, überlegte, ob er Wanner lieber dalassen sollte. Er befürchtete, dass er alles vermasseln könnte. In diesem Moment wurden sie weitergewunken. Nach einer kurzen Kontrolle standen sie auf Ostberliner Boden, dem »Sektor der Freiheit«, wie ein Banner behauptete, das quer über die Straße gespannt war.

Mit einem Schritt das politische System gewechselt, dachte Denske belustigt. Auch Wanner hatte sich etwas beruhigt. »Man wechselt einfach die Straßenseite, und schon sieht es hier anders aus«, sagte er verwundert. »Ich glaube, das liegt an den russischen Uniformen. Die sieht man ja bei uns gar nicht. Und da … guck mal!« Er wies auf einen alten Mann, der, eine glimmende Zigarre im Mundwinkel, einen Hund Männchen machen ließ. Drum herum standen einige Kinder und sahen fasziniert zu, wie das Tier nach einem Wurstzipfel aus den Fingern des Mannes schnappte. Wanner freute sich über die Darbietung. »Hast du gesehen, wie der Hund mit seinem kleinen Stummelschwänzchen gewackelt hat? Der ist ja goldig. Ich hätte auch zu gern einen Hund«, plapperte er, als sie weitergingen.

»Dann besorg dir doch einen«, schlug Denske vor.

»Das geht nicht, meine Mutter ist dagegen«, gab Wanner mit Leidensmiene zurück. »Sie sagt, wir könnten nicht auch noch ein Tier durchfüttern. Außerdem ist sie gegen Hunde. Sie ist überhaupt gegen Tiere.«

Denske fiel auf, dass er fast nichts über Wanner wusste. »Wohnst du bei deinen Eltern?«

»Bei meiner Mutter«, antwortete Wanner. »Mein Vater ist tot.«

»Gefallen?«

»Nee, Selbstmord.« Wanner pausierte kurz. »Der war in der Partei.«

»In der Partei?«, fragte Denske zurück. »In der kommunistischen?«

»Nee, in der anderen.« Denske sah ihn fragend an. »Na in der NSDAP. Der war von Anfang an dabei. Schon ab der Weltwirtschaftskrise 1929. Mein Vater war ein ganz Strammer. Der hat an Hitler geglaubt, wie andere an Gott. Hat auch immer vom Endsieg geredet. Aber als die Russen dann nach Berlin kamen, ist er zusammengebrochen. Da wollte er nicht mehr leben. Meine Mutter und mich wollte er auch erschießen, aber wir sind weggerannt. Ich hab dann draußen auf der Straße den Knall gehört.«

Denske schluckte. Wanner erzählte so unbeteiligt, als berichtete er von einem Fremden. War wohl am besten so. Man soll sich nicht immer mit der Erinnerung beschäftigen. Das macht einen nur verrückt.

Sie kamen an einem Trupp Straßenkehrer vorbei, die volle Mülltonnen in einer Trage auf ihren Rücken transportierten. Ihre dicken Lederschürzen machten knarzende Geräusche bei jedem Schritt. Da sie die gleiche Richtung hatten, folgten Denske und Wanner ihnen ein Stück. Auf einer Brache schütteten die Müllmänner schließlich ihre Tonnen auf einem großen, bereits bestehenden Haufen aus, bevor sie sich mit den leeren Tonnen wieder aufmachten, um sie zurück zu den Wohnhäusern zu bringen. Was für eine mühselige Arbeit, dachte Denske.

Nach etwa einer halben Stunde Fußmarsch erreichten sie den Alexanderplatz, an dessen Ostseite die Neue Königstraße abging. Ihr Ziel war ein langgestreckter Gebäuderiegel. Wanner sah an der Fassade hoch. »Wir können da nicht einfach reingehen«, gab er zu bedenken.

»Versuchen können wir es«, schlug Denske vor und ließ Wanner stehen, der ihm zögernd folgte.

*

Am Haupteingang standen zwei gelangweilt aussehende Polizisten. Denske nuschelte ein »Guten Tach« und ging zielstrebig auf die Tür zu, in der Hoffnung, die beiden würden sie nicht aufhalten. Fast hatten sie das Foyer erreicht, als eine Stimme sie bremste. »Wo wollen Se denn hin, Kamerad?«

Denske warf einen Blick über seine Schulter und sagte knapp: »Wir haben einen Termin bei der Kriminalpolizei.« Er hoffte, das klang wichtig genug.

»Dann ham' Se bestimmt auch 'ne Einladung«, kam es zurück.

»Hab ich nicht mit«, sagte Denske entschuldigend.

»Dann geh'n Se ma schön nach Hause, holen Ihren Schein und dann komm' Se wieder.«

Um keine Aufmerksamkeit zu erregen, zogen sie ohne Protest ab.

»So ein Mist!«, fluchte Wanner, als sie wieder auf der Straße standen. Denske hatte ihn bislang nicht fluchen hören. »Und jetzt?«

»Jetzt warten wir«, antwortete Denske. »Irgendwann muss dein Bekannter ja rauskommen.«

»Das kann dauern«, jammerte Wanner. »Wer weiß, ob der heute überhaupt Dienst hat. Außerdem bekomme ich langsam Hunger.«

»Geduld und Beharrlichkeit sind die Kardinaltugenden eines jeden Polizisten – hat der Chef bei der Begrüßungsrede gesagt.«

»Aber nicht mit leerem Magen«, widersprach Wanner, straffte sich und fügte hinzu: »Quand il n'y a pas de pain pour tous, on ne fait plus d'enfants, et la nation crève!«

Denske sah ihn fragend an.

»Wenn es kein Brot gibt für alle, macht man keine Kinder mehr, und die Nation verreckt!«, übersetzte Wanner. »Hat Émile Zola gesagt, ein Schriftsteller.«

»Ich weiß, wer das ist«, sagte Denske. Wanner überraschte ihn immer mehr. Der Kerl war ja eine richtige Wundertüte. Sie lachten gemeinsam.

»Wanner bist du das?«, fragte eine Stimme hinter ihnen. Ein Mann um die vierzig stand da, das schüttere braune Haar mit Pomade zurückgekämmt. Er hatte ausgezehrte Gesichtszüge, wie so viele heutzutage. »Bist du übergelaufen?«

Wanner zog ihn ein Stück beiseite. Die Polizisten sahen bereits neugierig zu ihnen herüber. »Nee, wir sind hier, um an Informationen zu einem Überfall zu kommen.«

Der Mann sah sie erschrocken an: »Ihr seid aber offiziell hier, oder?« Wanner schüttelte den Kopf.

»Seid ihr verrückt? Ich gehe jetzt. Wenn die uns zusammen sehen, dann landen wir alle in Sachsenhausen, im Speziallager der Sowjets.«

Wanner fasste den Kollegen am Arm: »Brenninger, wir brauchen nur eine Auskunft.« Brenninger riss sich los, drehte sich um und ging in Richtung Georgenkirche deren unbeschädigter Turm, im Gegensatz zum Hauptgebäude, wie ein mahnender Finger in den Himmel wies. Als er ein Stück gegangen war, drehte er sich um und winkte ihnen unauffällig.

»Ihr bringt uns in Teufels Küche«, beschwerte sich Brenninger, als sie schließlich hinter der Sakristei standen.

»Das ist übrigens mein Kollege Den …«, begann Wanner.

»Das will ich gar nicht wissen«, zischte Brenninger. »Je weniger ich weiß, desto besser.«

Denske nickte ihm zu: »Wir machen's kurz. Wir brauchen eine Zeugenaussage zu einem Überfall auf die Achterbahn an …«

»Die Geschichte mit den Russen meint ihr?« Denske und Wanner sahen sich erwartungsvoll an.

»Da ermitteln wir nicht weiter. Wenn das wirklich Angehörige der Roten Armee waren, wird es hier niemand erfahren, versteht ihr? Falls ihr darüber unbedingt was rauskriegen müsst, dann sprecht mit der Kassiererin, die dabei war.«

»Und wo finden wir die?«

»Na auf'm Rummel an der Achterbahn.«

Denske bedankte sich.

»Ihr wart nie hier, und ich hab euch nie gesehen«, erinnerte Brenninger sie zum Abschied. Denske und Wanner versprachen es, bevor sie sich auf den Weg machten.

An der Ecke zur Prenzlauer Allee stießen sie auf den markanten Bau des früheren Kreditkaufhauses Jonass, das nun als »Haus der Einheit« firmierte. Mit seiner trutzigen Fassade und schwer bewacht, da die SED hier ihren Sitz hatte, fühlte Denske sich an eine Burg erinnert.

Ein Stück den Prenzlauer Berg hinauf drehte Wanner den Kopf nach links und sagte schwärmerisch: »Hier war mal Aschinger.«

Denske folgte seinem Blick, wo sich die ehemalige Backfabrik des Unternehmens befand. »Ja, war schön mit den Gratisschrippen.«

»Und der Erbsensuppe«, sekundierte Wanner.

Jetzt knurrte auch Denskes Magen. »Wir essen später was«, beschied er und trieb Wanner an. Je eher sie Ostberlin den Rücken kehren konnten, desto besser.

Auf dem Rummelplatz war zu dieser frühen Tageszeit nicht viel los. Einige Jugendliche trieben sich gelangweilt herum, tranken Bier, guckten sich mit drohenden Blicken um, in der Hoffnung, den Vorübergehenden Angst einzujagen. Einer hatte nur ein Auge, wie Denske auffiel. Als sie die beiden Polizisten wahrnahmen, drehten sie ab. Die riechen die Bullen, dachte Denske überrascht, wie Raubtiere, die einen Feind wittern.

Sie fanden die Kassiererin in ihrem Häuschen, dessen Mobiliar wieder notdürftig repariert worden war.

»Sie können hier nicht einfach reinkommen«, maulte sie. »Wenn Se Karten wollen, dann stellen Se sich an die Ausgabe hier am Fenster.«

»Wir sind von der Polizei.« Denske stellte Wanner und sich unter falschem Namen vor. »Wir sind noch mal wegen des Überfalls hier.«

»Hab ich doch schon alles Ihren Kollegen gesagt.«

»Vielleicht haben Sie ja noch was übersehen«, sagte Wanner. »Wir nehmen 's eben sehr genau.«

Die Frau nickte. Sie hatte ein verlebtes Gesicht und langes kunstvoll gewelltes Haar, wie Rita Hayworth in *Gilda*. Das war sogar im Osten in Mode, wie Denske nicht umhinkam festzustellen.

»Wir wollen noch etwas über die Täter wissen«, sagte er dann. »Wir haben gehört, die haben russisch gesprochen.«

Die Frau lachte verächtlich. »Das waren keine Russen. Hab ich Ihren Kollegen auch schon erzählt, aber das hat die gar nicht interessiert. Ich soll bloß den Mund halten und ja keinem von dem Russisch erzählen.«

»Aber warum nicht?«

Sie hob die Schultern: »Keine Ahnung. Könnten ja echte Russen mit Sprachfehler gewesen sein oder was weiß ich.« Sie lachte. »Ihr Kollege hat gesagt, wenn das Gerücht von den Russen, ob echt oder nicht, die Runde macht, dann würde ich den Frieden gefährden. Na sagen Sie mal. Haben die's nicht 'ne Nummer kleiner?« Sie machte ein betrübtes Gesicht. »Aber was die Verbrecher mit meinem Cousin gemacht haben, das hat Ihre Kollegen nicht sonderlich interessiert.« Sie sprach »Cousin« tatsächlich französisch aus. »Der arme Kerl.« Sie schüttelte bedauernd den Kopf. »Der hat sechs Kinder und jetzt isser ’n Krüppel sein Lebtag lang. Der wird nie mehr gehen können. Dabei ist das so ’n herzensguter Mensch, der …«

»Ja, ja«, unterbrach Denske sie ungeduldig. »Noch mal zu den Tätern: Die haben also kein echtes Russisch gesprochen?«

»Ach was, ich kann ja ein bisschen Russisch verstehen. Hab ich im Lager gelernt. Dawai! Dawai! Ach was, die hatten überhaupt keinen Akzent. Wie Automaten haben die geredet. Die haben nur so getan. Ich weiß wie echtes Russisch klingt, das können Sie mir glauben. Ich habe schließlich sechs Monate …«

»Und können Sie etwas zum Aussehen sagen? Die trugen wohl Masken.«

»Jung«, sagte sie. »Ziemlich jung würde ich sagen. Mein Cousin hat ja einem das Tuch runtergerissen. Das ging ja alles so schnell aber ich würde sagen, der sah jung aus. Die wirkten wie junge Männer.«

»Wie oft hat der Täter abgedrückt?«

»Na ja, also, ich«, druckste sie herum. »Mehrmals bestimmt.«

»Wie oft genau«, beharrte Wanner.

»Zweimal«, sagte sie nachdenklich. »Ich hab zwei Schüsse gehört. Und die haben ihm inner Charité ja auch zwei Kugeln aus ’m Körper geschnitten.«

»Glauben Sie, dass dahinter eine Tötungsabsicht steckte?«, schaltete Wanner sich ein.

Sowohl die Frau als auch Denske sahen ihn erstaunt an. »Eine was?«, fragte sie.

»Tötungsabsicht«, wiederholte Wanner.

»Er meint, ob der Täter Ihren Cousin«, Denske sprach »Cousin« ebenfalls französisch aus, »ermorden wollte.«

»Klar«, sagte sie mit schriller Stimme. »Der war ja rasend, wie von Sinnen. Ein Teufel war das.«

»Wie viele waren es?«

»Drei.« Sie kratzte sich am Kinn. »Aber ich glaube, draußen waren noch mehr.«

»Hatten Sie den Eindruck, dass der Schütze der Anführer war?«

»Ja«, sagte sie und dann noch einmal mit Nachdruck: »Ja!«

Als sie vor dem Kassenwagen standen, sagte Denske: »Sie hat gesagt, draußen wären noch mehr gewesen. Also ist es auf jeden Fall eine Bande.« Wanner nickte.

»Komm mit«, sagte Denske zu ihm. Wanner eilte hinter ihm her. »Hast du die Jungs vorhin gesehen? Da war dieser Einäugige dabei«, fragte er, als Wanner zu ihm aufgeschlossen hatte. Wanner verneinte.

»Ich weiß nicht, ob die was damit zu tun haben. Wundern würde es mich nicht. Die hatten gierige Blicke. Aber vielleicht haben sie wenigstens was gesehen. Außerdem hat die Kassiererin gesagt, dass die jung waren. Vielleicht kennt man sich.«

Sie suchten ein wenig den Rummelplatz ab, gaben aber bald auf.

»Lass uns lieber verschwinden«, sagte Wanner beschwörend. »Wenn sich herumspricht, dass wir hier schnüffeln, ruft vielleicht einer die richtige Polizei.«

Denske blieb stehen und sah Wanner belustigt an: »Wir sind auch die richtige Polizei – nur von der anderen Seite.«

MÜCKE X

Mücke kam sich vor wie verkleidet. Er drehte sich vor dem Spiegel in Sylvias Wohnung. Der Stoff war steif, kratzte auf der Haut und er fühlte sich wie eine wandelnde Reklamesäule. So konnten sie doch keine Brüche oder Überfälle begehen. Sie sahen aus wie Schauspieler, die Gangster spielten, oder umgekehrt. Völlig albern.

»Werners Ideen werden immer verrückter.«

Sylvia, die lediglich einen Unterrock trug, sah ihn prüfend an: »Du siehst aber toll aus in dem Anzug, wie der junge Humphrey Bogart.« Sie schlang die Arme um seinen Nacken.

»Blödsinn«, murmelte Mücke.

Sylvia fuhr über den Stoff, zupfte hier, zupfte dort, verstaute Mückes Hemdkragen unter dem Jackett und band den Knoten der weißen Krawatte neu, bevor sie ihm einen Kuss auf den Mund drückte. »Teltow ist zwar ein Arschloch, aber als Schneider begnadet«, verkündete sie anschließend.

Mücke drehte sich noch einmal vor dem Spiegel. »Mag ja sein, aber ich komme mir vor wie ein Hochstapler.«

Sylvia lachte. »Dabei bist du doch ein ehrlicher Dieb.« Jetzt lachte auch Mücke. Seit einigen Tagen verstanden sie sich wieder besser. Edith hatte Mücke beruhigt, es sei normal, sich hin und wieder zu streiten. Er solle im Streit aber nicht so verbissen sein oder verletzend werden.

Vor Kurzem hatte er Sylvia einen Artikel zu lesen gegeben, den er in einem früheren Leben für die *Hannoversche Presse* geschrieben hatte. Sie hatte ihn dafür gelobt, was ihm schmeichelte. Aber er konnte ihr anmerken, dass sie ihn erst ernst nehmen würde, wenn er tatsächlich ständig für eine Zeitung schreiben und der Bande den Rücken kehren würde. Er wiederum wünschte sich, dass Sylvia ihrem Amerikaner Lebewohl sagte. Doch jedes Mal, wenn er sie darauf ansprach, speiste sie ihn mit Floskeln ab.

Mücke legte den Anzug wieder ab. Erst kurz vor dem Bruch würden sie in ihre Anzüge steigen, hatte Werner alle ermahnt. Mücke setzte sich in Unterwäsche auf die Bettkante und starrte düster in den Spiegel. Vielleicht sollte er nach dem heutigen Coup die Bande endgültig verlassen.

Nach Mitternacht verließ Mücke schweren Herzens Sylvias Wohnung und stieg die ausgetretenen Stufen ihres Hauses hinunter. Werner hatte die Bande zur U-Bahnstation Podbielskiallee bestellt. Er habe einen todsicheren Tipp für einen Bruch in Dahlem erhalten, hatte er am Tag zuvor mit glänzenden Augen verkündet. Ab sofort würden sie nur noch die richtig großen Dinger drehen.

Eisiger Novemberwind zerrte an Mücke, hüllte ihn mit kalten Armen ein. Ihn überkam die Wut. Warum hatten sie sich nicht auch gleich noch Mäntel schneidern lassen, fragte er sich. Die Kälte drang durch seine dünne Lederjacke. Mücke nahm den Rucksack ab, in dem der Anzug war und hielt ihn schützend vor die Brust. Aber auch das brachte nicht allzu viel. Die Kälte kroch ihm bis ins Innerste und er spürte eine Verlorenheit, die ihm völlig fremd war.

In der U-Bahn war er um diese Uhrzeit einer der wenigen Fahrgäste Richtung Dahlem. Er rauchte in trübe Gedanken versunken eine Zigarette, als er beinahe seine Haltestelle verpasst hätte.

»Mensch, Mücke, wo bleibst du denn?«, empfing ihn Bommes, der auf dem Bahnsteig wartete. »Die anderen stehen draußen und frieren sich die Ärsche ab.«

»Was haben wir denn vor?«, wollte Mücke wissen, als er neben Bommes die Stufen hocheilte.

»Wird dir Werner gleich selber erzählen. Aber beeil dich lieber, der ist mächtig geladen.« Bommes schüttelte kaum merklich den Kopf. Es widerstrebte Mücke, sich drängen zu lassen und so verringerte er das Tempo, um sich selbst das Gefühl zu geben, dass er noch einen eigenen Willen hatte.

Die anderen standen vor dem burgähnlichen Eingangstor des U-Bahnhofes und sahen zu ihnen herüber.

»Na endlich!«, rief Werner, als er Mücke und Bommes erblickte. »Wird auch Zeit.«

»Was haben wir denn vor?«, fragte Mücke. Statt einer

Antwort stiefelte Werner los. Die anderen folgten ihm wie eine Schar Gänseküken der Mutter.

»Wo gehen wir hin?«, fragte Mücke den neben ihm marschierenden Bernburg. Der schob die Unterlippe vor und sagte dann: »Da is 'ne Olle allein in ihrer Villa, gleich hier um die Ecke. Stinkreich. Die nehmen wir aus.«

Im Schutz eines Pissoirs zogen sie sich um. Mücke nestelte an seiner Krawatte. Sie saß viel zu eng, schnürte ihn ein und er bekam schlecht Luft.

Die »Villa« entpuppte sich als dreigeschossiges Einfamilienhaus, das nicht nach übermäßigem Reichtum aussah.

Sie zogen ihre Masken über. Zu ihrem Glück waren die Straßenlaternen wegen des Gasmangels nachts abgestellt. Vor dem Haus stand eine riesige Platane, in deren Schutz Bommes keine fünf Sekunden brauchte, bis er das Schloss geknackt hatte.

»Die Olle schläft im ersten Stock«, sagte Werner, als sie in der kleinen Eingangshalle standen. »Das Geld ist im Tresor.«

Eine geschwungene Treppe führte nach oben. Sowohl Werner als auch Bommes trugen Blendlaternen, deren Lichtkegel sie auf minimale Größe gebündelt hatten. Im dämmerigen Licht konnte Mücke erkennen, dass die Wand des Treppenhauses mit Bildern behängt war. »Werner, leuchte mal dahin«, flüsterte er.

Werner, der vor ihm ging, blieb stehen und drehte sich um: »Wir haben jetzt keine Zeit für so 'n Quatsch. Wenn du Kunstschinken sehen willst, geh ins Museum.«

»Vielleicht sind die was wert«, sagte Mücke, nahm Werner die Laterne ab und beleuchtete die Wände. Insgeheim hoffte er, dass sie einfach nur ein paar Bilder zum Verscherbeln klauen würden.

Im honiggelben Schein der Lampe schimmerten modern anmutende Ölgemälde, auf denen Bäume und Landschaften zu sehen waren. Einige zeigten eine dunkelhaarige Frau in verschiedenen Lebensaltern. Mücke entzifferte mühsam das Kürzel: »Purschian.«

»Na also, ist nicht Rembrandt«, sagte Werner hämisch und stieg weiter hinauf.

»Entarteter Mist«, murmelte Bernburg verächtlich und schlitzte im Vorbeigehen mehrere Bilder mit seiner Messerklinge auf.

Vor einer doppelflügeligen Tür blieb Werner stehen und presste den Zeigefinger warnend auf die Lippen, bevor er langsam die Tür aufzog. An der Stirnseite des großzügigen Raumes stand ein breites weißes Bett. Werner ließ den Laternenstrahl darüber gleiten und auf dem Gesicht einer dunkelhaarigen etwa fünfzigjährigen Frau verharren. Sie schlief, wie man an ihren regelmäßigen Atemzügen erkennen konnte. Mücke erkannte in ihr die Frau auf den Gemälden.

Werner trat an das Bett, schaltete die Nachttischlampe ein und rüttelte die Frau sanft an der Schulter. Sie schlug die Augen auf, blinzelte und sagte schlaftrunken: »Was?«

Werner gab ihr zwei schnelle Ohrfeigen: »Aufwachen!«

Die Frau schrie auf, bis Werner ihr seine Hand auf den Mund presste.

»Bwwblbwlw«, hörte Mücke ihr gedämpftes Schreien.

Werner schüttelte sie: »Chalt die Frässe, Zhenshchina!«, brüllte er mit seinem schlechten russischen Akzent. »Noch eine Wort …«

Die Frau verschluckte sich, hustete, verschluckte sich erneut. Sie weinte hemmungslos. Rotz lief ihr aus der Nase.

»Wo ist Trresor?«

Die Frau sah Werner verständnislos an. »Wo is Dengi? Gäld!«

»Ich habe hier nicht viel«, brachte die Frau mühsam heraus. »Ich habe auch keinen Tresor. Ich habe nie viel Bargeld im Haus.«

Werner verabreichte ihr eine brutale Ohrfeige, sodass ihr

Kopf gegen das Bettgestell prallte, wie ein kleiner verirrter Vogel gegen eine Fensterscheibe. Sie blutete aus der Nase.

»Ich habe wirklich kaum Geld im Haus«, sagte sie benommen. »Bitte lassen Sie mich.«

Werner drehte sich zu Bernburg um: »Übernimm du mal. Wir sehen uns ein bisschen um. Vielleicht hat die Olle ja Schmuck hier«, sagte er ohne den Akzent. Mücke tat die Frau leid. Er war kurz davor, aus dem Haus zu fliehen.

Werner, Bommes und Lexi begannen die Schränke zu durchsuchen. Bernburg trat indessen an das Bett und betrachtete voller Abscheu den vollen Aschenbecher und die zerknüllte Packung Astor auf dem Nachttisch.

»Bitte, ich habe nichts«, sagte die Frau wieder.

»Aber Zigaretten, was?«, sagte Bernburg kalt. »Eine deutsche Frau raucht nicht, du Schlampe!« Er schlug ihr ohne Vorwarnung die Faust aufs Ohr, aus dem augenblicklich ein Blutfaden lief. Sie stieß einen hellen schrillen Ton aus.

»Wieso bist du hier alleine?«, setzte Bernburg sein Verhör fort. »Wo ist denn dein Mann?«

»Auf Reisen«, sagte sie weinend.

»Und lässt dich hier allein? Oder bist du eine Lesbe und hast gar keinen Mann?«

Die Frau wagte es kaum, Bernburg anzusehen. Sie zitterte heftig.

»Du magst wohl lieber Weiber, was?« Er schob seine Hand unter ihr Nachthemd und fing an, ihre linke Brust zu kneten.

»Bitte nicht«, flüsterte sie tonlos.

»Du Schlampe«, sagte Bernburg und drückte fester zu, während sich die Frau vor Schmerzen wand. »Ich wette, das gefällt dir.« Seine Hand wanderte tiefer.

»Bernburg«, sagte Mücke warnend.

»Keine Angst, ich lass dir was über«, sagte Bernburg lachend.

»Lass sie in Ruhe.«

Bernburg drehte sich zu Mücke um und sah ihn mit kalten Augen an. »Was willst du denn machen?«, fragte er herausfordernd und setzte hinzu: »Pass bloß auf. Ich hab dich schon länger auf'm Kieker.«

Mücke war klar, dass Bernburg ihn ohne mit der Wimper zu zucken töten würde, wenn Werner nicht dabei wäre.

»Mücke hat recht«, mischte Werner sich ein. »Deswegen sind wir nicht hier.« Er trat näher an das Bett. Die Frau presste die Hände vors Gesicht, als würde das Böse sie auf diese Weise nicht sehen können.

»So«, sagte Werner betont freundlich, »wo ist das Geld?« Mittlerweile hatte er es aufgegeben, ihr einen russischen Akzent vorzugaukeln.

Die Frau zitterte und hob an zu sprechen. Doch außer ein paar Japsern brachte sie nichts heraus. Sie atmete hechelnd.

»Ganz ruhig«, sagte Werner mit sanfter Stimme.

Sie brauchte einen Moment, bis sie ihre Stimme wiederfand: »Ich habe unten in der Küche Geld in einer Kaffeedose, etwa achttausend Mark. Und drüben im Schrank ist mein Schmuck. Der ist ein bisschen was wert. Aber bitte tun Sie mir nichts.«

»Und damit willst du uns abspeisen?« Werner holte aus, die Frau hob erschrocken den Arm, um sich zu schützen. »Ich kann dich auch mit meinem Kollegen hier ein bisschen allein lassen«, sagte er und wies auf Bernburg.

»Gute Idee, Doktorchen«, sagte Bernburg. »Ich werd die Alte schon zum Reden bringen.«

Werner erstarrte: »Bist du blöd?«, zischte er Bernburg an. Bernburg sah ihn verwirrt an, sich keiner Schuld bewusst.

Dieser Idiot, dachte Mücke, Werners Spitznamen zu verraten. Jetzt würde Werner die Frau töten. Doch möglicherweise, so Mückes Hoffnung, hatte sie es vor lauter Angst gar nicht mitbekommen. »Werner«, sagte er leise und zog ihn beiseite. »Lass uns das Geld holen, den Schmuck und dann abhauen. Die Alte hat nichts gehört.«

Werner reagierte nicht. Er fixierte die Frau böse, die versuchte, sich immer kleiner zu machen.

»Werner, lass uns alles einsacken und abhauen«, wiederholte Mücke eindringlicher. »Irgendwer hat bestimmt schon das Licht hier gesehen, die Schreie gehört und fragt sich, was hier los ist.«

Das schien Werner zur Besinnung zu bringen. Er wies Lexi und Bommes an: »Ihr geht in die Küche und sucht nach dem Geld«, befahl er knapp. »Und nehmt mit, was wir noch gebrauchen können.«

An Mücke gewandt, sagte er leise: »Du bewachst sie und horchst sie weiter aus. Vielleicht hat sie ja doch irgendwo noch Geld. Wenn ihr einer was entlocken kann, dann bist du das.« Er verschwand mit Bernburg.

Mücke sah verstohlen zu der Frau. Sie saß, die Beine angezogen aufrecht im Bett, den Kopf zwischen den Knien und weinte leise.

Am liebsten hätte er sie getröstet, ihr die Angst genommen, aber das würde nicht funktionieren, das wusste er. »Gleich weg«, war das einzige, was er herausbrachte. Die Frau reagierte nicht. Nebenan hörte er Werner und Bernburg rumoren.

Die Frau begann zu sprechen. Jedoch hatte sie den Kopf noch immer nicht erhoben, sodass Mücke sich zu ihr beugen musste, um sie zu verstehen. »Ich bin Malerin und habe eine Heizungsfirma von meinen Eltern geerbt. Damit wird man nicht reich, vor allem nicht in diesen Zeiten.« Sie hob den Kopf und sah Mücke flehend an: »Bitte! Ich habe doch auch nicht viel. Ich komme gerade so über die Runden.« Sie wischte sich mit dem Handrücken die Tränen weg. »Nehmen Sie alles, was Sie wollen, aber bitte tun Sie mir nicht weh.«

Mücke wich ihrem Blick aus. Das war's, dachte er entschlossen. Nach diesem Bruch bin ich raus. Ich mach da nicht mehr mit. Ich will meinen letzten Rest Seele nicht verlieren.

*

Nach einer gefühlten Ewigkeit tauchte Werner wieder auf. In seinem Rucksack klapperte es. Kurz darauf erschien Bernburg, der ebenfalls einen Rucksack auf dem Rücken trug.

»Hast du noch was rausgekriegt?«, fragte Werner mit Blick auf die Frau. Mücke schüttelte den Kopf.

»Meinst du, die hat gehört, was Bernburg gesagt hat?«

Mücke der befürchtete, dass Werner der Frau etwas antun könnte, sagte schnell: »Nee, bestimmt nicht.«

»Na gut«, sagte Werner. »Wir hauen ab.«

Bevor sie das Haus verließen, fesselten und knebelten sie die Frau. »Wenn du den Bullen was verrätst, dann kommen wir wieder«, schärfte Werner ihr noch ein. Die Frau nickte kaum merklich.

»Abmarsch!«, ordnete Werner an. Diesmal verließen sie das Haus über den Garten, wo sie einen schmalen Weg zwischen den Häusern nahmen, der sie in einen kleinen Park führte. Hier zogen sie sich um, tauschten die Anzüge, die sie in den Rucksäcken verstauten, gegen speckige Lederjacken, ausgetretene Schuhe, fadenscheinige Hemden und Schiebermützen.

An der Cäcilienallee verließen sie den Park. Eine Straße weiter fanden sie einen alten schwarzen BMW, den sie knackten. Mücke setzte sich ans Steuer.

»Werner, wo fahren wir eigentlich hin?«

Werner lehnte sich zurück: »Zu mir. Aber erst morgen Früh, wenn die Pendler unterwegs sind. Da fallen wir nicht auf.«

»Ist das clever?«, fragte Mücke.

»Passt dir nicht, was?«, ätzte Lexi von der Rückbank. »Wenn Werner es so entschieden hat, stellst du das nicht in Frage! Klar, du Hänfling?«

»Halt die Fresse!«, schrie Mücke. Er war drauf und dran, anzuhalten und es endlich mit Lexi auszutragen. Er war so wütend: auf die ganze Bande, auf sich, auf Sylvia und auf diese ganze verdammte Malaise, in der sie steckten.

»Bleibt ruhig, Jungs«, vermittelte Werner zwischen ihnen. »Wir müssen jetzt die Nerven behalten.«

Mücke atmete tief durch, und Lexi murmelte Zustimmung, gemischt mit einer Drohung gegen ihn.

Sie parkten im amerikanischen Sektor, in Kreuzberg am Oranienplatz. Mücke schaltete den Motor aus. Alle sanken tiefer in ihre Sitze, um ein wenig zu dösen.

»Übrigens, Bernburg«, begann Werner im Plauderton, »wenn dir bei einem Bruch noch mal so ein Fehler unterläuft, mach ich dich kalt.«

»Mensch, Werner, is mir rausgerutscht. Das hat die Olle sowieso nich jehört. Und selbst wenn, dann hat die viel zu viel Schiss, den Bullen was zu erzählen.«

»Das hoffe ich für dich«, sagte Werner bedächtig, während er sich eine Zigarette anzündete.

Als die Dämmerung zaghaft einsetzte, stiegen sie aus und stiefelten über den Kontrollpunkt an der Prinzenstraße. In ihrer Arbeiterkluft, die Köpfe gegen den Nieselregen gesenkt, die Hände in den Taschen vergraben, wirkten sie wie fünf junge harmlose Männer auf dem Weg zur Arbeit.

Noch bevor Werner die Wohnung aufschließen konnte, öffnete seine Mutter die Tür.

»Ich hab euch schon gehört«, empfing Lucie die Bande.

»Ja, ja«, sagte Werner. »Mach uns lieber Kaffee. War 'ne lange Nacht.«

Sie verschwand wortlos in der Küche, jedoch nicht ohne

Mücke einen abfälligen Blick zuzuwerfen. Dass sie ihn nicht mochte, war ihm egal. Aber diese Blicke! Er wusste: Die durchschaut mich, weiß genau, dass ich nicht richtig dazugehöre, es nie werde, dass ich eine unscharfe Persönlichkeit habe, anders bin. Mir fehlt Werners Selbstgewissheit, Lexis Ergebenheit, Bommes Sorglosigkeit und Bernburgs Skrupellosigkeit. Ich bin irgendwie unfertig. Lucie konnte das erkennen, sie war ein Seismograf des Misstrauens.

Mücke sah zu Werner, der gerade seine Jacke auszog und Bommes einen Witz erzählte, über den sie beide lachten. Werner fühlte sich viel zu sicher, war Mücke überzeugt, als würden ihnen die Bullen niemals auf die Spur kommen.

In Gedanken spielte Mücke durch, wie er Werner seinen Austritt aus der Bande erklären würde: Hör mal Werner, ich muss mit dir reden. Nee, lieber gleich zur Sache kommen: Werner ich steige aus. Egal was du sagst. Ich mach nicht mehr mit. Obwohl. Werner war sein Freund. Da musste er etwas vorsichtiger sein: Werner, du brauchst mich doch gar nicht für eure Aktionen. Zu viert habt ihr mehr davon. Ich bin euch doch nur im Weg.

»Mach nicht so 'n Gesicht, Mücke«, unterbrach Werner seine Gedanken. »Wir haben gut abgesahnt. Zwar nicht so viel wie erwartet, aber auch nicht schlecht. Kommst schon auf deinen Anteil.« Er schlug Mücke auf die Schulter. »Ich weiß, Sylvia ist anspruchsvoll. Der musst du schon was bieten.«

»Blödsinn!«, sagte Mücke verärgert. »Die ist doch nicht deswegen mit mir zusammen.«

»Nee, schon klar«, sagte Werner gutmütig. »Aber Geld verachtet die auch nicht.«

Sie gingen in die Küche, wo Lucie gerade Eier in einer Pfanne aufschlug.

Bommes, Bernburg und Lexi saßen bereits am Tisch, den

Schmuck vor sich ausgebreitet. Bommes hielt eine goldene Damenarmbanduhr hoch und pfiff durch die Zähne: »Die ist ihre schlappe acht wert.« Er nahm einen Ring: »Für den kriegen wir mindestens sechs.«

»Und insgesamt?«, drängelte Bernburg.

»Ich schätze mal, dass wir mit Schmuck und Bargeld so auf fünfunddreißig Mille kommen.«

»Das ist doch Scheiße«, schimpfte Bernburg.

»Besser als nix«, sagte Werner. »War eben 'n mieser Tipp. Kriegt der noch seinen Anteil für.«

Werner zog Mücke zur Seite und sagte leise: »Das mit dem Namen macht mir Sorge. Wenn die Olle das doch gehört hat und den Bullen erzählt. Ich hätte die kalt machen sollen. Vielleicht sollten wir noch mal hin.«

»Die hatte viel zu viel Angst«, versuchte Mücke ihn zu beruhigen. »Die wird nichts sagen. Außerdem sind da mittlerweile die Bullen.«

»Ja, wahrscheinlich.« Werner seufzte.

Mücke griff sich die Kaffeekanne vom Herd, wofür er um Lucie herum greifen musste, die rauchend davor stand und keinerlei Anstalten machte, ihm Platz zu machen. Als er sich zu den anderen setzte, verfolgte sie ihn mit ihren Blicken. Mücke fühlte sich unbehaglich.

»Noch ein paar solcher Brüche und wir leben wie die Maden im Speck«, sagte Werner fröhlich und wandte sich an Lucie. »Apropos Frau Mutter: Wie wäre es mit ein wenig Speck zu den Eiern? Wir haben schwer geschuftet.« Lucie lachte: »Sollt ihr haben, Herr Sohn. Das habt ihr euch verdient.«

Wenig später saßen sie vor ihren Tellern, redeten mit vollen Mündern und wild durcheinander über den Überfall. Eine Flasche Cognac machte die Runde.

»Die Olle hat sich fast ins Nachthemd gemacht.«

»Und diese hässlichen Bilder im Flur.«

»Hast du aber mit deinem Messer verschönert, Bernburg.«

»Das Haus war auch ganz schön runtergekommen. Die kann froh sein, dass wir uns dazu herabgelassen haben, da einzusteigen.«

»Wie Werner der eins gegeben hat. Mann, voll in die Fresse. Ich dachte, der Kopf fliegt ab.«

»Ich hab der noch schön auf den Wohnzimmerteppich geschissen.«

»Was?«

»Bommes, das ist so eklig.«

Sie lachten sich scheckig.

Mücke hielt sich raus. Er schwieg die meiste Zeit, machte mal einen Einwurf, lachte über einen Witz, damit sie nicht auf ihn aufmerksam wurden. Werner bemerkte Mückes Missmut. »Mach nicht so 'n Gesicht. Nächstes Mal springt mehr raus. Ich weiß auch schon, wen wir uns dann vornehmen.« Er legte Mücke den Arm um die Schulter, sah ihn aus seinen dunklen Augen an.

Dunkle Sonne, ging es Mücke durch den Kopf. Werner ist eine dunkle Sonne. Irgendwann wird sie explodieren. Und dann werden wir alle mit draufgehen.

WERNER VIII

Chicago an der Spree. Von Klaus Engler

Mitten in der Nacht standen die Banditen an ihrem Bett und rissen sie mit brutalen Schlägen aus dem Schlaf. Die halbbekleidete 58-Jährige Doramaria P. war ihren Peinigern schutzlos ausgeliefert. Die Verbrecher verlangten Geld und Wertsachen. Sie trugen dunkle Anzüge und weiße Krawatten. Ihre Gesichter hatten sie mit schwarzen Masken bedeckt. Nur ihre gierigen Augen waren zu sehen. Augen mit denen sie schamlos ihr Opfer fixierten.

Sie redeten schlechtes Russisch und taten, als wären sie Sowjetbürger.

Auf der Suche nach einem Geldversteck misshandelten sie die wehrlose Frau wieder und wieder. Unter Schmerzen musste sie ihnen schließlich das Versteck verraten.

Doch die Verbrecher wollten mehr. Stundenlang durchsuchten sie das Haus nach Schmuck und Wertgegenständen. Stunden in denen Doramaria P. um ihr Leben fürchtete. Immer wieder schlugen die Gangster brutal auf sie ein. Eine Ewigkeit, die für die arme Frau ein wahres Martyrium bedeutete.

Irgendwann hatte die Weiße-Krawatten-Bande was sie wollte und flüchtete mit ihrer Beute. Die Gangster ließen ihr geschundenes Opfer halbtot zurück. Nicht ohne noch zu drohen, dass sie jederzeit wiederkommen könnten.

In der gleichen Nacht wurde in der Nachbarschaft ein Auto geklaut. Vermutlich von der Weißen Krawatte. Das Auto fand die Polizei später am Oranienplatz. Leider ohne Fingerabdrücke.

Es ist zu vermuten, dass die Ganoven zu Fuß in den sowjetischen Sektor geflüchtet sind. Da wären sie nämlich vor Verfolgung sicher.

In was für Zeiten leben wir eigentlich? Wieso ist die Berliner Polizei nicht in der Lage uns Bürger zu schützen und solche Gewaltverbrecher dingfest zu machen? Fragen, die jeden anständigen Menschen umtreiben. Die Antwort liegt auf der Hand: Verantwortlich für die Missstände ist der Privatkrieg der Polizeipräsidenten Ost und West. Die Spaltung findet nicht nur auf den Berliner Straßen statt, sondern auch in den Köpfen der Verantwortlichen. Sie arbeiten nicht zusammen. Es gibt keine sektorenübergreifende Zusammenarbeit mehr. Die Verbrecher dieser Stadt können in den alliierten Sektoren einen Überfall oder sogar einen Mord begehen, um dann in den russischen zu fliehen, wo sie unbehelligt blei-

ben. Und das Ganze funktioniert auch auf dem umgekehrten Weg.

Ost- und die Westkommissariate mauern, wenn es um Informationen geht. Akten werden nicht ausgetauscht, die Kollegen dürfen nicht miteinander sprechen, als würden sie verfeindeten Nationen angehören. Und inzwischen drehen die Gauner den anständigen Bürgern eine Nase. Schluss damit! Wir fordern eine sektorenübergreifende Ermittlungsarbeit und ein Ende dieser Ignoranz auf Kosten der Berliner Bevölkerung. Denn von der Weiße-Krawatten-Bande werden wir nicht das erste Mal und sicherlich auch nicht das letzte Mal gehört haben.

*

Werner ließ den *Tagesexpress* sinken. Er hatte es sich nicht verkneifen können, ihn Mücke laut vorzulesen. Manchen Satz sogar zweimal. Dabei kannte er den Artikel längst auswendig.

Dass der Schreiber in der Überschrift Chicago erwähnt hatte, sorgte für regelrechte Glücksgefühle bei Werner. Da musste man ja automatisch an Al Capone denken. Ich bin auf dem Weg nach oben.

Weiße Krawatte klang zwar nicht so gefährlich, wie Werner es sich gewünscht hätte, aber endlich hatten sie einen Bandennamen.

»Was meinst du, Mücke? Ist doch ein toller Bericht über uns.«

»Ich finde den zu reißerisch«, sagte Mücke knapp. »Und dann auch noch Weiße-Krawatten-Bande.«

Werner ärgerte sich über Mücke. »Ist doch egal«, sagte er heftig. »Hauptsache, die schreiben über uns. Das steigert unseren Wert. Hast du doch selbst gesagt.« Mücke nickte.

»Zum Glück ist kein Wort über Bernburgs Versprecher drin«, setzte Werner nach.

»Hab ich doch gesagt. Die Olle hat das nicht mitgekriegt.«

»Hast Glück gehabt, Bernburg«, sagte Werner gönnerhaft.

Sie standen vor dem »Weißen Pferdchen«, dem Puff in der Luisenstraße. Werner drückte auf die goldene Klingel rechts neben der dunkelblauen Tür. Eine Klappe öffnete sich auf Augenhöhe und ein paar blaue Augen sahen sie prüfend an. Noch im selben Moment hörte Werner, wie der Riegel zurückgeschoben wurde.

»Doktorchen!«, rief die mittelalte Frau, deren Arme großflächig tätowiert waren. »Schön, dass ihr uns mal wieder beehrt.«

»Ich habe gehört, dass du ein paar neue Pferdchen im Stall hast«, gab Werner lachend zurück. »Die wollten wir einreiten.«

»Na dann herzlich willkommen, meine Herren.« Sie ging vor ihnen her, schritt die Stufen zu einem großen Raum hinunter und wies ihnen einen Tisch an. Links befand sich eine Bar, die genau wie Wände und Stühle mit rotem Samt überzogen war. Die Tischleuchten tauchten den Raum in ein ewiges Halbdunkel. Als Werner sich mal darüber beschwert hatte, hatte ihm die Besitzerin erklärt, in dem funzeligen Licht würden die Gäste das Alter ihrer Mädchen nicht erkennen. Die meisten hier hatten die dreißig nämlich schon überschritten. Doch gab es seit Kurzem ein paar jüngere Mädchen aus Pommern und Schlesien, Vertriebene.

Werner grüßte ein paar Bekannte, die am Tresen hockten. An den einzelnen Tischen saßen Huren mit ihren Freiern, die Köpfe zusammengesteckt. »Eine Runde Schnaps für alle«, rief er dem bleichen, ausgezehrten Mann hinter dem Tresen zu.

»Kommt sofort, Doktorchen«, sagte dieser knapp. Kurz darauf standen Gläser mit selbstgebranntem Zeug aus Kartoffeln und irgendeinem Mist auf den Tischen. Blauer Ruin hieß das Zeug, und als Werner das Glas in der Hand hielt, fühlte er sich wie ein amerikanischer Gangster zur Zeit der Prohibition. Er prostete einigen Bekannten zu. Hier waren immer schwere Jungs, die Werner und seine Bande kannten, aber die würden den Bullen niemals etwas stecken. Auf die Gaunerehre war Verlass.

»Zum Wohl die Herren«, sagte die Tätowierte. »Ich hole die Pferdchen gleich mal aus dem Stall.«

»Ist das Weibsbild da widerlich«, hörte er Lexi sagen. Werner folgte seinem Blick. Eine füllige Frau saß auf dem Schoss eines älteren Mannes. Seine Finger hatten sich so fest in ihren Hintern gekrallt, dass pralle Fleischwülste zwischen seinen Fingern hervorquollen. »Diese Schlampe.«

»Mensch, Lexi, sei doch mal etwas großzügiger. Die sieht doch ganz zufrieden aus.«

»Ja, so wie alle Weiber, wenn sie betatscht werden.«

Werner lachte. Frauen hatten es nicht leicht bei Lexi. Der würde nie eine abkriegen.

Der Barmann schob noch einen zweiten Tisch und Stühle an ihren heran, und kurz darauf tauchten die Mädchen auf. Die meisten von ihnen waren wirklich sehr jung, sogar minderjährig, schätzte er.

»Komm hierher«, forderte Werner eine Blonde auf. Sie setzte sich bereitwillig auf seinen Schoß, und er bekam augenblicklich eine Erektion.

»Was ist los?«, flüsterte er dem neben ihm sitzenden Mücke zu, der sich wohl kein Mädchen aussuchen mochte.

»Ich will das nicht, wegen Sylvia.«

Werner hätte am liebsten laut losgelacht, aber er wusste, dass Mücke da empfindlich war. »Mensch, was glaubst du, was die mit ihrem Soldaten macht? Die spielen bestimmt nicht den ganzen Abend Sechsundsechzig.«

Mücke sah ihn betrübt an: »Ist mir schon klar.«

»Komm, trink noch was!«, forderte Werner ihn auf. Er signalisierte dem Barmann, eine zweite Runde zu bringen.

»Also dann«, sagte Werner und hob sein Glas, »nimm dir, was du brauchst. Damit fährst du am besten.«

»Du kannst aber nicht alles haben«, knurrte Mücke. »Irgendwann kriegen sie uns.«

»Biste jetzt Schwarzseher, Mücke?« Werner legte ihm eine Hand auf den Arm. »Nichts ist von Dauer. Aber genieß es, solange es da ist.« Das Gesöff tat bereits seine Wirkung. Werner packte Mückes Kopf und zog ihn näher zu sich heran: »Mensch, wir sind jung. Wir sind die Zukunft. Und wir holen uns, was uns zusteht«, sagte er. Und von seiner eigenen bombastischen Rede mitgerissen: »Irgendwann ist es vorbei. Na und. Lieber kurz und gut gelebt, als lang und schlecht.«

»Wovon redet ihr?«, mischte sich das Mädchen ein. Werner hatte sie schon fast vergessen. »Kennst du Al Capone?«, fragte er sie stattdessen.

Sie nickte. »Hab ich schon mal von gehört.«

»Is 'n Freund von mir«, sagte Werner und zwinkerte Mücke zu. Er schob seine Hand unter ihr Mieder. »Wir brauchen mehr Nutten!«, rief er gut gelaunt in die Runde. »Al hatte viel mehr Nutten.«

*

Nach ein paar weiteren Schnäpsen hatte auch Mücke ein Mädchen auf dem Schoß. Bommes war mit zwei Mädchen verschwunden, und Bernburg strich um eine dralle Dunkelhaarige aus Niedersachsen herum. Er sträubte sich gegen die »verdammten Weiber aus Schlesien oder wo die alle rausgekrochen sind. Diese verlausten Polackenhuren hängen dir doch nur Krankheiten an.«

Lexi glotzte stumpf in sein Glas. Das Mädchen daneben versuchte immer wieder, ihn mit nach oben zu nehmen – ohne Erfolg.

»Du alter Mönch, du!«, rief Werner betrunken, schnappte sich die Blonde und ging mit ihr hinauf.

Es ging schnell. Nachdem er sich wieder angezogen hatte, gesellte er sich zu Mücke, Lexi und Bernburg in einem der Separees. Einige Mädchen saßen bei ihnen. Während sie auf Bommes warteten, tranken sie Champagner, und nach der dritten Flasche sangen sie lauthals *The Boys in the Backroom* von Spike Jones mit, das auf dem Plattenspieler lief. Die Schellackplatte war zerkratzt und sprang hin und wieder, was niemanden störte.

Mücke versuchte, mit einer Dunkelhaarigen einen Jitterbug zu tanzen, wobei sie lachend auf dem Boden landeten. Lexi neckte eines der Mädchen, Bernburg schnarchte mit offenem Mund und Werner fühlte sich mit der Welt seltsam in Einklang. Alles lief perfekt.

Plötzlich drang Frauengeschrei aus dem Flur. Eine Tür knallte. Mehrere Stimmen riefen durcheinander, und immer wieder hob und senkte sich das wütende Gezeter zweier Frauen wie schwerer Seegang.

Werners Nerven waren zum Zerreißen gespannt. Er sprang auf und tastete nach seiner Waffe. Die anderen taten es ihm nach.

Auf dem Flur herrschte ein Gedränge wie auf dem Flughafen Tempelhof wenn die Rosinenbomber landeten: Halbnackte und zwei komplett nackte Mädchen, Freier in Unterhosen, ein aufgeregter Kellner und dazwischen der lachende Bommes, der, die Arme schützend über dem Kopf, von beiden nackten Mädchen abwechselnd geschlagen und beschimpft wurde.

»Was ist denn hier los?«, rief Werner in das Chaos, doch niemand beachtete ihn.

»Du Drecksau!«, rief eine der Nackten und schlug auf Bommes ein. Inzwischen war auch die tätowierte Besitzerin eingetroffen. »Was ist passiert?«

»Er hat uns die Haare unten abrasiert, als wir geschlafen haben«, beklagte sich eine. Die beiden wirkten ziemlich betrunken. Jetzt sah Werner, dass ihre Scham fast komplett kahl war. Nur ein paar winzige Inseln aus dunklem lockigem Haar bedeckten ihren Venushügel. Bei der anderen ebenso.

»Ich wollte nur mal sehen, wie 's da unten aussieht«, verteidigte sich Bommes, noch immer lachend. »Man sieht ja sonst gar nicht, wo man sein Ding reinsteckt.«

»Du Arschloch!«, kreischte das Mädchen und schlug wieder auf Bommes ein. Die Bordellbesitzerin hielt ihren Arm fest: »Ich denke mal, dass Bommes sich entschuldigen und euch dafür entschädigen wird«, sagte sie besänftigend. »Und alle anderen bitte ich, zurück in die Zimmer zu gehen. Bitte entspannen Sie sich und trinken Sie ein Glas auf Kosten des Hauses.«

Widerwillig kamen die Gäste der Aufforderung nach. Glattrasierte junge Frauen bekam man eben nicht oft zu sehen. Werner zückte ein paar Geldscheine und winkte die Mädchen heran. Sie nahmen das hingehaltene Geld und verschwanden, nicht ohne Bommes böse Blicke zuzuwerfen.

»Bommes, du bist echt verrückt«, lallte Bernburg. »Is doch völlig egal, wie 's da aussieht.« Mit glasigem Blick stützte er sich an der Wand ab, um nicht hinzufallen.

»Das will man doch auch gar nicht sehen«, sagte Lexi angewidert.

»Ich schon«, verkündete Bommes. Er marschierte, noch immer lächelnd, ins Separee. Die anderen folgten ihm. Nach einigen Minuten erschien die Besitzerin: »Den Schampus für die Gäste müsst ihr übernehmen, Werner.« Sie warf Bommes einen bösen Blick zu: »Ich kann hier so was nicht gebrauchen. Wenn sich das rumspricht, dass ihr hier Ärger macht, bleiben mir die anderen Gäste weg.«

»Die sollten sich alle rasieren«, sagte Bommes. »Das zieht noch mehr Gäste an.«

Sie stemmte die Hände in die Hüften: »Das glaube ich kaum.«

»Habt ihr übrigens von Henker-Hannes gehört?«, wechselte sie das Thema.

»Was ist mit dem?«, fragte Werner.

»Na der sitzt«, war ihre Antwort. »Den haben die Bullen hochgenommen, als er Schmiere stand bei einem Einbruch.«

»Was?«, rief Werner. »Ist der bekloppt? Der hält sich doch sonst raus.«

»Diesmal nicht. Wollte wohl eine Frau beeindrucken, die dabei war. Jedenfalls sitzt er jetzt.«

Als sie verschwunden war, rief Werner: »Scheiße!« Er nahm einen hastigen Schluck, ehe er fortfuhr: »Wie ich Hannes kenne, wird der uns ans Messer liefern, wenn ihn das Gericht gegen ein volles Geständnis davonkommen lässt.«

»Und was machen wir jetzt?«, fragte Mücke. Werner hob stumm die Schultern.

»Man müsste ihm eine Warnung überbringen«, schlug Bernburg vor. »Wenn er singt, machen wir ihn alle oder so was. Wir könnten ihm einen toten Kanarienvogel schicken.«

»Als ob ihm die Schließer den überreichen würden, du Knallkopp«, sagte Lexi.

Werner grübelte. Wenn Hannes auspackte, würden sie in den Bau wandern.

»Wir schicken ihm einen Kuchen«, sagte Werner plötzlich, »einen Kuchen mit einer besonderen Zutat.«

Die anderen sahen Werner fragend an. »Wir schicken ihm einen vergifteten Kuchen. Ich kenne einen Apotheker. Der kann uns Gift besorgen. Das tun wir da rein.«

»Den geben wir seiner Frau mit«, schlug Bernburg vor, »und wenn Hannes krepiert, dann ist sie schuld.«

»Kann doch eh keiner von uns backen.« Bommes schüttelte belustigt den Kopf.

»Das macht irgend'ne Alte für uns. Wofür sind die Weiber denn da?«, sagte Lexi.

»Seid ihr alle komplett verrückt?«, schrie Mücke. »Ihr plant gerade einen Mord.« Er sprang auf: »Ich will nichts damit zu tun haben. Ich bin raus aus der Bande.«

»Ist doch nur Spaß«, sagte Bommes. »Oder?«, fragte er an Werner gewandt.

»Warum sollte ich spaßen?«, fragte dieser zurück. »Wenn Hannes redet, dann fahren wir alle ein.«

Er sah Mücke streng an: »Setz dich wieder hin.«

»Nee«, sagte Mücke. »Ich mach nicht mehr mit.«

Zuerst dachte Werner, Mücke sei zu besoffen, um einen klaren Gedanken zu fassen, doch ein Blick in dessen Augen, verriet Werner, dass der es ernst meinte – ausgerechnet Mücke, den er in seine Bande aufgenommen und den er zu seiner rechten Hand gemacht hatte. »Setz dich wieder hin«, sagte Werner kalt, »sonst schicke ich dir den Kuchen.«

»Du kannst mich mal!«, schrie Mücke, sprang auf und stolperte zur Tür des Separees.

Unbändige Wut explodierte wie ein Schrapnell in Werner. Im Nu hielt er seine Pistole in der Hand, um damit auf Mücke zu zielen. »Das ist Fahnenflucht! Ich knall dich ab, wenn du jetzt abhaust, Mücke.« Werners Finger zuckte nervös um den Abzugshebel.

MÜCKE XI

»Du wirst nicht schießen, Werner.« Auch wenn es in seinem Inneren tobte, blieb Mücke äußerlich kalt. Werner reagierte auf Angst wie ein Hai auf Blut. »Ich gehe jetzt. Wenn du mich erschießen willst, tu das, aber dann landest du unter dem Fallbeil.«

»Mücke, mach doch keinen Quatsch«, versuchte es Werner. »Du bist ein Teil dieser Bande.«

»Nicht länger«, sagte Mücke.

»Los schieß!«, rief Lexi. »Knall den Verräter ab! Der liefert uns früher oder später sowieso ans Messer.«

»Halt den Mund, Lexi«, hörte Mücke Werner sagen. Er hatte der Bande den Rücken gekehrt und bereits die Tür geöffnet. Er war sich nicht sicher, ob Werner nicht doch schießen würde. Zugetraut hätte er es ihm. Werner war betrunken und wütend. Seine Skrupellosigkeit war zuletzt beträchtlich gewachsen, wie ein Geschwür. Er wird mir nicht in den Rücken schießen, versuchte Mücke sich zu beruhigen. Wir sind trotzdem noch Freunde.

Als es neben Mücke knallte, zuckte er zusammen. Eine Champagnerflasche war nur wenige Zentimeter neben seinem Kopf am Türrahmen zerschellt. »Verpiss dich!«, schrie Werner. »Komm mir ja nicht mehr unter die Augen, sonst knall ich dich ab!«

Mücke schloss die Tür hinter sich. Seine Nerven fuhren Achterbahn. Er zwang sich langsam zu gehen, obwohl ihm nach rennen war. Als sich hinter Mücke die Tür zum »Weißen Pferdchen« schloss, fühlte er sich erleichtert. Endlich hatte er es getan. Zwar nicht sauber, wie er es eigentlich wollte, aber er hatte es getan. Das beflügelte seine Schritte.

Werner würde das schon verstehen, sagte sich Mücke. Der braucht mich nicht. Ich muss an mich denken. Ich will nicht ins Gefängnis. Und da würde die Bande früher oder später durch Werners Waghalsigkeit landen.

Er legte den Weg nach Hause zu Fuß zurück. Den eisigen Wind, der ihn wie ein Schatten begleitete, bemerkte Mücke kaum. Unentwegt ging er in Gedanken das gerade Erlebte durch.

Auf dem Gelände der Charité, das wie eine kleine Stadt in der großen Stadt Berlin war, stand ein Mann an einem einsam erleuchteten Fenster und schrie etwas mit schriller Stimme in die Nacht. Mücke konnte nicht alles verstehen, aber eine Formulierung stach wie herausgeschnitten klar hervor: »Alle Laster sind zu etwas gut. Und der Mann auch, der sie tut. Miese Hölle!« Kurz darauf erschien eine Frau in einem weißen Kittel und zog den Mann fort. Das Fenster schloss sich mit einem lauten Krachen.

Am Lehrter Bahnhof schlüpfte Mücke auf der Brücke am Humboldthafen durch einen löchrigen, kaum bewachten Zaun, der Ost und West voneinander trennte. Dann marschierte er Alt Moabit entlang bis zur Kirchstraße.

Als Mücke vor dem Haus stand, war er wieder halbwegs nüchtern und umso entschlossener, seinen eigenen Weg zu gehen. Er war jetzt soweit, fühlte sich allem gewachsen. Mücke sah an der Fassade hinauf: Gründerzeit. Zerschabt, zerstoßen vom Krieg. Die einst hochherrschaftlichen Wohnungen waren jetzt in kleine Parzellen unterteilt, angepasst an die kargen Geldbeutel ihrer jetzigen Bewohner. Spekulanten hatten Mauern einziehen lassen, um noch mehr Wohnungen zu schaffen, um noch mehr Miete einnehmen zu können. Durch die dünnen Wände hörte man die Nachbarn husten.

Zwar würde Mücke in Zukunft weniger Geld haben, aber er schwor sich, hart zu arbeiten, um Edith und sich eine bessere Wohnung verschaffen zu können. Und irgendwann würde er auch genug Geld haben, um Sylvia … Ja, was eigentlich? Zu heiraten? Er musste über diesen Gedanken lachen, während er in den vierten Stock hinaufstieg.

*

Edith erschien plötzlich im Flur. »Der verlorene Bruder«, sagte sie leicht spöttisch und schloss ihn in die Arme. »Wo bist du denn seit Tagen?«, klagte sie. »Ich bekomme dich kaum noch zu Gesicht. Warst du bei Sylvia?«

»Auch.«

»Egal, ich will gar nicht alles wissen«, winkte sie ab. »Ich kann es ja eh nicht ändern und ich würde mir nur Sorgen machen.«

»Wo ist Heinrich?«, wechselte Mücke das Thema.

»Schläft«, sagte sie nur. »Das fragt ja der richtige. Du stinkst ...« Sie schnupperte an ihm. »Du stinkst nach ...« Mücke schob sie sanft zurück. »Warte, ich hab's gleich«, sagte Edith und begann von neuem an ihm zu riechen. »Ich rieche einen 1928er Veltliner in grün, blau und rot. Nee warte ...« Sie drückte ihre Nase an seine Wange: »Du hast einen Grand Mort de la Sac Plaque von 1871 getrunken.«

Mücke schob sie lachend weg und hielt sie auf Armeslänge von sich, während Edith wie ein Gummiball in die Höhe sprang und weiterhin versuchte, an ihm zu riechen.

»Ich muss mit dir reden«, sagte er.

»Dann komm, ich mache dir einen Kaffee.«

Als sie sich mit ihren dampfenden Tassen an den Küchentisch setzten, räusperte sich Mücke, bevor er zu erzählen begann. Unterwegs hatte er den Beschluss gefasst, Edith alles zu sagen, ihr in allen Einzelheiten von seinem kriminellen Leben zu erzählen. Sie wusste natürlich, dass Werner und die anderen keine Chorknaben waren und dass sie sich in der Unterwelt bewegten. Sie hatte Mücke deshalb auch schon oft Vorhaltungen gemacht, hatte nachgefragt, wollte Einzelheiten wissen, aber Mücke erging sich stets nur in Andeutungen. Edith sollte sich nicht sorgen.

Die Offenbarung, dass Mücke der Weißen Krawatte angehörte, in der Werner um sich schoss und Menschen verletzte, rief Besorgnis, Erstaunen, Ekel und Wut in ihr hervor.

Nachdem Mücke seine Erzählung beendet hatte, schwiegen sie eine Weile.

»Ich habe es eigentlich geahnt, wollte es aber nicht wahrhaben«, sagte Edith nach einer Weile wie zu sich selbst. »Allein der Bohnenkaffee, die Zigaretten für Heinrich, die Butter und all die raren Dinge, die du mitbringst, das Fleisch – alles vom Schwarzmarkt … schon klar. Aber seit der Währungsreform gibt es keinen Schwarzmarkt mehr, und du schleppst trotzdem kistenweise Zeug an, für das jeder normale Mensch in den Läden ein Vermögen hinblättern muss.«

Mücke wollte etwas sagen, doch Edith hob warnend die Hand. »Aber ich kenne dich auch gut, vielleicht besser als du dich selbst. Ich weiß, wie schwer du es dir machen kannst. Dieser gequälte Gesichtsausdruck, wenn du denkst, dass dich niemand beobachtet, wie du dich fragst, ob du das Richtige getan hast.« Sie schüttelte fassungslos den Kopf. »Mein Bruder gehört zur Weißen Krawatte. Wenn das unsere Eltern noch erlebt hätten … O Gott!«

Sie umschloss mit beiden Händen Mückes Hand. »Und Werner hat tatsächlich geschossen? Das hätte ich nicht von ihm gedacht. Der kann so nett sein.« Sie sah Mücke mit klarem Blick an: »Du solltest zur Polizei gehen und dich stellen.«

Mücke zog seine Hand weg. »Nein«, sagte er schroff. »Ich bin raus aus der Bande und fertig.«

»Aber die anderen machen weiter. Wer weiß, was die beim nächsten Mal mit einer Frau anstellen, die sie überfallen.«

»Das ist nicht mein Problem. Ich bin nicht für die anderen verantwortlich.«

»Aber für die Opfer«, sagte Edith leise.

»Ich verpfeife niemanden.«

»Aber kannst du sicher sein, dass Werner dich in Ruhe lässt?«

»Solange ich nicht zu den Bullen gehe, wird er das«, sagte Mücke mit Überzeugung. Werner würde ihm nichts tun.

Da war eine Verbindung zwischen ihnen, die Werner respektierte. Und solange Mücke die Schnauze hielt, würde Werner nichts gegen ihn unternehmen.

»Ich bin raus und die Geschichte ist beendet«, sagte er fest.

»Und du wirst auch nicht zu den Bullen gehen, hast du verstanden Edith?«

Sie nickte. »Und was willst du jetzt tun?«

Mücke zögerte, bevor er antwortete. »Ich versuche es beim *Tagesexpress*, und wenn die mich nicht wollen, bei einer anderen Zeitung.«

»Das ist eine gute Idee, Mücke. Du kannst das.«

»Die haben doch sicherlich Redakteure verloren im Krieg.«

»Ganz bestimmt. Und wenn die erst mal rausfinden, wie gut du bist, werden sie dich nicht mehr gehen lassen.«

Sie schwiegen wieder für eine kurze Weile. Daher hörten sie auch das Rascheln im Flur. Sie lauschten. Es klang, als ginge da jemand leise herum. Mücke schlich zur Tür und riss sie auf. Im Dunkel konnte er eine Silhouette erkennen, die sich vor der Scheibe der Wohnungstür abzeichnete.

»Heinrich!«, rief er. »Was schleichst du hier rum?«

»Muss pissen«, maulte Heinrich.

»Hast du uns belauscht?«

Heinrich lachte nur und trat hinaus ins Treppenhaus. Die Tür ließ er angelehnt. Mücke hörte seinen Schwager die halbe Treppe zur Toilette hinabsteigen, die sie sich mit den Nachbarn teilten.

»Der hat doch gelauscht«, sagte Mücke zu Edith. Er war sich unsicher.

»Warum sollte er das tun?«, fragte sie zurück.

»Weil er hinterhältig ist.«

»Mücke!«, rief sie ihn zur Ordnung. »Heinrich ist mein Mann. Ich möchte, dass du das endlich respektierst. Lass ihn. Er lässt dich schließlich auch in Ruhe.«

»Aber nur weil er Angst vor Werner hat. Und weil Werner ihm eine Arbeit besorgt hat.«

»Heinrich ist kein schlechter Mensch«, sagte Edith. »Der Krieg und was er da erlebt hat, macht ihm zu schaffen.«

»Ich höre ihn doch oft nachts rumschreien und zetern. Hast du keine Angst vor ihm?«

Edith sah ihren Bruder eindringlich an: »Er würde mir nie etwas tun. Er hat Albträume. Die lassen ihn nicht los.«

Heinrich kam wieder hereingepoltert. Edith wünschte Mücke eine gute Nacht und verschwand mit ihrem Mann im Schlafzimmer.

Mücke blieb noch sitzen und verlor sich in Träumen von einem besseren Leben. Als er schließlich aufstand, um ins Bett zu gehen, sah er sein Spiegelbild im Fenster. Die Dämmerung hatte eingesetzt, und im fließenden Übergang zum Licht kam es Mücke so vor, als wären die ohnehin markanten Gesichtszüge noch tiefer in sein Gesicht gemeißelt worden. Feine Linien und Verästelungen verbanden Punkte, die, wie auf einer Landkarte, zu all den Schandtaten führten, die er begangen hatte. Augenblicklich fühlte sich Mücke wie von einem Zentnergewicht zu Boden gedrückt.

DENSKE V

»Wissen Sie etwas darüber, Denske?« Schröder sah ihn scharf an. »Es gibt eine Beschreibung, und die passt seltsamerweise auf Sie und den Kollegen Wanner.«

»Aber wir waren nicht drüben, Chef.«

»Das hoffe ich für Sie. Das würde nämlich schwerwiegende Konsequenzen haben. Die sowjetischen Behörden und auch die Ostberliner Kollegen sind ziemlich nervös, weil sie nicht wissen, wer sich da als Polizist ausgibt und die Zeugin eines Überfalls befragt.«

Schröder setzte sich mit einer Pobacke auf die Kante seines Schreibtischs: »Ihr Engagement in allen Ehren Denske, aber wir leben in schwierigen Zeiten. Da müssen wir vorsichtig sein, um nicht zwischen den Mühlsteinen der Politik zerrieben zu werden.«

»Ich handle streng nach Vorschrift, Chef«, sagte Denske, worauf Schröder zweideutig lächelte.

Denske musste ihn von seiner heißen Spur überzeugen: »Ich habe gehört, die Täter hätten beim Überfall auf den Rummelplatz schlechtes Russisch gesprochen. Ich bin davon überzeugt, das waren wieder diese Schein-Russen, die in Dahlem die Malerin überfallen haben …«

»Die Weiße-Krawatten-Bande?«, unterbrach ihn Schröder.

Denske nickte, während er weitersprach: »Da haben die Täter anfangs auch so getan, als seien sie Russen. Die Frau hat ausgesagt, dass die aber wie normale Berliner Jungs klangen. Also alles nur Schwindel, genau wie wir vermuteten. Aber ich habe noch was, Chef, etwas viel Besseres.« Schröder sah ihn fragend an.

Denske ließ sich einen Moment Zeit, ehe er hinzufügte: »Die Frau nannte auch einen Namen, mit dem ein Mitglied der Weißen Krawatte angesprochen wurde: Doktorchen!«

»Doktorchen?«

»Exakt. Und Doktorchen war wohl auch der Anführer. Zumindest hat die Zeugin das so gedeutet.«

»Einen Ganoven mit Spitznamen Doktorchen haben wir bestimmt in der Kartei aber …«

»Aber die ist bei den Kollegen im Sowjet-Sektor und da kommen wir nicht ran«, ergänzte Denske.

»Ich mache ein paar Anrufe«, sagte Schröder entschlossen. »Jemand ist mir noch einen Gefallen schuldig.«

Es dauerte eine gute halbe Stunde, bis Schröder mit den Informationen in Denskes Büro auftauchte: »Also, es gibt fünf schwere Jungs mit diesem Namen in Berlin«, begann er. »Drei im Osten und zwei hier bei uns. Einer aus dem Westen scheidet aus. Der sitzt seit zwei Jahren ein wegen Totschlags. Aus dem Osten kommt einer auch nicht in Frage, ist schon über sechzig. Alle Zeugen haben ja bislang von jungen Männern gesprochen. Bleiben also noch drei übrig. Sie fühlen jetzt erst mal dem falschen Arzt hier bei uns auf den Zahn. Nehmen Sie Wanner und ein paar Kollegen von der Bereitschaft mit. Vielleicht haben wir ja Glück und können diesen Spuk beenden.«

Denske war schon halb aus der Tür, als Schröder ihn zurückrief: »Ich hatte übrigens einen Anruf vom *Tagesexpress*, von einem Klaus Engler.«

Denske sagte das gar nichts.

»Der hat den Artikel zum Überfall auf die Malerin geschrieben«, erklärte Schröder. »Der will uns weiter auf die Füße treten, weil die Ermittlungsarbeit behindert wird. Eine Frechheit ist das. Wir können ja auch nichts dafür. Vielleicht bestellen sie diesen Schmierfinken mal ein und machen dem ein bisschen Feuer unter dem Hintern.«

»Die Zeiten sind vorbei, Chef«, sagte Denske lachend. »Wir haben jetzt eine freie Presse. Die lässt sich nicht auf Linie bringen. Und außerdem hat er ja recht.«

»Ja, leider«, sagte Schröder mit säuerlichem Gesicht und winkte Denske aus dem Büro.

Als er schon fast aus der Tür war, rief Schröder ihn noch einmal zurück. »Ich denke, Sie hatten recht, mit ihrer Vermutung, dass da eine Bande ihr Unwesen treibt. Manchmal braucht es den Blick von außen, wie in Ihrem Fall. Gut gemacht, Denske. Bleiben Sie dran.«

Auf dem Flur überfiel ihn ein euphorischer Schwindel. Schröders Lob hatte ihm gut getan. Endlich bestätigte sich, was er die ganze Zeit vermutet hatte. Und sie hatten sogar den Namen des Anführers.

Er fand Wanner in der Kantine. »Auf geht's, wir machen einen Arzt-Besuch.«

»Ist jemand krank?«

Denske fühlte sich zu einem albernen Scherz aufgelegt: »Ja, die Stadt ist krank. Und wir werden sie gesund machen. Nein, es geht um dieses junge Doktorchen. Ich habe eine Adresse in Charlottenburg.«

Da alle Wagen der Bereitschaft im Einsatz waren, fuhren Denske, Wanner und die drei Uniformierten mit dem Linienbus. Unterwegs setzte Denske die Kollegen über den Verdächtigen in Kenntnis: »Hans Strasser, vierunddreißig Jahre alt. War tatsächlich Arzt. Hat aber im Hospital Morphium abgezweigt. Da ist er rausgeflogen. Danach ist er mehrmals bei Wohnungseinbrüchen erwischt worden. Saß ingesamt vier Jahre. Jetzt ist er aber seit einiger Zeit nicht mehr aufgefallen.«

Zweimal mussten sie umsteigen. Als sie endlich vor der Nummer siebenundzwanzig ankamen, trat gerade eine ältere Frau aus dem Haus. Sie trug einen Blecheimer und war im Begriff, im Kellereingang zu verschwinden. Auf Denskes Frage nach Hans Strasser, sagte sie: »Der ist vorhin weg. Wieso, hat er was ausgefressen?«

»Wo ist er denn hin? Wissen Sie das?«

»Ach, der kommt gleich wieder. Der holt nur Nachschub«, sagte sie geheimnisvoll, musterte die Polizisten von oben bis unten und ließ sie wortlos stehen.

Sie warteten gegenüber beim Kriegerdenkmal, auf dem ein ruhender Löwe thronte. Um die Kälte in Schach zu halten, stampften sie mit den Füßen, vergruben sich in ihre Jacken.

»Der da wird es sein.« Wanner wies auf einen Mann, der abgerissen wirkte und mit unsicheren Schritten das Trottoir entlang wankte. Er war ziemlich besoffen. Vor der Nummer siebenundzwanzig blieb er stehen und fummelte einen Schlüssel aus seiner Hose, den er mehrmals fallen ließ.

Denske trat hinter ihn, hielt jedoch Abstand. Der Betrunkene fluchte leise vor sich hin, als der Schlüssel erneut auf dem Boden landete. »Herr Strasser?«

»Ja?« Der Angesprochene machte sich nicht mal die Mühe, sich umzudrehen. Aus seiner Manteltasche ragte der Hals einer Schnapsflasche.

»Polizei. Wir haben ein paar Fragen an Sie.«

Strasser drehte sich schwungvoll um, geriet aus dem Gleichgewicht und wäre gestürzt, hätte ihn nicht einer der Beamten aufgefangen. Strasser kniff ein Auge zusammen und versuchte Denske mit dem anderen zu fixieren. Der Mann sah wesentlich älter aus als vierunddreißig. Denske wurde übel von dem Schnapsgeruch, den Strasser ausdünstete.

»Sie sind auch unter dem Namen ›Doktorchen‹ bekannt, stimmt das?«

»Ja ick bin 'n weltbekannter Jehirnchiroog. Komme jerade von eine Operation aus Amerika, Weißet Haus. Präsident Truman hat wat am Kopf jehabt.« Er kicherte.

»Ich untersuche den Raubüberfall auf die Bewohnerin eines Hauses in Zehlendorf am 23. November.«

Strasser schwieg.

»Haben Sie ein Alibi?«

»War ick mit meine Braut. Lina.«

»Gehören Sie der Weiße-Krawatten-Bande an?«, fragte Wanner unvermittelt.

»Ick hab 'ne jelbe und 'ne braune Krawatte«, sagte Strasser nachdenklich. »Soll ick holen?«

Denske kam sich blöd vor, als würden sie hier ein dadaistisches Theaterstück aufführen. Dieser Strasser war schwerer Alkoholiker und garantiert nicht in der Lage eine Bande anzuführen.

»Wir gehen mal mit rauf«, sagte Denske entschieden und öffnete die Tür. Zwei der Uniformierten mussten Strasser förmlich die Treppe hinaufschleppen, sonst hätten sie bei seinem Tempo ewig dafür gebraucht.

Das Türschloss der Wohnung war kaputt. Die Tür selbst sah aus, als wäre sie mehrmals eingetreten und dann notdürftig geflickt worden.

»Müssen se ma reparieren«, nuschelte Strasser in Richtung Denske.

Sie betraten einen winzigen Flur, der zu einem kleinen Zimmer führte, an das sich eine noch kleinere Küchennische anschloss. Die Wohnung war so gut wie leer, bis auf eine fleckige Matratze mitten auf dem Boden, auf der eine Frau schnarchte. Der Uringestank war überwältigend. Der Boden war mit Müll, Kleidern, leeren Schnapsflaschen und Spritzen übersät.

»Lina!«, brüllte Strasser los. Denske der unmittelbar daneben stand, zuckte zusammen.

»Lina!« Die Frau rührte sich nicht, bis Strasser gegen die Matratze trat. Das Gesicht war hinter den weißblonden Haaren, die der Frau in wirren Strähnen davor hingen, kaum zu erkennen.

»Lina, die sind vonne Wohlfahrt«, sagte Strasser zu ihr.

Wanner setzte an, um den Irrtum aufzuklären, doch Denske hielt ihn mit einer Handbewegung zurück.

Lina blinzelte, bekam aber die Augen kaum auf. An ihrem fleckigen Nachthemd klebten Essenreste. »Wat?«, fragte sie verwirrt.

»Guten Tag«, meldete sich Denske. »Wir sind von der Polizei.«

»Vonne Polizei?«, wiederholte Strasser sichtlich geschockt. »Wieso vonne Polizei?«

»Es geht um den Überfall am 23. November in Zehlendorf.«

Strasser sah aufmerksam aus dem Fenster. Er schien bereits den Faden verloren zu haben. »Die von drüben war 'n das«, sagte er plötzlich, drehte sich um und sah Denske aus seinen blutunterlaufenen Augen eindringlich an. Denske schöpfte neue Hoffnung. Vielleicht wusste Strasser etwas.

»Die Suffköppe von drüben. Die haben Lina geschlagen. Und mich auch.« Er zerrte den Kragen seines Hemdes bis zum Schlüsselbein runter. »Hier. Blauer Fleck. Siehste?« Denske konnte nichts erkennen.

»Herr Strasser«, sagte Wanner, »Sie kommen mit uns aufs Revier. Wir müssen das klären.«

Strasser schien die Lage nicht zu begreifen. »Wollen Se 'n Schnaps?«

Denske wandte sich an Wanner: »Ich geh mal nach einem Wagen telefonieren. Wir können den ja schlecht mit dem Bus transportieren.«

Er fand ein Telefon in einer Kellerkneipe, orderte einen Wagen und ging zurück zu Strassers Wohnung.

»Der war's nicht«, sagte Denske zu Wanner, während sie auf die Kollegen warteten.

Auch Wanner hatte seine Zweifel. »Wäre auch zu schön gewesen, wenn der erste gleich der richtige wäre.«

»Bleiben noch die beiden aus dem Osten.«

»Letzte gemeldete Adresse ist Friedrichshain bei dem einen und beim anderen Prenzlauer Berg. Aber da dürfen wir ja nicht hin.«

Denske hob die Augenbrauen: »Dann müssen wir eben wieder mal privat rüberfahren.«

»Niemals!«, sagte Wanner erschrocken.

*

Als sie Schröder Bericht erstatteten, rieb dieser sich nachdenklich das Kinn, um nach einer Weile zu sagen: »Sie beide gehen jetzt Kaffee trinken und ich gehe zum Chef. Irgendjemand von oben muss die Ostberliner Kollegen dazu kriegen, diese falschen Ärzte zu kontrollieren.«

Denske und Wanner gingen in die Kantine, um dort zu warten.

»Und wenn wir wirklich doch nach Feierabend mal rüberfahren?«, schlug Denske vor. »Nur mal gucken.«

»Auf keinen Fall. Das ging einmal gut aber nicht noch mal. Wenn die uns da einsperren? Was soll ich meiner Mutter sagen?«

»Dass sie dir einen Kuchen schicken soll.«

In diesem Moment betrat Schröder die Kantine und erlöste Wanner. Er wedelte mit einem Papier herum. »Wir haben die Kollegen überzeugt«, verkündete er ganz aufgekratzt. »Ich habe ihnen die Dringlichkeit geschildert, dass da eine Raubmörderbande in Ost und West wütet. Also, die Erlaubnis kommt jetzt von ganz oben. Kurzer Dienstweg. Und das Beste ist: Sie beide können rüber, um mit dabei zu sein. Die Kollegen drüben nehmen sie mit zu den Verdächtigen, aber …«, er hob warnend eine Hand, »… nur als Beobachter. Sie haben keinerlei Befugnisse. Ist das klar?« Denske nickte.

»Das meine ich ernst. Keine Alleingänge, Denske.«

»Geht klar, Chef«, sagte dieser.

»Ich komme in Teufels Küche, wenn Sie da Mist bauen«, schob Schröder noch hinterher.

»Ja, ja«, sagte Denske amüsiert. Er schien ja einen Ruf wie Donnerhall zu haben.

Sie ließen sich von einem Kollegen, der Feierabend hatte und nach Hause fuhr, am Kontrollpunkt Friedrichstraße absetzen. Hinter der Kontrolle wurden sie schon erwartet.

»Tach!«, sagte der vierschrötige korpulente Mann, der sie misstrauisch begrüßte. Sein Händedruck war fest. »Ick bin Leutnant Steinke.« Er richtete seinen fleischigen Finger auf Denske und Wanner. »Ick will euch nich im Weg stehen haben. Is dit klar? Dit is hier richtige Polizeiarbeit. Weeß eh nich, wat dit soll. Warum schicken die euch Männeken hier rüber, wenn wir einen überprüfen? Ick bin seit dreißig Jahren Polizist. Und da kommen so 'n paar Bubis wie ihr und machen hier eenen uff dicke Hose. Haltet euch ja zurück, sonst rumort dit hier janz jewaltich.«

»Geht klar, Chef«, sagte Denske nur. Fast hätte er über Wanner gelacht, der in diesem Moment wie ein eingeschüchterter Schuljunge wirkte. Mittlerweile wusste er Wanner zu schätzen. Was er anfangs für Ignoranz und Dummheit hielt, war einfach eine gewisse Unsicherheit.

Steinke machte sich nicht die Mühe, seine beiden Kollegen vorzustellen. Zu fünft quetschten sie sich in den viersitzigen Wanderer W 24, der aussah, als würde er jeden Moment schlapp machen.

»Wir fahren jetzt zu einem eurer Doktoren«, verkündete Steinke vorwurfsvoll, als hätten Denske und Wanner das Verbrechen, wie einen Virus, in den Ostsektor eingeschleppt.

Zwischen Steinkes gewaltigen Bauch und das Lenkrad passte kein Blatt mehr, und Denske fragte sich, wie der den Wagen lenken wollte. Steinke fuhr aber erstaunlich gewandt.

»Vor dem Haus hab ick meine Leute postiert«, sagte er gewichtig, als wollte er den Westberliner Kollegen zeigen, wie man ordentliche Polizeiarbeit leistet. »Unauffällich natürlich. Der Verdächtige is nämlich zu Hause. Die Kollegen sollen nur tätich werden, wenn er versucht abzuhauen. Bei uns hier machen wa noch richtige Ermittlungsarbeit. Wir haben auch 'ne Kartei von unseren schweren Jungs.«

Denske verkniff sich die Bemerkung, dass die Ostberliner Kripo die Verbrecherakten widerrechtlich an sich genommen hatte.

»Außerdem stellen wa nich jede Schießbudenfigur von

de Straße ein«, polterte Steinke weiter und warf Wanner einen Blick im Rückspiegel zu. »Ick hab dit Handwerk noch unter Arthur Nebe erlernt.«

»Ach!«, staunte Denske scheinbar beeindruckt.

Sie hielten vor einer typischen Mietskaserne aus der Jahrhundertwende. Enge Straße, Kopfsteinpflaster. Typische Arbeitergegend, dachte Denske.

»Ick will keen Wort von euch Heinis hören, wenn ick mit dem Verdächtijen spreche«, schärfte Steinke ihnen ein als sie ausstiegen. »Und ihr bleibt hinter uns. Ihr rührt euch nur, wenn ick euch dit erlaube.«

Denske salutierte mit zwei Fingern.

Steinke ging voran, dahinter die Kollegen, bevor Denske und Wanner folgten.

»Ich hab ein gutes Gefühl, dass wir den richtigen haben«, raunte Wanner Denske zu. Denske traute Gefühlen nicht.

Vor einer Wohnungstür blieben sie stehen. Steinke hämmerte mit der Faust gegen die Tür. Ein typisches Polizeiklopfen, wie Denske feststellte. Das musste ja jeden Gauner alarmieren.

Steinke pochte erneut gegen das Holz.

»Ja?«, hörten sie eine misstrauische Stimme hinter der Tür.

»Aufmachen, Polizei!«

Als die Tür ein Stück weit aufgezogen wurde, warf Steinke sich dagegen. Der bullige junge Mann, der in dem Spalt erschienen war, wurde von der Tür am Kopf getroffen und taumelte zurück in den Flur.

WERNER IX

Als es an die Tür klopfte, fuhr Werner zusammen. »Scheiße, wer kommt denn jetzt?«, fragte er laut. Er erwartete niemanden. Mit gezogener Pistole winkte er Lexi, ihm zu folgen. Sie schlichen in den Flur, wo Werner sein Ohr gegen die Tür legte. Als es erneut pochte, fragte er: »Ja?«

»Aufmachen, Polizei!«

Werner öffnete die Tür einen Spalt, den Arm mit der Waffe hinter dem Rücken versteckt. Lexi hatte sich mit gezogener Pistole hinter einem Schrank postiert.

Im Hausflur standen zwei Polizisten. Der eine tippte sich an die Mütze, der andere nickte ihm zu.

»Wir kommen von Henker-Hannes«, sagte einer der beiden. Werner glotzte sie verständnislos an.

»Wir sollen was überbringen«, sagte der andere jetzt und hielt ihm einen Brief hin. Werner nahm das Papier zögernd entgegen. »Wir sollen auch auf Antwort warten.«

Wortlos schloss Werner die Tür. Lexi war kreidebleich. »Das ist ein Trick«, flüsterte er. »Die wollen nur testen, wie viele hier sind, bevor sie stürmen.«

»Lexi hör auf«, sagte Werner knapp. Er hielt den Brief hoch. »Post aus'm Knast«, lachte er.

Werner riss das Kuvert auf und las Lexi den Inhalt vor: »Werner ich sitz in Rummelsburg die Polennte wil wissen was ich üba die weisen Krawaten weis aba ich vapfeif kein. du must keine Angst ham. ich hald dichd. Ich würd sonst ja auch mithengen. dein froind Hannes.«

Werner ließ den Brief sinken. Am liebsten hätte er laut aufgelacht. »Dieser Idiot«, sagte er zu Lexi und grinste boshaft. »Hat also was gebracht, dass ich seiner Ollen gesteckt hab, dass ich ihn kalt mache, wenn er uns ran hängt.«

Werner steckte den beiden Ordnungshütern je hundert Westmark zu, bevor er sie mit den Worten entließ: »Könnt Hannes sagen: Geht in Ordnung.«

Als die beiden verschwunden waren, setzten Werner und Lexi ihre Unterhaltung fort.

»Also hundertfünfzig Mille sind mindestens drin, Lexi.«

Der war nicht wirklich überzeugt. »Auch die Olle in Zehlendorf sollte angeblich viel mehr haben. Und was ham wa rausgeholt? Zweiunddreissig Mille.«

»Ja, das war übel. Aber Mensch, Lexi, wir reden hier von einer Tauschzentrale und nicht irgendeiner Tante, die wir um ihren Sparstrumpf erleichtern. Und Broscheit ist der größte Händler hier im Osten. Der steckt voller Penunze, wie 'n gespickter Schmorbraten. Der Kerl handelt mit allem. Der ist reich.«

»Das Ding ist zu gut gesichert«, gab Lexi zu bedenken.

Sie hatten das Fabrikgebäude an der Frankfurter Allee inspiziert und festgestellt, dass es nur über den Haupteingang zugänglich war. Lexi war in einer Nacht sogar die wacklige Eisenleiter aufs Dach geklettert, um zu prüfen, ob es von oben einen Zugang gab – nichts dergleichen.

»Das Geld ist jedes Risiko wert«, sagte Werner. »Al Capone hätte sich nicht von so was abschrecken lassen. Wir sind die Weißen Krawatten und nicht irgendso'n kleiner Tresorknackerverein. Also wir beide gehen mit Bommes rein. Bernburg steht Schmiere. Der ist mir in letzter Zeit ein Rätsel, wenn nicht sogar ein Risiko. Wer weiß, was der wieder verzapft, wenn er mit drin is.«

»Und was ist mit Mücke?«, wollte Lexi wissen.

»Was soll mit dem sein?«

»Der weiß zu viel.«

»Und?«

»Wir sollten ihn aus dem Verkehr ziehen.«

Werner sah Lexi aufmerksam an: »Willste Mücke kalt machen?«

Lexi zuckte mit den Achseln. »Nicht gleich. Wir könnten ihm erst mal eine Warnung zukommen lassen. So wie bei Hannes.«

»Mücke sagt nichts.«

»Ich hab dem Kerl nie getraut, Werner. Bin froh, dass er raus ist. Aber trotzdem: Wir sollten noch mal mit ihm reden. Nur so, um ihm klar zu machen, dass er die Füße stillhalten soll.«

Das juckt den schon lange, dachte Werner. Er hatte nie verstanden, was Lexi gegen Mücke so aufbrachte. Aber Lexi meckerte ja gerne über alles und jeden.

»Ich denk mal drüber nach. Und so lange rührt keiner von euch Mücke an, verstanden?«

Lexi nickte, doch Werner fiel das bösartige Glimmen in seinen Augen auf.

Werner hatte schon selbst darüber nachgedacht, Mücke zur Rechenschaft zu ziehen. Verrat war eine Währung, die zurückgezahlt werden musste. Vielleicht könnte er Mücke aber auch zur Vernunft bringen und er wurde wieder Teil der Bande. Werner schob die Entscheidung auf. Jetzt hatte er zunächst Wichtigeres zu tun.

Am Abend trafen sie Bommes und Bernburg am Garagenhof an der Samariterstraße. Werners Familie hatte dort eine Garage gemietet, wo die Bande für gewöhnlich einen Teil ihrer Beute lagerte.

Sie setzten sich in die hintere Ecke auf die samtbezogenen Stühle, die um einen Rauchtisch aus Messing gruppiert waren. Ringsum stapelten sich Kisten, dazu Radios, Fotoapparate, Zigarettenstangen, Kleider, Möbel, Fahrräder und zwei Motorräder.

»Ich weiß nich«, sagte Bommes zum wiederholten Mal. »Der Broscheit ist 'ne Nummer zu groß für uns.«

Werner winkte ab: »Je spektakulärer, desto besser. Was glaubste, was die Zeitungen daraus machen?«

»Ist doch egal, was die Zeitungen schreiben, Werner.«

»Außerdem laufen die Bullen regelmäßig Streife vor Broscheits Laden«, gab Lexi zu bedenken.

»Mehrmals am Tag«, ergänzte Bernburg.

»Deswegen gehen wir ja auch abends, kurz vor Geschäftsschluss«, sagte Werner. »Außerdem kennt ihr doch die Ostberliner Bullen. Wenn die unsere Spritzen sehen, laufen die wie die Hasen.«

Werner spürte die Unruhe bei seinen Leuten. Er musste sie wieder auf Linie bringen. Seit Mückes Abgang war die Dynamik in der Bande gestört. »Wir gehen heute in die Pharussäle«, verkündete Werner. »Machen richtig einen drauf. Auf meine Kosten.«

»Gute Idee«, lachte Bommes. »Vor allem, dass du bezahlst.«

Auf dem Weg in den Wedding erleichterten sie noch einen Doppelposten der Ostberliner Polizei um ihre Waffen. Werner hatte sich in den Kopf gesetzt, noch eine zweite Pistole mit sich herumzutragen. Die Radom litt regelmäßig an Ladehemmung.

»Ihr seid von der Weißen Krawatte«, sagte der eine Polizist und hielt Werner bereitwillig die umgedrehte Waffe hin, noch ehe der eine Forderung gestellt hatte. Er schien fast stolz darauf zu sein, dass er von einer bekannten Gangsterbande überfallen wurde. Sein Kollege zierte sich etwas, rückte dann jedoch auch seine Pistole heraus.

Feixend zog die Bande weiter. Die Pharussäle in der Weddinger Müllerstraße boten gehobene Küche, französisches Flair, Jugendstilpracht und vornehmes Getue. Und so wurde der Laden von Geschäftemachern, Apothekern, französischen Offizieren, Waffenschiebern und Edelnutten heiß geliebt. Hier saß vor allem das neue Geld. Zwar war ein Teil des Gebäudes wegen Bombenschäden noch immer gesperrt, aber im restlichen Teil ließ es sich genauso gut feiern.

Die Bandenmitglieder trugen ihre Anzüge, zwar ohne Krawatten, um nicht allzu leicht identifiziert zu werden, doch allein ihr jugendliches Alter und ihr großkotziges Auftreten in Verbindung mit teurer Kleidung wiesen sie als Angehörige der Gauner-Kaste aus. Aber man wollte keinen Ärger, und solange sie die anderen Gäste nicht belästigten, ihre Rechnung bezahlten und die Trinkgelder stimmten, gab es nichts zu beanstanden.

Sie orderten Spargelcremesuppe, Bœuf Stroganoff, Schokoladenpudding. Zum Essen hatte sich die Bande Stoffservietten in die Ausschnitte gesteckt, wodurch es aussah, als würden sie weiße Krawatten tragen. Zum Essen gab es Champagner, Cognac und im Anschluss Kaffee. Dann genehmigten sie sich noch Zigarren – ganz ohne Raucherkarte. Longfiller, aus Honduras, wie der Zigarrenkellner betonte, die sie behaglich und wichtigtuerisch pafften.

Manchmal sah Werner sich wie von außen und fühlte sich wie ein Schauspieler, wie der Star in seinem eigenen Film. Das sollte ihm erst mal einer nachmachen.

»Und jetzt ab ins Kino!«, rief Werner und trank den letzten Rest Schampus. »Im Marienbad läuft *Little Caesar*. Genau der richtige Film für uns.«

Sie wankten über die Badstraße, pinkelten gegen eine Luxuslimousine am Straßenrand und schubsten sich an der Kinokasse, herumalbernd wie Schuljungen.

Während die anderen versunken in ihren Sitzen schnarchten, verfolgte Werner das Geschehen auf der Leinwand. Auch wenn er den Film schon so oft gesehen hatte, war er doch immer wieder hingerissen von der raubtierhaften Ausstrahlung Edward G. Robinsons, und er entdeckte aufs Neue Parallelen zwischen sich und *Little Caesar*.

DENSKE VI

Denske war frustriert. Wieder kein Hinweis auf die Weiße-Krawatten-Bande. Dieser Kerl, den sie hochgenommen hatten, war nur ein schmieriger kleiner Zuhälter mit einem Alibi. Die minderjährigen Ausreißerinnen, mit denen dieser Schmierlappen seine miesen Pornofilme drehte, bestätigten, dass sie die letzten Wochen ununterbrochen mit ihm in der Wohnung verbracht hatten. Und der Spitzname »Doktorchen« rührte daher, dass die Filme im Krankenhausmilieu spielten. Er war der potente »Arzt«, der reihenweise die jungen »Krankenschwestern« vernaschte. Aber dass dieses Arschloch sich auch noch frech auf die »Kunstfreiheit« berief … Er schüttelte den Kopf. Gut, dass Steinke dem gleich das Maul stopfte. Das brachte ihm bei Denske ein paar Symphatiepunkte ein, wenngleich Steinke ein Ekel blieb.

Die Ostberliner Kollegen fanden in der Wohnung einige Flaschen Cognac und verschiedene andere Westprodukte. »Devisenvergehen. Der geht für eine Weile nach Bautzen«, verkündete Steinke sofort. »Westliche Dekadenz dulden wir bei uns nicht. Feinde des Sozialismus bringen wir schnell wieder auf Linie. Arbeitsscheues Gesindel!«, fügte Steinke mit einem angewiderten Blick auf den jungen Mann hinzu.

Denske sah zu, wie die Beamten den protestierenden Nachwuchsfilmer in einen Kleinbus verfrachteten.

»Noch mehr falsche Doktoren ham wa nich zu bieten«, sagte Steinke jovial, als sie im Auto saßen und Richtung Grenzübergang fuhren. Steinke war nun etwas umgänglicher, nachdem er vor den Westberliner Kollegen sein Revier markiert und etwas Dampf abgelassen hatte.

»Aber da ist doch noch einer mit dem Spitznamen ›Doktorchen‹, der in Frage käme«, beharrte Wanner. Steinke sah ihn im Rückspiegel angewidert an, wie ein ekelhaftes Insekt.

»Nee, der kommt nich in Frage«, sagte er dann. »Zu jung. Hat wejen Schwarzmarktjeschäften und Diebstählen jesessen. Aba seitdem is Ruhe.«

»Den müssen wir aber trotzdem überprüfen«, beharrte Wanner.

»Mensch, Kerl, jeh mir nich uff die Eier!« Steinke wandte

sich an Denske: »Greif ma hinter dich. In 'n Kofferraum. Da muss 'n Aktenauszug über den sein, heißt Randow oder so.«

Denske versuchte sich umzudrehen, was angesichts der Enge im Auto recht schwierig war. Nach einigen Anstrengungen schaffte er es, seinen Arm in eine Position zu bringen, die es ihm ermöglichte, in dem Haufen herumzuwühlen, der aus maschinenbeschriebenen Papieren, einem angebissenen Käsebrot, einer leeren Flasche Bier und anderem Zeug bestand. Plötzlich hielt er irritiert ein Stuhlbein in der Hand und tippte Steinke damit auf die Schulter. Der lachte: »Schlagstöcke sind knapp, da muss man sich behelfen«, sagte er, um dann mit wichtiger Miene hinzuzufügen: »Det Ding is aus jutem Hartholz. Hat schon manchen Schädel zur Vernunft jebracht.«

Schließlich fand Denske was er suchte und hielt die Seite ins Licht. Auf den Polizeifotos war ein kräftiger junger Kerl mit hoher Stirn zu sehen, der ernst aber herausfordernd in die Kamera blickte. Im Profil konnte man seine spitze Nase erkennen. »Werner Gladow«, las Denske laut. »Geboren: 8. Mai 31. Der ist jetzt …« Er rechnete kurz nach.

»Siebzehn!«, rief Wanner eifrig.

»Ja siehste!«, mischte Steinke sich ein. »Bisschen jung für 'n Bandenchef.«

Dem musste Denske leider zustimmen. Einen siebzehnjährigen Bandenchef, der so gezielt und brutal vorging, vermochte Denske sich nicht vorzustellen. Gladow sah auch nicht danach aus, eher wie ein Gymnasiast, der kurz vom rechten Weg abgekommen war. Und dass der Junge seit einiger Zeit strafrechtlich nicht aufgefallen war, sprach dafür, dass er seine kriminelle Tätigkeit eingestellt hatte.

»Außerdem is der Vater bei der Polizei jewesen. Hab mich erkundigt: Is sauber.«

»Wer? Der Vater oder der Sohn?«

»Mensch, Kerl, wat gloobste denn?« Steinke hupte einen Pferdekarren weg, der gemächlich vor ihnen hertrottete.

»Hier im Osten bringen wir unsere Jungs auf Linie. Die traun sich keene krummen Dinger mehr.«

»Sind wir also wieder am Anfang«, murmelte Denske vor sich hin.

Als sie sich am Grenzübergang von Steinke verabschiedeten, sagte dieser versöhnlich: »Viel Glück. Ick gloobe, euer Doktorchen findet ihr eher bei euch drüben. Is vielleicht 'n Neuling, noch nich weita uffjefallen. Wir ham hier keene so 'ne Strolche.«

Denske verkniff sich eine Bemerkung zu dem jungen Schmutzfilmregisseur, den sie gerade eingelocht hatten.

Wie zum Hohn darauf zitierte Steinke auf Hochdeutsch aus seiner Parteischulung: »Der Sozialismus bietet dem Menschen die Wege, sein Bestes zu entwickeln.«

Das bezweifelte Denske, aber das sprach er nicht aus.

*

»Möchtest du vielleicht heute Abend zum Essen zu uns kommen?«, fragte Wanner unvermittelt, als sie wieder im Westen waren. »Meine Mutter ist eine hervorragende Köchin. Die kann aus dem Nichts ein dreigängiges schmackhaftes Menü zaubern.«

Denske sah ihn verdutzt an. Wieso lud Wanner ihn zum Essen ein? Sie waren Kollegen und keine Freunde. Dabei sollte es bleiben. Zudem war er froh, wenn er abends seine Ruhe hatte. Die Tage waren aufregend genug.

»Ich kann nicht«, redete er sich heraus. »Ich habe schon eine Verabredung.«

Wanner sah ihn mitfühlend an: »Ich dachte nur, dass du vielleicht Gesellschaft brauchst. Aber umso besser, wenn du jemanden hast. Das freut mich für dich.«

Verschon mich mit deiner Gönnerhaftigkeit, hätte Denske am liebsten gesagt, doch er wollte Wanner nicht vor den Kopf stoßen und der meinte es ja auch nicht böse. Also lächelte er stattdessen freundlich zurück: »Vielleicht ein anderes Mal.«

Nachdem sie Schröder von ihrem Besuch in Ostberlin berichtet hatten, machten sie Feierabend. Schon als Denske die Wohnungstür aufschloss und den unbekannten braunen Damenmantel an der Garderobe hängen sah, beschlich ihn ein ungutes Gefühl. »Herr Denske!«, krähte Frau Rennecke auch gleich aus der Küche. »In Ihrem Zimmer erwartet Sie eine Überraschung.«

Denske mochte keine Überraschungen. Er stieß die angelehnte Tür zu seinem Zimmer auf und erstarrte. In seinem Sessel saß Renate und blätterte in einem Buch.

»Ja, da staunst du was?«, sagte sie und lachte über seinen verwirrten Blick. »Ich hole dich zum Essen ab.«

Schon wieder eine Einladung, stöhnte er innerlich.

»Ich dachte, wir nehmen einen zweiten Anlauf. Jetzt ziehst du deinen guten Anzug an und dann gehen wir aus. Ich habe uns einen Tisch bei *Purschke* reserviert.«

Denske schwankte zwischen Ärger, Zerknirschung, Appetit und williger Akzeptanz. Auf jeden Fall fühlte er sich überrollt. Doch seine guten Manieren verboten es ihm, Renate rauszuwerfen. Aber er hasste es, wenn andere Menschen wie selbstverständlich in seine Privatsphäre einbrachen, als hätten sie ein Anrecht auf ihn. Gleichzeitig jedoch setzte ihn Renates forsche Art schachmatt. Momentan hatte er diesem weiblichen Schnellzug nichts entgegenzusetzen, als ein müdes »Nun mach mal halblang.«

»Na komm«, drängte sie ihn. »Ich habe Hunger, und dort einen Tisch zu bekommen ist nicht leicht.«

Widerwillig zog Denske sich um und folgte ihr zu einem Taxistand, wo sie einen Wagen in die Lutherstraße nahmen. Schon als Denske ausstieg, wäre er am liebsten umgekehrt.

Das *Purschke* war so ein Wichtigtuerladen. Schauspieler, Industrielle, Schriftsteller, Künstler, aufgehende Sternchen, Politiker gaben sich hier die Klinke in die Hand. Die Speisekarten in den hell erleuchteten Schaukästen ließen keinen Zweifel daran, welche Art Gäste das *Purschke* bevorzugte: Hummermayonnaise, Beluga-Kaviar, Filetbeefsteak oder Kalbssteak Wladimir schreckten den einfachen Berliner ab. Und die Preise taten ihr Übriges. Denske sehnte sich augenblicklich nach einer Bockwurst mit Senf.

»Nu mach nicht so ein zerknirschtes Gesicht.« Renate nahm seinen Arm und zog ihn hinein. Der livrierte Kellner begrüßte sie unterwürfig und führte sie zu einem Tisch in einer Nische. Renate zog einen Schmollmund und bat mit süßlicher Stimme: »Können wir nicht einen Tisch weiter vorn an der Tanzfläche bekommen? Sie müssen wissen, dass mein Freund und ich heute unsere Verlobung feiern.« Sie warf Denske einen Blick zu, der ihn vorsorglich zum Schweigen brachte.

»In diesem Fall, Herrschaften, machen wir natürlich eine Ausnahme.«

Sie bekamen einen Tisch in der zweiten Reihe vor der hell erleuchteten Tanzfläche. Auf der Bühne dahinter waren Instrumente in einem Halbkreis um ein Mikrofon aufgebaut. Denske befürchtete, dass Renate ihn später zum Tanzen nötigen würde. Er fühlte sich unwohl im Scheinwerferlicht. Die Nische hatte ihm viel besser gefallen. Man saß dort nicht wie auf dem Präsentierteller.

Der Ober brachte die Menükarte. Denske überflog sie unaufmerksam, während er überlegte, worüber er mit Renate reden sollte.

Zudem ärgerten ihn die Preise. So viel Geld für ein Gericht! Wenn Renate ein richtiges Essen nahm, wovon er ausging, könnte er vielleicht eine Vorspeise nehmen. Dann würde es noch für eine billige Flasche Wein reichen.

»Ich lade dich übrigens ein«, erlöste sie ihn aus seiner Verlegenheit.

»Musst du doch nicht«, brummte er.

»Ist doch unsere Verlobung.«

Er wollte etwas dazu sagen, aber Renate studierte demonstrativ aufmerksam die Menükarte. Als sie etwas gefunden hatte, schlug sie die zu, zog eine Schachtel Zigaretten aus ihrer Tasche und ließ sich von Denske Feuer geben. Sie saß da und sah ihn prüfend an, den angewinkelten Arm mit der Zigarette auf dem Tisch abgestützt.

»Du bist ein komischer Kerl«, sagte sie nach einer Weile.

»Wieso?«, fragte er zurück.

»Na ja. So richtig wohl fühlst du dich hier nicht. Aber trotzdem machst du gute Miene zum bösen Spiel.«

Er lachte. »Merkt man mir das an?«

Sie beugte sich vor, sah ihm in die Augen und pustete den Rauch zur Seite weg: »Du bist ein offenes Buch.«

»O Gott, hoffentlich ein interessantes«, gab er zurück.

»Das wird sich noch herausstellen. Wenn ich ein Buch langweilig finde, lese ich es nicht bis zum Ende.«

Denske war sich im Unklaren, ob er Renates Direktheit mochte, aber irgendwie fand er es erfrischend.

»Was machst du eigentlich beruflich?«, wechselte er das Thema.

»Ist das ein Verhör?«, fragte sie amüsiert.

»Ich bin immer im Dienst.« Langsam fand Denske Gefallen an ihrem Geplänkel. Renate machte es ihm leicht. Sie war intelligent und witzig – Eigenschaften, die er anfangs nicht wahrgenommen hatte.

»Ich frage mich nur, wie du dir das hier leisten kannst.«

»Ich arbeite für mein Geld. Und ich habe ein wenig geerbt. Aber«, sie senkte verschwörerisch die Stimme, »du musst ja nicht das Teuerste nehmen.«

»Warum sind wir dann hierher gefahren?«

»Ich wollte dich beeindrucken.« Renate sagte das alles in einem beiläufig klingenden Tonfall und Denske war sich nicht sicher, ob sie ihn auf den Arm nahm.

In diesem Moment kam der Kellner mit zwei Gläsern Sekt an ihren Tisch. »Eine Aufmerksamkeit des Hauses anlässlich Ihrer Verlobung«, sagte er feierlich. Denske hatte mittlerweile Gefallen an Renates kleiner Lüge gefunden.

Sie stießen an. Nach dem dritten Schluck entspannte sich Denske. Er begann Renates Gesellschaft zu genießen.

Mittlerweile wusste er auch, dass sie als chemische Laborantin im Krankenhaus Westend arbeitete und keinen Mann hatte. »Es hat sich irgendwie nicht ergeben«, erklärte sie. »Mir war die Arbeit immer wichtiger. Ich bin ein Topf ohne Deckel.«

Gerade als Denske sein Bedauern darüber ausdrücken wollte, hob sie die Schultern und sagte: »Und wenn schon! Eine Frau braucht nicht für jede Lebenslage einen Mann. Auch wenn ihr Kerle das gern glaubt.«

»Entschuldige mal!«, protestierte er. »Ich habe doch gar nichts gesagt.«

»Aber ich sehe es deinem Gesicht an. Ich sagte doch, dass du ein offenes Buch bist.«

Ihre direkte, schnörkellose Art gefiel Denske, und er blätterte ihr einige Seiten dieses offenen Buches auf: wo er herkam, welche Laufbahn er vor dem Krieg eingeschlagen hatte und dass er eher zufällig bei der Polizei gelandet war.

»Woher kennst du eigentlich die Rennecke?«, wollte er dann wissen.

»Ihr Mann war mein Mentor im Krankenhaus. Er hat mir viel beigebracht. Aus alter Verbundenheit besuche ich sie ab und zu.« Sie lachte. »Sie ist schrecklich, nicht wahr? Sie ist neugierig und besserwisserisch. Aber weißt du was? Sie hat auch ein großes Herz. Sie kann sehr spendabel und großzügig sein. Zwei Seelen in einer Brust.«

Sie bestellten saure Nieren und Zwiebelfleisch, dazu tranken sie jeder ein großes Bier. Und dann noch eines.

Bald kam auch die Band auf die Bühne, die dezente Tanzmusik spielte, wie Denske angenehm auffiel. Nichts Schrilles und Exaltiertes. Die Sängerin sang mit einnehmender Stimme aktuelle Lieder wie *Mariandl* oder *Der Theodor steht bei uns im Fußballtor*. Renate forderte Denske zum Tanzen auf und sie wechselten sich beim Führen ab.

Als der neueste Hit erklang, der *Trizonesien-Song*, sang das Publikum lautstark mit, sogar Denske. In diesem Moment fühlte er sich als Teil einer Gemeinschaft, die alkoholselig und warm dahin schwofte. Er fasste Renate enger, die sich an ihn schmiegte, und zusammen tanzten sie mit einer Vertrautheit, als hätten sie das schon öfter getan.

Je weiter der Abend fortschritt, desto mehr wünschte sich Denske, zumindest in diesem Augenblick, er habe sich tatsächlich mit dieser außergewöhnlichen Frau verlobt.

SYLVIA VIII

»Was willst du von mir?«, fragte Sylvia schneidend. »Ich bin nicht dein Eigentum.«

»Aber du brauchst den Kerl doch nicht«, verteidigte sich Mücke.

Sylvia stemmte die Hände in die Hüften. Sie stand nackt da. Gerade hatten sie miteinander geschlafen.

»Ach, aber dich brauche ich, ja?«

»Darum geht es doch gar nicht«, murmelte Mücke zerknirscht.

»Um was geht es dann?«

»Ich will einfach mit dir zusammen sein.«

Es war genau das eingetreten, was Sylvia befürchtet hatte: Mücke meldete Ansprüche an.

»Wir sind doch zusammen«, sagte sie.

»Aber nicht richtig – solange du dich auch noch mit Leo triffst.«

In letzter Zeit hatte sie Leo wieder öfter gesehen. Das hatte sich einfach so ergeben. Dummerweise hatte sie Mücke davon erzählt. Sie fand es fair.

»Willst du mich heiraten, Kinder kriegen und den ganzen Kram?«

»Nein!«, widersprach er schnell und schob noch hinterher: »Nicht jetzt jedenfalls.«

»Aber wir sehen uns auch so selten in letzter Zeit«, warf er ihr vor.

»Du weißt genau, dass ich zu tun habe. Ich muss meine Kreationen fertigstellen.«

»Alles ist dir immer wichtiger als ich«, klagte er, was Sylvia mit einem Achselzucken abtat.

Sie schnaufte wütend. Am liebsten hätte sie zugegeben, dass sie manchmal keine Lust hatte, ihn zu sehen. Die ständige Streiterei laugte sie aus. Sie drehten sich im Kreis: Leo, Geld, Geld, Leo – dazu Mückes Gerede, zur Zeitung zu gehen. Getraut hatte er sich bislang jedenfalls nicht. Er redete immer nur von seinen Plänen. Dabei hatte es doch so gut mit ihnen begonnen. Die ersten Wochen waren wie ein Rausch, wie ein nicht enden wollender Sonntag. Den hatten sie jetzt gegen dieses Montagsgefühl eingetauscht. Ihr brummte der Schädel.

»Wir könnten aus Berlin fortgehen«, schlug Mücke vor. Sie sah ihn spöttisch an.

»Nach Paris, wie du es wolltest.«

»Und wovon leben wir da?«

»Uns wird schon was einfallen.«

»Du hast doch schon hier kein Geld, Mücke. Was willst du da in einem fremden Land? Du kannst ja nicht mal Französisch.«

»Dann gehen wir woanders hin, in deine Heimat.«

»Meinst du etwa, ich will dahin wieder zurück? Selbst wenn ich es wollte, es geht gar nicht! Da sind jetzt die Polen.« Sie war empört. Kannte Mücke sie so schlecht? Wie konnte er ihr das vorschlagen? Auch wenn sie ihm nie von ihrem früheren Leben erzählt hatte, musste er doch spüren, dass sie daran nicht erinnert werden wollte.

Mücke ließ nicht locker: »Wir könnten nach Hannover gehen. Ich kenne da noch jede Menge Leute. Ich gehe zur Zeitung und du machst einen Schneiderladen auf.«

»Hannover! Fällt dir nichts Langweiligeres ein?«

»Wir gehen, wohin du willst.«

»Ich will aber erst mal hier bleiben und meine Lehre beenden.« Außerdem wollte sie keinen »Schneiderladen« aufmachen. Sie wollte Mode entwerfen und nicht die alten Kleider anderer Leute umnähen. Mücke war in dieser Frage genauso ignorant wie Leo.

»Lass uns alles lassen, wie es ist«, sagte sie. Sie setzte sich auf seinen Schoß. »Mach es nicht kaputt.«

»Ich habe die Bande deinetwegen verlassen, so, wie du es wolltest«, warf Mücke ihr vor.

Sylvia stand auf. »Irrtum!«, erwiderte sie scharf. »Du hast die Bande deinetwegen verlassen. Verwechsle das bitte nicht. Du hattest die Nase voll von Werner und den anderen. Und du bist kein Ganove.«

Sylvia war es leid, Zielscheibe seiner Vorwürfe zu sein. In den letzten Tagen hatten sie diese Art von Gespräch zu oft geführt.

»Du bist manchmal so kalt«, sagte Mücke, »wie ein Fisch.«

»Raus!«, sagte sie leise aber mit drohendem Unterton. »Verschwinde!«

Schweigend zog Mücke sich an. Als er die Haustür schon fast erreicht hatte, drehte er sich noch einmal zu ihr um: »Ich meine es ja nicht böse, Sylvia. Ich weiß nur manchmal nicht, woran ich bei dir bin.«

»Musst du auch nicht«, sagte sie abweisend.

Als Mücke ihre Wohnung verließ, konnte sie es sich nicht verkneifen, ihm hinterherzurufen. »Die Eintagsfliege Mücke auf der Suche nach dem Glück. Such dir eine brave Frau, der du Kinder machen kannst.«

Er antwortete nicht. Kurz darauf bereute sie ihren Ausbruch. Zurück in der Wohnung, wollte sie erst weinen, riss sich dann aber zusammen.

Wenn Mücke nicht mehr mitspielen wollte, bitte schön. Das war sein Problem. Ach, könnte sie nicht einfach Mücke und Leo haben? Oder noch besser: einen Kerl als Mischung aus den besten Eigenschaften beider?

*

Sylvia kämpfte sich mit dem Fahrrad durch den leichten Schneefall zum Savignyplatz. Fräulein Petrowitzki hatte ihr widerwillig erlaubt, an Sonntagen die Nähmaschinen im Atelier zu benutzen, natürlich gegen Lohnabzug. Zwar hatte Sylvia die Maschine von Mückes Schwester Edith zu Hause, doch die war nur für einfache Arbeiten geeignet.

Als Sylvia die Tür aufschloss und den vertrauten Geruch im Laden einatmete, hatte sie den Streit mit Mücke schon halb vergessen. Kurz darauf arbeitete sie an ihrer Pelerine, deren Halsstück sie mit Sternmotiven bestickte. Diese Symbole waren ihr Markenzeichen. Irgendwann würden die Sterne für ihren Namen stehen. Doch vorher würde sie den Modewettbewerb gewinnen. Erster Preis: ein mehrwöchiges Praktikum in einem der ersten Häuser von Paris. Davon hatte sie Mücke nicht erzählt, nur dass die Zeitschrift *Suzette* – »Mode für die Frau von heute« – einen Wettbewerb für angehende Modeschneiderinnen ausgerufen hatte. Er hatte auch nicht weiter nachgefragt.

»Mist!«, rief Sylvia. Sie hatte eine falsche Naht gesetzt, und das nur, weil ihre Gedanken um Mücke kreisten. Das durfte nicht sein. Sie musste an ihrer Zukunft arbeiten. Aber warum auch musste er jetzt Ansprüche an sie stellen? Sie war nicht sein Eigentum. Sollte er sich doch um seinen eigenen Kram kümmern. Männer, gibt's wie Sand am Meer.

Sylvia summte das Lied von Marlene Dietrich mit, das sie erst vor Kurzem im Radio gehört hatte: »Ich weiß nicht, zu wem ich gehöre. Ich bin doch zu schade für einen allein. Wenn ich jetzt grad hier Treue schwöre, wird morgen ein ganz anderer unglücklich sein.«

Sie lächelte in sich hinein und fühlte sich wie eine Freibeuterin: wild und unabhängig. Wenn sie erst mal in Paris war, würde sie sich in ganz anderen Kreisen bewegen. Da passte Mücke ohnehin nicht rein. Wollte er auch gar nicht, wie sie mitbekam, als sie wegen der Anzüge im Atelier von diesem Teltow waren. Im Anzug sah er immer aus wie verkleidet, dachte sie boshaft und ermahnte sich dann fair zu bleiben.

»Bonjour«, sprach sie laut vor sich her. Seit einigen Tagen lernte sie die Sprache. Er könnte sie in Paris ja mal besuchen, aber als Zeitungsschreiber würde er nicht viel Geld haben. Das war doch ein brotloser Beruf. Ach, jetzt dachte sie schon wieder an ihn. Hör auf! Konzentriere dich!

Das Lied der Dietrich summend, lenkte sie sich ab und gegen zehn Uhr abends machte sie Schluss. Alles verschwamm vor ihren Augen und die Hände taten ihr weh, der Rücken auch. Sie streckte sich und gähnte. Am liebsten würde sie jetzt nach Hause gehen, um zu schlafen. Doch Werner hatte sie zu einer kleinen Feier eingeladen, was sie überraschte, denn seit einigen Wochen hatte sie ihn nicht mehr gesehen. Zudem würde es seltsam sein, die Bande ohne Mücke anzutreffen.

Der Schneeregen hatte nachgelassen und war einem klaren schwarzen Himmel gewichen. Sie fror an den Händen und nahm eine abwechselnd vom Lenker, um sie in der

Manteltasche zu wärmen. Sylvia radelte am Deutschen Opernhaus vorbei, dessen von Bombentreffern bloßgelegtes Dachgebälk sie immer an einen Totenschädel denken ließ.

In der Zillestraße 11 angekommen, versteckte sie das Fahrrad hinter einem Schuppen, bevor sie das Gebäude betrat. Schon im Hausflur hörte sie den Lärm, das Klirren der Flaschen und Gläser, das Gejohle.

Sylvia hatte Mühe hineinzukommen. Die geräumige Wohnung war bis zum Bersten mit amüsierwütigen Menschen vollgestopft. Sie zwängte sich in die Küche, wo sie Werner antraf, der dort Hof hielt. »Sylvia!«, rief er auch gleich schmeichelnd und winkte sie zu sich. Er hatte einen Kreis junger Leute um sich geschart, die nur zuhörten, an den richtigen Stellen lachten und hin und wieder zustimmend nickten.

Jemand drückte Sylvia ein Glas Schnaps in die Hand, das sie unverzüglich leerte. Sie sah sich um, ob sie jemanden kannte, doch außer Lexi und Bernburg fiel ihr niemand auf. Werner hatte wohl einen neuen Freundeskreis um sich geschart. Das kannte sie schon von ihm. Menschen waren austauschbar. Sie mussten einen gewissen Nutzen für Werner haben.

Und so war die Antwort auf ihre Frage, wem denn die Wohnung gehöre, auch nicht sonderlich überraschend. »Irgendeinem Mädchen, dass ich kennengelernt habe. Und ich lerne einige kennen in letzter Zeit.« Er klopfte sich auf die Tasche seines Jacketts und sagte mehrdeutig: »Wenn man Geld hat, muss man nur warten. Dann kommen sie ganz von allein.« Sylvia ging nicht weiter darauf ein.

»Hast du die Zeitung gelesen?«, wollte Werner wissen. »Sie haben wieder über uns geschrieben.«

Sylvia verneinte, worauf Werner einen ausgeschnittenen Artikel aus der Innentasche zog, den er auf dem Küchenbüfett glättete und Sylvia hinschob. Der Artikel war überschrieben mit »Weiße-Krawatten-Bande führt Ostberliner Polizisten vor – Ein Kommentar von Fidelius Manzke«:

Die beiden Polizisten an der Köpenicker Straße werden nicht schlecht gestaunt haben, als ihnen Freitagnacht vier junge Männer, singend entgegen torkelten. Die hatten wohl zu tief ins Glas geschaut, dachten sie. Doch dann zogen die vier »Betrunkenen« plötzlich ihre Waffen und nahmen den überraschten Polizisten ihre Pistolen weg, bevor sie in den Westsektor flüchteten.

Nach Zeugenaussagen trugen die Ganoven weiße Krawatten. Das kommt uns doch bekannt vor. Richtig. Von der Weiße-Krawatten-Bande haben wir schon gehört. Wir können von daher auch annehmen, dass die Weiße Krawatte bereits für die vorhergehenden Überfälle auf Ostberliner Polizisten verantwortlich ist.

Das dürfte die Verantwortlichen in der SBZ mächtig ärgern. Doch sind ihnen die Hände gebunden, solange die Bande in die West-Sektoren flüchtet, um dort unterzutauchen. Die Geschichte erinnert fatal an eine berühmte Räuberbande, die die Obrigkeit überfiel, um anschließend im Schutz des Sherwood Forest unterzutauchen.

Wir wollen den Überfall nicht verharmlosen, schließlich hat die Weiße Krawatte auch schon eine wehrlose Frau in ihrem Bett überfallen. Doch muss es erlaubt sein, die Geschichte mit einem lachenden und einem weinenden Auge zu betrachten. Betont der Ostberliner Magistrat doch immer wieder, dass auf seiner Seite hart gegen subversive Elemente durchgegriffen werde. Und doch lassen sich die Grenzwachen von einer Horde Gauner vorführen. Schönreden und Verschweigen ist das Motto in der sowjetischen Zone.

Jedoch ist es auch bittere Realität, dass die Weiße Krawatte ganz Berlin vorführt. Und dabei müssen wir uns auch an die eigene Nase fassen. Denn auch bei uns treiben die Verbrecher ihr Unwesen. Die Kriminalität ist in beiden Teilen der Stadt rasant gestiegen. Die unselige Berliner Blockade hat die wirtschaftliche Situation noch verschärft. Und auch wenn ein Großteil der Gauner nach wie vor aus dem Proletariat kommt, haben die anderen Kreise doch nachgezogen. Gebildete begehen aus blanker Not heraus Verbrechen. Durch die Währungsreform sind viele verarmt und suchen sich neue Wege der Geldbeschaffung. Da gibt es die Lehrerin, die nun auf den Strich geht, den Buchhalter, der die Zahlen frisiert, den Fabrikbesitzer, der mit gestohlenen Waren handelt und die Schauspielerin, die jetzt Trickbetrügerin ist. Und die Polizei kommt nicht hinterher, weil Ost und West sich gegenseitig die Erfolge neiden.

Die politischen Querelen und Verbote bedrohen unsere Sicherheit. Das nutzt eine Diebesbande vom Schlag der Weißen Krawatte schamlos aus. Auch wenn die jungen Männer nicht Robin Hood und seine Gefährten sein mögen, so entbehrt diese Situation dennoch nicht einer absurden Komik.

»Feine Sache, was?«, sagte Werner.

Sylvia hatte keine Lust sich Werners Hofstaat zuzugesellen. »Robin Hood, ja?«

Werner lachte: »Ja, ist Blödsinn, aber nicht ganz von der Hand zu weisen.«

»Wie meinst du das?«

Werner zierte sich etwas, aber Sylvia konnte erkennen, dass es nur gespielt war. »Wenn wir ’nen Bruch machen, dann kommt das Geld ja nur armen Schweinen zugute. Lexi unterstützt seine Familie, genau wie ich meine Mutter und Bernburg seine. Außerdem ist es doch gut, wenn wir die Bullen ein bisschen an der Nase herumführen.«

Sylvia fragte sich, ob Werner diesen Quatsch selber glaubte.

»Apropos«, sagte Werner und kramte einen weiteren Artikel heraus, den er Sylvia reichte:

Ostberliner Schutzpolizisten dürfen ihre Waffen ab sofort nicht mehr in der Pistolentasche am Koppel tragen. Stattdessen müssen diese in der Manteltasche getragen werden. Das soll den Anschein erwecken, die »volksdemokratischen« Polizisten wären nicht bewaffnet. Darüber hinaus müssen die aus zwei Polizisten bestehenden Streifen in Zukunft einen Abstand von 15 Metern voneinander einhalten. Sie dürfen nicht mehr nebeneinander gehen.

Diese Anordnung ist von der sowjetischen Militäradministration erlassen worden, da in letzter Zeit immer wieder Ostberliner Polizisten überfallen und ihrer Waffen beraubt worden sind.

Werner nahm ihr den Artikel ab und verstaute ihn wieder in seiner Innentasche. »Und das nur wegen uns. Kannste dir das vorstellen? Vor dem kleinen Werner Gladow aus'm Friedrichshain haben sie alle Schiss.«

Sylvia verkniff sich ihren Kommentar.

In der Küche war es ruhiger geworden, viele waren ins Nebenzimmer umgezogen, wo getanzt wurde.

Werner wechselte das Thema: »Wie geht es Mücke?«

»Ach, dem geht es gut.« Sie verschwieg ihren Streit mit ihm.

»Was macht er denn jetzt?«

»Nichts. Er gibt sein letztes Geld aus und dann wird er sich wohl eine Arbeit suchen müssen.«

Werner lachte. »Bei mir kann er jederzeit wieder anfangen, sag ihm das. Ich hoffe nur, er hält die Füße still. Die anderen, Lexi vor allem, wollen, dass ich ihn mir mal vorknöpfe. Schließlich hat er uns einfach im Stich gelassen.«

Ach daher weht der Wind, dachte Sylvia. Sie war nur hier, um ausgehorcht zu werden und um Mücke eine Warnung zu überbringen.

»Du hast von ihm nichts zu befürchten«, versprach sie. Seit wann war Werner so misstrauisch?

»Halt ihn an der Leine«, wies Werner sie an. »Ich würde ihm ungern ins Gewissen reden müssen.«

»Sicher«, sagte sie und fand, er redete wie ein Kinogangster. Das missfiel ihr sehr, auch dieser drohende Unterton, der sich wie eine dunkle Folie über Werners Worte legte.

»So und jetzt kommt das Vergnügen«, rief Werner, schenkte ihr noch einen Schnaps ein, bevor er sich tänzelnd, und dabei die Arme über dem Kopf schwenkend, ins Nebenzimmer verzog. Auf Sylvia wirkte es, als spielte er ihr gute Laune vor. Das war nicht mehr der Werner, den sie kannte. Dieser hier war gefährlich und machte ihr Angst.

Sie blieb in der Küche zurück. Ihr war schlagartig nicht mehr nach feiern zumute. Die unbeschwerten Zeiten waren vorbei, dachte sie. Für einen Augenblick erschien ihr die Verbindung zu Werner wie ein Gift zu sein, das Mücke und sie langsam zerstörte. Sylvia kippte drei Schnaps hinunter, bevor sie, ohne sich von Werner zu verabschieden, die Wohnung verließ.

MÜCKE XII

Mücke stand vor dem berühmten Ullstein-Haus in Tempelhof und beobachtete den Eingang. Zwar hatte das Gebäude während des Krieges gelitten, doch er fand es dennoch einschüchternd. Es wirkte abweisend wie eine Trutzburg. Mücke rauchte seine dritte Zigarette und traute sich noch immer nicht hinein. Aber hatte er eine Wahl? Sein Geld war alle. Er musste Kostgeld zahlen, und er wollte seinem Schwager entkommen, der ihn Tag für Tag höhnisch fragte, ob er sich für anständige Arbeit zu fein sei und wann er endlich seinen Arsch hochkriegen werde. Mücke trat die Kippe entschlossen auf dem Pflaster aus und ging auf den Eingang zu. Er würde jetzt endgültig nach vorn sehen. Mit dem Gangsterspielen war er durch, auch mit Sylvia.

»Wo wollensen hin?«, fragte der alte Mann, der in der Eingangshalle hinter einem winzigen Klapptisch hockte.

»Zum *Tagesexpress*«, sagte Mücke.

»Dritter Stock. Fahrstuhl is kaputt. Treppen sind da hinten.« Der Alte machte eine wegwerfende Geste über seine Schulter.

Das war ja einfacher als gedacht, ging es Mücke durch den Kopf, als er nach oben stieg. Ein gutes Vorzeichen. Nach dem Stoß gegen eine Schwingtür, betrat er einen großen unbeheizten Raum. Die wild durcheinander stehenden Schreibtische waren überwiegend von Männern besetzt, obwohl Mücke auch drei Frauen entdeckte.

Es herrschte ziemlicher Lärm. Schreibmaschinengeklapper, lautstarke Diskussionen und ein Schlager plärrendes Radio erfüllten den Raum.

Eine Frau, die eine runde, schwarz umrandete Brille trug, bat ihre Kollegen erfolglos um Ruhe. Zwei Männer lachten gemeinsam. Ständig kam einer rein, ein anderer ging raus. Türen schlugen. Jemand rief quer durch den Raum einen Kollegen, der von seinem Schreibtisch aufsprang und im Laufschritt in einem Nebenraum verschwand. Mücke fühlte sich augenblicklich von all dem Chaos angezogen. In der Redaktion der *Hannoverschen Presse* war es wesentlich ruhiger und gesitteter zugegangen.

»Entschuldigen Sie«, sprach Mücke einen jüngeren Mann an, der mit einem Rotstift in einem Artikel herumstrich und ihn nicht zu hören schien. »Entschuldigen Sie«, versuchte er es noch einmal, diesmal lauter. »Ich würde gern bei Ihnen arbeiten.«

»Wir haben erst letzte Woche einen Laufburschen eingestellt.« Der junge Mann fuhr mit seiner Tätigkeit fort ohne aufzusehen.

Mücke wurde rot: »Ich würde gern Artikel für Sie schreiben.«

Der junge Mann hielt nun doch in seiner Tätigkeit inne und musterte den Störenfried von Hacke bis Nacke. Mücke kam sich unpassend gekleidet vor. Edith hatte ihm geraten, im Anzug vorzusprechen. Aber Mücke wollte nicht wie ein amerikanischer Gangster erscheinen. Daher gab ihm Edith eine von Heinrichs Hosen, die sie enger genäht hatte, und ein Hemd. Darüber trug Mücke seinen Mantel. Völlig unpassend dazu, hatte er seine handgenähten Budapester an. Die Mitarbeiter der Zeitung waren eher leger gekleidet. Fast alle trugen Strickjacken oder dicke Pullover wegen der niedrigen Temperatur im Raum.

»Ich weiß nicht, ob wir noch jemanden einstellen«, sagte der junge Mann. »Bretti, weißt du wo der Chefdompteur ist?«, rief er zum Nebentisch. »Mittagspause!«, rief es zurück.

»Mittagspause«, wiederholte der junge Mann an Mücke gewandt als sei dieser schwerhörig.

»Kann ich warten?«

Der junge Mann wies auf einen freien Stuhl in einer Ecke.

Mücke wartete geduldig. Je länger er das Treiben um sich herum wahrnahm, desto entschlossener wollte er Teil dieses brummenden, schwirrenden Wesens sein.

»Sie wünschen?«, fragte ein Mann um die fünfzig, der plötzlich neben ihm stand. Der Mann trug einen dunkelgrauen Anzug und hatte einen ziemlich hohen Haaransatz. »Maas ist mein Name. Ich bin der Chefredakteur.« Seine Aussprache hatte eine norddeutsche Färbung.

Mücke stand auf und schüttelte die ihm dargebotene Hand. »Ich äh, ich möchte für Ihre Zeitung schreiben.«

Maas pustete die Backen auf: »Kommen Sie mal mit.« Er führte Mücke in ein geräumiges Büro, auf dessen Fußboden sich Ausgaben des *Tagesexpress* auftürmten und nur ein paar schmale Gänge freiließen.

Maas bot Mücke einen Stuhl an, während er sich auf den Schreibtisch setzte.

»Ich habe in Hannover bereits für eine Zeitung geschrieben«, sprudelte Mücke los, »über alle möglichen Themen. Mir ist klar, dass es hier in Berlin ein wenig anders läuft, aber ich …«

»Wissen Sie«, ging Maas dazwischen, »ich glaube Ihnen, dass sie fähig sind, aber wir haben momentan kaum Kapazität. Ich will Ihnen keine Hoffnung machen, daher sage ich Ihnen, wie es ist: Die wirtschaftliche Lage in Berlin ist wegen der russischen Blockade katastrophal. Die Menschen sparen, wo sie nur können. Unsere Auflage ist stark gesunken. Ich habe schon einige Leute entlassen müssen. Auch das Druckpapier muss über die Luftbrücke eingeflogen werden. Wir bekommen oft nicht genug. Dazu kommt noch, dass die Russen uns von der Energieversorgung abgeschnitten haben. Die Westberliner Kraftwerke können den Bedarf nicht decken. Meine Redakteure sitzen abends mitunter bei Kerzenlicht an ihren Artikeln. Sie kriegen ja mit, wie kalt es hier ist. Wir bekommen kaum noch Kohlen zugeteilt.«

Mückes anfängliche Begeisterung sank mit jedem Wort.

»Wir sind hier bei Ullstein nur Untermieter. Wir haben nicht mal eine eigene Redaktion. Zudem können uns die Alliierten jederzeit die Lizenz entziehen.« Maas lachte. »Entschuldigen Sie, ich klinge wie ein Schwarzseher. Aber wie gesagt, ist unser Beruf momentan kein Zuckerschlecken. Suchen Sie sich lieber etwas Solideres, etwas mit Zukunft. Ich habe erst gestern gehört, dass Berlin wieder Polizisten sucht.«

Jetzt lachte Mücke und Maas sah ihn verständnislos an.

»Für die Polizei bin ich eher nicht geeignet.«

»Sie können es natürlich gern bei anderen Berliner Zeitungen probieren. Aber ich sage Ihnen gleich: Denen geht es ähnlich.« Maas erhob sich: »Kopf hoch. Es kommen auch wieder andere Zeiten. Dann können Sie gern noch mal bei uns anklopfen.« Maas hielt ihm die Hand hin.

»Und wenn ich Ihnen etwas über die Weiße Krawatte erzähle?«

»Über die Weiße Krawatte? Wie meinen Sie das?« Maas' Hand blieb ausgestreckt in der Luft hängen.

»Ich meine, dass ich jemanden kenne, der jemanden kennt, der einen Bekannten in der Bande hat.«

»Wenn Sie etwas über die Weiße Krawatte wissen, sollten Sie zur Polizei gehen.« Maas schien unschlüssig, was er von Mückes Angebot halten sollte.

»Ich weiß nichts Genaues. Ich kenne auch niemanden aus der Bande. Aber ich kann bestimmt etwas rausfinden. Vielleicht sogar mit einem von denen sprechen.«

Maas dachte einen Moment nach. »Warten Sie mal kurz.« Er riss die Tür auf und rief in die Redaktion: »Engler, komm mal her!«

Kurz darauf betrat ein Mann um die vierzig das Büro. Er hatte einen fusseligen Bart und trug einen krummbeinigen Dackel unter dem Arm. Maas stellte ihn vor: »Klaus Engler ist unser Polizeireporter und kümmert sich speziell um die Weiße Krawatte.« Engler nickte Mücke zu. »Der junge Mann weiß etwas über die Bande.«

»Aha, was wissen Sie denn?« Englers Stimme verriet den Kettenraucher.

»Nichts Handfestes, aber ich könnte etwas herausfinden. Wie ich Herrn Maas schon sagte, habe ich einen entfernten Bekannten, der sich in der Unterwelt auskennt und der etwas wissen könnte.« Mücke hob vieldeutig die Schultern.

»Und mehr können Sie uns nicht geben?« Der Hund hing schlaff unter Englers Achsel geklemmt. Wenn er nicht hin und wieder gezwinkert hätte, hätte Mücke ihn für ausgestopft gehalten.

»Ich muss mich erst umhören.«

Maas wandte sich an Mücke: »Ich schätze Ihre Chuzpe. Die braucht man als guter Reporter. Also wenn Sie uns etwas Brauchbares über die Weiße Krawatte liefern, gebe ich Ihnen eine Chance. Ist das ein Wort?«

»Abgemacht.« Mücke war Feuer und Flamme. Er würde liefern.

»Der Kollege Engler wird Ihr Ansprechpartner sein. Ihm werden Sie berichten, was Sie rausfinden und er wird auch die Artikel schreiben.«

»Na na, nun sein Sie mal nicht so enttäuscht. Wenn Sie sich bewähren, dann lasse ich Sie auch an die Schreibmaschine.«

Maas hielt kurz inne. »Wissen Sie, wir bräuchten jemanden als Aushilfe für die Anzeigen. Da könnten Sie schon mal ins Tagesgeschäft schnuppern.«

Als Mücke auf der Straße stand, überkamen ihn Zweifel. Hatte er tatsächlich gerade eben Werner geopfert? Für seine eigene Zukunft? Aber machte das nicht jeder heutzutage? Alle dachten nur an sich. Warum sollte er, Mücke, eine Ausnahme sein? Nur so kam man weiter. Scheiß auf Loyalität und den ganzen Quatsch. Alles hohle Worte.

Mit dieser Geschichte könnte Mücke sich einen Namen machen. Werner würde das verstehen. Der wollte doch auch weiterkommen. Außerdem würde er Werner nicht wirklich schaden. Mücke würde den Zeitungsleuten ein paar Brocken hinwerfen, nichts, was die Polizei auf die Spur der Bande führen könnte. Möglicherweise würde Werner das anders sehen und Mücke das Maul stopfen wollen – für immer. Ach, scheiß drauf!

WERNER X

»Rück das Geld raus!«

»Ich habe kein Bargeld hier, Mensch. Mach doch keinen Unsinn.«

Werner schlug mit dem Pistolengriff zu und traf den

Kaufmann über dem linken Auge. Die Braue platzte auf und dünne Blutfäden rannen Broscheit die Wange herab, wie Tränen.

»Bitte«, flüsterte er erstickt. »Ich habe doch nichts hier. Nehmt euch was von den Waren.«

Werner brüllte los: »Glaubst du, wir sind hier, um mit ein paar beschissenen Fotoapparaten oder Heizsonnen rauszumarschieren, du Arschloch?«

Bommes grinste. Werner versetzte dem auf dem Boden liegenden Broscheit einen Tritt.

Die Heizsonne brachte Werner auf eine Idee. Er hockte sich vor Broscheits Füße und zog ihm Schuhe und Socken aus. Der Kaufmann versuchte sich loszustrampeln, doch die Fesseln waren zu eng gebunden.

»Setz dich auf seine Beine«, wies Werner Lexi an. Dann knipste Werner die Heizsonne an und presste sie gegen Broscheits nackte Füße.

»Das Scheißding funktioniert nicht«, musste er nach einer Weile feststellen. Er sah sich suchend um. Schließlich fiel sein Blick auf eine alte Ausgabe der *Berliner Morgenpost*. Er riss einige Seiten in dünne Streifen, die er zwischen Broscheits Zehen steckte.

»Letzte Chance«, sagte Werner, das angezündete Feuerzeug in den Händen.

»Ich habe nichts hier!«, rief Broscheit verzweifelt. »Bitte! Ich sage der Polizei auch nicht, dass ihr die Weiße Krawatte seid.«

Werner lachte nur verächtlich, hielt die Flamme an die Streifen und sah fasziniert zu, wie das Feuer sich rasch durch das Papier fraß. Ihn überkam ein Hochgefühl. Er konnte mit Broscheit jetzt tun, was er wollte. Der Kerl war ihm restlos ausgeliefert.

Broscheit schrie hoch und dünn als die Flamme seine Haut verbrannte. Der Ton schnitt, wie eine feine Klinge, schmerzend in die Gehörgänge. Werner hielt dem Kaufmann den Mund zu. Es stank nach verbranntem Fleisch.

»Faffstase«, keuchte Broscheit.

Werner hielt sein Ohr nah an dessen Mund und lockerte seine Hand. »Was?«

»Pfarrstraße. In der anderen Filiale. Da ist die Geldkassette.«

Werner sah Lexi und Bommes triumphierend an, bevor er sich erhob. Er nahm die beiden zur Seite: »Lexi und ich gehen in die Pfarrstraße. Bommes passt auf Broscheit auf. Bernburg bleibt unten. Wenn wir das Geld haben, holen wir euch ab.«

Für die knapp zwei Kilometer zur Pfarrstraße brauchten sie zwanzig Minuten. Broscheits Geschäft erwies sich als eine vollgestopfte Wohnung im ersten Stock eines Mietshauses. Nachdem Werner aufgeschlossen hatte, bahnten sie sich ihren Weg zwischen den aufgetürmten Waren hindurch: Stoffballen, Kleider, Schuhe, Hausrat, Möbel, Bücher und jede Menge Autoreifen.

»Scheiße, pass doch auf!«, schimpfte Werner, als Lexi eine Lampe umstieß, die krachend zu Boden fiel. Sie lauschten eine Weile, ob sich im Haus etwas tat. Da jedoch alles still blieb, machten sie weiter und fanden unter einem Haufen Damenschuhe jeglicher Größe die Geldkassette.

»Ungefähr sechstausend Mark«, sagte Werner verächtlich, nachdem sie den Inhalt im schwachen Licht der Straßenlaterne, das durchs Fenster drang, gezählt hatten.

»Verdammt!« Werner trat eine offen stehende Schranktür zu. »Wo ist das Geld?« Lexi schüttelte den Kopf.

»Wir gehen jetzt zurück zu Broscheit und ich nehme das Schwein in die Mangel. Der soll die Kohle rausrücken. Was denkt der sich, mit wem er es zu tun hat? Speist uns hier mit ein paar lausigen Piepen ab.« Werner stellte sich vor, wie er Broscheit mit dem Messer malträtierte. Und hatte er nicht auch eine Lötlampe gesehen? Dieses Mal würden nicht nur Broscheits Füße brennen.

*

Bevor sie die Wohnung verließen, warf Werner einen Blick auf die Straße. Im Schatten eines Hauseingangs standen zwei Männer, die immer wieder zu ihnen hinaufsahen und auf etwas zu warten schienen. Im gleichen Augenblick kam ein Trupp Polizisten um die Ecke gebogen und postierte sich vor dem Haus. Die beiden Männer machten den Uniformierten Zeichen, bevor sie geschlossen ins Haus eindrangen. Widerwillig bewunderte Werner die kaltblütige Klarheit der Aktion.

»Die Bullen kommen.« Lexi versuchte über Werners Schulter hinweg einen Blick auf die Straße zu werfen. Werner schubste ihn weg: »Die sind schon im Haus.«

In diesem Moment hörten sie auch schon das rhythmische Gestampfe genagelter Stiefel auf der Treppe.

Werner öffnete das Fenster. Drei Meter Höhe schätzte er. Er warf die Aktentasche, in der die Kassette steckte, raus und sprang hinterher. Hart auf den Füßen landend, machte er unfreiwillig eine Rolle. Zum Glück hatte er sich nicht verletzt. Lexi ließ sich, wie eine reife Frucht, vom Fenster baumeln, um sich dann fallen zu lassen.

Noch ehe sie die Ecke erreicht hatten, krachten Schüsse und ein Polizist brüllte ihnen hinterher. Sie rannten Richtung Ostkreuz. Zur S-Bahn, überlegte Werner reflexhaft, bevor hier alles von Bullen wimmelte. Die Aktentasche versteckten sie in der Kühlkammer einer ehemaligen Schlachterei. Hastig streiften sie ihre weißen Krawatten ab, die sie ein Stück weiter auf die Gleise warfen.

»Wie sind die Bullen drauf gekommen?« Lexi sah Werner fragend an, der ihm auf der hölzernen Bank gegenüber saß.

»Vielleicht hat einer der Nachbarn was mitgekriegt. Wie

auch immer. Wir steigen an der Frankfurter aus und gehen wieder zu Broscheit.«

»Hältst du das für richtig, Werner? Die Bullen werden da bestimmt auftauchen.«

»Willst du Bommes und Bernburg ans Messer liefern?« Werner war lauter geworden. Im Grunde genommen, waren ihm die beiden egal, aber ein Gangsterboss kümmerte sich um seine Leute – ein fast feierlicher Gedanke, der Werner sehr gefiel und ihn festeren Schrittes gehen ließ. Lexi schwieg für den Rest des Weges.

Vor Broscheits Filiale in der Frankfurter Allee hatten sich schon jede Menge Schaulustige eingefunden. Werner und Lexi stellten sich dazu: »Was ist denn hier passiert?«

Eine ältere Frau mit einem ausgewachsenen Kropf gab die Antwort: »Der Broscheit ist überfallen worden.«

»War bestimmt die Weiße Krawatte«, sagte ein Mann.

Werner und Lexi zogen ihre Mäntel enger und hofften, dass niemand ihre Anzüge entdeckte. Sie waren mit ihren Budapester Schuhen auch so schon auffällig genug.

Lexi zupfte Werner am Ärmel: »Lass uns abhauen.«

Gerade als sie gehen wollten, kam ein dicker Polizist dazu, gekleidet in die Uniform des Proletariats: speckige Lederjacke, graue durchgesessene Hose, abgetragene Arbeitsschuhe. Werner hätte fast gelacht. Der Bulle war ein einziges Klischee.

»Jemand wat jesehn?«

»Ich«, meldete sich ein Mann. »Ich hab was gesehen.«

»Dann erzählense ma.«

»Da rannte einer raus und hier unten hat einer gewartet. Die sind dann zusammen weg Richtung Norden.«

»Nur die beiden?«

Der Zeuge nickte.

»Könnse die Kerle beschreiben?«

»Nicht so richtig. Die hatten ja Masken auf. Und Hüte.«

»Krawatten?«

»Jetzt wo sie fragen. Ja, ich glaube, die hatten weiße Krawatten.«

Ein Raunen ging durch die Menge.

»Ja dit war dem Opfer ooch uffjefallen. Sonst noch wat?«

»Nee, Herr Polizist. Das ging ja auch alles so schnell.«

»Machense trotzdem gleich ma 'ne Zeugenaussage bei meine Kollegen da drüben. Sagense einfach, der Steinke schicktse.«

Werner hatte genug gehört. Er winkte Lexi und sie gingen zum Garagenhof in die Samariterstraße. Den hatte die Bande als Treffpunkt ausgemacht, sollten sie einander verlieren.

Lexi war noch immer wütend: »Biste eigentlich bescheuert, Werner? Willste, dass die uns drankriegen?«

»Krieg dich wieder ein. Ist doch nix passiert. Hast ja gesehen, wie blöd der Bulle war. Die können uns gar nichts.«

Lexi Gesichtszüge froren ein. So musst du das machen, dachte Werner. Die eigenen Leute immer überraschen, sodass die nie wissen, was als nächstes kommt. Immer schön die Spannung halten. Dann kommt auch keiner auf dumme Gedanken.

»Trotzdem, wenn der Bulle unsere Anzüge entdeckt hätte.«

»Jetzt halt mal die Luft an, Lexi. Hat er nämlich nicht.« Immer diese vorsichtige, abwartende Art. Wenn es nach Lexi ginge, würden sie noch immer die ganz kleinen Dinger drehen.

Bommes und Bernburg warteten tatsächlich in der Garage. Bommes berichtete: »Der Broscheit ist abgehauen, durch 'ne Hintertür. Ich war vorn zur Straße hin, weil ich dachte, der ist gut verschnürt, kann eh nicht weg. Aber dann hat der irgendwie die Fesseln durchgekriegt und ist über die Hintertreppe ab. Ich hab die offene Tür gesehen. Is so 'ne Tapetentür, die nicht auffällt.«

»Der ist mit seinen angekokelten Füßen weggerannt«, kicherte Bernburg.

»Wieso war da plötzlich eine Hintertür, Lexi?«

»Versteh ich auch nicht. Ich hab von außen alles untersucht und keine entdeckt. Muss zu irgendeinem Seiteneingang führen.« Lexi klang ziemlich kleinlaut.

»Jedenfalls als ich mitgekriegt hab, dass der Broscheit weg ist, bin ich auch gleich abgehauen«, setzte Bommes seinen Bericht fort.

Werner spie aus: »Kein Wunder, dass die Bullen sofort in der Pfarrstraße aufgetaucht sind.«

»Und das Geld?«, fragte Bernburg nach.

Werner zwinkerte Lexi so zu, dass die anderen beiden nichts mitbekamen: »Haben wir auf die Schnelle nicht gefunden. Wir waren ja kaum in der Wohnung.«

»Das heißt, wir haben gar nichts?« Bommes war entsetzt. »Und dafür das ganze Risiko? Mensch, Werner, ich hab mich drauf verlassen, mit ordentlich Geld da rauszuspazieren. Hätt ich das geahnt, hätte ich bei Broscheit wenigstens noch ein paar Fotoapparate mitgehen lassen.«

»Was lässt du den Broscheit auch aus den Augen? Das ist deine Schuld!«, schnaufte Werner.

»Meine Schuld?« Bommes war verärgert. »Dann hättet ihr den Laden ordentlich überprüfen müssen, ob da eine Hintertür ist. Außerdem hast du den gefesselt. Ich verlasse mich doch drauf, dass du das ordentlich machst.« Er schüttelte entnervt den Kopf. »Echt, Werner, wir machen einen Bruch nach dem anderen, und alles, was wir rauskriegen, ist Kleingeld. Du faselst immer wieder vom großen Coup und dass wir dann ausgesorgt haben. Von 'ner Villa im Grunewald, dicke Autos davor. Und dann solche Schoten wie heute Abend. Ich hab keine Lust, deswegen in den Knast zu wandern.«

»Niemand wandert in den Knast. Ich hab alles im Griff.«

»Einen Dreck hast du.«

»Vorsicht Bommes. Werner ist der Boss«, schaltete Lexi sich ein.

Bommes warf Lexi einen fast mitleidigen Blick zu: »Dann sag deinem Boss, dass er sich einen anderen Dummen suchen soll. Ich mache nicht mehr mit.«

»Wir sind die Weiße Krawatte!«, schrie Werner plötzlich los. »Und du warst vorher nur ein kleiner Schränker. Was glaubst du, wo du ohne mich wärst?«

Bommes lachte zur Antwort.

»Du wärst immer noch 'n kleiner Safeknacker.«

»Ja, einer der sich sein Geld sauber verdient. Ich hab nie einen foltern müssen, damit er mir was verrät.«

An Werner riss und zerrte die kalte Wut. Am liebsten hätte er Bommes auf der Stelle abgeknallt und Bernburg gleich mit. Diese verdammten Versager. Doch glücklicherweise arbeitete sein Verstand mit der durchdringenden Klarheit, über die ein großer Bandenführer verfügen musste. Wenn er die beiden jetzt hier bestrafte, würde er sich nur unnötige Probleme aufhalsen. Die beiden würden ihre Rechnung schon noch bekommen. Al konnte warten.

DENSKE VII

Denske wickelte sich enger in seine Bettdecke ein. Er sah zum Fenster. Auf dem gegenüberliegenden Dach saß eine Krähe und starrte reglos hinab, wie ein Scharfschütze. Aber wahrscheinlich fixierte der Vogel nur eine Maus oder eine Ratte. Er hatte erst kürzlich gelesen, dass Krähen über ein ausgeprägtes Sozialverhalten verfügten. Junge Krähen verbündeten sich und bildeten Banden. Sie klauten einander das Futter. Sie konnten täuschen und tricksen. Es gab eine Hierarchie. Denske beobachtete die Krähe fasziniert. Jeden Moment würde sie auf ihre Beute herabstoßen.

Ein Klappern ließ Denske herumfahren. Renate war ins Zimmer getreten. Mit beiden Händen ein Tablett balancierend, hatte sie mit dem Hintern die Tür zugestoßen.

»Frühstück!«, rief sie fröhlich. Nachdem sie das Tablett auf Denskes Beinen abgestellt hatte, schlüpfte sie zu ihm unter die Decke, gab ihm einen Kuss und goss Kaffee ein. Sie stießen mit den angeschlagenen Sammeltassen an.

»Echter Bohnenkaffee«, sagte Denske anerkennend nach dem ersten Schluck.

»Auf verschlungenen Pfaden erworben. Ich hoffe, der Herr Polizist behält das für sich.«

»Vielleicht requiriere ich den.«

Sie stieß ihm in die Seite und fast hätte er etwas verschüttet. Denske sah aus dem Fenster. Die Krähe hockte noch immer wie versteinert da. »Der hat aber 'ne Ausdauer.« Er zeigte ihr den Vogel. Renate richtete sich ein wenig auf und sah über Denske hinweg aus dem Fenster. »Der ist nicht echt.«

»Nicht echt?«

Sie ließ sich wieder ins Kissen fallen. »Nee, der ist ausgestopft. Steht da schon seit einiger Zeit, um die Tauben abzuschrecken.«

Denske musste lächeln. Renate biss in ein Brötchen mit Kunsthonig. Es war das erste Mal, dass Denske bei ihr übernachtet hatte. Bislang hatte er sich dagegen gesträubt. Doch Renate ließ nicht locker. Denske mochte ihre Unerschrockenheit. Immerhin war das ihre eigene Wohnung, in der keine neugierige Hauswirtin herumschlich.

Er war sich noch immer nicht sicher, was er von Renate wollte oder sie von ihm. Sie hatten Spaß im Bett, sie lachten viel und, so schien es Denske zumindest, sie waren aufrichtig zueinander. Aber waren sie auch ehrlich in Bezug auf ihre Gefühle? Renate hatte ihm von Anfang an klargemacht, dass sie nicht scharf auf heiraten sei und ihre Freundschaft so lange dauern werde, wie sie eben dauerte. Er solle sich ihr gegenüber bloß nicht verpflichtet fühlen. Und dann sei da ja auch noch der Altersunterschied. Schließlich war Denske einige Jahre jünger. »Was sollen deine Kollegen sagen, wenn ich dich mal von der Arbeit abhole? ›Deine Mutti ist da!‹.«

Er hatte gelacht. Der Altersunterschied war ihm schlichtweg egal. Früher hätte ihn das vielleicht gestört. Aber das war ohnehin eine völlig andere Zeit, vor dem totalen Zusammenbruch.

Auf dem Weg ins Revier überlegte Denske, was er Renate zu Weihnachten schenken könnte. Ein Baum wäre schön, aber den würde es nicht geben. Alles abgeholzt. Vielleicht auf dem Schwarzmarkt? Im Ostteil wurde noch immer viel unter der Hand getauscht und gehandelt. Er könnte einen Punsch machen, Renate und Wanner einladen und vielleicht noch den einen oder anderen Kollegen. Aber müsste er nicht auch Frau Rennecke einladen? Und wenn schon. Denske grinste vor sich hin. Wie kam er eigentlich auf die Idee eine Weihnachtsfeier veranstalten zu wollen? Er war doch sonst nicht so gesellig. Vor sich hin pfeifend, schritt er schneller aus.

Schröder hatte gestern ziemlich geheimnisvoll getan. »Es wird sich einiges ändern für uns alle«, hatte er verkündet. »Morgen erfahren Sie alles.«

Der Winter war glücklicherweise mild, sodass Denske lediglich seinen abgetragenen Mantel über dem Anzug trug und nicht wie in den vergangenen Wintern mehrere Schichten: Unterhemden, Hemden, Pullover und Sakkos übereinander. Er hatte sich wie das Michelin-Männchen gefühlt.

Schröders Büro in der Friesenstraße war bereits mit den Kollegen gefüllt, als Denske eintrat. Er nickte Wanner zu und lehnte sich gegen die Wand, da es keine freien Stühle mehr gab.

Schröder wedelte mit der Hand demonstrativ den Zigarettenrauch weg, der tief wie eine regenschwere Wolke im Raum hing, und tat als müsste er husten, bevor er sich eine Zigarette anzündete. Allgemeines Gelächter.

»Meine Herren«, begann er und pausierte kurz, bevor er fortfuhr, »und natürlich meine Dame.« Erneutes Gelächter. Denske sah sich nach der Dame um. Eine Stenotypistin saß etwas abseits. Die ungewohnte Aufmerksamkeit hatte ihr Gesicht rot gefärbt.

»Folgende Situation: Wir alle wissen, dass eine Gruppe von Straftätern, von der Presse ›Weiße Krawatte‹ genannt, die Sektorengrenzen ausnutzt, um der Verfolgung zu entgehen. Und wir alle wissen, dass Kripo Ost und Kripo West, nun ja, gewisse Kommunikationsprobleme haben.« Wieder lachten alle. »Daher haben Sowjets und Alliierter Kontrollrat sich darauf geeinigt, eine sektorenübergreifende Sonderkommission einzurichten. Wir haben intern beschlossen, zwei unserer Männer dazu abzukommandieren. Die Ostberliner Kollegen werden es genauso machen.«

Schweigen. Diese Nachricht mussten die Polizisten erst einmal sacken lassen, auch Denske.

»Wir sollen mit den Kommis zusammenarbeiten?«, meldete sich ein Kollege schließlich.

»Ja, das sollen Sie. Für eine gewisse Zeit zumindest.«

»Und wer sind die beiden Kollegen?«

Schröders Blick wanderte zu Denske. Daraufhin sahen ihn alle an. Ihm brach der Schweiß aus. Er wollte nicht im Mittelpunkt stehen. »Moment mal!«, rief einer. »Der Kollege Denske ist erst seit wenigen Monaten im Amt. Braucht es da nicht einen erfahrenen Ermittler?«

»Zum einen ist der Kollege Denske seit einiger Zeit an dem Fall dran und zum anderen hat er früh erkannt, dass hinter den Überfällen ein Muster beziehungsweise eine organisierte Gruppe steckt. Und er ist ja auch kein Grünschnabel. Der Kollege war Offizier im Krieg, ein erfahrener Mann also.«

Damit war Ruhe. Denske hatte den Eindruck, dass die Kollegen Wanner und ihn eher bemitleideten. Keiner hatte Lust, im Osten zu ermitteln, dazu noch in so einem brisanten Fall, der auch politisch heikel war.

»Sie beide werden mit Leutnant Steinke zusammenarbeiten«, sagte Schröder zu ihm und Wanner, als sie wenig später allein in dessen Büro waren. »Den kennen Sie ja bereits.«

Leider, hätte Denske fast gesagt, schluckte seinen Kommentar aber runter.

»Sie werden gleichberechtigt ermitteln. Und dafür werden sie beide auch befördert. Sie erhalten in etwa den Rang, den Steinke im Osten innehat. Das wird ein formaler Akt sein, ohne großes Brimborium.« Schröder hielt inne. »Alles klar? Sie sind ja ganz blass, Denske.«

»Ich bin nur etwas überrascht.«

Schröder lachte: »Sind wir alle. Sie gehen jetzt mal schön nach Hause, durchdenken das alles und morgen finden sie sich ...«, er räusperte sich, »im Revier an der Neuen Königstraße ein. Da wird das Büro der Sonderkommission sein. Die sind da drüben einfach besser ausgestattet und verfügen über alle Akten. Dieses Mal ermitteln Sie also offiziell im Osten.«

Ohne, dass es einer von ihnen aussprach, lenkten Denske und Wanner nach dem Gespräch ihre Schritte in Richtung *Mutter Kohlke*, der Kaschemme am Ende der Straße, in der sich Polizisten auf ein Bier trafen. Die Decke des niedrigen Schankraums war schwarz vom Rauch und der Tresen sah aus, wie der Mund einer zahnlosen Alten, da unzählige Teile der Holztäfelung fehlten – wahrscheinlich verfeuert.

Denske betrat diese Kneipe erst zum zweiten Mal. Hier soffen die niedrigen und die höheren Dienstgrade zusammen. Sie schoben einander Posten zu, tauschten Informationen aus und schimpften einhellig über die Politik oder schwärmten davon, wie viel besser früher alles gewesen sei. Denske mochte diese Art von Männerseligkeit nicht. Ihm war schon klar, dass man mit den richtigen Beziehungen weiter kam, aber er war nicht bereit, dafür über seinen Schatten zu springen.

»Bekommen wir bitte zwei Schnäpse?«, rief Wanner in Richtung Wirtin.

Kurz darauf hatten sie zwei fettige Gläser mit einer trüben Flüssigkeit vor sich stehen.

»Ich kann es nicht glauben«, sagte Wanner nach dem vierten Glas. »Wir sind aufgestiegen. Meine Mutter wird sich vielleicht freuen.« Seine Augen waren glasig, und er sprach etwas verwaschen. In Denskes Ohren klang es wie »meine Mudda«.

»Kennst du den Nibelungenfilm?«

Denske verneinte. Zwar hatte er von Fritz Langs Film gehört, ihn jedoch nie gesehen.

»Mein Lieblingsfilm«, verkündete Wanner lautstark. Denske sah ihn befremdet an.

»Wir sind wie Siegfried. Den hat anfangs auch keiner ernstgenommen. Alle haben sich über ihn lustig gemacht. Alle.«

Denske zog ein betrübtes Gesicht.

»Aber dann hat Siegfried den Drachen getötet und wurde dadurch unbesiegbar.« Wanner rülpste und Denske hatte den Eindruck, dass der Kollege sich jeden Moment erbrechen würde. Doch er kriegte noch mal die Kurve. »Und dann hat Siegfried die Frau und das Geld gekriegt.«

Denske lachte: »Aber wurde Siegfried nicht umgebracht?«

Wanner winkte ab: »Ja, aber das war später.«

Sie tranken noch zwei weitere Schnäpse und vier Bier, bevor sie sich kurz vor Mitternacht trennten.

»Du solltest uns mal besuchen«, säuselte Wanner zum Abschied. »Meine Mutter würde sich freuen.«

»Na klar!«, rief Denske laut in die Nacht. Dann umarmten sie sich ungelenk, wobei sie einander gegenseitig auf die Schultern klopften. Denske guckte in den Mond, der in diesem Moment nur für ihn leuchtete.

Er wollte nicht nach Hause, und so beschloss er, Renate zu besuchen. Da die Haustür verschlossen war, rief er lautstark ihren Namen.

Nach einer Weile erschien ihr Kopf am Fenster: »Was machst du denn für Lärm?«

»Ich bin Siegfried!«, rief er zu ihr hinauf, den Kopf in den Nacken gelegt, sodass die Sehnen am Hals scharf hervortraten. »Ich werde den Drachen töten.«

Im gegenüberliegenden Haus gingen die Lichter an. Ein Mann rief aus dem Fenster, er werde gleich ihn töten, wenn er weiter so rumschreie.

»Das is'n Poliseieinsatz«, nuschelte Denske. »Wir suchen den Drachen.«

»Steck dir den sonstwo hin!« Krachend schlug das Fenster zu.

In der Zwischenzeit war Renate die Treppe heruntergekommen und schloss ihm auf.

»Kriemhild«, lallte er und fiel in ihre Arme.

Renate hatte Mühe, das Gleichgewicht zu halten. »Na dann komm, Siegfried«, sagte sie fest und bugsierte ihn die Treppe hoch. Ihre Wohnungstür war nur angelehnt. Im Schlafzimmer setzte sie ihn auf dem Bett ab, das noch warm von ihrem Körper war. Denske fiel einfach um und lag, die Füße noch auf dem Fußboden, einfach da. Renate hatte Mühe, ihn bis auf die Unterwäsche auszuziehen.

»Kriemhild«, sagte er noch einmal, bevor er in ihrer Umarmung und einer wohltuenden alkoholisch bedingten Ohnmacht versank.

SYLVIA IX

Sie hatte lange mit sich gerungen, ob sie mit Mücke sprechen sollte. Sie war noch immer wütend auf ihn, aber sie vermisste ihn auch. Wieso hatte er sich denn seit ihrem Streit nicht gemeldet? Wollte er sie nicht mehr? So schnell wirst du mich nicht los. Wenn hier einer Schluss macht, dann nicht du.

Denn eigentlich hatte sie nicht vor, sich von Mücke zu trennen. Nein, sie wollte ihn, und weil sie das wollte, war sie wütend auf sich. Was bildet der sich ein? Die Zeit mit Werner hatte ihn verdorben. Da hatte er gelernt, Menschen wie Gegenstände zu behandeln. Sie konnte froh sein, dass sie ihn los war. Aber er könnte doch wenigstens mal ein Lebenszeichen von sich geben. Einfach so aus ihrem Leben zu verschwinden …

Aber sie hatte jetzt ja einen Grund, Mücke aufzusuchen. Sie musste ihm von Werners Drohung erzählen, wenngleich das nur vorgeschoben war, was sie sich aber nicht eingestand.

Gegen Nachmittag fuhr sie entschlossen zur Wohnung seiner Schwester Edith, einerseits hoffend, dass Mücke nicht da wäre, andererseits das Gegenteil wünschend. Als Mücke verschlafen in der Tür stand, tat ihr Herz wider Erwarten einen Hüpfer.

»Nanu«, empfing er sie etwas abweisend. Seine strahlenden Augen sagten jedoch etwas anderes. »Sylvia.« Er sprach ihren Namen mit solcher Wärme aus, dass ihre sorgfältig zurechtgelegten Vorwürfe einfach verpufften.

»Komm rein.« Er hielt ihr die Tür auf. »Schwester und Schwager sind nicht da«, sagte er, als ob das irgendetwas erklärte, aber dann wurde ihr bewusst, dass er verlegen war und einfach drauflos plapperte.

Er führte sie in die Küche und bot ihr etwas zu trinken an.

»Eigentlich bin ich ja noch immer wütend auf dich«, sagte sie, als sie am Tisch saßen.

»Ich auch auf dich. ›Mücke, die Eintagsfliege, auf der Suche nach dem Glück.‹ – Das war nicht fair.«

Sie lachte. »Du hast recht. Aber du hast mich so wütend gemacht.«

Er schüttelte langsam den Kopf. Sylvia nahm seine Hand in ihre. »Lass uns nicht mehr davon sprechen.«

Ehe sie noch mehr sagen konnte, beugte Mücke sich vor und küsste sie. Sie zog ihn hoch. Einander gegenseitig die Kleider ausziehend, stolperten sie zu Mückes Kammer, wo sie sich aufs Bett fallen ließen.

»Mücke, die Eintagsfliege, in Gewissensnöten«, sagte er anschließend.

Sylvia lächelte eher bitter. Ihr war nicht nach Scherzen zumute.

»Ich muss dir was erzählen«, begann sie. Sie lagen sich gegenüber, die Köpfe auf die Hände gestützt.

Sylvia berichtete ihm von dem Besuch bei Werner und was der zu ihr gesagt hatte.

»Warum gehst du da auch hin?«, schimpfte er mit ihr.

»Wieso? Ich bin doch nicht mit ihm zerstritten.«

Mücke schien zu überlegen, ob er noch etwas dazu sagen sollte, meinte dann aber: »Ich gehe schon nicht zu den Bullen. Dann hänge ich ja selber mit drin. Was hätte ich denn davon, Werner ans Messer zu liefern?«

»Darum geht es Werner doch gar nicht.« Mücke sah sie verständnislos an.

»Er muss den anderen zeigen, dass er alles im Griff hat, dass er Verräter bestraft. Lexi und Bernburg wollen Blut sehen.«

»Werner ist der Boss. Die machen, was er sagt.«

»Ja, aber wie lange noch? Bommes hat die Bande auch verlassen.«

»Was?« Mücke richtete sich auf.

»Ja, hab ich gehört. Der war unzufrieden, dass so viel schiefläuft bei Werner.«

»Scheiße«, sagte Mücke leise und klopfte sich mit dem Fingernagel gegen die Schneidezähne.

»Und wenn sich rumspricht, dass die Ratten das sinkende Schiff verlassen, dann …«

»Moment mal«, sagte Mücke mit gespieltem Ernst. »Wen meinst du mit Ratte?«

Sylvia lachte und boxte ihm spielerisch gegen den Arm. Mücke boxte zurück und im Nu balgten sie ausgelassen herum. Sie schliefen ein zweites Mal miteinander.

»Ich muss dir auch was erzählen«, sagte Mücke danach.

Sylvia erstarrte. Was kam denn jetzt? Mücke war so ernst geworden. Hat er eine andere?

»Ich bin Reporter beim *Tagesexpress*.«

Sie atmete auf. Sie freute sich aufrichtig für ihn.

»Ich wusste, dass du das schaffst«, sagte sie anerkennend.

»Na ja, ich bin noch kein richtiger Reporter aber ich arbeite in der Redaktion und ich bin kurz davor.« Sie hatte den Eindruck, dass er ihr noch etwas erzählen wollte, doch es kam nichts mehr.

»Sag mal«, begann sie vorsichtig, »ich würde dich gern etwas fragen, Mücke?«

»Was? Ob wir es noch mal machen?«

Sie lachte. »Nein. Ja. Aber das meine ich nicht. Was anderes. Aber du darfst nicht mit mir streiten, ja?«

»Ich schwöre.«

»Begleitest du mich zu dem Wettbewerb? Es würde mich beruhigen, wenn du dabei bist.«

Dass der erste Preis Paris sein würde, verschwieg sie ihm. Das würde sie ihm erzählen, wenn sie gewonnen hatte.

»Natürlich komme ich mit. Ich bin doch dein Maskottchen.«

Sylvia fiel ein Stein vom Herzen.

»Mücke, die Eintagsfliege, rettet seine Dame aus größter Not.«

»Ich muss jetzt leider gehen«, sagte sie bedauernd. Mücke versuchte, sie davon abzuhalten.

»Ich muss dringend ins Atelier«, beschwor sie ihn und verschwieg, dass sie später am Abend noch mit Leo verabredet war. »In drei Tagen ist der Modewettbewerb und ich habe noch einiges zu tun.«

Er ließ sie widerwillig ziehen.

Später saß sie im Atelier und betrachtete abwechselnd ihre Skizze und die Pelerine. Nichts stimmte. Der Faltenwurf, auf dem Papier noch schwebend und luftig, war in der Realität schwer und grob. Am liebsten hätte Sylvia alles zerschnitten und noch einmal von vorn begonnen. Aber dazu hatte sie keine Zeit mehr. Und wenn sie die Pelerine einfach wegließ? Nur das Kleid. Wäre vielleicht eleganter, und es würde dadurch ja auch viel besser zur Geltung kommen. Sie fuhr mit den Fingern über den eingearbeiteten Streifen aus Seide, der sich wie ein goldenes Band quer durch den Stoff schlängelte. Ihr Entschluss stand fest: Keine Pelerine. Nur das Kleid. Und sie darin. Und dann: Adieu, Berlin!

MÜCKE XIII

Mücke wirbelte einen Bleistift zwischen seinen Fingern. Er sah erneut zur Uhr. Die Zeit wollte nicht vergehen. Noch fast eine Stunde bis zur Mittagspause. Mücke überlegte, ob er eine rauchen sollte, aber er hatte gerade erst eine ausgedrückt.

Er sah rüber zur Kollegin, die, mit Hilfe eines winzigen Taschenspiegels, ihren Lippenstift nachzog. Sie treffe in der Mittagspause immer ihren Freund, hatte sie Mücke verraten.

Sein Blick wanderte erneut zur Uhr. Seit Tagen saß er in der Anzeigenabteilung des *Tagesexpresss* und langweilte sich. Zudem war wenig los. In den letzten Tagen hatte Mücke lediglich die Anzeige einer Fleischerei, die Pferdesülze anbot, ein Wohnungsgesuch und Werbung für Frottee Trockenshampoo entgegengenommen und bearbeitet. Das Geld saß knapp und die Leute hängten ihre Gesuche, Anzeigen, Werbung lieber an Mauerreste, Litfaßsäulen, Zäune.

Er überlegte, was er Sylvia zu Weihnachten schenken könnte, als Engler auftauchte.

»Na gibt's was Neues von der Bande?« Mücke verneinte. Engler wirkte ungeduldig.

»Was Sie mir bisher erzählt haben, krieg ich auch von der Polizei. Sie sollten sich schon mehr Mühe geben.« Englers Stimme klang kratzig wie ein verstellter Radiosender. Er rauchte mindestens drei Schachteln Zigaretten täglich, wie Mücke beobachtet hatte. Wie immer hielt er den reglosen Hund unter dem Arm, der ausdruckslos in die Gegend glotzte.

»Ich dachte, Sie hätten Einblick in die Bande. Also wenn Sie mir nicht bald was Konkretes liefern können …« Engler ließ den Rest offen. Für Mücke klang es wie eine Warnung, dass sie ihn ansonsten rausschmeißen würden. Das würde Engler so passen. Der hat wahrscheinlich Schiss, dass ich seinen Posten übernehme.

Mücke konnte den selbstgefälligen Reporter nicht ausstehen. Der benahm sich wie so 'n kleiner Cäsar. Er stellte sich Engler in einer weißen Toga vor und musste schmunzeln.

»Was ist so lustig? Was glauben Sie, was Sie hier machen? Sie kapieren überhaupt nicht, an welch seidenem Faden ihr Leben hier bei uns hängt? Oder sind Sie blödsinnig? Manchmal habe ich den Eindruck, dass ihr jungen Leute nichts mehr im Kopf habt. Ihr wollt nur noch möglichst schnell Erfolg haben, ohne euch anzustrengen.«

»Jetzt machen Sie mal halblang, Herr Engler.« Der fängt sich gleich eine, rumorte es in Mücke.

»Sie sind hier schneller draußen, als Sie reingekommen sind, das sage ich Ihnen.«

»Und wenn ich Ihnen sage, dass ich ein Interview mit einem von der Bande machen kann?«

Engler sah ihn verblüfft an: »Im Ernst?«

»Ja, vielleicht sogar mit dem Boss.«

Engler öffnete den Mund, als wollte er noch eine Beleidigung loswerden, schloss ihn dann aber wieder.

»Dann legen Sie sich mal ins Zeug! Wir warten nicht ewig.«

Mückes Herz raste. Er kam sich vor, als hätte er Werner gerade verraten, für einen Posten als Reporter. Dabei kam er sich schäbig vor, gleichzeitig aber auch clever. Werner hätte das genauso gemacht. Der hätte eine Chance gesehen und sie ergriffen.

»Das Gespräch führe ich aber.« Engler streichelte mechanisch den Hund, der sich das ungerührt gefallen ließ.

»Ich weiß nicht, ob die sich darauf einlassen, Herr Engler.«

»Glauben Sie vielleicht, ich lasse so einen grünen Jungen, wie Sie so ein wichtiges Interview führen? Sie haben doch überhaupt keine Ahnung vom Zeitungsgeschäft. Sie können alles kaputt machen mit Ihrer Naivität.«

»Und wenn Sie mir die Fragen aufschreiben?«

»Das ist unseriös. Das macht kein guter Reporter. Wir sind doch kein Revolverblatt.«

»Aber das wäre die einzige Möglichkeit, befürchte ich.«

Engler überlegte einen Moment und presste dann durch die Zähne ein »Na gut«, hervor. »Bis wann können Sie das organisieren?«

Mücke hob die Schultern: »Kann ich nicht sagen.«

»Am besten so schnell wie möglich.« Englers Augen glänzten vor Freude.

»Ich tue mein Bestes, Herr Engler.«

»Ihr Bestes ist nicht gut genug.« Mücke lachte pflichtschuldig.

»Ich schreibe sofort die Fragen für Sie auf.« Er sah Mücke scharf an. »Aber wehe, das ist eine Ente.«

»Natürlich nicht.« Mücke spielte den Entrüsteten. »Ich werde gleich nach Feierabend meinen Kontakt aufsuchen und ihn …«

»Sie werden ihn sofort aufsuchen. Je eher, desto besser. Zack, zack!«, fiel ihm Engler ins Wort.

»Ja, Sie haben recht. Bin schon unterwegs.« Mücke schnappte sich seinen Mantel und zog ihn im Gehen an.

»Geben Sie mir schnellstmöglich Bescheid. Und jetzt Dalli!«

»Ja, natürlich.«

Als Mücke die gläserne Eingangstür gegen den eisigen Wind aufdrückte, überkam ihn dunkle Verzweiflung. Was sollte er jetzt tun? Er müsste zu Maas gehen und gestehen, dass er gelogen hatte. Seine Zukunft als Reporter könnte er dann vergessen. Mücke konnte sich lebhaft vorstellen, wie Engler zu Maas sagte: Hab doch gleich gewusst, dass dem nicht zu trauen ist. Der ganze Kerl ist nur 'ne Luftnummer.

Mücke ballte unwillkürlich die Fäuste. Wie Engler ihn behandelt hatte … Wäre Mücke noch Mitglied der Weißen Krawatte, hätte der sich das nicht getraut. In diesem Moment wünschte er sich den Rückhalt der Bande. Vielleicht sollte er diesem Arschloch mal in einer dunklen Gasse auflauern … Aber das brachte ja nichts, und er hatte seine Vergangenheit unwiderruflich hinter sich gelassen. Er würde Engler schon zeigen, was er auf dem Kasten hatte, einfach mit Grips.

Ich erfinde das Treffen mit Werner einfach. Ich beantworte Englers Fragen selbst. Mücke kam sich ziemlich schlau vor, aber das hielt nur bis zur nächsten Ecke. Blöde Idee. Dann bringt mich Werner auf jeden Fall um. Da könnte ich auch gleich zu ihm gehen und um den Gnadenschuss bitten. Aber selbst wenn Werner ihn nicht umbrachte, wäre seine Karriere beendet, bevor sie überhaupt begonnen hatte. Keine Zeitung würde einen Reporter beschäftigen, der etwas vortäuschte.

Es half alles nichts: Er musste mit Werner sprechen. Das hatte er nun von seiner großen Klappe. Hätte er doch nur vorher nachgedacht, bevor er sie aufriss. Werner musste einfach mitmachen.

Mücke ging entschlossenen Schrittes Richtung U-Bahn, zutiefst davon überzeugt, dass ihm die Welt etwas schuldete. Und Sylvia würde er einen Lippenstift zu Weihnachten schenken.

WERNER XI

»Dieses dumme Schwein.« Lexi war außer sich. »Ich bring den um. Der reißt uns alle mit rein. Ich hab dir von Anfang an gesagt, dass man Mücke nicht trauen kann.«

Werner sah Lexi belustigt an: »Beruhige dich doch.«

»Dieser verdammte Hund. Der legt dich rein. Ich erschieß den.«

»Lexi, bleib ruhig. Der legt mich nicht rein, und falls doch, erschieße ich ihn selber. Ist nur ein Gespräch mit der Zeitung. Ich verrate doch nichts über uns. Außerdem kennt ganz Berlin die Weiße Krawatte mittlerweile. Man muss den Leuten was bieten.«

»Und was kommt als nächstes? Geben wir Autogramme? Gibt's bald ein Buch über uns? Oder einen Film?«

Werner hätte kein Problem damit, aber das musste er Lexi ja nicht auf die Nase binden.

»Hör zu: Niemand weiter ist dabei. Kein Bulle, kein Zeitungsfutzi. Nur ich und Mücke. Und Mücke ist immer noch einer von uns.«

Lexi schnaubte: »Das war der nie. Der hat nur so getan. Und du bist auf den reingefallen.«

Werner winkte ab. Sie saßen im ehemaligen Kino *Colosseum*, das jetzt im Winter zu einer Wärmehalle umfunktioniert worden war. Die Wohnungen waren kalt. Es gab kaum Kohlen.

»Du solltest das nicht machen, Werner. Ich gehe stattdeiner mit Bernburg zu Mücke, und wir verpassen dieser Ratte eine ordentliche Abreibung.«

»Das lässt du schön bleiben.« Lexi verstand es einfach nicht. Der kapierte nicht, wie die Welt mittlerweile tickte. Man musste auf sich aufmerksam machen. Werbung machen. Je bekannter einer ist, desto höher ist sein Wert.

Nachdem sie sich verabschiedet hatten, schlenderte Werner die Schönhauser entlang. Er ging inmitten der umherhastenden Menschen – unerkannt. Irgendwann wird jeder von euch Werner Gladow kennen.

Das Interview mit dem *Tagesexpress* wäre nur der Anfang. Al Capone hatte unzählige Interviews gegeben. Die Reporter fraßen ihm aus der Hand. Er war der Liebling der amerikanischen Presse. In Amerika war es ganz normal, dass Gangster berühmt wurden. Warum sollte das nicht auch in Deutschland so sein?

Mücke würde sein Interview bekommen. Jetzt aber musste Werner erst einmal ein Weihnachtsgeschenk für Lucie besorgen. Er hatte da auch schon etwas im Auge: eine goldene Uhr, die sie in der Auslage von Wockenfuß bewundert hatte. Um nicht laufen zu müssen, stahl Werner das Fahrrad eines Telegrammboten, der gerade in einem Geschäft verschwunden war.

Er bog in die Gneiststraße, ließ den Helmholtzplatz hinter sich und durchquerte das Winsviertel, hinter dem er den Volkspark Friedrichshain erreichte. Im Park türmten sich die Trümmer Ostberlins auf wie die steinernen Überreste einer versunkenen Kultur. Hier hatte Werner früher oft gespielt und am Märchenbrunnen selbstgebaute Schiffchen fahren lassen. Jetzt war hier alles zerbombt, aufgerissen, gefleddert, geschändet. Nur noch eine riesige zerfurchte Trümmerhalde – zum Kotzen!

Am Königstor zog Werner seine Maske über die Nase, nahm einen massiven Stein und warf ihn in die Scheibe des Juweliergeschäfts. Eine Alarmanlage jaulte los als das Glas krachend zersprang. Rasch griff Werner ein paar Uhren und stopfte sie in seinen Mantel. Aus den Augenwinkeln bekam er mit, wie eine Gestalt aus dem Geschäft stürzte, direkt auf ihn zu. Automatisch und ohne nachzudenken zog Werner seine Pistole und drückte ab. Sein Verfolger brach schreiend zusammen. Blut sprudelte ihm aus dem Mund. Er zuckte kurz am ganzen Körper dann lag er still auf dem Pflaster.

Ein weiterer Mann kam aus den Laden gerannt, stürmte auf Werner zu und umklammerte ihn, wobei er laut um Hilfe rief. Werner wand sich in der Umklammerung, versuchte sich zu drehen und drückte ab. Der Schuss ging daneben. Er schoss ein zweites Mal und traf den Mann am Arm, der augenblicklich losließ und einen Schritt nach hinten stolperte. Werner schoss noch einmal. Er wollte dieses Arschloch vernichten. Aber der Schuss streifte nur dessen Kopf. Inzwischen waren weitere Menschen aufmerksam geworden und riefen nach der Polizei. Für Sekunden war Werner irritiert. Das nutzte der Angreifer aus, um ihn am Aufschlag seines Mantels zu packen. Werner durchschoss ihm die Hand und jagte ihm noch eine Kugel in den Oberschenkel. Als auch dieser Mann auf dem Pflaster lag, trat Werner ihm zweimal gegen den Kopf. Er war außer sich vor Wut. Dann legte er erneut auf den Verletzten an, der abwehrend die Arme hochriss.

Einige Männer, die sich zusammengerottet hatten, brüllten Werner zu, er solle die Waffe wegwerfen, wobei sie sich vorsichtig näherten. Werner schwang sich aufs Rad und raste los, die Friedenstraße hinab. Die Meute lief schreiend hinterher. Gegen sein Fahrrad hatte sie jedoch keine Chance. Werner bretterte die Bordsteinkante hoch, um im schützenden Park untertauchen zu können, als er plötzlich ins Leere trat. Die Kette war abgesprungen. Fluchend schmiss er das Rad hin und rannte weiter. Die Verfolger noch immer hinter ihm. Sie waren jetzt näher gekommen, Werner konnte ihre keuchenden Atemstöße hören. Er drehte sich während des Laufens um und schoss. Die Pistole hatte Ladehemmung. Die Meute war verunsichert und stoppte kurz. Doch da kein Schuss fiel und niemand zu Boden ging, rannte sie weiter. Werner war kurz vor dem Durchdrehen. Was spielten sich diese Pisser zu Helden auf? Sie sollten dankbar sein, in Frieden zu leben. Er drückte noch einmal den Abzug. Diesmal löste sich ein Schuss und pfiff jaulend durch die kalte Dezemberluft über die Verfolger hinweg. Die duckten sich wie bei einem Bombenangriff und zogen die Köpfe ein. Werner drehte sich um und hastete weiter. Er rannte in den Park, sprang über eine niedrige Hecke, über einen schmalen Graben, kletterte über einen Ziegelhaufen, um sich schließlich an der Mauer des angrenzenden Krankenhauses hochzuziehen. Oben auf der Mauer sitzend, sah er sich nach seinen Verfolgern um. Sie waren nicht zu sehen.

Kommt doch, dachte er. Ich knall euch ab, wie die Hasen. Habt es ja nicht besser verdient. Vieh seid ihr, nix weiter. Dummes Vieh. Kriecht zurück in eure kleinen Leben. Das hier ist eine Nummer zu groß für euch. Ich bin Werner Gladow, und ihr seid nur Statisten.

DENSKE VIII

Denske brummte der Schädel. Er fühlte sich in seinem Körper nicht zu Hause, wie innerlich verschmutzt.

Aber es war ein schöner Abend. Er und Renate hatten zusammen mit Wanner und seiner Mutter ins neue Jahr gefeiert. Sie hatten viel getrunken, gegessen und getanzt. Wanner hatte lustige Gedichte rezitiert: Morgenstern, Klabund, Kästner, Kaleko – es gab viel zu lachen.

Nach Mitternacht, das Jahr 1949 war nur wenige Minuten alt, hatten Renate und Denske einander ein schönes Jahr gewünscht und sich versprochen, niemals Ansprüche an den anderen zu stellen. »Lass uns zusammen bleiben, so lange wir das möchten, aber nicht aus Pflichtgefühl.«

Denske war Renate dankbar dafür. Er war für Klarheit.

»Frohes Neues, Kamerad Denske!«, holte ihn eine Stimme zurück in die Gegenwart.

»Frohes Neues.« Denske versuchte, sich an den Namen von Steinkes Kollegen zu erinnern, der nun auch seiner war, doch sein Gehirn schwamm in einer trüben Lake und war noch nicht zu gebrauchen. Außerdem irritierte ihn dieses »Kamerad hier, Kamerad da«. Da entstand schon wieder eine Schicksalsgemeinschaft. Das hatten sie doch gerade hinter sich gelassen.

»Gibt's was Neues?«

»Nee. Ich hab mir noch mal die Akte Wockenfuß vorgenommen. Die Zeugenaussagen vor allem.«

Der Kollege winkte ab und nahm einen Schluck von seinem Kaffee, den er genießerisch im Mund behielt, um ihn dann geräuschvoll zu schlucken: Bohnenkaffee, den Denske und Wanner aus dem Westen mitgebracht hatten, zum Einstand.

»Das war ein kleiner Gauner«, sagte der Kollege, dessen Name Denske endlich eingefallen war: Er hieß Friedrich

Sass. »Friedrich wie der Große und Sass wie die Tresorknacker-Brüder.« Denske hatte pflichtgemäß gelacht.

»Die Geschosshülsen, die wir in dem toten Juwelier und auf der Straße gefunden haben, passen doch überhaupt nicht zur Weißen Krawatte. Das war keine russische Pistole. Das war 'ne Browning.«

»Dann hat die Weiße Krawatte eben neue Waffen.«

»Glaube ich nicht. Und überhaupt: Was hat der Täter bei Wockenfuß rausgeholt? Zwei Uhren. Die Bande gibt sich mit solchen Kinkerlitzchen doch gar nicht mehr ab. Die würden doch nicht so'n Risiko eingehen. Da steckt 'n kleiner Gauner dahinter.«

»Aber die Vorgehensweise des Täters, die Skrupellosigkeit und vor allem die Kleidung. Hier ...«, Denske klopfte mit dem Zeigefinger auf die Stelle in der Akte. »Fast alle beschreiben den teuren Mantel und den Anzug. Welcher kleine Gauner taucht so gekleidet zu einem Raubzug auf? Das macht nur die Weiße Krawatte.«

Sass bleibt dabei: »War 'n Gelegenheitsdieb.«

»Mensch, Sass, die Größe stimmt mit dem Täter vom Rummel überein. Circa ein Meter siebzig. Und ...«, Denske hielt seinen Zeigefinger hoch, »... die Rede ist von einem sehr jung wirkenden Täter. Auch wie auf dem Rummel. Bei den Autodiebstählen, bei der Purschian und auch bei anderen Überfällen, die nach ähnlichem Muster abgelaufen sind: immer junge Männer.«

»Klar sind das junge Männer. Was erwarteste denn? Dass die Greise auf Raubzug gehen?«

Denske ging nicht darauf ein.

»Eine Zeugin hat gesagt, der sei mindestens fünfunddreißig gewesen.«

»Ist aber nur die eine Zeugin«, gab Denske zu bedenken.

»Denske, du weißt doch, wie Zeugen so sind: ›Das ging alles viel zu schnell. Der Täter war klein; nee, der war groß;

der hatte schwarze Haare; nee, blonde; er trug einen Mantel; nee, 'n Jackett; nee, war doch kein Mann, war 'ne Frau‹ und so weiter.«

»Aber das angeschossene Opfer, der zweite Juwelier, hat auch ausgesagt, dass der Täter jung wirkte. Und der war am nächsten dran.«

»Dieser Idiot!«, schimpfte Sass. »Was hat der jetzt davon, dass er den Helden gespielt hat? Wird Zeit seines Lebens 'n Krüppel bleiben. Stürzt sich einfach auf den Räuber.« Er schnalzte mit der Zunge, als gäbe es für die Dummheit seiner Mitmenschen keine Worte.

»Denk doch mal an den Überfall auf den Taxifahrer vor vier Wochen, ganz in der Nähe von Wockenfuß. Da war auch 'ne Browning im Spiel. Und dahintersteckt die Weiße Krawatte, hat der Taxifahrer ausgesagt.«

»Mensch, Denske, du siehst schon weiße Krawatten, wo keine sind, witterst hinter allem diese Bande. Bei dem Überfall auf Wockenfuß trug der Täter keine weiße Krawatte. Und die Geschosse sind auch nicht identisch. Auch wenn es beides Brownings waren, bei Wockenfuß war 'n anderes Kaliber im Spiel. Und es war nur ein Täter, im Gegensatz zu dem Taxi-Überfall. Da waren es drei.« Sass änderte seinen Tonfall, als spräche er mit einem Idioten: »Das mit der Browning ist doch eher Zufall, Denske. Das sind Gauner aus dem Westen. Die betreiben hier so 'ne Art Überfall-Tourismus, dann verschwinden sie wieder rüber zu euch.«

Denske konnte es nicht fassen, dass Sass alles herunterspielte. Ja, er war der Neue, hatte kaum Erfahrung. Noch dazu war er aus Westberlin. Das alles störte die Kollegen vom Alex, hatten sie ihm auch von Anfang an klargemacht. Sie ließen sich doch von so einem Frischling nix vormachen. Lieber ließen sie die Ermittlungen im Sande verlaufen, als Denskes Nase zu folgen – Arschlöcher!

Als er Renate gegenüber sein Leid geklagt hatte, meinte sie, das Verhalten von Steinke und Sass sei gewiss politisch motiviert. Die müssten den Sowjets beweisen, alles im Griff zu haben, und das Böse käme stets aus dem Westen herüber.

»Außerdem ist Neujahr«, beendete Sass das Gespräch. »Also schön langsam mit den jungen Pferden.« Die hängenden Mundwinkel des Kollegen verzogen sich zu einem schiefen Grinsen. Das Verbrechen ruht nie, hätte Denske beinahe gesagt, aber dieser ausgelutschte Satz ging ihm dann doch nicht über die Lippen.

Denske war frustiert. Sie kamen der Weißen Krawatte einfach nicht näher. Alle Spuren liefen ins Leere. Die Bande blieb ein Phantom. Selbst die 25.000 Mark Belohnung hatten keine brauchbaren Hinweise ergeben. Eine Witwe aus Wilmersdorf hatte sich gemeldet und ihren Untermieter angeschwärzt. Letztlich stellte sich der als kleiner Kaffeeschmuggler heraus. Ein anderer Hinweis führte sie auf die Spur einer Bande, die im großen Stil Autoreifen stahl und verkaufte. Die waren Mangelgut und daher heiß begehrt. Aber es waren eben nur Autoreifen.

Ein dünner Sonnenstrahl wanderte zittrig auf Denskes Tisch hin und her. Denske sah zum Fenster hinaus. Der Himmel war klar, viele Paare schlenderten Hand in Hand auf ihrem Neujahrsspaziergang.

Was tue ich hier?, fragte sich Denske. Wieso bin ich nicht bei Renate? Wie viel lieber würde er jetzt mit ihr frühstücken, als mit diesem bornierten Sass in einem Büro zu hocken. Wenn wenigstens Wanner hier wäre, aber der hatte heute frei. Denske sah auf den Stadtplan, der an der Wand befestigt war. Unzählige kleine Fähnchen markierten die mutmaßlichen Tatorte der Weißen Krawatte. Leider konnte man daraus kein Muster ableiten. Die Bande zog wie ein amorpher Schwarm durch alle Sektoren, Breschen und Ritzen dieser zerlöcherten Stadt hin und her, ohne erkennbaren Plan und bevorzugte Ziele. Deshalb war sie einfach nicht greifbar. Da war jede präventive Maßnahme völlig sinnlos, resümierte Denske. Er konnte nur zusehen und protokollieren, wie ihm die Gauner ständig eine Nase drehten, Verbrechen begingen, Menschen ermordeten und die mühsam hergestellte Ordnung wieder zerstörten. Was hatte er dem schon entgegenzusetzen? Vielleicht sollte er Schröder sagen, dass er in dieser Sonderkommission nicht mehr mitarbeiten und den Dienst am besten gleich ganz quittieren will.

* * *

FRÜHJAHR 1949

SYLVIA X

Sylvia fror. Ende April zog noch einmal eine Kaltfront über das Land hinweg. Sie trug nur ein selbst geschneidertes Kleid, das für diese Temperaturen entschieden zu leicht war. Sie hatte es für die große Bühne entworfen, für Cocktailempfänge, Premierenfeiern, Bälle. Jetzt stand sie hier zwischen den anderen Modellen und hatte überall am Körper Gänsehaut.

Wer kam nur auf diese bescheuerte Idee, mitten auf dem Ku'damm unter freiem Himmel eine Modenschau abzuhalten? Es gab lediglich zwei altersschwache Bauwagen, die mit kleinen Kohleöfen beheizt waren und die als Garderoben dienten. Sylvia schlug sich mit den Händen auf die Oberarme und hüpfte auf der Stelle, um sich ein wenig zu erwärmen. Sie sah hinüber zum Tisch der Jury. Wenigstens mussten die auch draußen sitzen, wenngleich sie Mäntel, Handschuhe, Mützen und dicke Stiefel trugen.

Sylvia war wieder etwas übel, wie auch schon in den Tagen zuvor: die Aufregung. Gleich würde sie dran kommen. Nur noch ein Mädchen war vor ihr. Sylvia verrenkte sich den Hals, um Mücke zu entdecken, konnte ihn jedoch nicht finden. Dafür fing sie sich aber den vorwurfsvollen Blick von Fräulein Petrowitzki ein, die inmitten der zahlreichen Zuschauer saß. Warum haben Sie mich zu diesem würdelosen Spektakel geschleppt?, schien ihr Blick sagen zu wollen.

Sylvia empfand das nicht so. Trotz der Kälte freute sie sich, ihr Kleid einer Fachjury vorführen zu dürfen. Darin saßen der Chefredakteur der *Suzette*, außerdem eine Redakteurin der Zeitschrift, ein englischer Leutnant, ein französischer Gesandter des Pariser Modehauses und ein Schauspieler, den Sylvia nicht kannte, irgendwas mit Theater.

Gleich würde sie den hölzernen Laufsteg betreten, der extra für dieses Ereignis angefertigt worden war. Zwar war es nicht üblich, dass die Modeschneiderin ihre Kreation selbst präsentierte, doch hatte ihr Vorführmodell sie in letzter Minute im Stich gelassen, wegen Unterleibsschmerzen.

So stand nun Sylvia selbst dort oben, bereit für ihren großen Auftritt. Sie war davon überzeugt, den Wettbewerb mit Leichtigkeit zu gewinnen. Sie hatte hier noch kein Kleid gesehen, das es mit ihrem aufnehmen konnte. Die anderen waren bieder, langweilig, ohne Esprit. Das genaue Gegenteil zu Sylvias Kleid. Der Franzose in der Jury würde das erkennen.

Sie presste die Lippen aufeinander und bewegte sie leicht hin und her, weil sie das Gefühl hatte, der Lippenstift war nicht gleichmäßig verteilt. Fast hätte sie gelacht, als sie daran dachte, wie Mücke ihr den zu Weihnachten geschenkt hatte. So ein billiges Ding, das schon zerbröselte, wenn man es nur herausschob. Da war sie von Leo Besseres gewohnt. Aber seit Mücke nicht mehr bei der Bande war, hatte er eben auch kein Geld mehr. Sie hatte ihm ja vorausgesagt, dass man als Zeitungsschreiber am Hungertuch nagt. Aber bald würde sie in Paris sein, dann ging sie das alles nichts mehr an. Vielleicht könnte Mücke ja nachkommen, irgendwann.

In ihren Gedanken verloren, bekam Sylvia nicht mit, dass sie soeben aufgerufen wurde. Nach einem Rippenstoß ihrer Nachbarin betrat sie unsicher den Laufsteg, besann sich einen Augenblick, stöckelte dann los und versuchte, zielstrebiges Selbstbewusstsein in ihren Gang zu legen. Nur nicht zur Seite gucken. Lass dich nicht verunsichern!

Aber natürlich sah sie zur Seite. Da tuschelte eine Zuschauerin grinsend mit ihrer Nachbarin. Das brachte Sylvia leicht aus dem Tritt. Zwar hatte sie ihren Auftritt geübt, mit Mücke als Publikum, aber hier vor den Augen so vieler Leute verlor sie doch etwas den Mut. Unsicher wiegte sie sich in den Hüften. Aber was soll's, dachte sie. Das Kleid wird alle überzeugen. Es war leuchtend kobaltblau, wie das Meer. Der eingearbeitete Goldsteifen symbolisierte den Sonnenlauf, der sich darüber erstreckte. Wenn sie sich drehte, offenbarte der Faltenwurf die eingestickten Sterne und Monde. Sylvia wurde immer sicherer, je näher sie dem Tisch der Jury kam. Und dort endete auch der Laufsteg.

Sie blieb stehen, verharrte erwartungsvoll. Die Jury gab ihr Urteil immer direkt nach dem Schaulaufen ab.

Der Chefredakteur der *Suzette* räusperte sich. Der Schauspieler grinste sie mehrdeutig an. Die Redakteurin kramte in ihren Unterlagen, der englische Soldat sah gelangweilt aus, während der Franzose den Mund verzog. Sylvia konnte nicht erkennen, ob vor Begeisterung oder vor Abscheu.

»Nun meine Liebe«, begann die einzige Frau unter den fünf Mitgliedern. Sie war eine ältliche Dame mit schmallippigem Mund, der nach jedem Satz, wie der Eingang einer Reuse, zuklappte, um dann nach neuen Worten zu fischen. »Sie sind ja die Einzige hier, die ihr Kleid selbst entworfen hat und es auch präsentiert.« Das klang leicht vorwurfsvoll. Ihr Mund klappte zu, als müsste das Gesagte erst behutsam verdaut werden. Dann ging er wieder auf: »Das verdient natürlich Respekt.« Erneute Pause. »Trotzdem sehe ich da ein großes Defizit.« Sylvias Stimmung sank auf null. »Sie haben zwar die Figur, um dieses Kleid zu tragen, Kindchen, aber sie haben leider nicht das Gesicht dazu. Viel zu charakteristisch.« Der Mund ging zu, dann ging er wieder auf: »Das lenkt vom Kleid ab.«

Der neben ihr sitzende Chefredakteur glotzte wie gebannt auf Sylvias Busen, und ihr wurde schmerzlich bewusst, dass sich ihre Brustwarzen aufgrund der Kälte steif und deutlich unter dem dünnen Stoff abzeichneten.

»Etwas trampelig, in der Tat«, sagte der englische Offizier.

»Also ich finde es wunderbar, sehr ansprechend«, urteilte der Schauspieler. Sein Blick besagte, dass er nicht ihr Kleid meinte.

Wieso redeten alle über sie und nicht über ihr Kleid? Sie blickte zu dem Franzosen, der bislang stumm geblieben war. Der sah ihr direkt in die Augen. Sylvia konnte darin deutlich erkennen, dass er ihren Entwurf schrecklich fand. »Oui«, begann er auch gleich, »es ist su kaprisiös. Su …« Er wedelte mit den Händen, suchte nach den richtigen Worten und fand sie schließlich: »Su künstlisch, unescht. Da ist su viel Willä, su wenisch Geist. Es ist Andwärk, nur Gopf, kein Härz.« Bei dem letzten Wort klopfte er sich mit der rechten Hand theatralisch an die Brust.

»Tut mir leid, meine Liebe«, sagte die Jury-Frau. »Sehen Sie unsere Kritik einfach als Verbesserungsvorschlag an. Vielleicht beim nächsten Mal.«

Sylvia stand da und ließ alles über sich ergehen. Sie hob stolz den Kopf und blickte ein Jurymitglied nach dem anderen an. Dann verließ sie, aufrecht und ohne jedes Wort, den Laufsteg. Es fiel ihr unendlich schwer, sich auf den Beinen zu halten. Sie fühlte sich gedemütigt, umgekrempelt. Statt zum Bauwagen zu gehen, um ihren Mantel zu holen, ging sie einfach weiter, den Kurfürstendamm entlang, irgendwohin.

»Sylvia, warte!« Es war Mücke. Er holte sie ein und sie lehnte sich gegen ihn. Sie hätte gern geweint, war aber zu betäubt. Sie konnte noch nicht recht erfassen, was ihr da gerade widerfahren war.

»Komm, wir gehen.« Er legte ihr seinen Mantel um die Schultern und führte sie weg.

»Die haben dein Kleid gar nicht verdient.« Er tröstete sie mit weiteren aufmunternden Sätzen, aber Sylvia hörte kaum hin.

»Sylvia, dein Schlüssel.« Sie sah auf. Mücke stand da und hielt die Hand auf. Ohne dass sie es mitbekommen hatte, standen sie vor ihrer Wohnungstür. Nach dem Aufschließen ging sie ins Schlafzimmer, legte sich aufs Bett und krümmte sich zusammen. Aus!, dachte sie. Alles ist aus. Nie würde sie nach Paris kommen. Sie würde ewig bei Fräulein Petrowitzki festsitzen, Knopflöcher flicken, Säume auftrennen und sich das vorwurfsvolle Gerede ihrer Chefin anhören müssen.

Mücke kam herein, setzte sich auf den Bettrand und nahm ihre Hand in seine: »Du versuchst es einfach noch mal. Solche Wettbewerbe gibt es doch bestimmt öfter.«

Sylvia entzog sich ihm. »Du hast doch keine Ahnung«, sagte sie leise.

»Hör doch nicht auf diese Arschlöcher.«

»Der Franzose hat gesagt, dass ich kein Talent habe.«

»Stimmt doch gar nicht«, widersprach Mücke. »Er hat nur gesagt …«

»Dass ich kein Herz habe.« Ihre Stimme war lauter geworden. »Mein Entwurf ist unecht.«

»Blödsinn!«

»Doch! Unecht!«, schrie Sylvia jetzt fast. Sie richtete sich auf: »Genau wie ich. Alles unecht!« Sie zerrte an ihrem Kleid, riss ein Stück am Saum auf, bis Mücke ihre Hände festhielt.

»Du bist nicht unecht.«

»Doch.« Sie fühlte brennende Scham. Was hatte sie nicht herumgeprahlt, dass sie den Wettbewerb gewinnen würde, und jetzt hatte man sie entlarvt. Wie in dem Märchen *Des Kaisers neue Kleider*. Sie konnte nichts, sie war nichts. Leo und Mücke hatten recht; sie war eine kleine Schneiderin.

Sylvia fing zu weinen an. Sie ließ sich wieder in die Kissen fallen und rief mit erstickter Stimme: »Ich bin eine Betrügerin. Ich lüge die ganze Zeit.«

»Sylvia, hör auf!«

»Mein Name ist nicht Sylvia.«

MÜCKE XIV

»Mein Name ist nicht Sylvia.« Sie schluchzte.

Mücke hätte sie gern in den Arm genommen, aber ihre ganze Körperhaltung strahlte etwas Abweisendes aus. »Ich verstehe nicht …«

Sie fuhr herum und sah ihn an: »Ich heiße nicht Sylvia. Das habe ich mir ausgedacht.«

»Wie heißt du denn?«

Sie zögerte. Es war ihr äußerst unangenehm, bekam Mücke mit.

»Ich heiße Hannelore.« Sie wandte den Blick ab.

»Wieso nennst du dich dann Sylvia?«

»Was glaubst du denn, wie weit man in der Modewelt mit diesem Namen kommt? Biederer geht's ja kaum. Hannelore klingt nach Hausfrau, nach Schürze, nach Mutti. Ich hasse das.«

Mücke war noch immer verwirrt. Er versuchte sie zu umarmen, doch sie schüttelte ihn ab.

»Ich will das alles nicht mehr!«, schrie sie.

»Sylvia!«

»Ich heiße nicht Sylvia. Kapierst du das nicht? Ich bin ein einziger Betrug. Ich hätte gar nicht überleben dürfen.« Ihre Stimme klang hoch und zerbrechlich, wie dünnes Glas. »Wir sind aus Breslau geflohen, meine Schwester und ich, bevor die Russen kamen, im Januar. Unsere Eltern waren tot. Wir sind mit einem Nachbarn los, auf einem Pferdewagen. Diese Kälte …« Sie schauderte bei der Erinnerung daran. »Das kannst du dir nicht vorstellen. Die ist in jede Ritze gekrochen. Minus fünfundzwanzig Grad! Und dazu die Geschütze, die Tag und Nacht krachten. Wir überleben das nicht, dachten wir. Wir hatten kaum was zu essen. Überall lagen Tote am Weg, Verhungerte und Erfrorene. Die Kinder …« Sie schlug die Hände vors Gesicht. Ihre Stimme klang ganz kümmerlich und klein. »Und meine Schwester.«

Mücke beugte sich vor ihr Gesicht, um sie zu verstehen.

»Ich … sie …« Sylvia weinte jetzt hemmungslos. »Sie … O Gott! … Sie ist … efohen.« Das letzte Wort klang erstickt, als hätte sie Angst, es könnte ihr etwas antun.

Mücke verstand es: »Sie ist erfroren?«

Sylvia nickte wild mit dem Kopf. »Und dann habe ich … ihren Mantel …«

Mücke zog ihr sanft die Hände vom Gesicht.

»Ich habe ihr den Mantel weggenommen.« Sie sah ihn klar an: »Verstehst du, Mücke? Ich habe meiner toten Schwester den Mantel ausgezogen.«

Ein unbekanntes Gefühl überflutete Mücke. Er wusste nicht, ob es tief empfundene Liebe oder eher Mitleid war.

»Aber sie war tot. Was hättest du denn tun sollen? Du wärst sonst auch gestorben.«

Sylvia sah ihm in die Augen: »Ich habe mich gefreut, dass sie tot ist. Jetzt kann ich ihren Mantel nehmen, habe ich nur gedacht. Es tat mir überhaupt nicht leid. Ich bin kein guter Mensch.« Sie schluchzte erneut.

Mücke unternahm einen zweiten Versuch, Sylvia in den Arm zu nehmen. Diesmal ließ sie es geschehen. An seine Schulter gepresst, sprach sie weiter. »Ich lebe, weil sie gestorben ist. Ich bin einfach weitergegangen mit ihrem Mantel.«

»Du hattest keine Wahl.«

»Doch. Verstehst du denn nicht? Ich habe sie verlassen. Ich verlasse alle Menschen, die mir nahestehen.«

»Nein, wirst du nicht, Sylvia. Egal was passiert: Wir bleiben zusammen.«

Sie schob ihn weg. »Bleiben wir nicht.«

Es ging noch eine Weile hin und her, aber egal, was er sagte, Sylvia schmetterte alles ab. Sie ist nur verwirrt, sagte er sich, das wird schon wieder. Dummerweise konnte er sich nicht länger um sie kümmern. Wenn er die Verabredung mit Werner platzen ließ, würde es keine zweite Chance geben.

*

Auf dem Weg nach Friedrichshain plagte Mücke das schlechte Gewissen. Vielleicht hätte er Sylvia doch nicht allein lassen sollen. Aber sie ist stark. Sie wird schon klarkommen. Ich kann ja später wieder zu ihr fahren.

Er musste jetzt an sich denken. In den nächsten Tagen würde das Interview mit Werner im *Tagesexpress* erscheinen. Dann wäre er ein bekannter Reporter in Berlin, zumal Engler ihm versprochen hatte, auch seinen Namen zu erwähnen. Dann würde Sylvia sehen, dass er etwas auf dem Kasten hatte. War nicht langsam der Zeitpunkt gekommen, an dem Sylvia Leo den Laufpass geben sollte? Den brauchte sie dann ja nicht mehr.

Als Mücke aus dem U-Bahnhof Samariterstraße hinaufstieg, blieb er kurz im Eingangsbereich stehen, um sich eine Zigarette anzuzünden. Kalter Wind blies ihm ins Gesicht, gespickt mit eisigen Regentropfen. Männer und Frauen hasteten die Frankfurter Allee entlang, Hüte und Mützen tief in die Gesichter gezogen, die Mantelkrägen hochgeklappt. Ein barfüßiger, vor sich hin brabbelnder Alter mit einem verbitterten Kindergesicht schlurfte an Mücke vorbei, die Treppe zum Bahnsteig hinab.

Auf dem Weg in die Schreinerstraße zu Werners Wohnung ging Mücke in Gedanken noch einmal Englers Fragen durch. Er hätte sie anders formuliert, aber Engler hatte ihm klargemacht, er dulde keinerlei Einmischung. Mücke solle stur die Fragen vorlesen und die Antworten notieren.

Lucie öffnete ihm die Tür. »Wat willst ’n du hier?«, empfing sie ihn.

»Ich bin mit Werner verabredet. Hat er nichts gesagt?«

»Bin ick seine Sekretärin oder wat? Mach ick vielleicht seine Verabredungen?«

»Nein, ich dachte nur …«

»Denken sollteste dir abjewöhnen. Steht dir nich. Werner is in seim Zimmer.« Mit diesen Worten verschwand sie in der Küche. Durch die halb geöffnete Tür konnte er Lexi sehen, der ihn feindselig anfunkelte.

Dann saß er Werner gegenüber, der mit untergeschlagenen Beinen auf dem durchgelegenen Schlafsofa thronte. Im warmen Ofen knackten Holzscheite; die Zimmerdecke darüber war völlig verrußt.

Es hatte etwas gedauert, bis das Treffen mit Werner tatsächlich zustande gekommen war. Mal war er in die Planung eines Bruches vertieft, dann wieder waren es Lexi und Bernburg, auf die er Rücksicht nehmen musste, aber letztendlich war Werners Eitelkeit größer als alle Hindernisse. Und als Berliner Al Capone musste er seinen Fans ja auch etwas liefern.

»Wir sind uns einig, Mücke: Keine Einzelheiten, nix, was die Bullen auf die Spur bringen könnte.«

»Natürlich nicht. Wie besprochen.«

»Dann leg mal los.« Werner grinste.

Mücke hatte den Eindruck, dass er es kaum erwarten konnte, wollte zuerst aber wissen: »Warum ist Lexi hier?«

»Der wollte unbedingt. Denkt, dass er dich umlegen kann, wenn du uns verarschst.«

»Das werd’ ich schon nicht.« Mücke raschelte mit seinen Zetteln, auf denen die Fragen standen. Es war schon seltsam, jetzt hier zu sein. Vor Kurzem war er noch mit der Bande rumgezogen, und jetzt war er auf der anderen Seite. Er räusperte sich. »Erste Frage: Warum haben Sie den Weg ins Verbrechen gewählt?«

»Seit wann drückste dich denn so geschwollen aus, Mücke?«

Mücke lächelte verlegen. »Das steht hier so.«

»Gib mal her!« Werner griff nach Mückes Zetteln und sah die Fragen durch. Er lachte laut auf beim Lesen. » ›Haben Sie keine Angst davor, im Gefängnis zu landen?‹; ›Macht es Ihnen nichts aus, die Berliner zu verängstigen?‹; ›Warum gehen Sie keinem anständigen Beruf nach?‹ Mann, Mücke, wer hat sich diesen Scheiß ausgedacht? Ein Pastor?«

Mücke hob entschuldigend die Schultern: »Einer, der keine Ahnung hat.«

»Er soll schreiben, dass ich ein Opfer der Nachkriegszeit bin und des Schwarzen Marktes.« Mücke schrieb jetzt eifrig mit. »Ich bin ein Nachkomme Al Capones. Wir sind seelenverwandt. Berlin ist das neue Chicago. Aber ich werde Al in den Schatten stellen. Ich werde größer sein. Ich bin auf dem besten Weg, der berühmteste Verbrecher Berlins, wenn nicht sogar Deutschlands zu werden. Zur Vorbereitung auf meine Karriere habe ich jede Menge Kriminalfilme gesehen und Bücher gelesen, vor allem französische Kriminalromane. Ich will, dass die Geschichten wahr werden. Ich liebe die Gefahr. Da spüre ich, dass ich lebe. Das Leben sollte doch ein Abenteuer sein, oder? Aber ich bin nicht pervers oder so. Ich brauche das nicht. Wenn ich genug Geld verdient habe, setze ich mich zur Ruhe. Vielleicht gründe ich eine Familie.«

»Nehmen Sie es in Kauf, einen Menschen zu töten?«

Werner schien einen Augenblick nachzudenken. Mücke kannte ihn jedoch gut genug, um zu erkennen, dass das nur Pose war.

Schließlich die Antwort: »Ich erschieße niemanden ohne Not. Aber wenn sich uns einer in den Weg stellt, kann ich für nichts garantieren.«

»Wie haben sich die Bandenmitglieder gefunden?«

»Meine Männer habe ich auf dem Schwarzmarkt kennengelernt. Alles Profis. Ich arbeite nur mit den Besten zusammen.« Er zwinkerte Mücke zu.

»Empfinden Sie Reue für Ihre Taten?«

»Nee, warum sollte ich? Wir holen uns das Geld ja nicht bei den armen Leuten. Und wir wollen auch nur das, was uns zusteht.«

*

Mücke war äußerst zufrieden mit sich. Er hatte eine waghalsige Idee ausgebrütet und umgesetzt. So musste man es machen. Genauso kam man weiter im Leben. Man musste sich was trauen.

»Das ist richtig gut«, hatte Engler ihn gelobt. »Damit kann ich was anfangen.«

Mücke hatte so getan, als würde er jeden Tag einen Gangsterboss befragen.

»Wenn Sie so weitermachen, wird noch ein richtiger Reporter aus Ihnen.«

»Ich habe ja auch einen guten Lehrer.« Mücke hasste sich für seine Schleimerei.

»Sie müssen sich darüber im Klaren sein, dass die Polizei auftauchen wird, wenn der Artikel erschienen ist. Die werden uns auf die Füße treten. Am besten sagen wir, dass die Weiße Krawatte Kontakt zu uns aufgenommen hat und nicht umgekehrt. Soll die Polizei uns mal das Gegenteil beweisen. Und«, er sah Mücke eindringlich an, »wir haben uns bei der Polizei nicht gemeldet, weil wir nicht sicher waren, ob es sich wirklich um diese Bande handelte oder um Betrüger. Verstanden?«

»Selbstverständlich.«

»Außerdem berufen wir uns auf die Freiheit der Presse. Wir sind der Aufklärung verpflichtet. Die Alliierten haben uns keiner Vorzensur unterworfen. Wenn das der Polizei nicht passt, soll sie sich gefälligst an die verantwortlichen Stellen wenden.«

So kämpferisch hatte Mücke Engler bislang noch nicht erlebt. Vielleicht hatte er ein falsches Bild von ihm.

»Wir beide müssen bei dieser Geschichte bleiben«, beschwor ihn Engler. »Ich lasse Sie weitgehend raus. Aber da Ihr Name in der Überschrift erwähnt wird, kann ich ihn natürlich nicht vollständig tilgen. Ich werde der Polizei aber höchstens erzählen, dass Sie mir bei der Recherche geholfen haben.«

»Vielleicht kann ich Sie ja beim Schreiben unterstützen, Herr Engler.«

»Nee, gehen Sie mal schön nach Hause. Ist spät genug. Ich schaffe das allein.«

Als Mücke die Haustür aufschloss, war er zuversichtlich, mit diesem Interview auf seiner Laufbahn ordentlichen Schub erhalten zu haben. Er war kaum im Hausflur, als ihm schon der durchdringende Uringeruch in die Nase stach. Wahrscheinlich hatte wieder einer in die Ecke gepisst. Das kam hin und wieder vor. Im Kleinen Tiergarten gleich um die Ecke trafen sich die Säufer.

Als Mücke hochgehen wollte, entdeckte er einen Mann, der zusammengesunken auf den obersten Stufen der Kellertreppe lag. Das Gesicht konnte er nicht erkennen, aber Anzug und Mantel kamen ihm bekannt vor. »Heinrich?«, fragte er. Als er noch einmal fragte, erhielt er ein Stöhnen zur Antwort.

Es war tatsächlich Heinrich, der besoffen und mit eingenässter Hose dalag. Er sah aus, wie durch den Wolf gedreht. Mücke überlegte, ob er ihn einfach liegen lassen sollte. Er könnte so tun, als hätte er ihn nicht gesehen, und Heinrich würde sich bestimmt nicht erinnern. Doch dann siegte sein Pflichtgefühl.

»Los komm, ich bring dich hoch.«

Heinrich sah seinen Schwager aus blutunterlaufenen Augen an. Das Haar hing ihm wirr ins Gesicht. Am Kinn klebte ihm etwas, von dem Mücke hoffte, dass es nicht Erbrochenes war. Er legte sich Heinrichs Arm um die Schulter und versuchte ihn hochzuziehen. Nach dem dritten Anlauf schafften sie es schließlich.

Als Mücke Heinrich zur Treppe zog und seinen Fuß auf die Stufe setzte, hielt ihn dieser zurück.

»Niiis«, nuschelte er heiser. »Nis hoch.« Er versuchte den Kopf zu schütteln, wobei sie fast umgestürzt wären.

»Was denn sonst? Willst du in deinem Zustand spazieren gehen?«

»Frisse Luft.«

Als Mücke keine Anstalten machte, fügte Heinrich hinzu: »Bidde.«

Seufzend schleppte er Heinrich nach draußen. Sie torkelten zum Ufer, wo sie sich auf eine Bank setzten. Mücke schlug, um der Kälte zu trotzen, den Kragen seines Mantels hoch. Dasselbe tat er bei Heinrich, der zu koordinierten Bewegungen nicht in der Lage war. Lange würden sie es hier draußen nicht aushalten.

Heinrich hatte Mühe nicht umzukippen. »Sigaredde«, murmelte er, suchte umständlich in seinen Taschen und beförderte schließlich eine zerknitterte Packung Ernte 23 zutage.

Mücke gab ihm Feuer, das Heinrich mehrmals auspustete, bevor es ihm gelang, die Zigarette zu entzünden. Und jedes Mal schlug Mücke ein Schwall schnapsgeschwängerter Luft entgegen. Er war angewidert davon. Was kümmerte er sich um diesen Idioten? Sie konnten einander nicht leiden. Und wie zum Hohn darauf lallte Heinrich: »Bist 'n feiner Kerl, Mügge. – War inner Kneibe. Hab alde Gameraden getroffen. Die …« Er schluckte mehrmals und Mücke befürchtete, er würde kotzen, doch stattdessen brach Heinrich in Tränen aus. Er schluchzte, die Hände vors Gesicht geschlagen.

Mücke war peinlich berührt. »Ist doch alles klar, Heinrich«, sagte er hilflos.

Heinrich nahm die Hände runter: »Ich bin feddig. Ich werd nich mehr. Ich komm damit nich klar.«

»Womit denn?«

»Der Grieg hat mir alles genommen. Meine Gesundheit, meine Ehre, meinen Anstand. Nix mehr übrig. Bin nur noch 'ne Hülle. Kannst mich auf 'n Müllhaufen werfen«, sagte Heinrich tonlos.

»Ach komm«, sagte Mücke. »So schlimm kann es doch nicht sein. Und du hast Edith.«

»Die ha ich nich verdient.« Heinrich zog die Rotze hoch.

Der ist ja doch so was wie 'n Mensch, dachte Mücke. Hätte er nie gedacht, Heinrich jemals derart schwach zu erleben.

»Wir müssen zusammenhalten, Mügge. Wir sin doch eine Familje. Bist 'n guter Junge.« Er versuchte Mücke auf die Wange zu küssen. Der wich lachend zurück.

»Gomm wir tringen noch einen.« Heinrich war schwankend aufgestanden. »Gomm, gomm.«

»Na gut«, sagte Mücke geschlagen. In seinem Zustand sollte Heinrich Edith ohnehin nicht unter die Augen treten.

Sie gingen die Brückenallee entlang bis zur Kneipe, wo sie Bier und Schnaps bestellten.

»Pros, Mügge«, sagte Heinrich und stieß mit ihm an. »Auf die Zukunf.«

Mücke kippte sein Glas hinter. Ja, auf die Zukunft. Ihr werdet euch noch alle über Mücke wundern.

WERNER XII

Wie ich dem gefährlichsten Verbrecher Berlins begegnet bin.
Von Klaus Engler.

Der anonyme Anrufer bestellt mich zur S-Bahn Prenzlauer Allee. Dort warte ich. Ich bin nervös und etwas ängstlich. Jeden Moment werde ich den gefährlichsten Gangsterboss Berlins treffen.

Nachdem ich schon eine ganze Weile dort stehe, wahrscheinlich beobachtet mich die Bande schon längst, geht ein Mann an mir vorbei und macht mir Zeichen, ihm unauffällig zu folgen. Wir gehen die Wichertstraße hoch. Ich halte einen Abstand von mindestens zehn Metern. Niemand kann uns in Verbindung bringen. Nicht ein einziges Mal sieht er zurück, ob ich noch hinter ihm bin.

Am Humannplatz, bleibt er in einer menschenleeren Ecke stehen und dreht sich zu mir um. Er hat den Kragen seines Mantels hochgeschlagen, hält sich von mir abgewandt. Ich kann sein Gesicht nicht erkennen. Der Unbekannte hält mir eine dunkle Maske hin. ›Überziehen‹, sagt er mit dumpfer Stimme, der man die Brutalität des Verbrechers schon anhört.

Mit klopfendem Herzen komme ich seiner Aufforderung nach. Unter der Maske ist alles schwarz. Ich sehe nichts mehr. Der Mann ergreift meinen Arm. Sein Griff ist fest und unnachgiebig. Er führt mich. Wir steigen in ein Auto, das sofort losbraust als ich drin sitze. Jetzt bin ich der Bande hilflos ausgeliefert. Gedanken rasen durch meinen Kopf. Vielleicht wollen die Verbrecher mich umbringen. Ich habe schon einige Male über sie geschrieben. Möglicherweise gefällt ihnen das nicht. Und ich weiß, wie skrupellos sie sind. Ich habe Todesangst. Mein Leben zieht an mir vorbei.

Wir fahren ca. fünfzehn Minuten, dann bremsen wir scharf. Ich werde wortlos aus dem Auto gezerrt. Jemand führt mich am Arm über unwegsames Gelände. Unter meinen Füßen knirscht Glas. Ich stolpere, stoße mit dem Schienbein gegen ein Hindernis. Der Schmerz ist kaum auszuhalten. Mein Führer zerrt mich weiter. Hat mein letztes Stündlein geschlagen?

Dann reißt mir jemand die Kapuze vom Kopf. Ich befinde mich in einem Zimmer. Vor mir steht ein Sessel und darin sitzt ein Mann. Sein Gesicht ist von einer Maske verdeckt und er trägt einen Schlapphut. Ich kann also nur seine Augen erkennen, die mich mitleidlos mustern. ›Hinsetzen‹, sagt er dann. Ich setze mich auf einen Stuhl und sehe mich um. Der Raum ist kahl, bis auf die beiden Sitzgelegenheiten. Draußen beginnt es zu dämmern. Ich kann ein paar Gebäude erkennen. Alles hier scheint zu einem Ensemble zu gehören, vielleicht ein ehemaliges Bürogebäude? Sind wir noch im Osten?, geht es mir durch den Kopf. Doch eigentlich ist das nebensächlich, schließlich sitze ich dem Anführer der berüchtigten Weißen Krawatte gegenüber, der gefährlichsten Bande ganz Berlins. – Was haben sie mit mir vor?

*

Werner lachte vergnügt. »Jut wa?«

»Echt dufte, Doktorchen. Mir isses eiskalt den Rücken runter«, sagte Harry.

»Hättste den echt abjemurkst?«, wollte Stange wissen.

»Ach Quatsch, das hat der doch nur geschrieben, damit da Spannung drin ist«, widersprach Pupille.

»Echt gekonnt.«

Werner grinste. Er musste den drei Jungs zustimmen. Die Einleitung zum Interview war gut erfunden. Und das ganze Gespräch ließ keinen Zweifel daran, dass er der Boss war. Alle hörten auf sein Kommando.

Sie saßen in der Prater-Gaststätte und ließen sich Kartoffeln und Senfei schmecken. Dazu stießen sie immer wieder mit ihren Biergläsern an.

»Die Rechnung übernehmt ihr«, sagte Werner nach dem Essen. »Das ist sozusagen eure Einstandsfeier zur Aufnahme in die Bande.«

»Klar, Werner, kein Problem.«

Die Jungs hatten nicht groß nachdenken müssen, als Werner sie gefragt hatte, ob sie mitmachten. Jetzt gehörten sie zur Weißen Krawatte, setzten wichtige Mienen auf und gaben sich wie abgeklärte Gangster.

Lexi hatte getobt, als Werner ihm davon erzählt hatte. »Die sind doch viel zu grün.«

»Ja, aber die können wir formen. Wir schaffen eine ganze Armee von solchen Jungs. Die machen alles, was wir sagen. Mensch, Lexi, für die sind wir Idole. Außerdem müssen wir die Lücken füllen.«

Er hatte bereits Mücke und Bommes verloren, und Bernburg traute er nicht mehr. Vor allem brauchte er Leute, die nicht lange fackelten und die ihm nicht widersprachen.

»Ihr habt ja bestimmt gehört, wie wir die Tauschzentrale überfallen haben.«

Die Jungs sahen Werner bewundernd an. »Klar. Wir wussten auch gleich, dass nur du dahinterstecken kannst, lange bevor von der Weißen Krawatte die Rede war.«

Werner nahm die Schmeichelei kommentarlos hin. Dass die Weiße Krawatte an der Tauschbörse nur lächerliche Beute einfuhr, musste er ja nicht an die große Glocke hängen.

»Dit war genial«, sagte Harry.

»Das traut sich sonst keiner«, gab Stange zu bedenken.

»Ja, da braucht's echt Schneid für«, pflichtete ihm Pupille bei.

Werner lehnte sich zurück. Diese Jungs würden perfekte Bandenmitglieder abgeben. »Ich hab 'n Tipp bekommen«, sagte er beiläufig, während er sich eine Zigarette anzündete. »In Kaulsdorf, da is 'ne Alte, die bringt ihr Geld nicht auf die Bank, weil sie der nicht traut.«

»Ich bin dafür, dass wir Sparkasse spielen und ihre Penunze in Verwahrung nehmen.« Stange kicherte.

Werner schnippte die Kippe fort: »Wir brechen gleich auf. Kleiner Überfall zum warm werden.«

Unterwegs überlegte Werner, ob er Lexi Bescheid sagen sollte. Aber er wusste genau, was der für ein Gesicht machen würde, wenn er mit den drei Jungs aufkreuzte.

Das Ausflugslokal *Zum Freischütz*, wirkte düster und abweisend im Abendschein. Werner hasste diese alten zerwohnten Kästen, in denen Generationen von Idioten ihr Leben fristeten. Wo blieb das Neue, das Moderne? Wollten die Leute das nicht? Wollten die einfach weitermachen wie bisher?

Noch auf der Terrasse zog er seine Maske hoch und bedeutete den Jungs, es ihm gleichzutun. Er öffnete seinen Mantel, damit die weiße Krawatte sichtbar war. Schade, dass die Jungs noch keine Anzüge hatten, aber die mussten sie sich erst verdienen.

Werner ging voran, die Pistole in der Hand. Im Gänsemarsch dahinter folgten die drei Jungs.

»Hände hoch!«, rief Werner, als er den fast leeren Gastraum betrat. Neben Werner trug nur Harry eine Pistole, eine Mauser, die Werner ihm überlassen hatte.

Die Skatrunde, die aus vier Männern bestand, sah verwundert zu den Eindringlingen herüber. Einer sagte: »Nu macht ma keen Quatsch.«

»Schnauze!«, brüllte Werner und eilte auf den Sprecher zu, wobei er mit ausgestrecktem Arm auf ihn zielte. Der Mann machte sich klein, versuchte, sich hinter den anderen zu verstecken. Werner drückte ihm den Lauf der Pistole unter das linke Auge: »Was hast du grade gesagt?«

»Ich hab's nicht so gemeint«, flehte der Mann. Werner bohrte ihm den Lauf so fest ins Fleisch, dass sich rund um die Mündung eine Hautwulst bildete.

»Bitte nicht!«, krächzte der Mann.

»Los! Geld, Ringe und Uhren auf den Tisch – aber dalli!«

Hastig wurde in Taschen gekramt, Geldbörsen wurden geleert, Ringe von Fingern gezogen, Uhren abgenommen.

»Was ist denn hier los? Was macht ihr Strolche in meinem Lokal?«, hörte Werner hinter sich eine weibliche Stimme. Eine etwa sechzigjährige Frau hob drohend ihre Krücke. Werner schwenkte die Pistole auf die Wirtin.

»Was soll denn das, du Bengel? Hier gibt's für euch nichts zu holen.«

»Los, knall die Alte ab!«, rief Pupille. Werner zögerte. Es war nicht nötig, die Alte zu erschießen, aber er musste den Jungs zeigen, dass er hier das Sagen hatte. Kaum hatte sich der Schuss krachend gelöst, als die Frau auch schon schreiend zusammenbrach. Die Kugel hatte ihre Schulter durchschossen.

»Wo hast du dein Geld, du alte Vettel?« Werner stand über der wimmernden Frau und zielte auf sie.

Sie presste die Arme schützend über den Kopf: »Im Schlafzimmer. Oben.«

Werner gab Stange einen Wink, und der verschwand auf der ausgetretenen Stiege.

Und an Pupille gewandt: »Und du machst die Kasse leer.« Der Junge riss die Lade auf und stopfte Papiergeld und Münzen in einen mitgebrachten Beutel.

Werner zielte noch immer auf die alte Frau, die kurz vor einer Ohnmacht stand, kalkweiß im Gesicht, mit verdreht flackernden Augen.

Polternd kam Stange herunter, im Triumph eine pralle Geldbörse präsentierend. Werner winkte den Jungs, und im Handumdrehen verschwanden sie.

»Mensch, Werner, das hat Spaß gemacht.« Harry saß zufrieden auf dem Beifahrersitz des geklauten Wagens. »Oder, Jungs?«, fragte er nach hinten.

»Is wat janz anderet, als det übliche Abziehen.«

»Jenau, dajegen is dit nur Kleinkram«, pflichtete ihm Stange bei.

»Haltet euch an mich, dann wird was aus euch«, versprach Werner wobei er sich ziemlich großartig vorkam.

SYLVIA XI

»Okay, dann gehen wir jetzt«, entschied Leo besorgt.

Sylvia seufzte: »Tut mir leid, Leo.«

Er tat es ab: »Ist nicht schlimm.«

Doch sie konnte ihm deutlich ansehen, wie enttäuscht er war. Die Feier fand schließlich zu Ehren seiner Kompanie statt. Aber diese verdammte Übelkeit, die sie in Schüben überfiel, war unerträglich. Sie sollte zum Arzt gehen. Könnte ja was Ernstes sein. Hauptsache sie war nicht schwanger. Das fehlte gerade noch.

»Wenn ich mich hinlege, wird es bestimmt besser, Leo. Und du fährst wieder zurück und feierst weiter.«

»No«, sagte er bestimmt, während er den Jeep am Winterfeldtplatz entlang steuerte. »Ich blaibe bai dir.«

Sie legte ihm dankbar die Hand auf den Arm. Sie war ihm überhaupt dankbar, dass er da war.

Seit Mücke einfach gegangen war, um sich mit Werner zu treffen, ging es ihr noch schlechter als zuvor. Ständig machte sie sich selbst Vorwürfe. Ich werde nie nach Paris kommen. Ich bin eine kleine Schneiderin, nichts weiter. Ich bin, kann und werde nichts. Alles erschien ihr sinnlos und grau. Alle Entscheidungen, die sie in ihrem kurzen Leben getroffen hatte, fand sie nun falsch. Die Konsequenzen holten sie jetzt ein und verlangten ihren Tribut.

Sie hatte Mücke verflucht, dass er sie in ihrem Elend allein ließ, dachte sogar daran, ihrem Leben ein Ende zu setzen. Ich bin so wertlos, dass nicht mal Mücke bei mir bleibt.

Ich gehe in die Spree. Er wird schon sehen, was er davon hat. Sie stellte sich vor, wie sie in ihrem dünnen Kleidchen im dunklen Fluss davontrieb – natürlich nicht, ohne einen Abschiedsbrief zu hinterlassen, gespickt mit Vorwürfen. Nicht zu offensichtlich. Eher zwischen den Zeilen versteckt.

In allen Einzelheiten malte sie sich ihren Tod aus. Das Wasser ist bestimmt eisig. Schon der Gedanke daran verursachte ihr Gänsehaut. Landen die meisten Ertrunkenen nicht im Meer, auf Nimmerwiedersehen? Vielleicht findet man mich gar nicht. So würde niemand erfahren, dass sie sich umgebracht hatte. Die anderen müssten denken, sie hätte die Stadt verlassen. Oder ich bleibe in einem Wehr hängen, werde von Fischen angenagt, bis mich keiner mehr erkennt.

Sylvia musste plötzlich über ihre morbiden Gedanken lachen. Niemals würde sie sich umbringen – viel zu melodramatisch. Das stand ihr nicht. Sie hatte doch nicht alles überlebt, um ihr Leben wegzuwerfen. Was für eine dumme Idee.

Am nächsten Tag tauchte die Selbstmord-Idee noch einmal auf, war aber nur noch ein fernes Echo. Auch wenn es ihr an diesem Tag noch immer schlecht ging, sie sich zur Arbeit und wieder nach Hause quälen musste, so hatte sie diese Gedanken doch gänzlich überwunden. Sie würde leben. Von da an blieb nur eine leichte Melancholie zurück, die sie nie wieder verließ.

Am Tag darauf stand Leo mit einem riesigen Blumenstrauß in der Tür, als hätte er geahnt, dass sie sich mies fühlte. Dabei hatte sie ihn so oft hingehalten, wenn er sie sehen wollte. Aber Leo war gutmütig und nicht nachtragend.

Vor lauter Dankbarkeit hatte sie mit ihm geschlafen und dabei nicht ein einziges Mal an Mücke gedacht.

Danach waren sie tanzen gewesen, im *Roxy*. Tanzen

konnte Leo, im Gegensatz zu Mücke, der ihr dauernd auf die Füße trat.

Ursprünglich hatte sie auf der Kompaniefeier heute ausgiebig mit Leo tanzen wollen, aber es ging einfach nicht. Durch die Tanzbewegungen wurde ihr nur noch übler. Nichts schmeckte ihr. Zudem roch das Essen brandig, wie ihr schien. Dabei hatten die Köche sich so viel Mühe gegeben.

Als Sylvia zusammen mit Leo die Treppe hinaufstieg, überfiel sie erneut eine Welle der Übelkeit und sie musste kurz stehenbleiben.

»Soll ich dich tragen?«, fragte er.

Sylvia lachte. »Ich bin doch keine alte Frau.«

Wortlos schnappte er sie und trug sie in die Wohnung. Dort angekommen, legte er sie aufs Bett und setzte sich zu ihr.

»Du musst wirklich nicht bleiben, Leo. Ich komme schon klar.«

Sein Gesichtsausdruck sagte ihr, dass er bleiben würde. »Soll ich allein tanzen? Meine Kameraden würden mick auslachen. Sie würden sagen: ›Was ist los mit dich?‹«

»Mit dir«, verbesserte sie ihn.

Er nahm ihre Hand. »Ich bin lieber hirr bei dich.«

»Bei dir.«

»Grrrr!«, machte er und biss ihr spielerisch in die Finger.

Leos Dienstzeit lief ab. Er hatte Sylvia gefragt, ob er eine Verlängerung beantragen solle. Sie hatte nicht eindeutig geantwortet. Sie war sich nicht sicher. Wenn er ginge, würde das einiges für sie klären. Wenn er bliebe, hätte sie wenigstens einen verlässlichen Freund hier. Bei Mücke war sie sich da nicht mehr so sicher.

DENSKE IX

Denske tobte. Er schlug mit der zusammengerollten Zeitung auf den Schreibtisch ein und brüllte: »Was bildet sich dieser Zeitungsmensch ein? Wie kann der ein Interview mit diesem Ganoven führen? Wo leben wir denn hier? Das ist ein Mörder!«

Denske war empört. Eine Welt, die einem Verbrecher derart eine Bühne bot, war nach seiner Auffassung komplett verrückt. Die Ratten kriechen aus ihren Löchern und suhlen sich im Scheinwerferlicht – unerhört!

Er lehnte sich zurück, atmete tief ein und aus, um seinen Puls zu normalisieren. Die Kollegen sahen Denske besorgt an. Selbst Steinke, der normalerweise seine große Klappe nicht halten konnte, war still geworden.

Denske selbst war über seinen Wutausbruch am meisten überrascht. Er wurde langsam dünnhäutig, was auch daran lag, dass Schröder seinen Ärger an ihn weitergereicht hatte.

So hatte er seinen Chef noch nicht erlebt: schreiend, Speichel versprühend, hochgradig gereizt. Schröder tobte, in den oberen Etagen brenne die Luft. Köpfe würden rollen, wenn man dieser Bande nicht bald habhaft werde. Einige untere Chargen hätten bereits zurücktreten müssen. Auch ganz oben rumore es. Westberlins Polizeipräsident Stumm keile gegen jeden, der an seinem Stuhl säge. »Der Mann ist gefährlich in seinem Todeskampf«, hatte Schröder bedeutungsvoll verkündet. »Und dieses Zeitungsinterview ist die Krönung. So eine Dreistigkeit! Das ist ein Schlag ins Gesicht jedes anständigen Bürgers.«

»Ganz meine Meinung«, hatte Denske ihm beigepflichtet.

Die politischen Lager in Westberlin gäben sich gegenseitig die Schuld am Phänomen Weiße Krawatte und wetzten die Messer, teilte Schröder ihm wütend mit. Vereint wären sie nur gegen die Sowjets. Die wiederum würden alles von sich weisen und Westberlin für die Delikte dieser Bande verantwortlich machen. Es gab Gerüchte, wonach die Bande aus westlichen Geheimagenten bestehe, die dabei helfen sollten, den Ostsektor zu destabilisieren. Das war ja wohl lachhaft.

Denske wurde noch wahnsinnig. Mit all diesem Unrat hatte Schröder ihn überhäuft. »Sie müssen jetzt sehr sensibel vorgehen, sonst zermahlen uns die Mühlsteine der Politik«, lautete seine dringliche Anweisung an Denske. Der wusste gar nicht, wo ihm der Kopf stand. Er wollte eine Verbrecherbande fangen und drohte in die Fallstricke der Politik zu geraten.

»Hier, hört mal, was der Gauner noch sagt«, rief Denske seinen Kollegen zu. »Wir überfallen die Ostberliner Polizisten, weil die nichts auf dem Kasten haben. Die kann man schön verarschen. Und die Waffen sind ganz brauchbar.« Steinkes feistes Gesicht lief zornrot an.

»Und hier«, las Denske weiter, »bei den Überfällen im Westen kommt mehr Geld rein. Die Leute haben einfach mehr davon als in der SBZ. Und die kriegen das über die Versicherungen ja alles wieder. Wir nehmen ihnen also gar nichts weg.«

»Aber dann hier im Osten auf 'ne alte Frau schießen und ihr den Sparstrumpf klauen oder was?«, empörte sich Sass.

»Die Wirtin vom *Freischütz* hat Glück gehabt, dass sie nicht verblutet ist.«

»Diese Verbrecher werden immer brutaler«, sagte Steinke mit gepresster Stimme. »Die Bande strickt sich ihre eigene Legende. Die raubt und mordet ganz unverfroren, und dann verkauft sie das noch als gute Tat.«

Denske bekam sich gar nicht mehr ein: »Und die Bevölkerung macht da mit! Es gibt nicht wenige, die mit der Weißen Krawatte sympathisieren. Für die sind das Helden, die gegen die Ungerechtigkeit kämpfen, geködert durch solche reißerischen Artikel. Aber zum Glück gibt es in der Stadt noch genug vernünftige Menschen, die genau das sehen, was die Weiße Krawatte ist: eine brutale Bande.«

Denske las weiter: »Der Gangster sitzt selbstsicher da und scheint hinter seiner Maske zu grinsen.«

»Der grinst, weil wir ihm nichts können«, warf Wanner ein.

»Wir kaufen uns den Zeitungsschmierer, diesen Klaus Engler.«

Kurz darauf waren sie nach Tempelhof unterwegs. Steinke und Sass blieben in Ostberlin.

»Ihre Vorgesetzten haben wahrscheinlich Angst, die beiden könnten was Falsches sagen. Sie sind ja schließlich Kundschafter des Sozialismus«, sagte Wanner zu Denske, der den Wagen fuhr.

»Ich glaube, die würden auch keinen Schritt freiwillig hier rüber machen. Die reagieren auf Westberlin doch wie der Teufel auf Weihwasser.« Wanner lachte und auch Denske stimmte mit ein.

Sie ließen ihren Wagen halb auf dem Gehweg stehen, Denske klemmte noch das Schild, das sie als Polizisten auswies, hinter die Scheibenwischer, bevor sie in dem imposanten Ullstein-Bau verschwanden.

Sie fanden Engler an seinem Schreibtisch. Denske hatte das Wort Polizei kaum ausgeprochen, als Engler auch schon loslegte: »Es geht um das Interview mit diesem Gauner, nicht wahr? Nun, da sind Sie bei mir an der falschen Adresse. Ich habe die Weiße Krawatte gar nicht getroffen. Das war mein Gehilfe. Ich habe nur den Artikel geschrieben.«

Engler hielt einen Rauhaardackel wie ein Plüschtier unter den Arm geklemmt. Denske überlegte, ob das Tier womöglich ausgestopft war, doch da drehte der Hund plötzlich den Kopf und sah gelangweilt aus dem Fenster.

»Die mitleidlosen Augen des Gangsterbosses fixierten

mich. Ich rutschte unruhig auf meinem Stuhl herum«, zitierte Denske. »Das haben Sie sich also nur ausgedacht?«

Engler streichelte mechanisch seinen Hund, wobei er beflissen erklärte: »So ist es. Mein Gehilfe hat das alles eingefädelt. Ich wäre doch sofort zu Ihnen gekommen, wenn ich diesen Abschaum tatsächlich getroffen hätte. Ich will doch keinen Ärger mit der Polizei. Ich bin ein anständiger Bürger. Aber meinem Gehilfen sollten Sie mal auf den Zahn fühlen. Der kam mir von Anfang an seltsam vor. Frage mich schon die ganze Zeit, woher der seine Kontakte hat.«

»Und wo finden wir Ihren Gehilfen?«

»Der ist heute nicht da. Aber ich gebe Ihnen natürlich die Adresse.« Während Engler in einer Rollkartei blätterte, redete er weiter: »Der junge Mann ist hier einfach so reinspaziert. Will Reporter werden. Aber das kann nicht jeder, das sage ich Ihnen. Da gehört schon mehr dazu.«

Dieses kriecherische, denunziatorische und gleichzeitig aufgeblasene Verhalten Englers fand Denske regelrecht abstoßend.

»Haben Sie eigentlich keinen Anstand?«, fragte Denske plötzlich und Engler hielt bei seiner Suche inne. »Ich meine, diese Bande begeht zahllose abscheuliche Verbrechen, und Sie machen daraus eine reißerische Geschichte.«

Engler wand sich wie ein Aal: »Aber ich habe …«

»Einer dieser Ganoven hat kürzlich einen Menschen bei einem Überfall erschossen und einen weiteren schwer verletzt, und das waren beileibe nicht die einzigen Opfer«, unterbrach ihn Denske. »Aber das kann Ihnen ja egal sein, nicht wahr? Hauptsache Ihre Zeitung hat 'ne schrille Schlagzeile.«

Wanner tippe Denske mit der Fußspitze gegen das Bein, um ihn zu stoppen. Denske war klar, dass er eine Grenze überschritt, dass er moralisch wurde, und dass es nicht einmal erwiesen war, dass die Weiße Krawatte den Juwelier vom Königstor ermordet hatte. Aber Denske wollte diesen Engler winseln sehen, ihn bluten lassen für all das Schlechte in der Welt.

Engler hüstelte verlegen und drückte seinen apathischen Dackel fest an sich: »Na ja, wenn wir das nicht gebracht hätten, dann wäre der junge Mann zu einer anderen Zeitung gegangen. Dann hätten die das eben gedruckt.« Wieder streichelte er mechanisch seinen Hund.

Denske musste sich arg zusammenreißen, um Engler nicht anzubrüllen: »Wenn Sie so was noch mal machen, dann lass ich Sie wegen Beihilfe einbuchten«, sagte er laut.

»Ach, hier ist ja die Adresse!«, rief Engler erleichtert und reichte Wanner die Karte, wobei er es vermied, den gerade kochenden Denske anzusehen.

Sie waren schon halb draußen, als Wanner sich noch einmal zu Engler umdrehte. »Was ist eigentlich mit Ihrem Hund los? Der wirkt so teilnahmslos.«

Engler sah auf den Hund, dann wieder zu Wanner. Erstmals wurde Englers Stimme weich, als er erklärte: »Der Hund ist vierundvierzig verschüttet worden, zwei Tage lang. Seitdem will er nicht mehr laufen. Und bellen tut er auch nicht mehr. Das hat ihn sehr mitgenommen.«

»Vielleicht sollten Sie ihn als Opfer des Dritten Reichs anerkennen lassen. Möglicherweise hat er Anrecht auf eine Entschädigung.« Diese Spitze konnte Denske sich nicht verkneifen.

Noch im Auto lachten sie ausgiebig über Englers bestürztes Gesicht.

MÜCKE XV

»Es war genauso, wie der Engler das beschrieben hat. Die haben mir eine Kapuze über den Kopf gestülpt. Ich weiß also gar nicht, wo wir waren. Und die Banditen waren maskiert.«

»Wie ist der Kontakt zustande gekommen? Das interessiert uns viel mehr.«

Mücke wiederholte Denskes Frage, um Zeit zu gewinnen. »Wie der Kontakt zustande gekommen ist?« Er musste jetzt ganz vorsichtig sein, mit seiner Antwort. »Die haben mich angesprochen, vor der Redaktion.«

»Sie kannten die also nicht?«

Mücke entschied, sich dumm zu stellen: »Nein, die haben einfach auf einen Reporter gewartet, und ich kam gerade raus.«

»Wer waren ›die‹ denn?«

»Zwei junge Männer. Die saßen in einem Auto und ihre Schals waren bis über die Nasen gezogen, wegen der Kälte.«

»Ach, wegen der Kälte!«, wiederholte Wanner spöttisch.

»Ich hab die jedenfalls nicht erkennen können. Und die haben mir gesagt, sie wollten mit einem vom *Tagesexpress* sprechen. Das habe ich dann dem Chefredakteur und Herrn Engler erzählt.«

»Sie haben denen aber erzählt, Sie hätten Kontakte in die Unterwelt. Dass Sie auf der Straße angesprochen wurden, haben Sie verschwiegen.«

»Ja.« Mücke dachte verzweifelt nach. »Ich dachte, ich könnte schneller Reporter werden, wenn ich mich wichtigmache.«

»Hat ja geklappt«, sagte Denske. »Das Wichtigmachen, meine ich.«

»Herr Kommissar, ich kenne niemanden von der Bande. Und ich habe auch niemanden erkannt. Das müssen Sie mir glauben.«

Trotzdem musste Mücke noch einmal haargenau erzählen, wie alles abgelaufen war. Dann kam ein Zeichner und fertigte nach seinen Angaben Skizzen an: vom Anführer, vom zweiten Gauner und von dem Raum, in dem Mücke die beiden getroffen hatte. Mücke fabulierte wild drauflos.

In seinen Aussagen wurde Werner größer, schlanker und dunkelhaariger.

»Hatten Sie schon einmal mit der Polizei zu tun? Finde ich etwas über Sie in unseren Akten?«, fragte Denske zum Abschluss.

Mücke zögerte, berichtete dann aber freimütig. Sie würden ja ohnehin rausfinden, dass ihn die Polente einmal auf dem Schwarzmarkt einkassiert hatte. »Ein Bekannter wollte mich dort treffen. Ich wäre doch sonst gar nicht dorthin gegangen.«

»So, so«, sagte Denske und sah Mücke scharf an. »Sie halten sich zu unserer Verfügung. Verstanden? Wir haben sicherlich noch die eine oder andere Frage an Sie.«

Idioten, dachte Mücke, als er aus dem Revier an der Friesenstraße trat. Die können mir gar nichts. Schneeflocken taumelten sanft um ihn herum, legten sich auf Haar und Schultern.

Dieser verdammte Engler! Der Saukerl hat mich ohne mit der Wimper zu zucken an die Bullen weitergereicht.

Mücke zündete sich eine Zigarette an und blickte auf, als ein Gefangenentransporter auf den Hof einbog. Hinter der vergitterten Scheibe glaubte er eines der Mädchen aus dem »Weißen Pferdchen« erkannt zu haben. Sie verdrehte sich den Kopf nach ihm. Mücke sah schnell weg.

Mit Engler würde er noch ein Hühnchen rupfen, dachte er auf dem Weg zur Bushaltestelle. Dabei profitierte der am meisten von diesem Interview. Die Kollegen anderer Berliner Zeitungen interviewten ihn zur Weißen Krawatte. Er sprach im Radio über die Bande, galt plötzlich als Experte für das kriminelle Berlin. Davon hatte Mücke aber nichts. Weder stand sein Name, wie ursprünglich abgemacht, unter dem Artikel, noch hatte er irgendeine Art von Anerkennung erhalten. Nicht mal schreiben ließen sie ihn. Er saß nach wie vor in der Anzeigenabteilung fest. Und als Krönung wurde er auch noch von den Bullen befragt. Mücke kam sich wie der nützliche Idiot vor, der nur Stichworte liefern durfte. Wie Engler mit seiner Einleitung angegeben hatte: »Ich habe das ganz plastisch geschildert, damit der Leser meint, dabei gewesen zu sein.« Um dann stolz zu verkünden: »Ich bin ja eigentlich Schriftsteller.«

Mücke hätte ihm am liebsten gesagt, dass er mit diesem billigen Stil niemals etwas Brauchbares schreiben werde, aber das hatte er sich dann verkniffen.

*

Fast hatte Mücke seine Haltestelle in Moabit erreicht, als er überlegte, zu Sylvia weiterzufahren. Schließlich sprang er dann doch raus. Er würde sie am nächsten Tag besuchen, oder am übernächsten. Zwar fühlte Mücke sich schuldig, einfach gegangen zu sein, als es ihr so schlecht ging, aber er konnte ihr nicht wirklich helfen. Und wenn er ehrlich war: Sylvia war ihm in der letzten Zeit etwas fremd geworden. Und diese Geschichte mit ihrer Schwester – er war überfordert.

Edith empfing ihn bereits im Flur: »Was wollte denn die Polizei von dir? Du hast mir doch versichert, dass du mit Werner und den anderen nichts mehr zu tun hast.«

»Hab ich auch nicht«, beruhigte er sie. Er berichtete ihr von dem Verhör und betonte, dass er Engler den Aufenthalt auf dem Revier zu verdanken hatte.

»Wie soll das denn jetzt weitergehen? Die Polizei hat dich auf dem Kieker. Und was ist mit der Zeitung? Die haben dir doch versprochen, dass du schreiben darfst.«

»Ja, haben sie«, sagte er enttäuscht. »Aber jetzt?« Er hob hilflos die Schultern. Mücke hatte sich so fest auf die Stelle als Reporter verlassen. Jetzt war alles in Schieflage geraten.

»Ich gehe zu einer anderen Zeitung«, sagte er wild entschlossen.

Heinrich kam herein und nickte Mücke zu. Seit dem Tag an dem er seinen Schwager besoffen im Hausflur gefunden hatte, herrschte eine Art Burgfrieden zwischen ihnen.

Sie saßen gerade beim Essen, als es an der Tür schellte.

Ein Junge stand da, noch fast ein Kind: »Hab 'ne Nachricht.« Er drückte Mücke schnell einen gefalteten, schmuddeligen Zettel in die Hand und flitzte auch schon wieder die Treppe hinunter, ehe der ihn noch etwas fragen konnte.

»Komm heute noch zum Cantianeck. Dringend. Werner«

Was wollte Werner von ihm? Der hatte ihm gerade noch gefehlt.

*

Mücke stieg an der Straßenbahnhaltestelle Milastraße aus, überquerte die Schönhauser Allee und bog in das Geflecht aus kleinen Straßen ein, die sich rings um den alten Exerzierplatz der preußischen Armee, im Volksmund Exer genannt, erstreckten. Mücke fiel auf, wie runtergekommen das weitläufige Gelände mittlerweile war. Die Sportstätten waren verwaist, die Spielgeräte morsch, Büsche und Bäume sahen krank aus, als ob sie keine Zukunft hätten. Von den kahlen Ästen tropfte graues Regenwasser. Auf dem Exer hatte Anfang des Jahrhunderts noch die Hertha gespielt.

Mücke zog den Kopf tiefer in seinen Mantelkragen. Nach heute Abend würde er Werner nicht mehr treffen, nahm er sich vor. Er wollte damit abschließen, nach vorn sehen.

Dann stand er vor dem Cantianeck dessen Eingang im Souterrain lag. Die ausgetretenen, mit Kippen übersäten Stufen führten hinunter in eine Bar, in der sich vor allem Stricher, kleine Diebe und Morphinisten trafen.

Besucher mussten auf der letzten Stufe den Kopf einziehen, damit sie nicht gegen den steinernen Türsturz stießen.

Warum ausgerechnet hier?, fragte sich Mücke. Aber außer Werners Launenhaftigkeit fiel ihm keine befriedigende Erklärung ein.

Gerade als Mücke die erste Stufe hinabsteigen wollte, hörte er einen leisen Pfiff und seinen Namen.

»Ich bin's, Lexi.« Er trat aus der Dunkelheit des benachbarten Hauseingangs. »Werner wartet auf dem Exer auf dich. Im Cantianeck sind zu viele Ohren, die mithören.«

»Hätte Werner sich ja auch mal früher überlegen können«, grummelte Mücke.

Er folgte Lexi über die Straße, wo sie durch ein Loch im Zaun das weitläufige Gelände betraten. Lexi ging ein paar Schritte vor Mücke her.

»Wo ist Werner denn?«, wollte Mücke wissen.

Lexi antwortete nicht, schritt nur etwas schneller.

Hier stimmt doch was nicht, dachte Mücke. Im selben Moment hörte er ein Schleifen rechts neben sich. Eine Gestalt tauchte aus dem Dunkel auf, etwas krachte gegen seinen Kopf, dann blitzte es hinter seinen Augen auf, und er ging zu Boden.

»Scheiße, Bernburg, was war das denn?«, hörte er Lexi, wie aus weiter Entfernung fluchen. »Der blutet ja wie Sau. Was machst du hier für eine Schweinerei? Das sollte sauber abgehen. Zwei Schüsse in den Kopf.«

Benommen fasste sich Mücke an die Stirn, wo ihn etwas getroffen hatte. Seine Finger berührten eine warme, klebrige Flüssigkeit.

»Das Arschloch hat noch 'ne Abreibung verdient, bevor ich ihn kalt mache«, sagte jetzt Bernburg. »Da warte ich schon lange drauf. Du doch auch.«

»Ja sicher, aber dafür haben wir keine Zeit.«

In Mückes Kopf ging es drunter und drüber: Bernburg und Lexi. Sylvia hat geweint. Was hat Edith heute gesagt? Ich muss zu Sylvia. Werner. Gilt mein Fahrschein noch? Engler, dieser arrogante Sack. Wieso tut mein Kopf so weh?

Doch irgendwo in diesem wilden Gedankenstrudel erkannte Mücke die Gefahr, die von Lexi und Bernburg ausging.

»Los, mach jetzt!«, hörte er Lexi sagen. »Knall ihn ab.«

»Moment noch«, sagte Bernburg.

Mücke hörte ihre Stimmen gedämpft wie durch eine Tür. Er musste jetzt gehen. Er musste Lexi und Bernburg sagen, dass er jetzt gehen werde. Mühsam kam er auf die Beine und stand schließlich schwankend da. Ihm war übel, und ohne Vorwarnung kotzte er Bernburg fast auf die Schuhe.

»Verdammt!«, rief der, zur Seite hüpfend.

Mücke würgte noch ein paar Brocken hoch, dann war sein Magen leer. Die kalte Nachtluft tat gut, kühlte seinen Kopf.

»Los jetzt, Bernburg! Sonst mach ich das.«

»Ganz ruhig. Wir haben Zeit. Niemand ist hier. Wir sind ganz allein mit diesem Verräterschwein.«

Bernburg schlug sich den mit Leder überzogenen Totschläger in die Handfläche. »Denkst wohl, wir kriegen das nicht mit, wenn du zu den Bullen gehst, was?«

Bullen?, überlegte Mücke krampfhaft. Was meinte Bernburg bloß?

»Die Kleine aus dem ›Weißen Pferdchen‹ hat dich gesehen, wie du aus dem Revier spaziert bist. Hast den Bullen was gesteckt, du Drecksau!«

»Hab ich nicht«, sagte Mücke. Seine Worte fühlten sich matschig im Mund an.

»Mensch, Bernburg«, lachte Lexi. »Du hast sie doch nicht alle. Jetzt mach den endlich alle. Mir ist kalt. Ich will ins Warme.«

»Dauert nicht lange«, sagte Bernburg und holte mit dem Totschläger aus.

*

Instinktiv drehte Mücke sich vom Schlag weg. Doch nicht schnell genug. Der Totschläger erwischte ihn an der linken Schulter. Unendlicher Schmerz durchfuhr Mücke wie flüssiges Feuer. Sein linker Arm war taub und schien nicht mehr mit seiner Schulter verwachsen zu sein.

Bernburgs Rechte krachte auf seine Nase, die mit einem lauten Knacks brach. Mücke schlug blindlings um sich. Er erwischte Bernburg jedoch nicht, der tänzelnd auswich.

Dann hörte er das Sirren von Bernburgs niederrasendem Totschläger. Die Waffe landete direkt auf Mückes Kopf. Ein platzendes Geräusch erklang direkt unter seiner Schädeldecke und Mücke hatte das Gefühl, dass da etwas in seinem Kopf unwiderruflich kaputt gegangen war, dass ein Stück seiner Gedanken herausgesprengt worden war.

Und wieder holte Bernburg aus. Mückes Überlebenstrieb gewann jetzt die Oberhand. Anstatt sich zur Seite zu drehen und sich klein zu machen, ging Mücke ganz nah an Bernburg heran und umklammerte ihn wie ein Boxer, der nicht zu Boden gehen wollte.

Bernburg kam ins Straucheln, sein Schwung wurde abgebremst, der Totschläger landete mit einem schwachen Klatschen auf Mückes Rücken, richtete aber keinen großen Schaden an. Mücke schubste Bernburg weg und lief los. Die Überraschung brachte ihm einige Meter Vorsprung. Doch seine Beine waren schwer und er hatte das Gefühl kaum vorwärts zu kommen, wie in einem Traum.

Hinter sich hörte er Lexi und Bernburg fluchend die Verfolgung aufnehmen.

»Bleib stehen, mach es nicht noch schlimmer!«, rief Lexi. Ein Schuss krachte. Mücke duckte sich automatisch und lief taumelnd weiter. Er wollte das Tempo steigern, aber da war keine Reserve, die er anzapfen konnte. Er kam kaum von der Stelle. Und seine Verfolger holten auf. Fast hatte Mücke den Ausgang zur Ludwigstraße erreicht, als eine weitere

Kugel nur wenige Zentimeter neben ihm ein Stück des steinernen Torpfeilers herausmeißelte.

»Du krepierst sowieso. Bernburg hat dir die Birne eingehauen«, hörte er Lexis Stimme, die kalt und ganz deutlich durch das Dunkel dröhnte. Mücke drehte sich zur Seite. Lexi ging direkt neben ihm. »Komm, wir machen es schnell: Gnadenschuss. Saubere Lösung für alle.«

»Nggn«, presste Mücke heraus und ging keuchend weiter in Richtung Eberswalder Straße. Lexi holte seine Browning raus und zielte auf Mückes Kopf.

»Was machen Sie da mit dem Mann?«, fragte auf einmal eine Frauenstimme von irgendwoher. Lexi und Bernburg waren plötzlich verschwunden, wie in Luft aufgelöst.

»Warten Sie doch mal!«, forderte die Frau Mücke auf. Aber Mücke wollte nicht warten. Er wollte zur Straße gehen, dorthin, wo Menschen waren, geöffnete Läden, wo Automobile fuhren und Leben war. Er schlurfte weiter, hatte das Gefühl, durch knietiefes Wasser zu waten.

»Sie bluten ja aus den Ohren!«

Ein Bretterbau mit der Aufschrift »Erfrischungshalle« schien Mücke wie ein idealer Platz zum Ausruhen. Direkt davor brach er zusammen. Er lag da, die Arme vor der Brust verschränkt, als sei ihm kalt, und starrte mit offenen Augen in den dunklen Himmel. Die Menschen um ihn herum, die sich um den Verletzten bemühten, nahm er nicht mehr wahr.

Er dachte seinen letzten Gedanken: Mücke, die Eintagsfliege, in Gefahr. Er sah Sylvia vor sich, wie er ihr das erzählte. Und wie sie beide über diesen schrecklichen Witz lachten.

WERNER XIII

»Ich bring dich um!« Werner fuchtelte mit der Tokarew direkt vor Bernburgs Gesicht herum.

Sie hatten sich in der Garage getroffen.

»Aber der Kerl hat uns verpfiffen.«

»Nix hat der. Siehste hier irgendwo die Bullen? Die wären längst da, wenn Mücke gesungen hätte.«

Werner hatte versucht, gelassen zu bleiben, sich wie ein Gangsterboss zu verhalten, aber es gelang ihm nicht angesichts dieser Dummheit. Was glaubten Lexi und Bernburg, wer sie waren? Brachten hinter seinem Rücken Mücke um. Ohne Erlaubnis! Und dann erzählten sie ihm auch noch stolz davon.

Harry, Stange und Pupille wechselten verunsicherte Blicke. Das entging Werner keineswegs. Um als Boss glaubwürdig zu bleiben, musste Werner den eigenmächtigen Bernburg jetzt töten. Für Lexi würde er sich noch was ausdenken, vielleicht eine Geldstrafe. Hatte Al auch so gemacht mit seinen Leuten, wenn die nicht gerade gingen.

Werner presste Bernburg den Lauf der Waffe unter das Kinn.

»Mensch, hör mal!«, rief der mit schriller Stimme.

»Das Mädchen hat Mücke erkannt«, sagte Lexi. »Was sollten wir denn machen?«

Werner schwenkte die Pistole und zielte auf Lexi. Was quatscht der denn jetzt dazwischen? »Ihr hättet zu mir kommen sollen. Ich hätte eine Entscheidung getroffen. Ihr habt doch nur auf eine Gelegenheit gewartet, mit Mücke abzurechnen. Das kam euch gelegen.«

»Werner, der Kerl war ein Verräter.«

Gerade als Werner losbrüllen wollte, dass sich alle gefälligst an seine Regeln zu halten haben, schlug Bernburg ihm die Hand hoch. Die Pistole flog im hohen Bogen fort.

Werner drehte sich verdutzt zu Bernburg um: »Du hast mich geschlagen.«

»Mein Gruppenführer hat immer gesagt, dass man mit Verrätern kurzen Prozess machen muss. Das ist wie ’ne Krankheit, das breitet sich aus«, verteidigte sich Bernburg.

»Du hast mich geschlagen«, wiederholte Werner tonlos. Dieser Drecksack hatte es tatsächlich gewagt, die Hand gegen ihn zu erheben. Werner zog blitzschnell das Messer aus der Scheide an seiner Wade. Bernburg, die Hände abwehrbereit erhoben, ging langsam rückwärts, Werner drohend vorwärts.

»Werner, hör doch mal«, versuchte es Bernburg. »Wir haben das für dich gemacht.«

In Werners Ohren rauschte es, und er meinte für einen aberwitzigen Moment, es wäre Bernburgs Blut, was er da hörte. Werner sah es bereits in Strömen fließen, sich auf dem Garagenboden verteilen, sich schließlich in der Rinne sammeln, um dann im Abfluss zu verschwinden. Was würde Bernburg für ein dummes Gesicht machen, wenn er ihm die Klinge in den Bauch rammte?

»Werner, hör auf.« Das war Lexis Stimme, die sich jedoch nur als dünner, unwichtiger Faden in Werners Gehörgang spulte. Er musste jetzt mit Bernburg abrechnen. Zu lange schon hatte er dessen Blödheit still geduldet.

Bernburg war an die Wand zurückgewichen. Es gab keinen Ausweg für ihn. Werner versperrte mit seinem massigen Körper die Tür, und aus dem winzigen Fenster konnte er nicht abhauen. Bernburgs Blicke schossen wild umher, suchten nach einer Fluchtmöglichkeit. Sein Gesicht hatte einen wilden Ausdruck. Der würde nicht kampflos aufgeben, war Werner klar, was ihn erst recht anstachelte. Er hielt das Messer in der Rechten, und gerade als er zustoßen wollte, umklammerte ihn Lexi von hinten mit beiden Armen.

»Hör auf, Werner. Das bringt doch nichts, wenn wir uns gegenseitig umbringen.«

Werner versuchte, sich aus der Umklammerung zu befreien, schaffte es aber nur, sich umzudrehen. Sie standen Nase an Nase da und rangen miteinander. Es wirkte wie ein Tanz. Einen Schritt vor, zwei zurück, eine halbe Drehung, ein Ausfallschritt, dann landeten sie auf dem Betonboden. Bernburg nutzte die Gelegenheit und fegte aus der Tür, Pupille hinterher. Harry und Stange stürzten sich indessen auf Lexi, zerrten ihn von Werner weg und hielten ihn fest. Lexi wand sich. Er tobte, spuckte und fluchte.

»Lasst ihn los!«, befahl Werner.

»Ick bring den für dich um«, schlug Harry vor, »und Bernburg auch.«

»Lasst ihn los!«, wiederholte Werner. Er würde Lexi nicht töten. In einem verödeten Winkel seines Gehirns wusste er, dass Lexi sein letzter Verbündeter war.

Die beiden Jungs ließen den ständig Schimpftiraden ausstoßenden Lexi los. Er blutete am Mund.

»Werner, du machst einen Fehler nach dem anderen!«, brüllte er mit schriller Stimme. »Ich hab dich immer unterstützt, aber du willst ja nicht hören. Das wird dir irgendwann das Genick brechen.«

»Hau ab, Lexi, bevor ich dir das Maul stopfe«, sagte Werner kalt.

Lexi schüttelte resigniert den Kopf, spuckte einen Klumpen Blut aus und verschwand, nicht ohne Harry und Stange drohende Blicke zuzuwerfen. Die beiden sahen Werner mit großen Augen an. Der winkte ab. »Wir ziehen unseren Plan durch, auch ohne diese Versager.« Er hielt einen Moment inne. »Auf euch ist wenigstens Verlass. Und wenn ihr euch bewährt, bekommt ihr weiße Krawatten.«

*

Sie waren in der Charlottenstraße unterwegs, fast an der Ecke Unter den Linden angelangt, als Harry ihn auf den dunkelbraunen BMW aufmerksam machte. »Juter Motor«, sagte er fachmännisch. »Hängen wa jeden Bullen mit ab.«

Werner sah sich um. Zur Mittagszeit waren nicht viele Passanten unterwegs, obwohl das Wetter frühlingshaft mild war. Er zog seine Waffe, bedeutete den Jungs, ihn vor neugierigen Blicken abzuschirmen und trat an das Auto heran. Der Fahrer las gerade in einer Zeitung und blickte hoch, als ein Schatten auf ihn fiel. Noch ehe er reagieren konnte, rissen Werner und Harry die Türen auf und warfen sich auf die Rückbank. Pupille und Stange lehnten sich gegen das Auto und behielten die Umgebung im Auge.

»Was soll denn das?«, fragte der Fahrer verdutzt. »Raus aus dem Wagen, ihr Halunken!«

Werner drückte ihm die Pistole in den Nacken. »Steig aus«, knurrte er.

»Werde ich nicht«, gab der Fahrer lautstark zurück und machte Anstalten, den Zündschlüssel abzuziehen.

Wieso widersetzten sich ihm eigentlich alle, ging es Werner durch den Kopf und er drückte ab.

Der Mann schnellte zusammensackend nach vorn, sein Kopf landete auf dem Lenkrad.

Werner griff über ihn hinweg, öffnete die Tür und stieß den leblosen Körper auf die Straße.

»Los rein!«, forderte er Pupille und Stange auf, um dann mit quietschenden Reifen loszujagen. Sie bogen hinter dem Bebelplatz in die Oberwallstraße, um kurz vor dem Spittelmarkt abzubiegen. Am Mühlendamm überquerten sie die Spree, bis sie schließlich ihr Ziel erreicht hatten: die Hauptkasse der GASAG, des Berliner Gasversorgers, in der Schicklerstraße.

»Stange, du wartest im Auto. Verstanden?«

Die anderen drei zogen ihre Masken hoch und stürmten

mit gezogenen Waffen die Treppe hinauf. Sie versuchten die schwere hölzerne Tür mit ihren Schultern aufzudrücken, doch die gab nicht nach.

»Ohne Termin kommse hier nich rein.« Werner drehte sich zu dem Sprecher um. Ein altes Männlein schob sein faltiges, mageres Gesicht aus der Pförtnerloge. Werner musste an eine Schildkröte denken, die ihren Kopf aus dem Panzer streckte. Als der Alte die maskierten Männer sah, knallte er die Luke zu und ging hinter dem Schreibtisch in Deckung.

»Scheiße!«, rief Werner. In diesem Moment hörte er die an- und abschwellenden Sirenen.

»Los abhau'n!« In diesem Moment entdeckte er auch schon die ersten Einsatzwagen, die von der Stralauer Straße kommend auf sie zu rasten. Werner feuerte, doch die Autos waren noch zu weit weg. Er drehte sich um und rannte los in Richtung S-Bahnhof. Harry rief hinter ihm her. Werner achtete nicht auf ihn, auch nicht, als Schüsse krachten und jemand schrie. Jetzt musste jeder auf eigene Faust dem Schlamassel entkommen.

Er hastete die Stufen zu den Gleisen hinauf und erwischte eine Bahn deren Türen sich gerade schlossen. Als sie anfuhr, sah er noch mehrere Uniformierte den Bahnsteig entlang hasten und ein Stück neben der beschleunigenden Bahn mitrennen. Einer schlug gegen den Waggon und versuchte die Tür zu öffnen. Fast wäre es ihm gelungen, doch die Bahn fuhr bereits so schnell, dass er schließlich aufgeben musste.

Werner blieb an der Tür stehen und wischte sich den Schweiß von der Stirn. Ein paar Leute sahen ihn erschrocken an. Ihre Blicke blieben vor allem an seiner weißen Krawatte hängen.

Ich muss sofort raus. Auf der Stelle. Notbremse. Dann durch den Tunnel weg. Scheiß-Bullen.

In diesem Moment fuhr der Zug in den Schlesischen Bahnhof ein. Werner riss die Tür auf, kaum dass der Zug stand und ging schnellen Schrittes den Bahnsteig entlang. Er zerrte sich die Krawatte vom Hals und warf sie in einen Müllkorb.

Er verließ den Bahnhof über den Hintereingang an der Madaistraße. Von dort aus war es nicht weit nach Hause. Werner hoffte, dass die Jungs ebenfalls entkommen waren. Falls nicht, hatten sie es ihrer Dummheit zuzuschreiben. Hauptsache, sie hielten dicht.

SYLVIA XII

Sie schluckte, konnte den dicken Kloß in ihrer Kehle aber nicht loswerden. Kopf und Gesicht des Verletzten waren in dicke Mullbinden eingewickelt. Dummerweise musste Sylvia an die Mumie denken, die sie damals im Ägyptischen Museum in Breslau gesehen hatte.

Auf einem Stuhl neben dem Bett saß Edith. Sie hatte verweinte rote Augen. Die beiden Frauen umarmten sich. Edith hielt Sylvia fest umschlungen. Ihr magerer Körper bebte und zuckte. »Sch«, machte Sylvia und strich Edith über die Haare.

Als Edith sich wieder etwas beruhigt hatte, setzten sie sich auf die morsch wirkenden Stühle und hielten sich an den Händen. »Die Ärzte sagen, dass er durchkommt, dass er aus dem Gröbsten raus ist. Sie werden ihn bald aus dem Koma holen. Sein Schädel ist mehrmals gebrochen.« Edith begann wieder zu weinen. »Diese Schweine haben versucht, meinen kleinen Bruder umzubringen.«

Sylvia hätte gern mitgeweint, vor Kummer oder Erleichterung, allein schon um Edith zu zeigen, wie sehr Mückes Zustand sie mitnahm. Aber es ging nicht. Tief in ihr hatte sich etwas verschoben, seit sie von ihrer Schwangerschaft wusste. Alles andere war dadurch unwichtig geworden. Sylvia kam es vor, als hätten sich straffe Stahltaue um sie gelegt und würden sie nach oben ziehen, sie größer machen, sie weiter blicken lassen, auch in die Zukunft. Zwar war das Bild nicht klar und eindeutig, dass sich ihr dadurch bot, aber sie ahnte, dass sie nicht zurücksehen durfte, genau wie damals, als sie ihrer sterbenden Schwester den Mantel abgenommen hatte. Es musste einfach so sein.

»Sylvia, hörst du mir zu?«

»Ja, entschuldige. Was hast du zuletzt gesagt?«

»Ich sagte, wäre Mücke doch bloß nie an diese Jungs geraten.« Ihre Stimme klang dünn und brüchig. Sie roch nach Schweiß, ihre Kleider waren zerknittert, als hätte sie darin geschlafen.

»Ja«, lachte Edith verlegen, als sie Sylvias Blick bemerkte. »Ich bin seit Tagen hier. Ich hab mich nicht getraut, nach Hause zu gehen. Gewaschen habe ich mich hier am Becken.«

»Wenn ich das früher erfahren hätte, wäre ich gleich gekommen und hätte dich abgelöst.« Dabei wusste Sylvia schon seit einigen Tagen, dass Mücke im Krankenhaus Moabit um sein Leben kämpfte. Sie hatte es nur nicht über sich gebracht, ihn zu besuchen. Und was hätte es Mücke auch gebracht? Er lag im Koma und bekam nichts mit.

So sehr Sylvia Mücke auch bedauerte und sich wünschte, alles wäre ganz anders gekommen, so war sie dennoch davon überzeugt, richtig zu handeln. Dieses Leben passte nicht mehr zu ihr.

»Soll ich dir ein paar neue Kleider bringen?«

Edith lachte kurz auf. »Das ist lieb von dir. Aber nein. Heinrich kommt später und bringt mir was mit. Er war die ganzen letzten Tage auch hier. Wir haben uns abgewechselt, einer hat geschlafen, der andere hat gewacht. Gestern Abend habe ich ihn nach Hause geschickt, damit er sich mal ausschläft.«

Sylvia nickte. »Wirst du zur Polizei gehen?«

»Ja«, sagte Edith mit unterdrückter Wut. Sie warf einen Blick auf Mücke. »Aber ich muss erst mit ihm sprechen. Ich muss rausfinden, was passiert ist.«

Was soll schon passiert sein?, dachte Sylvia. Mücke hat sich mit den falschen Leuten eingelassen. Er war Werner und den anderen von Anfang an nicht gewachsen.

»Da muss Gladow hinter stecken«, redete Edith weiter. »Aber kann ich mir sicher sein? Werner war immer nett zu uns. Er hat ja Heinrich sogar die Arbeit in der Autowerkstatt besorgt. Ich kann mir einfach nicht vorstellen, dass er Mücke so was antut.«

Plötzlich kamen Sylvia doch die Tränen. Hätte sie Mücke vielleicht beschützen können, wenn sie doch zusammen weggegangen wären, wie er vorgeschlagen hatte? Zu spät. Jetzt war alles anders. Noch am Abend würden sie und Leo nach Hamburg aufbrechen, um von dort aus mit einem Transportschiff nach New York zu fahren.

In ihren Gedanken sah sie sich seit Tagen schon durch die Schluchten der Stadt wandern – mit einem Kind an der Hand. Währenddessen würde Leo in einem Büro sitzen und nach der Arbeit müde nach Hause kommen, tagein, tagaus. Wahrscheinlich würde sie nach einigen Jahren vertrocknen, wie eine Topfpflanze, die vergessen und verstaubt in einer lichtlosen Ecke steht. Aber darum durfte es nicht gehen. Es durfte nicht um sie gehen. Sie hatte jetzt Verantwortung. Und es war ja auch egal, ob Mücke oder Leo der Vater ihres Kindes war.

»Ich gehe weg aus Berlin«, sagte sie tonlos. Edith sah sie überrascht an.

»Ich habe mich verlobt. Ich gehe nach Amerika. Ich werde dort leben. Das ist das Beste.« Die Sätze klangen in Sylvias Ohren, als würde sie von einer anderen berichten.

»Und was ist mit meinem Bruder?«

Sylvia warf einen langen Blick auf den schlafenden Mücke, bevor sie antwortete: »Mücke braucht mich nicht.«

Fast war sie versucht, Edith von dem Kind zu erzählen. Aber Edith würde sie überreden in Berlin zu bleiben. Sie wollte sich jetzt nicht wehren müssen. Und hier sah Sylvia keine Zukunft für sich und das Kind. Berlin war kaputt. Die Menschen hier waren kaputt. Das Land war zweigeteilt und würde sich auf Jahre nicht erholen, das Denken, Fühlen und Erinnern der Deutschen auch nicht.

Sylvia brauchte einen Neuanfang. Eines jedoch konnte sie für Mücke noch tun, bevor sie abreiste.

DENSKE X

So nah waren sie dem Doktorchen noch nie gewesen. Wie dreist die Bande vorgegangen war: Erst ermordete sie einen Autobesitzer und dann wollte sie direkt um die Ecke einen Überfall begehen, dazu noch in der Nähe des Polizeipräsidiums, in dem er, Denske, ermittelte. Entweder waren die Ganoven größenwahnsinnig oder sie waren dumm. Wahrscheinlich eine Mischung aus beidem, vermutete Denske. Dummdreist nannte man das wohl.

Trotz Straßensperren, sofort eingeleiteter Großfahndung und dem Stopp des öffentlichen Verkehrs hatten sie den Anführer der Weißen Krawatte nicht erwischt. Der Kerl war untergetaucht und blieb verschwunden.

Seit Stunden bearbeiten sie jetzt diese beiden Jungs, die die Kollegen bei dem Überfall auf die GASAG geschnappt hatten. Die waren noch fast Kinder, aber abgebrüht wie die Profis, hielten dicht und behaupteten felsenfest, sie seien nur zufällig vor Ort gewesen. Dabei gab es jede Menge Zeugen, die die beiden maskiert gesehen hatten. Auch Steinke konnte die Jungs nicht brechen, egal wie viele Ohrfeigen sie von ihm kassierten.

Sass steckte den Kopf ins Zimmer. Er wedelte demonstrativ mit der Hand. Die Luft in dem kleinen Raum war vom Zigarettenrauch blaugrau dicht verhangen. »Telefon für euch. Ist dringend. Euer Chef.«

Denske ärgerte sich zum wiederholten Mal, dass sie noch immer kein eigenes Telefon hatten. Ständig musste er über den Flur ins große Büro rennen und hoffen, dass der Anrufer solange in der Leitung blieb.

»Denske hier!«, rief er außer Atem in den Hörer.

»Sie müssen sofort rüberkommen.« Es war Schröder. »Wir haben hier jemanden, der etwas zur Weißen Krawatte sagen kann.«

»Wirklich? Chef, wie oft haben wir in der letzten Zeit Spinner gehabt, die angeblich wussten, wer hinter der Bande steckt. Erinnern sie sich an die Dame, die meinte, die Bandenmitglieder im Traum gesehen zu haben? Oder der Wahrsager, der seine Informationen aus dem Flug einer Taube hatte? Bislang war doch nie etwas Brauchbares dabei. Außerdem haben wir hier jetzt zwei Bandenmitglieder sitzen.«

»Die nix sagen.«

»Werden die schon noch.«

Schröder ließ nicht locker: »Aber ich habe jemand anderen hier, der uns weiterhelfen kann.«

»Wen denn?«

»Kommen Sie jetzt einfach her!« Schröder warf krachend den Hörer auf die Gabel.

Denske war stinksauer, das Verhör jetzt unterbrechen zu müssen wegen eines wieder mal vermeintlichen Zeugen.

Kurz darauf war er mit Wanner unterwegs nach Westberlin. Mittlerweile hatten sie offizielle Dokumente, die ihnen erlaubten, die Sektorengrenzen nach Belieben zu wechseln, weshalb ihr Opel, trotz Westberliner Kennzeichen, stets durchgewunken wurde.

Auf dem Hof der Friesenstraße quetschte Denske den Wagen schwungvoll in eine schmale Parklücke. Wanner konnte wegen der Enge seine Tür nicht öffnen, sodass er seinen umfangreichen Körper durch die Fahrertür hinauswuchten musste. Ein leichter Windstoß, der bereits mild nach Frühling roch, fegte über den Hof, während die beiden Polizisten die Treppe zum Hintereingang nahmen.

Schröder erwartete sie vor seinem Büro. Er deutete auf die geschlossene Tür: »Da drin sitzt eine junge Frau. Sie sagt, sie wisse, wer hinter der Krawatte steckt. Aber«, Schröder hob warnend einen Finger, »sie ist in Begleitung eines amerikanischen Offiziers. Ein Unterleutnant … oder was weiß ich. Ich will damit nur sagen, dass sie beide vorsichtig sein sollten. Diplomatische Verwicklungen können wir jetzt nicht gebrauchen. Ich habe den beiden zusichern müssen, dass ich ihre Aussage anonym behandle. Das heißt: Sobald wir unsere Informationen haben, werden die beiden unbehelligt hier rausspazieren. Verstanden?«

Denske und Wanner nickten einmütig.

»Gut«, befand Schröder mit strengem Blick und öffnete ihnen die Tür.

Auf der schmalen Couch saß eine junge Frau, die Denske mit offenem Blick ansah. Er wusste sofort, dass sie nicht in die übliche Kategorie der Wichtigtuer und Spinner passte. Der amerikanische Soldat neben ihr wirkte eher unscheinbar und verschmolz fast mit den beigefarbenen Polstern.

Die junge Frau stand auf und reichte Denske die Hand. »Ich habe nicht viel Zeit«, begann sie. »Sie wollen wissen, wer hinter der Weißen Krawatte steckt?«

Denske nickte verblüfft. Er war sofort von ihr beeindruckt. Die junge Frau wirkte entschieden, klar und zielstrebig auf ihn.

»Der Anführer heißt Werner Gladow. Er wohnt in Friedrichshain, in der Schreinerstraße 52, erster Stock.«

»Werner Gladow, sagen Sie …« Denske kramte in seinem Gedächtnis, drehte sich zu Wanner um. »Den hatten wir doch auf unserer Liste.«

»Ja, aber zu jung«, sekundierte Wanner.

Die Frau unterdrückte ein Lachen: »Werner zu jung? Von dem kann manch Alter noch was lernen.«

Denske prüfte noch immer ihre Seriosität: »Kennen Sie seinen Spitznamen?«

»Doktorchen.«

Denskes Herz tat einen Sprung. Doch er war nicht restlos überzeugt: »Das könnten Sie irgendwo aufgeschnappt haben. Was noch?«

»Die Bande hat eine Garage in der Samariterstraße. Da werden sie garantiert etliche geklaute Dinge finden.«

»Woher wissen Sie davon?«

Die junge Frau wich mit wegwerfender Geste aus: »Das ist doch jetzt egal.«

Denske unterdrückte seine wachsende Ungeduld: »Wir brauchen mehr Hinweise verschiedenster Art.«

»Ich kenne die Namen aller Bandenmitglieder. Ich weiß von den Überfällen auf Frau Purschian und die Achterbahn vom Rummel, auch von dem auf den alten Pelzhändler und seine kranke Frau.«

»Das sind ziemlich belastende Dinge, die Sie uns da nennen.« Denske war noch immer skeptisch.

Die junge Frau blieb davon unbeirrt: »Ich war auch dabei, als sich die Jungs ihre Anzüge haben machen lassen. Sie können das nachprüfen. Der Schneider heißt Teltow.«

Sie zögerte kurz, bevor sie weitersprach: »Werner Gladow hat einen Freund von mir halb totgeschlagen. Er liegt im Krankenhaus Moabit und kämpft um sein Leben.« Sie schluckte, und Denske hatte den Eindruck, dass sie kurz davor war, in Tränen auszubrechen. Doch sie riss sich zusammen.

»Sie beschuldigen diesen Gladow aber nicht deswegen, hoffe ich.«

Sie sah ihn mit ihren grünen Augen fragend an.

»Ich meine, dass Sie diesen Gladow hoffentlich nicht aus Rache beschuldigen.«

»Sie können mir glauben, dass Sie in der Schreinerstraße den Richtigen finden werden.«

»Und Sie würden das beeiden?«

»Nein.«

»Nein?«

»Nein.«

»Das heißt, wir dürfen Ihre Aussage auch nicht aufnehmen.«

Die Frau sah sich hilfesuchend nach Schröder um.

Der verdrehte die Augen: »Denske, ich hatte Ihnen gesagt, dass wir diesen Hinweis anonym behandeln.«

»Man kann es ja trotzdem versuchen.« Er lächelte der jungen Frau verschwörerisch zu.

Sie lächelte zurück. Dann wurde ihr Gesicht wieder ernst: »Bringen Sie ihn ins Gefängnis. Bitte!«

»Das werden wir«, versprach er mit Nachdruck. »Eine Frage noch: Was hat Ihr Freund, der zusammengeschlagen wurde, mit dieser Bande zu tun?«

Die junge Frau lächelte geheimnisvoll: »Das müssen Sie ihn schon selber fragen.«

Als die Besucher gegangen waren, sagte Denske: »Wir werden jetzt erst mal diese Garage überprüfen, vor allem wem die überhaupt gehört.«

»Falls ihre Angaben stimmen«, sagte Schröder, »fahren Sie sofort in die Schreinerstraße und überprüfen diesen Randow.«

»Gladow«, verbesserte ihn Denske.

»Meinetwegen. Nehmen Sie aber unbedingt die Ostberliner Kollegen mit, damit Sie politisch und polizeilich abgesichert sind, falls Ihr Besuch gewisse Folgen haben sollte: Festnahme, Flucht, Widerstand, Explosions- und Brandgefahr, Tote, Verletzte – was weiß ich. Wir wissen ja gar nicht, was und wen wir da alles vorfinden.«

*

»Vorbestraft wegen Widerstands gegen zwei Polizisten. Und eine Schwarzmarktgeschichte am Zoo«, las Denske laut.

»Ick hab doch jesagt, det is 'n kleener Fisch. Und seitdem is ooch nix mehr jewesen.«

»Aber die junge Frau war eindeutig.«

»'Ne kleene Nutte, die sich wejen irjendwatt rächen will.«

»Sie wusste den Spitznamen des Anführers«, warf Wanner ein.

Steinke drehte sich zu ihm um: »Und wenn schon. Dit Flittchen kennt eben die Verbrecher. Hat schon unter einijen jelejen oder wat weeß ick.«

»Aber der Fund in der Garage ist ja wohl eindeutig.«

Sie hatten auf dem Garagenhof in der Samariterstraße tatsächlich eine Garage ausfindig gemacht, die von Werner Gladows Vater angemietet worden war. Viel hatten sie allerdings nicht darin gefunden.

»Die paar schlappen Autoreifen«, winkte Steinke ab, »und 'n paar alte Klamotten. Keene Klunkern, nix von Wert, wat überzeugt.«

Denske war schleierhaft, warum Steinke alles kleinredete. Er vermutete, sein Stolz ließ es nicht zu, dass auch in Ostberlin Verbrechen begangen wurden.

»Womöglich hatten die das meiste schon verhökert«, sagte Denske.

»Deswegen sind die auch so verzweifelt gewesen und wollten an die GASAG ran«, ergänzte Wanner.

Steinke wandte sich ab. Er hatte Wanner von Anfang an nicht ernstgenommen.

»Wir fahren da hin und fühlen dem Gladow auf den Zahn«, entschied Denske.

»Aber mit genügend Mann und ordentlich bewaffnet«, beeilte sich Wanner.

Steinke lachte: »Nu mach dir ma nich ins Hemd, du Lulle. Dit is nur 'n Bengel, den wa da hochnehm.«

Eine Stunde später waren sie unterwegs: Denske, Wanner, Steinke und Sass. Sie parkten ihren Zivilwagen am Samariterplatz, um dann auf Abstand jeweils zu zweit in die Schreinerstraße einzubiegen. Wanner und Sass gingen voraus. Sie trugen Blaumänner, die sie als Mitarbeiter der Bewag, der Berliner Elektrizitätswerke, auswiesen. Im dunklen Hausflur trafen sie wieder zusammen.

»Wanner und Sass klingeln«, sagte Denske leise. »Steinke und ich warten auf dem Treppenabsatz. Wenn bei Gladows die Tür aufgeht, warten wir auf euer Zeichen. Dann stürmen wir los. Rein in die Wohnung, Pistolen schussbereit. Falls in der Wohnung jemand mit Waffe auftaucht: sofort schießen.«

Steinke verzog das Gesicht zu einem sarkastischen Grinsen.

»Kollege Steinke, Sie sollten das ernst nehmen. Wir wissen nicht, was uns da oben erwartet.«

»Kinderjarten erwartet uns. Wir machen uns zum Affen. Dit kommt davon, wenn man Leichtmatrosen ans Ruder lässt.«

Denske nahm die Beleidigung unkommentiert hin. Er hatte es aufgegeben, Steinke zurechtzuweisen.

Er gab Wanner und Sass einen Wink und sah ihnen hinterher. Als sie vor der Tür der Familie Gladow standen, umklammerte seine Hand den Pistolengriff. Das Geräusch der Türklingel schellte dünn aus der Wohnung.

Nach wenigen Sekunden öffnete sich die Tür einen Spalt breit. Eine Frau um die fünzig lugte heraus. Sie hatte die Kette vorgelegt.

»Ja?«, fragte sie misstrauisch.

»Wir sind von der Bewag und müssen die Spannung in Ihrer Wohnung prüfen. Dürfen wir reinkommen?«

»Dit passt jetzt nich. Könnse nich ’n andermal wiederkomm?«

»Es ist aber wichtig«, sagte Wanner mit Nachdruck. »In Ihrem Haus ist es zu einer Überlastung des Stromnetzes gekommen. Das kann zu Kabelbränden in den Wänden führen. Es besteht akute Gefahr.«

Clever, dachte Denske, der jedes Wort mithörte. Wanner war nicht so dumm, wie er wirkte.

»Na jut.« Die Frau schloss zum Ausfädeln der Kette die Tür, und Denske rechnete damit, dass sie den Kollegen nun ganz öffnete. Stattdessen hörte man sie in der Wohnung panikartig schreien: »Werner, die Bullen! Die Bullenschweine steh’n vor der Tür!«

WERNER XIV

Werner schrak hoch. Was war das für ein Lärm an der Tür? Hatte seine Mutter gerufen? Er stützte sich auf die Ellbogen und lauschte. Wieder hörte er Lucie rufen. Diesmal deutlicher: »Bullenschweine!«

Werner sprang auf, wobei er die ausgeleierte Schlafanzughose am Bund raffte, damit sie nicht rutschte, und griff nach seiner Tokarew.

»Werner, die Bullen!«, schrie Lucie im Korridor.

Werner riss seine Tür auf, um nachzusehen.

Da kam Lucie auch schon ins Zimmer gestürmt: »Die Bullen wollen dich holen.«

Sie hatte ihren Satz kaum ausgesprochen, als die Wohnungstür auch schon krachend aus den Angeln brach. Vier Polizisten ergossen sich wie eine Sturmflut über die am Boden liegende Tür in die Wohnung. Werner schoss, noch im Türrahmen seines Zimmers stehend, auf die Eindringlinge.

Einer der Polizisten warf sich hinter den Schuhschrank im Flur, ein anderer rannte in die Küche, während die beiden hinteren sich wieder ins Treppenhaus zurückzogen.

»Geben Sie auf!«, rief der hinter dem Schrank.

Werner lachte laut. Was glaubten die denn, mit wem sie es zu tun hatten? Mit einem kleinen Taschendieb, der sofort die Segel strich, wenn es stürmte? Er feuerte wütend auf den Schrank, hoffte, die Kugeln würden sich bis zu dem Bullen durchbohren. Splitter flogen explosionsartig umher, wie ein winziger wütender Vogelschwarm, als die Projektile das Holz trafen.

Der Mann in der Küche lehnte sich raus und schoss auf Werner. Werner duckte sich, schoss blindlings zurück und traf den Polizisten in die Brust. Der taumelte rückwärts. Werner hörte es krachen, als der schwere Körper in der Küche zu Boden ging.

»Wanner!«, rief der hinter dem Schrank. »Wanner, bist du getroffen?«

»Ja, ist er!«, rief Werner. »Und du bist der Nächste.«

»Ich hab ’ne Kugel abgekriegt«, brüllte Wanner aus der Küche. Er klang seltsam verwaschen, als würde er dabei gurgeln. Lunge futsch, mutmaßte Werner. So etwas hatte er in den letzten Kriegstagen mal mit angesehen. Kein schöner Tod, aber das ist er ja nie.

»Geben Sie auf!«, rief jetzt wieder der Kerl hinter dem Schrank. »Wenn mein Kollege stirbt, dann haben Sie den Mord an einem Polizisten zu verantworten.«

»Fick dich, Bulle!«, rief Werner und schoss wild drauflos. Die Projektile streiften die Wände und rissen den Putz raus. Schleier von Mörtelstaub und Schmauch waberten durch den Flur. Korditgeruch stach Werner in die Nase, beißend und an verbranntes Horn erinnernd. Dann war Schluss. Seine Pistole war leergeschossen. Einer der Polizisten schob seinen Kopf aus dem Treppenhaus in die Wohnung. Werner warf die Tokarew nach ihm. Sie prallte mit einem metallisch klingenden Ton von der Garderobe ab. Der zweite Bulle drängte in die Wohnung. Werner brauchte unbedingt eine andere Waffe.

»Das Buch!«, rief er Lucie zu, die auch gleich verstand, zum Bücherregal eilte, einen dicken Wälzer herauszog und Werner zuwarf. Es war *Der verlorene Sohn* von Karl May. Die Seiten waren innen ausgehöhlt, um Platz für Werners Mauserpistole zu schaffen. Schon als er den kühlen Griff umfasste und sein Finger sich um den Abzug schmiegte, durchfuhr Werner das Gefühl von Unbesiegbarkeit. Er würde diesen miesen Bullen schon zeigen, wer hier das Sagen hatte.

»Bring die Schweine um, Werner!«, kreischte Lucie böse, als er die Pistole entsicherte.

Von der Straße her waren Sirenen zu hören, die sich stetig näherten. Werner warf einen Blick aus dem Fenster. Ein Mannschaftswagen bremste mit quietschenden Reifen vor dem Haus. Uniformierte Polizisten sprangen ab und verteilten sich; einige stürmten in den Hausflur, andere postierten sich an verschiedenen Ecken, um die zahlreicher werdenden Schaulustigen fernzuhalten. Werner winkte ihnen zu.

Von der anderen Seite kam ein russischer Militärlaster angerast, blieb jedoch an der Ecke stehen, mit laufendem Motor lauernd. Dahinter stoppte auch noch ein Feuerwehrwagen.

Immer mehr Schaulustige drängten in die Schreinerstraße. Die Bullen waren nicht zahlreich genug, um alle zurückzuhalten. Werner musste an die letzte Szene von *Scarface* denken, als der mit einem Maschinengewehr rausfeuerte und dabei die Bullen verhöhnte. Klasse Szene. Wenn er doch bloß ein MG hätte.

Er raffte seine Hose zusammen und drängte zur Tür, um weiter zu feuern. In diesem Augenblick tauchten jedoch zwei Polizisten im Türrahmen auf. Ein Schuss krachte, und Werner spürte, wie sein Kiefer zerplatzte. Es fühlte sich an, als hätte er einen großen Klumpen im Mund, den er nicht runterschlucken konnte, so verzweifelt er es auch versuchte.

Eine weitere Kugel erwischte Werner am Knöchel, und er stürzte zu Boden. Die Pistole flog in hohem Bogen fort. Auf dem Bauch liegend, sah er direkt vor seiner Nase eine rote Lache sich rasch ausbreiten. Drum herum lagen Patronenhülsen verstreut.

Und dann waren sie auch schon bei ihm, zerrten wie wütende Hunde an ihm, rissen an seinen Gliedern, verdrehten ihm die Arme, schrien auf ihn ein. Werner kam es vor, als würden sie sein Innerstes nach außen kehren.

Nach einer Weile wurden die aufgeregten Stimmen leiser, als hätte jemand den Ton abgedreht. Der Blutsee vor seiner Nase wurde größer. Werner fühlte sich leicht, fast schwerelos. Sein Blut pulsierte sanft, breitete sich wellenförmig aus, zog sich zurück, um dann wieder anzuschwellen. Es war angenehm, fast wie ein Morphiumrausch. Dann hoben sie ihn hoch, legten ihn auf eine Trage, und Werner meinte, durch den Raum zu schweben.

MÜCKE XVI

Langsam ließ der Morphiumrausch nach. Die Konturen wurden schärfer, zackiger. Mücke öffnete erst ein Auge, dann das andere. Edith saß nach wie vor an seinem Bett. Sie war eingeschlafen. Den Kopf zur Seite geneigt, hatte sie die

Hände im Schoß gekreuzt und atmete mit gleichmäßigen Zügen.

Mücke dachte an Heinrich, wie der am Vortag an seinem Bett gesessen und ihn besorgt angesehen hatte. Sollte Heinrich doch so etwas wie ein Herz haben?

Kurz darauf fiel ihm Sylvia ein und der Schmerz kehrte mit voller Wucht zurück. Edith hatte ihm erzählt, dass Sylvia sie besucht habe, mit ihrem Verlobten Leo, und dass sie im Begriff sei, nach Amerika auszuwandern.

Am liebsten hätte er um sie getrauert, aber da türmten sich momentan zu viele zähe Schichten übereinander, die er hätte abtragen müssen: sein gesundheitlicher Zustand, Werners Inhaftierung, daher Mückes Sorge, dass der ihn mit dranhängte. Auch verspürte er den bohrenden Wunsch, sich an Bernburg und Lexi zu rächen. Aber die würden ihre Strafe auch ohne ihn bekommen. Edith hatte ihm erzählt, die beiden würden ebenfalls einsitzen. Denn Werner hatte gesungen, nachdem er sich nicht mehr hatte herausreden können. Lexi und Bernburg schoben ihrerseits alles auf Werner. So hatten die Bullen leichtes Spiel. Nur Bommes hielt dicht, der anständige Bommes.

Mücke rechnete fest damit, dass die Bullen früher oder später auftauchen würden. Edith und Heinrich hatten sie auch schon vernommen. Die hatten sich allerdings dumm gestellt und ausgesagt, dass sie Werner und die anderen zwar kennen, doch nicht wüssten, womit die ihr Geld verdient hätten. Das klang zwar etwas fadenscheinig, aber gegen sie lag ja nichts vor. Deshalb hatte Mücke Heinrich auch davon abgeraten, einen Verteidiger zu bemühen. Dadurch würde womöglich nur der Verdacht aufkommen, dass sie Dreck am Stecken hätten. Und wovon sollten sie den Anwalt auch bezahlen?

Mücke hatte beschlossen, sich ebenfalls dumm zu stellen. Falls Werner und die anderen den Mund hielten, konnte ihm die Polente gar nichts. Die stochern im Nebel. Ich muss nur clever sein.

Der Mann im Bett gegenüber winkte Mücke zu. Der lächelte zurück. In dem großen Saal, in dem die einzelnen Betten mit grauen Vorhängen zu kleinen Inseln verhängt waren, herrschte eine andauernde Geschäftigkeit. Schwestern, Ärzte und Besucher kamen und gingen.

»Oh, du bist ja wach.« Edith lächelte verschämt. »Entschuldige, ich bin einfach eingeschlafen.«

»Macht doch nichts.« Mücke hatte ein schlechtes Gewissen, da seine Schwester ihre Zeit an seinem Bett verbrachte. Sie hatte gerade einen großen Nähauftrag, an dem sie eigentlich arbeiten müsste.

»Geh nach Hause und schlaf dich richtig aus«, schlug er vor.

»Ach, da habe ich keine Ruhe.«

Er drehte den Kopf, um aus dem Fenster zu sehen. Die kahlen Äste, in die ein scharfer Wind blies, bewegten sich behutsam wie tröstend streichelnde Hände, als wüssten sie von den Kranken hinter den großen Fenstern.

»Hast du noch mal von Sylvia gehört?«

»Nein. Ich glaube auch nicht, dass wir das noch werden.«

»Aber sie kann doch nicht einfach weggehen, ohne sich zu verabschieden, ohne eine Erklärung. Sie liebt doch Leo gar nicht. Ganz im Gegenteil: Sie hat sich immer über ihn lustig gemacht.«

Edith sah ihn mit großen Augen an und tätschelte beruhigend seinen Arm. Mücke war schon klar, dass seine Schwester keine Antwort darauf geben konnte, aber vielleicht gab es ja etwas, das sie vergessen hatte, als Sylvia hier bei ihm im Krankenhaus war, irgendein Hinweis. »Hat sie nichts weiter gesagt?«

Edith schüttelte den Kopf: »Nur was ich dir schon erzählt habe.« Das waren nur wenige dürre Sätze, die Mücke immer wieder im Kopf rotieren ließ, als könnte er aus ihren Kombinationen eine geheime Botschaft entschlüsseln.

*

Zwei Männer durchquerten entschlossenen Schrittes den Saal. »Das sind die Polizisten«, flüsterte ihm Edith noch zu, dann standen sie auch schon am Kopfende von Mückes Bett und sahen auf ihn herab.

»Würden Sie uns mit Ihrem Bruder bitte allein lassen?«

Edith nickte, stand auf, wandte sich an Mücke und sagte noch: »Ich bin draußen.«

Als Edith gegangen war, schlossen die beiden die Vorhänge um Mückes Bett. Nun waren sie allein, auch wenn die Geräusche im Saal zu ihnen durchdrangen.

»Denske mein Name. Wir kennen uns ja schon. Und das ist mein Kollege Steinke.«

Denske sah aus, als könnte man mit ihm reden. Der andere hatte etwas Brutales und Verbohrtes an sich. Beide zogen sich Stühle ans Bett und setzten sich, einer rechts, einer links.

»Es gibt einige Erkenntnisse in Bezug auf die Weiße Krawatte«, begann Denske.

»Wir ham Beweise, dass du dazu jehörst«, sagte der andere Polyp mit knurrenden Unterton. »Dafür wirste bezahlen, Junge.«

Mücke schwieg. Denske gab Steinke ein Zeichen, sich zurückzuhalten. Der schnaubte und wirkte wie ein wütender Hund, der an seiner Leine zerrte und endlich zubeißen wollte.

»Ihre Kumpane haben umfassend ausgesagt, vor allem Werner Gladow. Er hat uns erzählt, dass Sie Mitglied der Bande waren und einige Straftaten mitzuverantworten haben.«

»Dafür hängste!«, bellte der andere schon wieder dazwischen.

»Wollen Sie sich dazu äußern?« Mücke schüttelte den Kopf.

»Schade«, sagte Denske. »Ihre Freunde singen wie die Kanarienvögel.«

»Junge, mach's Maul auf!«, schimpfte Steinke. »Machstet nur noch schlimmer.«

»Es gibt aber noch eine andere Sache, der wir nachgehen müssen.« Denske sah Mücke prüfend an. »Nämlich dass ihre ehemaligen Kumpane versucht haben, Sie umzubringen. Wir haben alle in Gewahrsam. Die können Ihnen also nichts tun. Möchten Sie sich dazu äußern?«

Mücke schüttelte erneut den Kopf. Auch wenn er unbändigen Hass auf Lexi und Bernburg verspürte, würde er vorläufig den Mund halten. Aber woher wussten die Bullen, dass jemand aus der Bande versucht hatte, ihn umzubringen?

»Wir haben diese Kenntnis von einer jungen Dame, die Ihnen nahezustehen scheint«, sagte Denske, als hätte er Mückes Gedanken gelesen. »Wir wissen nur noch nicht, wer genau dafür verantwortlich ist. Die Dame wusste es auch nicht. Sie hatte nur einen Verdacht.«

Mücke schwieg beharrlich. Er dachte an Sylvia. Wieso hatte sie das getan? Liebte sie ihn doch, obwohl sie jetzt mit Leo ging? Oder hatte sie ihm einen letzten Gefallen tun wollen?

»Eine Krähe hackt der anderen keen Ooge aus, wa?«, kommentierte Steinke, wofür er sich einen vorwurfsvollen Blick von Denske einfing.

»Wie auch immer«, seufzte Denske und zog nun ein amtlich aussehendes Dokument aus der Innentasche seines Jacketts. »Ich habe hier einen Haftbefehl gegen Sie. Sie werden mit sofortiger Wirkung ins Haftkrankenhaus überstellt.« Er wandte sich an Steinke: »Hol mal die Kollegen.«

Als Steinke verschwunden war, beugte sich Denske zu

ihm und sagte leise: »So wie es aussieht, werde ich bald wieder nach Westberlin abkommandiert. Der Fall Weiße Krawatte ist ja nun gelöst. Die Ostberliner Staatsanwaltschaft übernimmt die Anklage. Ich habe gehört, dass der Fall bereits auf höchster Ebene besprochen wird. Sie und Ihre Kumpane haben die Sicherheitsbehörden der sowjetischen Zone an der Nase herumgeführt und lächerlich gemacht. Das finden die gar nicht gut. Die müssen zur öffentlichen Abschreckung ein Exempel statuieren. Ich würde Ihnen also raten, umfassend auszusagen. Da sie sich noch rechtzeitig von der Bande gelöst haben, waren Sie bei deren schlimmsten Taten nicht dabei. Eventuell kommen Sie mit einer Bewährung oder zumindest mit wenigen Jahren Zuchthaus davon, aber ich rate ihnen dringend zu kooperieren.«

In diesem Moment kehrte Steinke zurück, im Schlepptau drei uniformierte Kollegen. Er grinste Mücke an und hielt ein Paar Handschellen hoch, die er sachte schüttelte. Die Bügel klirrten leise aneinander. Für Mücke klang es wie das Bimmeln eines Totenglöckchens.

DENSKE XI

»Sie können mich Doktorchen nennen.« Denske beschloss, Gladows Spielchen mitzumachen.

»Also gut, Doktorchen. Sie haben bei der ersten Befragung zugegeben, dass Sie für den Mord an dem Autofahrer in der Charlottenstraße verantwortlich sind, ebenso für den Überfall auf die Gaststätte *Zum Freischütz* in Kaulsdorf.«

»Ach was. Ich war tödlich verletzt. Da hab ich irgendwas daher gequatscht.«

Gladow presste die Worte heraus, wie Zahnpasta aus einer fast leeren Tube. Er trug ein Metallgestell, das seinen zerschossenen Kiefer zusammenhielt.

»Tödlich verletzt waren Sie nicht«, verbesserte Sass ihn. »Warum haben Sie überhaupt auf uns geschossen? Sie haben meinen Kollegen fast umgebracht.«

»Hab ja nicht gezielt geschossen. Ihr Kollege stand plötzlich da. War keine Absicht.«

Denske winkte ab. Er wollte sich von der Wut, die er verspürte, nicht überwältigen lassen. Wanner würde auf ewig mit seiner kaputten Lunge zu tun haben. Nach seiner Genesung würden sie ihn in den Innendienst an den Schreibtisch versetzen.

»Ich war so aufgeregt, weil ihr Bullen auf einmal in der Wohnung wart. Wissen Sie, bislang hat uns die Polizei nicht gut behandelt. Für die sind wir Asoziale. Aber außer ein paar Schwarzmarktgeschäften hab ich nichts auf dem Kerbholz.«

Denske wusste, dass Gladow log. Er war ein Trickser, ein Spieler. Das konnte er riechen. Und wie in den meisten Fällen verfügten diese Menschen über ein gewisses Maß an Charisma. Das Problem mit Gladow war, dass er spontan sympathisch wirkte. Er war jung, redegewandt, clever. Dabei gab es zu viele Beweise gegen ihn, und zu viele Zeugen, die sich jetzt aus der Deckung wagten, nachdem Gladow hinter Schloss und Riegel saß. Er konnte sich also nicht mehr herausreden. Denske vermutete, dass Gladows Reaktionen einem lange eingeübten Automatismus folgten. Werner Gladow konnte gar nicht anders. Er musste sich und anderen stets und ständig etwas vorspielen.

»Sass, hol uns doch mal Kaffee.«

Das würde eine lange Nacht werden. Es war das erste Mal, dass sie Werner Gladow nach Behandlung seiner Schussverletzungen richtig verhörten. Denske hatte darauf gedrungen, dass Steinke nicht an dem Verhör teilnahm. Zwar war der stinksauer, aber er hatte es durchgesetzt. Steinke hätte er hier mit seiner Wut nicht gebrauchen können.

Sass kam wieder herein, ein Tablett mit einer dampfenden Kanne und drei Tassen balancierend. Nachdem Denske ihnen allen eingeschenkt hatte, pustete er in seinen Kaffee und lächelte Gladow aufmunternd zu. »Ihre Kumpane haben umfassend ausgesagt. Wir wissen so gut wie von jeder Tat, die Sie und die anderen begangen haben.«

»Die lügen doch. Die stecken selber hinter allem.«

»Wir haben die Kugeln von den Überfällen und Morden mit ihrer Waffe verglichen. Die stimmen miteinander überein.«

»Die anderen wollen mir was anhängen, damit die selber gut dastehen.«

»Doktorchen, das sind Tatsachen. Und Sie wollen doch nicht bestreiten, dass Sie der Anführer der Weißen Krawatte sind. Sie sind der einzige, der clever genug ist, so eine Bande anzuführen.«

Das schmeichelte ihm. Denske konnte sehen, dass Gladow vor Stolz fast platzte. Einige geschickt platzierte Komplimente später begann er schließlich auszupacken. Fast im Plauderton erzählte er von den Überfällen auf die Achterbahnkasse vom Rummel, auf den Pelzhändler, auf die Tauschzentrale, auf Frau Purschian und auch auf den Juwelier am Königstor. Zudem erfuhr Denske von etlichen Einbrüchen, Überfällen und Schutzgelderpressungen, die ihm bislang unbekannt waren.

Die Sekretärin kam mit dem Tippen kaum hinterher und musste mehrmals »langsamer« rufen.

Da kam so einiges zusammen und Denske wunderte sich, dass Gladow so freimütig drauflos redete.

»Was soll schon passieren?«, sagte er dann auch. »Ich bin noch minderjährig. Ein paar Jahre Jugendstrafanstalt und ich bin wieder draußen. Und dann mach ich den großen Reibach. Alle werden sich um meine Geschichte reißen. Es wird Bücher geben und Filme, wie bei Al Capone. Dann werd ich mein Geld legal verdienen.« Gladow lehnte sich selbstzufrieden zurück.

Einerseits freute sich Denske, den Boss der Weißen Krawatte zu einem Geständnis gebracht zu haben, andererseits kotzte ihn dessen grausame Selbstverliebtheit an. Menschen wie Gladow hatte es schon immer gegeben, dachte er. Als Regisseur und Schauspieler in einer Person inszenierten die ihr Wunschleben auf einer Bühne, die ihre Mitmenschen ihnen bereitwillig verschafften: rauschhaft, grandios, bewundert. Wer an diesem Spektakel nicht mitwirken wollte – egal ob Partner, Statist oder Publikum –, bekam ihre brutale Rachsucht zu spüren. Doch glücklicherweise sind solche Menschen recht selten, tröstete sich Denske.

*

»Diese Jungs lassen mich nicht los«, gestand er Renate. Sie saßen in einem kleinen Weinlokal in Charlottenburg. »Die sind so jung, so wild. Kennen keine Regeln.«

»Jugend probiert sich eben aus«, sagte Renate achselzuckend.

»Die Jüngsten aus der Bande sind gerade mal dreizehn Jahre alt.«

»Die wollten Spaß.«

»Indem sie brandschatzen? Renate, ich bitte dich.«

»Ja, das ist natürlich verwerflich. Ich will damit nur sagen, dass die Jugend immer über die Stränge schlägt. So ist der Lauf der Welt.«

»Ja, sicher. Aber wir waren anders, nicht so verlottert. Die heutige Jugend hatte nie Zeit, wirklich jung zu sein. Die wurden von klein auf zu Raubtieren erzogen. Friss oder stirb.«

»Nun sei nicht so pathetisch. So schlimm sind nicht alle. Die Jugend ist eben leichtsinnig und lässt sich schnell beeindrucken.«

»Ich nie«, widersprach Denske.

»Mensch, bei dir könnte man meinen, du bist schon erwachsen auf die Welt gekommen«, lachte Renate.

Ihr Scherz sickerte wie Säure in Denskes Gehirn. Er musste sich eingestehen, dass sie nicht unrecht hatte. Ihm fehlte schon immer das Spielerische, das Ungezwungene.

Renate nahm einen Schluck aus ihrem Glas und sah ihn herausfordernd an: »Willst du nie über die Stränge schlagen? Etwas Verbotenes tun?«

»Ich war im Krieg. Das reicht mir.« Er spürte genau, dass dies sein Problem war, von dem Renate sprach. Also wischte er es schnell weg und neckte sie scheinbar kindlich: »Jetzt magst du mich nicht mehr.«

Renates Gesicht nahm einen ernsten Ausdruck an. Sie nickte. Dann legte sie ihre Hand auf seine. »Ich finde dich äußerst reizvoll. Und wahrscheinlich ist es deine ernsthafte Art, die dich besonders anziehend macht.«

»Du machst dich über mich lustig.«

»Nein. Ich meine das genau so. Ich habe genug Männer kennengelernt, die eher große Jungs waren, große verwöhnte Jungs, die nie gelernt haben, auf eigenen Beinen zu stehen. Deshalb bin ich sehr froh, dich kennengelernt zu haben, einen richtigen Mann.«

»Danke«, sagte er artig, und sie lachten.

»Ich überlege, ob ich den Polizeidienst aufgebe.«

»Wirklich?«, fragte sie überrascht.

»Ja. Die ganze Polizeiarbeit ist so ungeordnet. Da ist so viel Zufall im Spiel. Man kann kein Muster erkennen.«

»Aber ist das nicht genau das Spannende daran?«

»Für mich nicht. Ich will nicht dauernd zweifeln, alles hinterfragen müssen und mich mit Tippelschritten voranquälen. Außerdem hat Polizeiarbeit auch mit Politik zu tun. Ständig musst du aufpassen, nicht ins Fettnäpfchen zu treten.«

»Aber was willst du denn sonst machen?«

»Ich habe einen Cousin in Süddeutschland. Der hat eine Firma für Schrauben. Der würde mich einstellen, im Büro.«

»Schrauben?«

Denske lächelte. »Ja, Schrauben. Fand ich schon immer spannend. Die halten die Welt zusammen.«

»Du nimmst mich auf den Arm.«

»Stimmt«, sagte er. »Zumindest was die Schrauben angeht. Aber ich habe tatsächlich einen Cousin in Süddeutschland. Allerdings ist der Direktor an einer Schule. Die haben einen akuten Mangel an Lehrern. Er hat mich gefragt, ob ich nicht bei ihm anfangen möchte. Mathematik hat mich immer interessiert. Ich könnte noch einmal studieren, aber an der Schule bereits Sport und Werken unterrichten.«

»Das sind junge Menschen. Die sind wild und ungeordnet.«

»Ja, aber ich könnte ihnen eine gewisse Klarheit nahebringen.«

»Hm«, machte sie.

»Und ich habe es satt, die Auswüchse zu bekämpfen.«

»Und dafür würdest du einfach so aus Berlin weggehen?«

»Berlin war mir schon immer zu viel. Und da unten ist es landschaftlich sehr schön. Die Schweiz ist auch nicht weit. Wir könnten an den Wochenenden zum Wandern in die Berge fahren.«

»Wir?«

»Ja wir. Du kommst natürlich mit.«

»Das ist ja wohl die romantischste Liebeserklärung, die je eine Frau von einem Mann gehört hat.«

Denske grinste. Renate beugte sich vor und gab ihm einen langen und intensiven Kuss.

»Komm«, bat Denske, reichte Renate die Hand und zog sie auf die Füße. »Es wird Zeit zu gehen.«

* * *

FRÜHJAHR 1950

WERNER XV

Draußen war so viel passiert, seitdem er im Knast saß. Die Ereignisse überschlugen sich, und Werner kam kaum hinterher. Er saß jetzt nicht mehr in der sowjetisch besetzten Zone ein, sondern in der Deutschen Demokratischen Republik. Es gab ein Staatsoberhaupt namens Pieck. Und die Ostbullen nannten sich jetzt »Volkspolizei«.

Auf der anderen Seite gab es jetzt die Bundesrepublik Deutschland, mit einem Bundeskanzler namens Adenauer. Und die Luftbrücke war beendet. Jetzt ginge alles wieder geordnet zu, sagten seine Wärter, wenn sie ihm aus dem *Neuen Deutschland* vorlasen. Na wenn schon. Die konnten ihn alle mal.

Werner ließ den zerknitterten Brief sinken, den er in der Hand hielt. Er dachte über den letzten Satz nach: »Auf ewig, Deine Margit«. Die Frau kannte er gar nicht. Was war mit der los? Er kannte auch die anderen Frauen nicht, die ihm schrieben. Er bekam hunderte von Briefen. Frauen gestanden ihm ihre Liebe, wollten ihn heiraten, sich ihm unterwerfen, Kinder von ihm bekommen. Eine verwitwete Fleischersfrau aus Eberswalde malte sich aus, wie sie ihn nackt in der Auslage ihres Fleischerladens empfing. Eine andere wollte mit ihm Hand in Hand von einer hohen Brücke in den Tod springen, bei Sonnenuntergang. Manche Weiber waren echt verrückt.

Männer schrieben ihm auch. Aber die wollten was anderes von Werner. Die wollten ihn erschießen, ertränken, ins

KZ stecken, ihn vergiften, erhängen, auspeitschen. Teilweise gab es sehr detaillierte Beschreibungen, was sie dem Mörder Werner Gladow gern antun würden. Er hatte den Eindruck, dass die Wärter diese Briefe besonders gern weiterreichten, um ihn zu ärgern. Werner machte sich nichts daraus. Er las diese Phantasien eher amüsiert als schockiert. Die Schreiber konnten ihm gar nichts. Zum einen saß er im Knast, und zum anderen waren das in der Regel Maulhelden: »Große Klappe – nüscht dahinter.«

Er stand auf, streckte sich und betrachtete sein Bild in der Spiegelscherbe, die er gegen zwei Kippen eingetauscht hatte. Dann fuhr er sich durchs Haar, verwuschelte es leicht. Das mochten die Mädchen, hatte ihm mal eine gesteckt. Das würde ihn so verwegen aussehen lassen.

Werner hielt den Spiegel mit ausgestrecktem Arm, sodass er seinen Oberkörper betrachten konnte. Der Nadelstreifenanzug schlotterte etwas. Er hatte im Knast abgenommen. Da kam ihm Sylvia in den Sinn. Wäre sie noch in Berlin, könnte sie seinen Anzug enger nähen. Aber wahrscheinlich würde sie ebenfalls sitzen, Wegen Beihilfe und Hehlerei. Mücke flennte wahrscheinlich immer noch ihretwegen. Wie es dem wohl geht? Na ja, werde ich ja bald sehen.

An diesem Frühlingsmorgen begann der Prozess gegen die Gladow-Bande. Die Zeitungen überschlugen sich schon seit Tagen. Es würde also ordentlich Publikum geben. Werner wusste, dass sie ihn verknacken würden, aber laut psychiatrischem Gutachten litt er an einer Reifeverzögerung. Daher würden sie seinen Fall nach dem Jugendstrafrecht verhandeln: also höchstens zehn Jahre. Dann bin ich neunundzwanzig. Vielleicht lassen sie mich ja sogar früher raus.

Es würde genauso kommen, wie er es Denske angekündigt hatte, diesem traurigen Bullen, der jetzt wieder im Westen war. Es hieß, er sei aus dem Dienst ausgeschieden, habe geheiratet und sei nun in Westdeutschland Vertreter für irgendwelchen Scheiß, den keiner brauchte.

Kurz darauf öffnete sich die Zellentür. Zwei Schließer standen dort. »Geht los, Werner«, sagte der eine.

Werner erhob sich und fuhr sich noch einmal durch die Haare.

»Siehst gut aus, Werner«, sagte der zweite lachend.

»Na, was denn? Ich muss doch einen tadellosen Eindruck machen bei meinem großen Auftritt.«

*

»Wir fahren einen kleinen Umweg zur Linienstraße«, sagte der Wärter, der neben Werner saß und ihn nicht aus den Augen ließ. Er hatte während der ganzen Fahrt seine Hand am Pistolenholster und gab sich gefährlich.

»Es gab nämlich Drohanrufe deinetwegen. Gibt Leute, die wollen dich umlegen.«

Werner fixierte den Mann, bis dieser wegsah. Schlappschwanz, dachte Werner. Die Bullen sind auch nicht mehr das, was sie mal waren.

In der Linienstraße angekommen, musste sich die Kolonne, die aus Werners Transporter, einem Zivilwagen der Polizei und vier Motorrädern bestand, einen Weg durch die dichte Menge bahnen. Werner war beeindruckt. Mit so viel Publikum hatte er dann doch nicht gerechnet.

Nachdem sie ihn an Händen und Füßen gefesselt hatten, marschierten sie, ein Polizist rechts, einer links und jeweils einer vorn und hinten, zum Eingang der Reichsbahndirektion, wo im Festsaal die Verhandlung stattfand. Das Gericht in der Neuen Friedrichstraße war zu klein, um dem erwarteten Besucherandrang zu genügen. Das machte Werner ziemlich stolz.

Als Polizisten daran gingen, die Menge hinter die Absperrungen zu drängen, rief Werner: »Lasst die Leute in

Ruhe. Die sind meinetwegen hier.« Ein paar junge Männer johlten. Werner spähte in die Masse, konnte aber kein bekanntes Gesicht entdecken.

Der Saal war bis auf den letzten Platz gefüllt. Als die Bewacher Werner zu seinem Platz führten, wurde teilweise geklatscht und auch gebuht.

Auf der Anklagebank saßen bereits Lexi, Bernburg, Bommes und Lucie. Harry, Stange und Pupille würde man gesondert den Prozess machen.

Werner nickte den anderen zu und setzte sich mit einem überlegenen Lächeln. Bernburg und Lexi sahen nicht auf. Sie stierten verzweifelt zu Boden, als läge da ihre Rettung. Lucie warf ihm einen verzweifelten Blick zu, was Werner einen Stich versetzte. Seine Mutter sollte nicht hier sein.

Dann wurde Mücke hereingeführt. Er hielt den Kopf trotzig zurückgeworfen. Seine scharfen Gesichtszüge waren starr und abweisend. Der weiß auch nicht, was er hier soll, dachte Werner amüsiert. Er winkte ihm zu. Mücke verzog leicht das Gesicht. Hat sich ganz gut erholt von Lexis und Bernburgs Prügel, fiel Werner auf. Er sah ins Publikum. Da saßen auch Edith und Heinrich. Mückes Schwester blickte ihn hasserfüllt an. Er hatte schon gehört, dass sie ihn für den Angriff auf Mücke verantwortlich machte. Na wenn schon.

Neben Werner nahm jetzt sein Pflichtverteidiger Dr. Nicolai Platz. Der hatte ihn darauf eingeschworen, nur das Nötigste zu sagen, aber Werner hatte längst seine eigene Strategie entwickelt. Was wusste denn dieser affektierte Salonlöwe schon?

Werner hörte aufmerksam zu, als der Staatsanwalt die Verbrechen der Weißen Krawatte vortrug. Da kam 'ne Menge zusammen, darunter zweifacher Mord, Raubüberfälle, verbotener Waffenbesitz, Autodiebstähle, Mordversuche und so weiter. Insgesamt wurden einhundertsiebenundzwanzig Straftaten aufgelistet. Werner schmunzelte. Manches hatte er glatt vergessen, etwa den Überfall auf den Taxifahrer Chudek, auch den auf Juwelier Schreiber. Ach ja, und den Banküberfall: Der Kassierer bekam den Tresor nicht auf, wusste die Nummer nicht mehr vor Aufregung. Werner schmunzelte.

»Sie finden das wohl witzig?«, fragte der Vorsitzende Richter scharf.

»Nicht doch«, antwortete Werner. »Ich bin ja nicht zum Spaß hier.«

Als der Richter zu seinem Wasserglas griff, rief Werner laut »Prost!«, was ihm die ersten Lacher einbrachte.

Dann wurden ihm etliche Fragen gestellt.

»Warum ich mich entschieden habe, Ganove zu werden, wollen Sie wissen? Das war so: Mein Leben war eigentlich normal, außer dass ich schon immer ein großer Bewunderer von Kriminalfilmen war. *Der kleine Cäsar* zum Beispiel hab ich achtmal gesehen. Kennen Sie den, Herr Richter?«

»Nein, kenne ich nicht.«

»Sollten Sie mal nachholen.« Gelächter im Publikum. »Na ja, jedenfalls nachdem ich dann am Alex gewesen war, änderte sich mein Leben. Die ganzen Schieber und so. Ich kam in schlechte Gesellschaft. Wissen Se, mein Vater hat sich nicht so richtig um mich gekümmert. Und am Alex waren viele Ältere, die haben mich unter ihre Fittiche genommen. Die hab ich bewundert. Vor allem der Völpel hat sich meiner angenommen. Der hat mich dann praktisch auch in die Kriminalität eingeführt.«

»Moment, Sie meinen Gustav Völpel, den Gehilfen des Nachrichters?«, fragte der Staatsanwalt.

Werner nickte: »Ja, der Henker.«

Der Staatsanwalt wandte sich an die Richterbank: »Gustav Völpel, genannt Henker-Hannes, war bis zu seiner Inhaftierung der Gehilfe des eigentlichen Scharfrichters. Also eher dessen Faktotum.«

Werner lachte laut: »Hat aber immer damit angegeben, wie er Leute geköpft hat. Hat er sogar vorgemacht.«

»Nun ja«, sagte der Staatswanwalt verschmitzt. »Gustav Völpel ist bekannt für seine blühende Phantasie.«

Jetzt wurde im Publikum gelacht, ebenso auf der Geschworenenbank.

»Der war gar kein richtiger Henker?«, entfuhr es Lexi. »Der hat uns verarscht!«

Das war der Lexi den Werner kannte: ein Poseur, der nur das Maul aufriss, wenn er keine Konsequenzen zu fürchten hatte. Lexi hatte ihn bei der Vernehmung ziemlich reingeritten, genau wie Bernburg. Aber denen hat er es heimgezahlt, indem er bei den Bullen ausführlich über die beiden plauderte. Lexi und Bernburg würden genauso lange sitzen müssen, wie er selbst.

Dann ging es um Werners Motive. »Ich wollte wie Al Capone sein.«

»Sie wollten wie der amerikanische Gangster Angst und Schrecken verbreiten?«

»Nee, ich wollte nur 'ne Villa, dickes Auto, Motorboot und so weiter.«

Wieder Gelächter im Publikum. Werner spürte, wie ihm die Sympathie der Leute entgegen wogte. Immer wieder brachte er sie mit seinen Antworten zum lachen. Und selbst am Richtertisch wurde geschmunzelt.

Nach der Mittagspause wurde es Werner langweilig und er reagierte nur mit kurzen Antworten auf die Fragen des Staatsanwalts. Auch die Zuschauer wurden etwas schläfrig, und Werner war froh, als der Prozesstag am Nachmittag zu Ende ging.

Auf der Rückfahrt bewachte ihn ein anderer Wärter, ein dicker, gemütlicher mit Walross-Schnauzer. Er las im Westblatt *Telegraf*. »Bist ja gut weggekommen, hab ich gehört. Guck mal, was die über dich schreiben.« Er hielt Werner die Zeitung entgegen. Der Artikel über seinen Prozess war mit »Ein netter Junge« betitelt.

»Ja, bin ich auch«, sagte Werner.

MÜCKE XVII

Er las den Brief zum bestimmt fünften Mal.

»Lieber Mücke, du wirst mich sicherlich dafür hassen, dass ich weggegangen bin, aber es war das einzig richtige. Wir wären nicht glücklich miteinander geworden, das weiß ich jetzt. Ich hoffe, dieser Brief erreicht dich über Edith.

Ich bin jetzt seit ein paar Monaten in Amerika, und es gefällt mir sehr. Die Menschen sind nett. Zwar auf eine oberflächliche Art, aber sie sind nett. Das tut mir gut.

Leo ist lieb zu mir. Er geht regelmäßig mit mir tanzen und ist sehr aufmerksam. Er sagt, er liebt mich.

Leo will mir bald einen eigenen Schneidersalon einrichten lassen. Du weißt, dass ich meine Ausbildung nicht abgeschlossen habe, aber danach fragt hier niemand. Die Leute freuen sich, wenn du ihnen etwas anbietest.

Leo und ich wohnen in einem Häuschen in einem Vorort von New York, nicht weit von seinen Eltern entfernt, die auch sehr nett sind. Wir haben ein Auto, einen nagelneuen Studebaker Champion in Gelb. Er sieht aus wie ein riesiger Kanarienvogel.

Hinter unserem Haus habe ich einen Garten, in dem ich Gemüse und Blumen ziehe. Stell dir das vor! Ich auf den Knien, mit dreckiger Hose, wie ich im Boden grabe. Ich kann dich vor mir sehen, wie du über mich lachst. Bis vor einiger Zeit hätte ich mir das auch nicht vorstellen können. Ich bin überhaupt ganz brav geworden. Ich koche und backe. Ich bin eine amerikanische Hausfrau geworden. Aber ich denke, ich bin glücklich.

Mensch, Mücke, ich muss oft an dich denken. Und wie

wir durch Berlin gezogen sind. Das war eine schöne Zeit, die ich manchmal vermisse. Ich wünschte nur, wir hätten alles etwas anders gemacht. Vielleicht hätten wir beide einfach nach Paris gehen sollen, weg von dem ganzen Irrsinn mit Werner und den anderen. Wir haben unsere Möglichkeiten nicht wahrgenommen, und jetzt müssen wir beide mit den Konsequenzen leben.

Selbst hier in Amerika wird über euren Prozess berichtet. Werner ist eine richtige kleine Berühmtheit. Ich wünsche mir für dich, dass sie dich nicht allzu hart bestrafen. Du hast doch nichts Schlimmes getan. Ich liege oft nachts wach, weil ich von dir träume und dann aufwache. Tagsüber bin ich dann ganz müde. Auch aus anderen Gründen, aber das wird sich bald ändern. Willst du immer noch Reporter werden? Ich glaube, du schaffst das. Ich glaube fest an dich. Ich denke an dich. Immer. – Deine Sylvia«

Mücke verstaute den Brief in der Tasche seiner groben Drillichhose. Er spürte das Papier ganz leicht an seinem Bein. Und mit einem Mal musste Mücke weinen. Er weinte über verpasste Gelegenheiten, darüber, was er seinen Opfern angetan hatte, dass er seiner Schwester solche Sorgen bereitete – und er weinte über sich selbst. Irgendwann kamen keine Tränen mehr, und Mücke wusste, dass es jetzt auch gut war.

In diesem Moment wurde seine Zelle aufgeschlossen. »Ist Zeit«, sagte der Wärter.

*

Polizisten brachten Mücke zum improvisierten Gericht in der Linienstraße. Es war der zweite Verhandlungstag. Am ersten hatte vor allem Werner geredet, hatte sich in den Vordergrund geschoben und zugleich die Schuld bei den anderen abgeladen, vor allem bei Lexi, Bernburg und Henker-Hannes.

Mücke sah nach draußen. Der Bürgersteig war voller Schaulustiger, dazwischen drängelten sich fliegende Händler, die Würstchen und Bier verkauften. Mücke sah einen Mann, der aus einem Bauchladen heraus winzige weiße Krawatten anbot, die man sich ans Revers heften konnte. Andere verkauften Fotos von Werner. Die waren allerdings von schlechter Qualität, weil sie von Zeitungsfotos kopiert worden waren. Ein Mann hielt ein selbstgemaltes Plakat hoch, auf dem stand: »Wir anständigen Deutschen fordern die Todesstrafe für die Bande.«

Mücke hatte gehört, dass Schwarzmarkthändler Eintrittskarten für die Verhandlung zu überhöhten Preisen anboten.

Ein Zeitungsjunge rief die Schlagzeilen aus. »Werner Gladow, der Berliner Al Capone.« Da wird sich aber einer freuen, dachte Mücke.

Ein anderer rief: »Neues Deutschland! Man muss das Grundübel bei der Wurzel packen, ausrotten und vernichten. Unsere Jugend soll keine Gladow-Bande mehr kennenlernen.«

Mücke sank seufzend zurück. Was für ein Spektakel.

Im Gericht nahm er wieder seinen Platz ein, links von Werner, der in der Mitte der Anklagebank thronte.

Es ging weiter wie am Vortag. Zeugen der Anklage wurden aufgeboten. Dann kam Lexis Vater, der eine tränenreiche Vorstellung bot und Werner als Teufel darstellte, der seinen Sohn verführt habe: »Wie oft habe ich zu ihm gesagt, dass er sich von diesem Gladow fernhalten soll. Der war mir unheimlich.«

Die Überfälle wurden ausführlich geschildert, die Opfer sagten aus. Das Publikum reagierte mit Ablehnung, Zustimmung, Seufzen – je nachdem.

Höhepunkt des Tages waren jedoch die Volkspolizisten, die wie im Gänsemarsch herein paradierten und sich bitterlich über ihre Entwaffnungen beklagten. »Wie aus dem Nichts.« – »Mit äußerster Brutalität.«

Werner verteidigte sich: »Wir brauchten eben Waffen. Wir hatten nur alte Dinger. Und die Polizisten waren leichte Beute. Die waren wie Rehe, denen man ins Gesicht leuchtet. Die standen ganz starr, als wir aufgetaucht sind.«

»Was sollten wir denn machen?«, empörte sich einer der Polizisten. »Die waren bis an die Zähne bewaffnet.«

»Haben Sie noch nie im Kino gesehen, wie man einen Gangster entwaffnet?«, fragte der Vorsitzende Landgerichtsdirektor.

Das Publikum lachte hämisch, und Mücke fühlte sich in einen Film mit Charlie Chaplin versetzt. Überhaupt schien ihm der ganze Prozess mitunter wie eine Farce, in der er eher ein Statist war. Bislang hatte er vor Gericht lediglich seinen Namen, sein Alter und seine Adresse nennen müssen. Dann hatten sie ihn scheinbar vergessen. Werner hatte die Hauptrolle, eindeutig. Aber das war Mücke ganz recht. Mittlerweile war ihm eines klar geworden: Er selbst gehörte zu der Sorte Mensch, die zum Beobachten bestimmt ist. Beobachten und Kommentieren – das war seine Aufgabe. Und in Zukunft würde er sich daran halten. Er war nicht der große Macher, der alle in Atem hielt und den Takt angab. Aber er war auch keine Frucht ohne Kern, wie er oft gedacht hatte. Er hatte ein Fundament, und auf dem würde er sich aufbauen, in aller Ruhe. Zeit genug würde er ja auch haben in den nächsten Jahren.

Mücke war froh, wieder in seiner Zelle zu sein, wo Ruhe herrschte und er seinen Gedanken nachgehen konnte. Er machte sich keine großen Sorgen. Er war rechtzeitig – und vor allem vor den Morden – aus der Bande ausgestiegen. Sein Verteidiger hatte ihm versichert, er werde mit drei, vier Jahren davonkommen, vielleicht sogar weniger. Mücke hatte seine Strafe schon akzeptiert.

Er griff zu dem Buch, das er sich aus der Gefängnisbücherei ausgeliehen hatte: *Rot und Schwarz* von Stendhal. Schwerer Stoff, aber er blieb dran. Darum ging es: dran bleiben. Und Ballast abwerfen.

Er steckte die Hand in die Hosentasche mit dem Brief und zerknüllte ihn. Scheiß auf dich, Sylvia!

WERNER XVI

»Wie ich schon auf der Polizei ausgesagt habe: Die waren maskiert. Und sie haben so getan, als wären sie Russen. Aber die da waren dabei – alle!« Ihr Finger wanderte von Werner zu Bernburg, zu Lexi, zu Bommes und zuletzt zu Mücke. »Ich bin mir sehr sicher. Die Gesichter waren ja nur bis zur Nase bedeckt. Die haben gedacht, eine alte Frau wie ich ist zu blöd, die zu erkennen.«

»Frau Purschian, da war doch noch etwas. Das haben Sie auch bei der Polizei erzählt.«

Die Zeugin senkte den Kopf und schluckte, bevor sie wieder aufsah und dem Staatsanwalt klar in die Augen blickte. »Der Kleine, Schmale da hat mich unsittlich berührt.« Sie senkte wieder den Blick.

»Sei doch froh, dass sich noch einer für dich interessiert, du olle Schachtel!«, rief jemand aus dem Publikum. Gejohle, Pfiffe wie bei einem Volksfest.

»Wenn nicht gleich Ruhe ist, lass ich räumen, und der Rest der Verhandlung findet ohne Publikum statt«, mahnte der Vorsitzende Richter.

»Der eine ist dazwischen gegangen.« Sie wies auf Mücke. »Ich weiß nicht, was der andere sonst getan hätte.«

»Gut. Sie sagen, Sie haben seitdem Angstzustände und können nicht mehr arbeiten. Sie sind Malerin?«

Sie nickte, wobei ihr Tränen die Wangen herabliefen.

»Ich habe durch die Schläge eine schwere Gehirnerschütterung erlitten. Mein Schädel war gebrochen, und seitdem leide ich an einer halbseitigen Lähmung.«

»Vielen Dank, Frau Purschian. Sie sind entlassen.« Die Frau, gerade mal Ende fünfzig, erhob sich schwerfällig, stützte sich auf ihren Stock, auf den sie seit dem Überfall angewiesen war, und humpelte aus dem Zeugenstand.

Wir hätten die Alte kalt machen sollen, ging es Werner durch den Kopf, als er ihr nachsah, wie sie mühselig durch einen Seiteneingang verschwand.

»Ich wollte Ihnen hiermit noch einmal vor Augen führen, wie brutal die Bande vorgegangen ist, dass ihnen Leben und Unversehrtheit ihrer Opfer völlig egal war«, sagte der Staatsanwalt zum Abschluss, bevor er sich wieder setzte.

In den letzten Tagen hatte sich die Stimmung gedreht, hatte Werner feststellen müssen. Seitdem immer mehr Details ans Licht gekommen waren, schienen ihn alle für ein Monster zu halten. Selbst das Publikum im Saal lachte kaum noch über seine Witze und wirkte angeekelt, wenn die Taten im Einzelnen erörtert wurden. Die große Mehrheit wollte seinen Kopf.

Und dann folgte ein Zeuge auf den nächsten, um die Untaten des Werner Gladow zu beweisen: »Der hat sofort geschossen. Ohne Vorwarnung.« – »Die sind gleich brutal vorgegangen.« – »Der da hat sofort zugeschlagen.«

Die taten sich doch alle nur wichtig, diese Invaliden. Der Juwelier von Wockenfuß klagte über einen Schuss in die Brust, und dass er seitdem an Atemnot litte. Die Alte vom Lokal in Kaulsdorf konnte den einen Arm nicht mehr bewegen. Ein anderer hinkte seit dem Überfall und so weiter.

Werner verteidigte sich: »Diese modernen Pistolen gehen heutzutage verdammt schnell los.« – »Ich wollte den nicht töten.« – »Ich weiß heute auch nicht mehr, warum ich das getan hab.« – »Die anderen haben mitgemacht: Lexi, Bommes, Bernburg, Mücke. Die sind genauso schuld.«

Dann ging es um die Schießerei in der elterlichen Wohnung. Da drehte Werner noch einmal auf: »Die sind sofort in die Wohnung gestürmt. Ich wusste erst gar nicht, dass es die Polizei ist. Da war so ein Lärm. Und meine Mutter war in der Wohnung. Die wollte ich beschützen.«

»Die Frau war wie 'ne Furie!«, rief Steinke dazwischen. »Die hat ihren Sohn anjefeuert und uns die janze Zeit beschimpft.«

»Ach Quatsch!«, rief Werner zurück. »Wir hatten Angst um unser Leben. Wir haben gedacht, wir kommen da nicht lebend raus. Ich war kurz davor, mich selbst zu richten. Ich hatte die Pistole schon an der Stirn. Ich hab's dann nur nicht gemacht, weil meine Mutter das nicht sehen sollte. Sie sollte nicht um ihren Sohn trauern.«

*

Werner lief in seiner drei mal drei Meter großen Zelle von einer Wand zur anderen, dann durchquerte er den Raum mehrmals diagonal, schlich an den Wänden entlang im Quadrat, wobei er Bett und Tisch auswich, und stellte sich anschließend in die Mitte, verharrte dort reglos. Die vergangenen Szenen des Prozesses liefen in Werners Gedächtnis wie ein Film ab. Er sah den Staatsanwalt in aller Deutlichkeit vor sich.

»Die Gladow-Bande hat Krieg gegen die Gesellschaft geführt«, oder »Werner Gladow wollte Berlin zu einem Verbrecher-Eldorado machen.« – So ein Schwachsinn.

»Die Prinzipien der Menschlichkeit können solchen Straftätern nicht zugebilligt werden, weil sie selbst die Menschlichkeit verleugnen«, hatte der Staatsanwalt noch gegeifert und am Ende die Todesstrafe für Werner gefordert. Dreifach!

»Einmal Kopf abschlagen lass ich mir ja noch gefallen Herr Staatsanwalt, aber die anderen beiden Male sind Leichenschändung«, hatte Werner dazwischen gerufen und jede Menge Lacher kassiert. Das hatte den Staatsanwalt richtig fuchsig gemacht und er hatte wie auf einer Theaterbühne deklamiert: »Es geht um unser aller Freiheit, es geht darum, dass wir in Ruhe über die Straße gehen können. Berlin ist nicht Chicago.« Was für eine Null!

Aber wenigstens war Werners Verteidiger Dr. Nicolai gleich vorgeprescht: »Es ist zu bezweifeln, dass bei Gladow eine Mordabsicht vorlag, als er auf die beiden Todesopfer die Waffe anlegte.«

So war es. Er wollte die nur loswerden, hatte drauflos geschossen, ohne zu zielen, auch wenn der Sachverständige das anders sah und anhand der Einschuss- und Austrittslöcher so tat, als hätte Werner dem einen mit Absicht in die Brust geschossen. Na gut, dem letzten hatte er in den Nacken geschossen, aber der war ja selbst schuld. Zumindest hatte er reichlich Reue gezeigt, als die Witwe von dem mit ihrem kleinen Sohn ins Gericht kam, ihren Finger auf Werner gerichtet und gerufen hatte: »Das ist der Mörder deines Vaters.«

Werner rechnete trotz allem nicht damit, dass sie ihn zum Tod verurteilten. Die hatten doch alle ein viel zu schlechtes Gewissen, dass sie sich nicht um ihn und seinesgleichen gekümmert hatten, als es noch möglich war. Dr. Nicolai hatte dem Gericht eine Predigt gehalten.

»Es kann nicht sein, dass ein Jugendamt, wie im Fall Gladow – der bereits als Straftäter auffällig gewesen war – sich nicht um das Treiben dieses Jugendlichen kümmert. Bei einer besseren Arbeit wäre Berlin viel Kummer erspart geblieben.«

Und der Gutachter hatte doch auch über Werner gesagt, dass er ein hochintelligenter Mensch sei, bei dem durch Faschismus und die tiefen Eindrücke der Kriegserlebnisse etwas in Schieflage geraten sei. Dass ihn die ständige Begegnung mit dem Tod verroht habe und dass er aufgrund seiner schlimmen Erlebnisse in die Sudelküche amerikanischer Gangsterfilme und Kriminalromane gespült worden sei. Das hieß doch, dass er für seine Taten gar nichts konnte.

Zudem stammte das Gesetz, mit dem sie ihn zum Tode verurteilen wollten, noch aus der Nazizeit. Damit würden sie nicht durchkommen, da war sich Werner sicher. Das zeigte auch nur, was für ein Unmensch dieser Staatsanwalt war.

Dr. Nicolai hatte dem auch gleich Paroli geboten: »Dieses Gesetz, Paragraph 20, steht im Widerspruch zum Alliierten Kontrollrat, der die Nazigesetzgebung insgesamt außer Kraft gesetzt hat.«

Aber wenigstens hatten sie für Lexi und Bernburg ebenfalls die Todesstrafe gefordert.

Nach Werners Rückkehr vom Gericht, hatten ihm die Wärter wie zum Hohn einen Leserbrief aus der *Berliner Zeitung* vorgelesen: »Entfernt das Gesindel restlos. Es hat auch nicht das Recht, im Zuchthaus weiterzuleben.« – Arschlöcher!

* * *

SIEBEN MONATE SPÄTER, NOVEMBER 1950

WERNER XVII

Werners Gang war schleppend. Er hatte das Gefühl, nicht von der Stelle zu kommen, was nicht nur an den Fußeisen lag. Alles an ihm war schwerfällig. Seine Zunge fühlte sich wie Blei an. Dabei meinte er, er müsste etwas sagen, sich bemerkbar machen. Es war doch noch gar nicht alles geklärt. Und es war so schnell gegangen. Der Prozess war regelrecht an ihm vorbeigerauscht. Und die letzten Monate in der Zelle, immer zwischen Bangen und Hoffen, hatten ihn ganz kirre gemacht. Werner hatte den Eindruck, dass in seinem Verstand etwas verrutscht war. Reiß dich zusammen, befahl er sich und trottete brav weiter.

Sollte er nicht langsam etwas sagen, diese Prozession stoppen? Vorn ging einer, hinter ihm und zu beiden Seiten. Sie sahen ihn nicht an, als wäre es ihnen peinlich, ihn zu begleiten. Wussten die eigentlich, wo es hinging? Doch, bestimmt. Sie sahen so entschlossen aus. So was machten die bestimmt öfter und dachten dabei ans Abendessen oder wie sie mit ihren Mädchen tanzen waren oder dass sie morgens die Post nicht rausgenommen haben …

Ob Lucie die Post rausgenommen hat? Vielleicht hat er ja einen Brief vom Gericht bekommen. Seine Begnadigung. Zwar hatte ihn an diesem Morgen der Staatsanwalt ein letztes Mal besucht und gesagt, die Begnadigung sei abgelehnt worden. Aber konnte das nicht ein Irrtum sein? »Könnt ihr nicht mal bei meiner Mutter nachfragen, ob für mich was gekommen ist?«, fragte Werner den Wärter rechts von ihm.

Der sah ihn nur kurz an und blickte dann wieder stur geradeaus.

In den letzten Tagen hatten ihn die Wärter wie ein rohes Ei behandelt, als wäre er ein krankes Kind und als müssten sie besondere Rücksicht nehmen. Sie schlossen die Tür behutsamer auf und zu, kamen mit leisen Schritten in seine Zelle, sprachen ernsthaft mit ihm und machten sich auch nicht lustig, wie ihre Kollegen in den Gefängnissen davor. Einmal hatte er tatsächlich geweint, hatte mit den Fäusten gegen die Wände, gegen die Tür geschlagen, bis sie wehtaten. An einem anderen Tag hatte er den vollen Blechteller an die Wand geworfen und geschrien, sie sollten ihn rauslassen. Er würde sich ab sofort zusammenreißen. Aber niemand war gekommen, um ihn rauszulassen. – Erst jetzt holten sie ihn, morgens um vier.

»Welcher Tag ist heute?«, wollte Werner wissen.

»10. November«, sagte der Wärter knapp.

»Ah«, machte Werner, als hätte er aus dieser Information eine besondere Erkenntnis gewonnen.

Der Weg war endlos. Der hörte gar nicht auf. Durch wie viele Türen sie schon gegangen waren, und alle mussten erst auf- und dann wieder zugeschlossen werden. Und zwischendurch immer wieder treppauf, treppab. Das reinste Labyrinth. Er würde doch allein nie zurückfinden.

Dann stoppte der Trupp ganz plötzlich. Sie waren in einer recht großen fensterlosen Zelle angelangt. An der Längswand standen mehrere Reihen Stühle. Darauf saßen Männer und Frauen verschiedenen Alters. Manche sahen ihn gespannt an, andere wichen seinem Blick aus.

Vor der Wand ihm gegenüber hing flächendeckend ein Vorhang. Werner erinnerte das an ein Theaterstück, oder eher noch an einen Film, den mit James Cagney. Wie hieß der gleich? Verflucht! Den hatte er doch mehrmals gesehen. Ach ja: *Angels with Dirty Faces*. Cagney, der auf dem Weg in die Todeszelle gelassen blieb, um dann angesichts des elektrischen Stuhls um Gnade zu flehen. Sollte er, Werner Gladow, jetzt um Gnade flehen? Aber sie würden ihn doch nicht wirklich umbringen. Sie wollten ihm doch nur eine Lehre erteilen. Er war doch erst neunzehn Jahre alt. Und hatte nicht Lexi vorhin aus der Nachbarzelle gerufen: »Machs gut, Werner, bis bald!« Das hieß doch, dass er Lexi wiedersehen wird, und die anderen auch.

Ein Mann in Zivil trat auf Werner zu. Der wirkte so, als hätte er hier etwas zu sagen. Der Mann stellte ihm eine Frage, die er nicht verstand. »Ich würde gern gehen«, antwortete Werner. Der Mann schüttelte den Kopf und stellte seine Frage erneut: »Möchten Sie, dass wir Ihnen eine Kapuze über den Kopf ziehen?«

Werner sah ihn irritiert an: »Dann sehe ich ja nichts mehr.«

Der Mann hob die Schultern, machte dazu aber ein neutrales Gesicht, als wäre ihm Werners Entscheidung egal. Dann gab der Mann anderen Männern ein Zeichen, woraufhin sie Werner an den Armen packten und in Richtung des Vorhangs schoben. Werner wehrte sich. Er hatte das dumpfe Gefühl, dass er sich von dem Vorhang fernhalten sollte, weil dahinter etwas Gefährliches lauerte. Aber die Griffe der Wärter waren fest und bestimmt.

Dann hatten sie ihn hinter dem Vorhang. Dort stand ein Gerät, das aus einer langen, schmalen Holzbank bestand, an deren Ende senkrecht ein Metallgestell angebracht war. Am oberen Ende befand sich eine Schneide. Der Mann, der ihn zuvor gefragt hatte, wies auf das Brett. Werner sollte sich bäuchlings darauf hinlegen. Als er sich sträubte, zwangen sie ihn dazu. Sie banden ihn sogar fest, so fest, dass er sich nicht bewegen konnte. Dann schoben sie ihn noch ein wenig hin und her, als müsste er in einer bestimmten Position liegen. Sein Kopf ragte über das Brettende hinaus in das

Metallgestell. Mit dem Hals lag er auf dessen Rand, wo eine kleine Mulde seinen Adamsapfel schützte. Dann fixierten die Männer auch noch seinen Kopf. Werner blickte direkt in die Blechwanne, die unter ihm auf dem Boden stand. Die sah fast so aus wie die Wanne, in der Lucie immer Wäsche einweichte, dachte er.

Jemand zog den Vorhang auf. Werner konnte den Kopf nicht drehen, er war wie ein Paket verschnürt, aber er spürte die Blicke der Zuschauer.

Der Mann beugte sich zu ihm herab und sprach direkt in Werners Ohr: »Möchten Sie noch etwas sagen?«

Ja!, schrie es in Werners Kopf. Macht mich sofort los, ihr Schweine! Doch er schüttelte mit zusammengebissenen Zähnen den Kopf. Ihm war, als wäre er zweigeteilt. Ein Teil seines Bewusstseins wollte, konnte nicht glauben, was hier gerade passierte, als würde er sich selbst zusehen. Dem anderen Teil war bewusst, dass sie ihn unter das Fallbeil geschnallt hatten und dass sie ihn in eine dunkle Ecke zerren wollten, aus der er nie mehr heraus konnte.

Das hier war nicht echt, dachte er. Sie wollten ihn nur einschüchtern. Das war nur Show. Dr. Nicolai war fest davon überzeugt, dass sie Werner nicht hinrichten würden, dass er mit Jugendstrafe davonkommen würde und dass ihn die Behörden dann im Uran-Bergbau arbeiten ließen, in dieser strahlenden Hölle, in die sie Häftlinge mit der Aussicht auf Strafreduzierung zwangen.

Und hatte Dr. Nicolai in seinem Schlussplädoyer nicht an das Gericht appelliert, gnädig zu urteilen?

»Die Stunde zwischen Beil und Zelle ist immer die dunkelste. Ich hoffe, dass für Sie das Licht entscheidend ist.«

Dann war da dieses Klicken und ein merkwürdig sausendes Geräusch.

Das Licht, war Werners letzter Gedanke. Das Licht!

EPILOG

Heute, Freitag, den 10. November 1950 wurden die am 8. April 1950 vom Schwurgericht des Landgerichts Berlin ausgesprochenen Todesurteile an dem neunzehnjährigen Bandenchef Werner Gladow sowie an zwei weiteren Bandenmitgliedern, Kurt Trimms und Rudolf Bernburg, vollstreckt. Damit wurde ein Schlussstrich unter die Tätigkeit der gefährlichen Verbrecherbande gezogen, die seit Kriegsende ihr Unwesen in Berlin getrieben hat.

Nach Gerichtsurteil kommen auf das Konto dieser Bande 127 Verbrechen, darunter ein Mord, 34 Raubüberfälle (in einem Fall mit tödlichem Ausgang), 10 schwere Diebstähle und zahlreiche andere Delikte, die von der Volkspolizei in engster Zusammenarbeit mit der Bevölkerung aufgeklärt werden konnten. Die Vollstreckung dieser Todesurteile mag für jene Elemente eine Warnung sein, die aus Berlin ein Chicago machen wollen und ihre aus amerikanischer Schundliteratur erlernten Gangstermanieren gegen die Bevölkerung und die Volkspolizei in Anwendung zu bringen gedenken.

Die Volkspolizei wird weiterhin mit aller Schärfe gegen Verbrecher vorgehen, die Sicherheit und Ordnung der Bevölkerung bedrohen und glauben, sich ihrer Festnahme tätlich widersetzen zu können.

Offizielle Presseerklärung des Präsidiums der Volkspolizei Berlin

* * *

INHALT